Von Jack L. Chalker
ist bereits im Goldmann Verlag
erschienen:

Die vier Beherrscher des Diamanten
Band 1: Lilith – eine Schlange im Gras · 23466

Fünf Zaubersteine zu binden
fünf verschied'ne Welten · 23808

Der Touristenplanet · 23407

Von Jack L. Chalker
ist in Vorbereitung:

Die vier Beherrscher des Diamanten
Band 3: Charon – ein Drache am Tor
23468 (September 1985)

Die vier Beherrscher des Diamanten
Band 4: Medusa – ein Tiger beim Schwanz
23469 (Oktober 1985)

SCIENCE FICTION

Jack L. Chalker

Cerberus – ein Wolf in der Schlinge

Die vier Beherrscher des Diamanten

THE FOUR LORDS OF THE DIAMOND
2: CERBERUS: A WOLF IN THE FOLD

Deutsche
Erstveröffentlichung

Wilhelm Goldmann Verlag

8/85

Aus dem Amerikanischen übertragen von
Sylvia Brecht-Pukallus

Made in Germany · 8/85 · 1. Auflage

Umschlagentwurf: Design Team München
Umschlagillustration: David B. Mattingly/Agt. Schlück, Garbsen
Satz: IBV Satz- und Datentechnik GmbH, Berlin
Druck: Elsnerdruck GmbH, Berlin
Verlagsnummer: 23467
Lektorat: Werner Morawetz/Peter Wilfert
Herstellung: Peter Papenbrok
ISBN 3-442-23467-0

Inhalt

DER WARDEN-DIAMANT

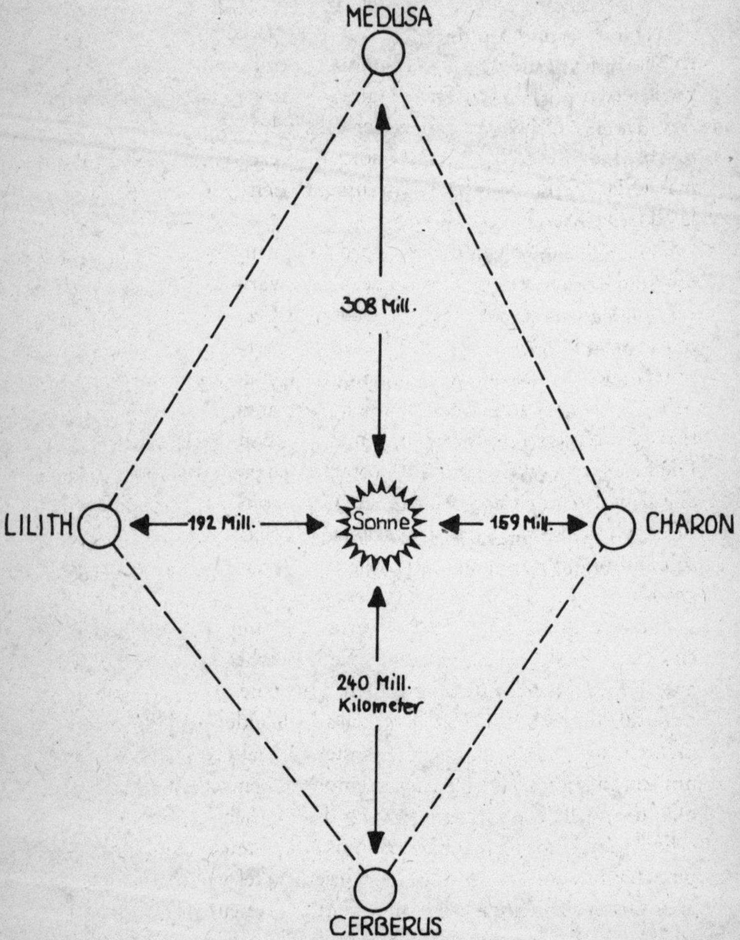

Prolog

Neubeginn

I

In der durch und durch geplanten und geordneten Gesellschaft der zivilisierten Welten war Furcht nicht mehr vorgesehen; es gab eine Art Gesetz dagegen. Es gab in der Tat nichts mehr, was man hätte fürchten müssen. Und in einer solchen Gesellschaft vermochte jemand, der die Torheit der Selbstzufriedenheit kannte, so gut wie alles durchzusetzen.

Tonowah Resort war die Standardausführung einer standardisierten Gesellschaft. Goldene Strände, an die warmes, funkelndes Wasser brandete und etwas zurückgebaut vom Ozean hohe Luxushotels inmitten von tropischen Pflanzen, wo jede Art von Unterhaltung geboten wurde, wonach einem der Sinn stehen konnte – vom traditionellen Schwimmen, Fischen, Spielen und Tanzen bis hin zu den exotischsten Unterhaltungsmaschinen einer technisierten Gesellschaft. Die Freizeit stellte in der Konföderation ein großes Geschäft dar, da alle grundlegenden körperlichen Arbeiten von Computern durchgeführt wurden und Menschen ihre Arbeitsplätze nur behielten, weil ihre Führer die absolute Technologie beschränkten, damit ihre Bürger noch etwas zu tun hatten.

Die gen- und gesellschaftstechnischen Manipulationen waren zu einer wahren Kunst entwickelt. Die Menschen sahen nicht gleich aus. Experimente hatten bewiesen, daß eine solche Ausrichtung dazu führte, die Selbstachtung gleich aussehender Individuen zu vernichten, so daß sie nach den bizarrsten Verhaltensmustern suchten, nur um ihre Einzigartigkeit zu demonstrieren. Dennoch aber hielt man die Vielfalt in Grenzen. Doch die Menschen waren äußerlich schön, die Männer schlank, muskulös und gutaussehend, die Frauen gutgebaut und hinreißend. Beide Geschlechter waren von einheitlicher Größe, um einsachtzig, und hatten eine einheitlich gebräunte

Hautfarbe. Frühere Rassen und Volksmerkmale verschmolzen zu einem Durchschnitt ohne Extreme. Ihre Familie war der Staat, die allmächtige Konföderation, die ungefähr 7642 Welten, ein Drittel der Milchstraße also, beherrschte; die Welten selber waren nach dem Bild der Erde umgestaltet worden, so daß sie sich so weit wie möglich ähnelten. Die Medizin war so weit fortgeschritten, daß fast alles, was den Menschen Schmerz und Leid zufügte, geheilt oder – zum Beispiel Gliedmaßen oder Organe – ersetzt werden konnte. Ein Individuum konnte bis zu seinem Tode jung und schön bleiben, und dieser Tod kam schnell und lautlos in einem Alter von annähernd hundert.

Kinder auf natürliche Weise waren auf den zivilisierten Welten unbekannt. Die Sorge um den Nachwuchs hatten Techniker übernommen, die die Bevölkerungszahl ständig konstant hielten. Kinder wurden in den Labors der Konföderation ›geboren‹, in Konföderations-Gruppenfamilien aufgezogen, ständig beobachtet und überwacht, so daß sie dachten und handelten, wie die Konföderation das wünschte. Wünschenswerte Neigungen ließen sich genetisch programmieren, und das Kind wurde dann mit allem Notwendigen aufgezogen, um Wissenschaftler, Ingenieur, Künstler, Entertainer oder vielleicht Soldat zu werden, je nachdem, woran der Konföderation gelegen war. Selbstverständlich waren nicht alle gleich, doch auf den zivilisierten Welten zu leben erforderte nur durchschnittliche Intelligenz, und nur die spezialisierten Tätigkeiten erforderten Genies. Außerdem langweilten sich allzu kluge Leute vielleicht eines Tages oder begannen, Fragen nach den Werten und dem Lebensstil der zivilisierten Welten zu stellen.

Es existierten auch Welten jenseits der zivilisierten Welten – dort und auch zwischen den anderen. Tatsächlich war das System der zivilisierten Welten die egalitärste Gesellschaft, die es jemals gegeben hatte. Außerhalb des Gefüges fanden sich Welten mit offenkundigen Abweichungen. Für jene, die man zu spät entdeckte, stand eine Spezialgruppe bereit, die als die »Mörder« bekannt waren, und die die faulen Früchte ausfindig machen und die Gefahren beseitigen sollten.

Es existierten auch Welten jenseits der zivilisierten Welten – die

Pionierwelten, wo noch nichts standardisiert worden war. Die Analysen der Konföderation hatten frühzeitig vorhergesagt, daß eine solche gleichgeschaltete Gesellschaft Stagnation und einen Verlust von Kreativität und Antrieb mit sich brachte, dadurch alle Neuerungen und Entwicklungen der menschlichen Rasse unterband und schließlich zu ihrem Untergang durch die Zersetzung von innen heraus führte. Um all das zu verhindern, gestattete man einem kleinen Prozentsatz der Menschen, nach draußen zu ziehen, neue Welten zu entdecken und zu erobern und auf primitivere Art zu leben. Und die Menschen an der Pionierfront, die noch der Genmischung auf die alte, ursprüngliche Weise unterlagen, sahen sehr unterschiedlich aus. Hier wurde keine strenge Herrschaft ausgeübt, denn die Konföderation wollte das Leben dort nicht zu einfach machen. Härten, Entbehrung, heftige Konkurrenz und Aggression – sie alle erzwangen Neuerungen, die das Sicherheitsventil der Menschheit darstellten, und dieses System hatte seit neunhundert Jahren funktioniert, da keiner zurückblieb, der sich gegen die Konföderation erhoben hätte – keine fremden Rassen, die nicht leicht auszurotten oder zu unterwerfen gewesen wären, keine Reiche, die den Menschen oder sein eigenes Reich hätten bedrohen können.

Bis heute.

Bis der Alptraum, vor dem die Theoretiker gewarnt hatten, Wirklichkeit wurde. Bis ein Feind auftauchte, der den selbstgefälligen Dünkel der Konföderation so nutzte, daß er fast problemlos eindringen konnte.

Juna Rhae, Innenausstatterin 137, wußte nichts von alledem. Sie war nur ein Produkt der zivilisierten Welten, deren Aufgabe darin bestand, sich mit den Individuen zusammenzusetzen, die ihre häusliche Umgebung verändern wollten. Sie nahm dann Platz und besprach mit ihnen neue Entwürfe, ließ diese und die Psychoprofile der Betroffenen durch ihre Computer laufen und gelangte zu einer neuen, anderen Innenausstattung, wie sie ihren Kunden gefallen würde. Wie ihr Name auswies, war sie für diesen Beruf aufgezogen worden, und da die Konföderation nur wenige Fehler beging, liebte sie ihn und konnte sich nicht vorstellen, eine andere Bürgerin zu sein. Sie erholte sich in Tonowah Resort gerade seit einer Woche, nachdem sie erfahren hatte, daß ihr ein umfangreicherer Auftrag bevorstand. Sie sah sich der größten Aufgabe ihrer Karriere gegenüber, dem Umbau des Kinderfamilienzentrums auf Kuro, dessen Funktion insofern verändert werden sollte, als dort nicht mehr Ingenieure, sondern Botaniker herangebildet werden sollten, an denen man, wie der Konföderationscomputer errechnet hatte, in zwanzig Jahren einen größeren Bedarf haben würde. Die Inneneinrichtung war für laufbahnbezogene Familienzentren äußerst bedeutungsvoll, so daß sie sich auf die Aufgabe freute und sich durch das in sie gesetzte Vertrauen belohnt fühlte. Doch es würde viel Zeit verstreichen, bis sie wieder Ferien bekäme.

Sie hatte in der gischtenden Brandung von Tonowah geschwommen und lag nun am Strand. Als sie sich ausgeruht und erfrischt fühlte, schlug sie den Rückweg zu ihrer Luxussuite ein, um zu duschen und sich ein Essen zu bestellen, bevor sie sich entschließen wollte, was sie am Abend unternähme. Sobald sie auf ihrem Zimmer war, duschte sie rasch und bestellte telefonisch ein Essen – ausgesuchte Schlemmerkost, beschloß sie, zumindest heute abend einmal. Während sie auf die Ausführung der Bestellung wartete, gab sie Kleidermuster in eine sogenannte Modetafel ein, ein Gerät, das über drei Millionen vollständige Bekleidungsstücke enthielt, mit denen es persönlich entworfene Ausstattungen herstellen konnte. Juna verzichtete wie die meisten Feriengäste tagsüber am Strand auf jede Art von Bekleidung, wollte jedoch etwas Besonderes, aber Legeres für den Abend. Sie mochte es, in Gesellschaft die Aufmerksamkeit auf sich zu ziehen, und wenn alle blendend aussahen, bedurfte es dazu festlicher Bekleidung.

Sie vervollständigte ihre Aufmachung, die im wesentlichen aus einem enganliegenden, funkelnden smaragdgrünen Abendkleid bestand, und gab den entsprechenden Kode in der Gewißheit ein, daß es hergestellt und innerhalb einer halben Stunde durch den Bekleidungsausgabeschlitz geliefert würde.

Es summte an der Tür, und sie rief, daß man eintreten sollte. Ein ganz in Weiß gekleideter Mann trug ein abgedecktes, goldenes Tablett herein. Die Ferienorte beschäftigten anachronistischerweise menschliches Bedienungspersonal als zusätzlichen Hauch von Luxus; die Männer und Frauen im Dienstleistungsgewerbe liebten ihre Tätigkeit und würden niemals etwas anderes tun wollen.

Er trat ein, ohne ihrer Nacktheit auch nur einen Blick zu schenken, stellte das Tablett einen Augenblick auf den Tisch, hob es dann mit beiden Händen wieder auf und betätigte kleine Schalter zu beiden Seiten. Sie vernahm ein kurzes Summen, und unter dem Tablett erschienen kräftige dünne Stützen. Der Mann betätigte eine Apparatur, die nur er kannte, und das Tablett wurde zum Kernstück eines eleganten modernen Eßtisches. Dann hob er den Deckel ab, daß sie angesichts der enthüllten Köstlichkeiten nach Luft schnappte und lächelte.

Obgleich ein Großteil der Speisezubereitung von Robotern abgewickelt wurde, waren die Chefköche schöpferische Künstler, die ständig neue Delikatessen ersannen, und Teile der Gerichte wurden persönlich überwacht oder gar manuell zubereitet. Spitzenhotels und Ferienunterkünfte lieferten richtiges Essen, nicht die synthetischen und naturidentischen Speisen des täglichen Lebens. Sie kostete vom ersten Gang, lächelte hingerissen und nickte dem Ober zu, daß alles aufs beste war. Er erwiderte ihr Lächeln, verbeugte sich, drehte sich um und ging.

Als er nach über einer halben Stunde zurückkehrte, lag sie ausgestreckt auf dem Sofa. Er trat zu ihr, überzeugte sich von ihrer körperlichen Verfassung, nickte geistesabwesend vor sich hin, ging dann wieder hinaus und schob einen großen Wäschekarren herein. Er hob ihren leblosen, nackten Körper empor, legte ihn in den Wagen und bedeckte ihn mit ein paar Leintüchern. Als er sich umsah, erblickte er die erleuchtete Modetafel, trat hinzu und tippte STORNO ein, dann ging er zur Hauptschalttafel, drückte den RAUM-SÄUBERN-UND-HERRICHTEN-Knopf, bis dieser aufleuchtete. Zufrieden schob er dann den Wagen durch die Schiebetür und den breiten Korridor hinab zu den Personaleingängen.

Sie erwachte langsam und erschöpft und begriff gar nicht, was ihr widerfuhr. Das letzte, woran sie sich erinnern konnte war, daß sie eine wundervolle Mahlzeit zu sich genommen und sich plötzlich sehr müde und benommen gefühlt hatte. Sie hatte sich gefragt, ob sie sich zu viel zugemutet hatte und sich auf die Couch zurückgelehnt, um sich wieder zu fangen – und nun befand sie sich plötzlich...

Wo?

Es war ein konturloser Plastikraum – sehr klein, mit erleuchteten Wänden und Decke, dessen einziger Einrichtungsgegenstand die kleine, primitive Pritsche darstellte, auf der sie lag. Ein Bereich der Wand schimmerte ein wenig heller, und sie beobachtete neugierig und auf naive Weise unerschrocken, wie ein Mann das Zimmer betrat. Sie riß überrascht die Augen auf angesichts seiner untersetzten Statur und seiner primitiven Kleidung, insbesondere aber wegen seines langen, lockigen Haares und seines buschigen Bartes, die beide von grauen Strähnen durchzogen waren. Er stammte mit Sicherheit nicht von den zivilisierten Welten, das war ihr augenblicklich klar, und sie fragte sich, was, um alles in der Welt, hier vor sich ging.

Sie wollte aufstehen, doch er hinderte sie mit einer Handbewegung daran. »Bleiben Sie liegen«, mahnte er sie mit leiser, rauher und doch irgendwie klinisch unbeteiligter Stimme wie der eines Arztes. »Sie sind Juna Rhae, Innenausstatterin 137?«

Sie nickte und wurde immer neugieriger.

Er nickte vor sich hin. »Na schön, dann sind Sie die Richtige.«

»Die Richtige wofür?« wollte sie wissen und fühlte sich allmählich etwas besser. »Wer sind Sie? Und wo befinden wir uns?«

»Ich bin Hurl Bogen, obgleich Ihnen das nichts sagen wird. Was den Ort betrifft, so befinden Sie sich in einer Raumstation im Warden-Diamanten.«

Sie setzte sich auf und runzelte die Stirn. Der Warden-Diamant? »Ist das nicht eine Art... Strafkolonie für Leute von der Pionierfront?«

Er grinste. »Man könnte es so nennen. Womit Sie wissen, worum es sich bei mir handelt.«

Sie starrte ihn an. »Wie kam ich hierher?«

»Wir haben Sie entführt«, antwortete er lakonisch. »Sie wären überrascht, wie praktisch es ist, einen Agenten im Feriendorfpersonaldienst zu haben. Früher oder später fährt jeder einmal an einen solchen Ort. Wir haben Ihnen Schlafmittel ins Essen gemischt, und unser Agent schmuggelte Sie aus dem Zimmer und von dem Planeten zu einem wartenden Schiff, das Sie hierher gebracht hat. Sie sind schon fast einen Tag hier.«

Sie mußte kichern. »Das ist eine Art Feriendorf-Spiel, stimmt's? Eine Thrillershow zum Miterleben? Solche Sachen gibt's im wirklichen Leben nicht.«

Er grinste nur noch breiter. »Oh, doch, es gibt sie sehr wohl. Wir sorgen nur dafür, daß niemand allzuviel davon erfährt, und selbst wenn die Konföderation es herausfindet, sorgt *sie* dafür, daß Sie es nicht mitbekommen. Es wäre sinnlos, alle Welt in Panik zu versetzen.«

»Aber *wozu?*«

»Eine berechtigte Frage«, gab er zu. »Sehen Sie es einmal so. Die Warden-Planeten stellen ein ideales Gefängnis dar, denn wenn man dort landet, infiziert man sich mit einer Krankheit, mit der man nirgendwo außerhalb des Systems leben kann. Verläßt man es trotzdem, muß man sterben. Diese... Krankheit... verändert einen auch. So daß man nicht mehr ganz Mensch ist. Nun müssen Sie sich vorstellen, daß nur die Besten der Bösen hierhergeschickt werden. Die Übrigen werden abgeknallt oder gelöscht oder sonst etwas. So haben wir vier Welten voller Leute, die nicht gerade der Menschheit viel Liebe entgegenbringen, da sie selbst nicht mehr ganz menschlich sind. Nun stellen Sie sich einmal vor, eine nichtmenschliche Rasse stolpert über die menschliche und weiß, daß die beiden – sie und die Menschen – niemals miteinander zurechtkommen werden. Aber die Menschen wissen noch nicht, daß diese Fremdrassigen präsent sind. Können Sie mir folgen?«

Sie nickte, und nahm das alles immer noch nicht ganz ernst. Sie versuchte sich zu erinnern, ob sie vielleicht ein solches Erlebnisprogramm bestellt hatte, gab es jedoch auf. Selbst wenn sie das getan hätte, würde sie die Vorgänge nicht als Teil dieses Programmes erkennen.

»Na schön, diese Fremdrassigen wollen also soviel wie möglich über die Menschen herausfinden, bevor man sie selber entdeckt. Sie sind viel zu menschenfreundlich, um die Sache direkt anzugehen, und die Konföderation ist viel zu straff reglementiert, als daß man dort menschliche Agenten heranziehen könnte. Was tun sie also? Sie bringen die Sache mit dem Warden-Diamanten in Erfahrung; sie nehmen Kontakt mit uns auf und versuchen uns anzuheuern, damit wir ihre Schmutzarbeit für sie erledigen. Dazu sind wir bestens geeignet – und später wird es sich reichlich auszahlen. Vielleicht, indem wir diesen Warden-Fluch loswerden. Haben Sie nun verstanden?«

»Wenn wir mal für einen Augenblick davon ausgehen, daß ich das alles glaube, was ich entschieden nicht tue«, erwiderte Juna, »wohin führt mich das Ganze? Sie sagten gerade, daß keiner von Ihnen diese Welten verlassen kann. Und was wollen Sie mit einer Innenausstatterin anfangen? Warum nicht ein General oder ein Sicherheitsbeamter?«

»Oh, die haben wir natürlich auch. Aber Sie haben recht – wir können aus unserer Welt nicht weg, noch nicht. Aber unsere Freunde verfügen wirklich über eine ausgeklügelte Technologie. Sie werden gleich einen ihrer Roboter zu sehen bekommen. Obgleich er menschlich ist, wirkt er furchterregend. Der Ober, der Sie entführt hat, war auch einer. Ein perfekter Ersatz für den richtigen Menschen, der einst den Job innehatte.«

»Roboter«, spottete sie. »Die würden keinen sehr lange täuschen. Zu viele Leute kennen sie.«

Wieder trat das Grinsen auf sein Gesicht. »Sicher – wenn man sie nur programmieren und direkt einsetzen würde. Aber so geht das nicht vonstatten. Ihrem raffinierten, kleinen Bewußtsein wird jede Erinnerung, jeder Persönlichkeitszug, jede Vorliebe und Abneigung, jeder gute und jeder schlechte Gedanke eingegeben, den Sie je hatten. Der Roboter wird zum Menschen selbst, aber er nimmt noch Befehle von uns an, und er kann in einem tausendstel Bruchteil der von Ihnen benötigten Zeit denken und Berechnungen anstellen. Sie jagen mir manchmal Angst ein, da sie absolut wie wir werden und uns ersetzen könnten. Glücklicherweise sind ihre Schöpfer daran nicht interessiert.«

Zum ersten Mal begann sie sich nun unbehaglich zu fühlen. Nicht nur, daß diese Show verdammt real wirkte – damit hätte sie gerechnet –, aber sie hatte passiven, gesprächhaften Charakter und war nicht die Thrillershow, wie man sie inszenieren würde. Aber die Alternative, daß dies *Wirklichkeit* war, war zu entsetzlich, als daß sie diese Möglichkeit hätte in Erwägung ziehen wollen.

»Dann können Sie also Menschen durch perfekte Roboter ersetzen«, stieß sie gepreßt hervor. »Wozu aber ausgerechnet einen Innenausstatter?«

»Einer unserer Büroagenten stieß auf Ihre Routineeintragung vor einigen Wochen. Überlegen Sie mal, Juna Rhae, Ihr nächster Auftrag besteht in der Umgestaltung einer Kinderfabrik. Ein Haus, wo kleine Botaniker anstatt kleiner Ingenieure herangezogen werden sollen, glaube ich. Nun nehmen wir mal an, *wir* könnten eine kleine Zusatzprogrammierung erreichen, während Sie darangehen, das Haus umzubauen?«

Ihr schauderte. Das war selbst für einen Horrorroman zu schrecklich.

»Nun«, fuhr er fort, »haben wir einen Ansatz. Sie sind seit dem Augenblick, da Sie in den Warden-Diamanten eintauchten, infiziert. Wir haben Ihnen eine massive Überdosis des reinen Stoffs verabreicht. Gesättigt mit der zerberanischen Abart der Warden-Mikrobe. Es wird eine Weile dauern, bis Sie etwas spüren, einige Tage oder mehr, aber sie ist bereits präsent und nistet sich in Ihrem Körper ein.«

Wieder schimmerte die Tür auf, und herein trat eine Frau, eine Frau von den zivilisierten Welten, eine Frau, die ihr mehr als vage vertraut war, obgleich sie ausdruckslos, steif und beinahe zombiehaft wirkte.

Bogen drehte sich um und nickte dem Neuankömmling zu, bevor er sich wieder umdrehte. »Erkennen Sie die Frau?«

Juna starrte sie an und empfand nun zum ersten Mal Furcht. »Das... das bin *ich*«, hauchte sie.

Ihr anderes Ich streckte ihr die Hand entgegen und zog sie mit eisernem Griff von der Bahre auf die Beine hoch. Die Kraft in dieser Hand lag jenseits alles Menschlichen. Der Roboter Juna Rhae ergriff die Hand der Frau und hielt sie wie ein Schraubstock umklammert, während ihr anderer Arm die Taille der Frau umfaßte. Dies tat viel zu weh, um Teil einer Show zu sein. Etwas Derartiges hätte sie niemals bestellt!

»Wir Zerberaner«, erklärte Bogen freundlich, »können Bewußtsein austauschen, verstehen Sie.«

II

Der Mann lehnte sich auf die weiche, bettähnliche Liege vor einer instrumentenstrotzenden Ansammlung in einer kleinen Innenkammer des Raumfahrzeuges zurück; er war über Drähte durch eine Art von Helm mit den Instrumenten rings um ihn her verbunden. Er sah müde, verwirrt und besorgt aus.

»Anhalten«, rief er.

Der Computer schien einen kurzen Augenblick zu pausieren. »Irgend etwas nicht in Ordnung?« fragte die Maschine besorgt.

Der Mann setzte sich auf der Liege auf. »Laß mich eine Weile verschnaufen, bevor wir uns mit dem Folgenden befassen. Ich glaube, ich kann im Augenblick nicht einen Bericht nach dem anderen direkt aufnehmen. Ich will ein wenig umhergehen, mit Leuten reden, mich etwas entspannen, vielleicht sogar ein bißchen schlafen. Anschließend werde ich bereit sein. Die Konföderation wird nicht zusammenbrechen, wenn ich zehn oder zwölf Stunden warte.«

»Wie Sie wollen«, erwiderte der Computer. »Obgleich ich glaube, daß Zeit ein wesentlicher Faktor ist. Er sagt uns vielleicht genau das, was wir wissen müssen.«

»Vielleicht«, seufzte der Mann und nahm den Helm ab. »Aber wir gammeln hier schon fast ein Jahr, ohne groß etwas zu tun zu haben. Ein paar Stunden mehr werden da keine Rolle spielen. Wir werden wahrscheinlich ohnehin alle vier Berichte hören müssen, und keiner weiß, wann die beiden anderen kommen.«

»Alles, was Sie sagen, ist vernünftig und richtig«, gab der Computer zu. »Trotzdem drängt sich mir die Frage auf, ob Ihrem Zögern wirklich diese praktischen Erwägungen zugrunde liegen.«

»Hm? Wie meinst du das?«

»Der Lilith-Bericht hat Sie sehr verwirrt. Ich kann das an den Körperfunktionsmonitoren ablesen.«

Er seufzte. »Du hast recht. Zum Teufel, vergiß nicht, *ich* war das.

Ich, der da hinunterging wie jemand, den ich kaum wiedererkannte, als er seinen Bericht gab. Es ist ein ziemlicher Schock festzustellen, daß man sich selbst kaum kennt.«

»Trotzdem muß die Arbeit weitergehen«, bemerkte der Computer. »Sie stellen den Zerberus-Bericht zurück, weil Sie Angst davor haben. Das ist kein gesunder Zustand.«

»Ich *werde* ihn mir anhören!« schnauzte er den Rechner an. »Laß mir gefälligst eine Verschnaufpause!«

»Wie Sie meinen. Modul schließen.«

Der Mann erhob sich und ging zurück in sein Wohnquartier. Ich brauche irgendeine Aufmunterung, sagte er sich. Er fand die entsprechenden Tabletten vor, doch das war es nicht, was er suchte. Menschliche Gesellschaft. Kultivierte Gesellschaft von zivilisierten Welten, aus der Kultur, in der er aufgewachsen war. Vielleicht einen Drink in der Schiffsbar. Oder zwei. Oder mehr. Und Menschen...

In einem System, das auf vollkommener Ordnung, Uniformität und Gleichklang beruhte, stellte der Warden-Diamant ein Irrenhaus dar. Halden Warden, ein Scout der Konföderation, hatte das System vor mehr als zweihundert Jahren entdeckt. Warden selbst war durch die Vielzahl der Planeten, die er entdeckt hatte, zu einer Legende geworden, man sah ihn jedoch als leicht verschroben an, selbst von Frauen und Männern, die es vorzogen, ihre meiste Zeit auf nicht aufgezeichneten Sternen zu verbringen. Er liebte seine Arbeit, hielt die Entdekkungen für seine eigentliche Aufgabe und überließ so gut wie alles andere jenen, die ihm folgen würden. Er hielt sich jeweils nur so lange auf, bis er die Position aufgezeichnet und die Information in so knapper Form wie möglich zurückgefunkt hatte. Die Schwierigkeit bestand darin, daß er seinen Bericht gewöhnlich so knapp hielt, daß die Menschen sich nicht vorstellen konnten, was er meinte, bis sie dort landeten – und beim Warden-Diamanten übertraf er sich noch selbst in diesem Punkt.

Sein ursprüngliches Zeichen war ein scheinbar schlichtes »4 BWs«. Die Bedeutung dieses Symbols war alles andere als einfach – es war unmöglich. Es bedeutete ein einziges Sonnensystem mit vier bewohnbaren Welten, nahezu eine statistische Unmöglichkeit in einer Galaxis, in welcher nur eines von viertausend Sonnensystemen etwas annähernd Brauchbares aufwies. Doch Warden war es, der das Unmögliche gefunden hatte und ihm den Namen gab. Seine Meldung war charakteristisch für seine Eigenart.

Charon – sieht aus wie die Hölle.

Lilith – hinter allem Schönen verbirgt sich eine Schlange.

Zerberus – macht seinem Namen alle Ehre.

Medusa – jeder, der hier leben wollte, müßte Steine im Kopf haben.

Und das war alles. Der Text, die Koordinaten und ein mahnendes »ZZ«, was bedeutete, daß die Gegend etwas an sich hatte, das ihm nicht geheuer war, er aber nicht zu sagen vermochte, was genau es war. Gefährlich – äußerst vorsichtiges Vorgehen angebracht.

Als der erste Trupp, bis an die Zähne bewaffnet, dort landete, begriffen die Leute sofort, was Warden außer der Existenz der unglaublichen vier Planeten so unheimlich angemutet hatte. Sie schienen im rechten Winkel zueinander um ihren Stern vom F-Typ zu stehen.

Es stellte sich bald heraus, daß diese Konstellation ein reiner Zufall gewesen war – später hat niemand mehr die Diamantenform so vollkommen erlebt wie Warden zum Zeitpunkt seiner Entdeckung, und es bestand wirklich nichts Unnatürliches an einer solchen einmaligen Konstellation, doch der erst mal erteilte Name blieb dem System erhalten. Der Warden-Diamant.

In dem System befand sich eine unglaubliche Menge Raumschrotts – Asteroiden, Kometen könnte man sie nennen, ebenso wie die üblichen Gasriesen –, aber die Planeten selbst waren es, die jedermann in Verwunderung versetzten. Bezüglich der Temperatur lagen sie alle im für Menschen lebensfähigen Bereich; alle hatten Stickstoff-Sauerstoff-Atmosphären, alle wiesen Wasser auf.

Charon – in 158551 Millionen Kilometern Entfernung von seiner Sonne – war eine heiße, dampfende Dschungelwelt mit blubberndem Schlamm und unerträglicher Hitze und Feuchtigkeit. Die beherrschende Lebensform schienen gewaltige Reptilien zu sein, die den kleineren Dinosauriern ähnelten. Der Planet kam wirklich den Visionen von der Hölle gleich.

Lilith – in 192355 Millionen Kilometern Entfernung – war dagegen ein Paradies, ein üppiges Eden ringsum. Reich bewaldet und mit einer großen Pflanzenvielfalt, wurde der Planet von Insekten in der Größenordnung von winzig klein bis erschreckend riesig bewohnt. Die Früchte der Bäume erwiesen sich als genießbar, die Gräser als vielseitig, und selbst die Insekten stellten eine unerschöpfliche Proteinquelle dar. Es war in der Tat ein Paradies, in dem noch keine Schlange der Versuchung drohte. Noch nicht.

Zerberus – in 240161 Millionen Kilometern Entfernung – war kälter, härter und der fremdartigste Planet der vier. Er schien nur aus einem riesigen Ozean, ohne Landmassen, zu bestehen. Doch der Ozean war von dichtem Pflanzenwachstum überwuchert. Die Pflanzen erhoben sich zwei oder drei Kilometer hoch aus dem Meeresgrund, bildeten ein undurchdringliches Farbengewirr und stellten an der Oberfläche auf den Pflanzenspitzen ein pflanzliches Ökosystem dar. Auf diesen Baumwipfeln ließen sich sogar Städte errichten, und in den gemäßigten Zonen ließ es sich aufgrund der angenehmen Temperatur recht behaglich leben. Doch da alle natürlichen Ressourcen außer Holz soweit außer Reichweite schienen, daß sie praktisch unerreichbar waren, machte der Planet seinem Namen wirklich alle Ehre im Hinblick auf menschliche Besiedlung.

Zu guter Letzt Medusa in 307768 Millionen Kilometern Entfernung; eine kalte, eisgefrorene Welt mit ein paar Flecken Wald, doch weitgehend von Tundra und Polareis bedeckt. Medusa ließ als einzige der vier Welten Anzeichen von Vulkanismus erkennen, es stellte ein hartes, abweisendes Land dar, dessen einzige Bewohner eine Säugetierfauna von wandernden Pflanzenfressern und einige ekelhaft aussehende Raubtiere zu sein schienen, die auf sie Jagd machten. Medusa war häßlich, bitterkalt und öde, nicht nur im Vergleich zu Lilith, sondern zu allen anderen; die frühen Erforscher mußten Warden recht geben, daß jeder, der sich freiwillig auf eine solche Welt begab, wahrscheinlich Steine im Kopf haben mußte.

Das Auswertungsteam hatte daher Lilith als Hauptbasis gewählt und sich dort niedergelassen. Etwa sechs Monate lang tat sich gar nichts, während sie unter strenger Quarantäne lebten, arbeiteten und ihre Forschungen betrieben, obgleich sie mit ihrer Pendelfähre auch auf den anderen Planeten provisorische Lager errichtet hatten. Sie begannen gerade, sich auf Lilith einzurichten, als die Schlange züngelnd zustieß.

Als schließlich sämtliche Geräte ausgefallen waren, war es schon zu spät. Zuerst beobachteten sie, wie die gesamte Energie aus den Maschinen und Ausrüstungsgegenständen wich, dann wie alle Geräte und alle anderen künstlich gefertigten Gegenstände zu Schrott zu zerfallen begannen und sich vor ihren Augen zersetzten. Nach weniger als einer Woche war nirgends mehr ein Anzeichen dafür zu erkennen, daß jemals etwas Fremdartiges Lilith betreten hatte; alles war verschwunden, selbst die gerodeten Lichtungen im Dschungel schienen über Nacht wieder zugewachsen zu sein. Bald war überhaupt nichts mehr übrig – nichts außer zweiundsechzig splitternackten, entsetzten und zu Tode verängstigten Wissenschaftlern, denen auch nicht das kleinste Gerät geblieben war, um ihnen zu beweisen, daß es die Wirklichkeit war und sie nicht alle den Verstand verloren hatten.

Auch die anderen Welten blieben nicht verschont. Alle Expeditionen hatten sich irgendwann einmal auf Lilith aufgehalten und die Schlange in ihrem Gepäck auf ihren Planeten eingeschleppt. Schließlich ermittelte man über Fernsonden und die kombinierten Forschungen eines Laborkreuzers fernab von dem Planeten den Schuldigen: einen fremdartigen Organismus, wie er nicht seinesgleichen hatte.

Von submikroskopischer Größe lebte er in Kolonien in den Zellen. Wenn auch nicht intelligent im menschlichen Sinne, schien er dem Planeten eine ganze Reihe erstaunlicher Gesetze aufzuzwingen, da er eine unglaubliche Entwicklungsfähigkeit besaß, um jeder Bedrohung seines Ökosystems entgegenzutreten und sie auszuschalten. Trotz seiner kurzen Lebensspanne von nur drei bis fünf Minuten war doch seine Fähigkeit, sich in allem so zu entwickeln, daß es seinem genetischen Kode gehorchte, ungeheuer stark. Innerhalb von sechs Monaten hatte sich der Organismus ausreichend entwickelt, um es mit den menschlichen Eindringlingen aufzunehmen, alles fremdartige Material anzugreifen und zu vernichten und eine symbiotische Beziehung zu den Humanoiden herzustellen.

Die anderen Planeten jedoch hielten ein anderes Schicksal für die Invasoren bereit. Unterschiedliche atmosphärische Ausgleichs- und Gravitationskräfte, Strahlenintensitäten – auf jedem existierten alle Möglichkeiten, so daß diese submikroskopische Lebensform diese Welten nicht in eine wie Lilith verwandeln konnte. Statt dessen veränderte sich der Organismus. Auf Medusa adaptierte er den Wirtsorganismus an die neue Umgebung und stellte so ein Gleichgewicht her. Auf Charon und Zerberus rief er jedoch in jedem Wirtsorganismus eigentümliche Nebenwirkungen hervor.

Die verheerendsten Folgen waren jedoch, daß der Warden-Organismus eine Art Verbindung zu seinem heimatlichen Sonnensystem zu unterhalten schien. Wenn man einen mit dem Organismus infizierten anderswohin brachte und der Organismus starb, so starb auch der Wirt einen schrecklichen, schmerzhaften Tod, da jede Körperzelle den Bedürfnissen des Organismus entsprechend verändert war. Menschen konnten im Warden-Diamanten zwar leben, ihn jedoch niemals wieder verlassen.

Viele Wissenschaftler opferten der Erforschung des Rätsels ihr Leben und ihre Laufbahn, ließen sich freiwillig auf den Warden-Welten einsperren und errichteten eine Forschungskolonie, wie sie noch von ihren Nachfahren betrieben wurde. Doch die Lösung entging ihnen weitgehend – was sie natürlich nur weiter motivierte und zu größeren Anstrengungen antrieb.

Doch es sollten nicht die Wissenschaftler sein, die den Kern der Besiedlung des Diamanten bildeten; es war die ›Elite‹ der Kriminellen. Ein utopistisches System, das fortgeschritten genug war, sich Pionierwelten zu erhalten, wollte sich jene Leute zunutze machen, die irgendwie Mängel im System entdeckt und ausgenutzt hatten. Die ›Elite‹ der Kriminellen in einer hochtechnisierten Gesellschaft war häufig die intelligenteste und schöpferischste, doch solche Abweichler konnten in den zivilisierten Welten kaum geduldet werden, ja nicht einmal für längere Zeit an der Pionierfront. Bis zur Entdekkung des Warden-Diamanten waren diese Leute zum Wohle der gesellschaftlichen Ordnung eliminiert worden. Nun war es möglich, diese verbrecherische Elite zusammen mit politischen Gefangenen und anderen gesellschaftlich unerwünschten Elementen an einen

Ort zu transportieren, wo sie frei ihr unmoralisches und amoralisches Ich ausleben konnten und sich die notwendige Schöpferkraft erhalten konnten, um etwas herauszufinden, was der Konföderation vielleicht zum Nutzen gereichen konnte.

Das perfekte Gefängnis. Es führte die brillantesten Soziopathen und Psychopathen zusammen und brachte sie miteinander in Kontakt. Sie und ihre Nachfahren errichteten Imperien. Jede Welt besaß einzigartige Attribute und hielt Attraktionen bereit, welche der Konföderation und ihren Mördern bislang entgingen. Geld ließ sich bei Banken auf Zerberus oder Medusa horten; Beute aller Art ließ sich für immer auf Charon und Zerberus verstecken, bis sie gebraucht wurde. Selbst Lilith, das nichts Fremdartiges dulden wollte, war ein Hort von Geheimnissen, die über seine geschützten Kreisbahnsatelliten vertrauenswürdigen Mitgliedern der Hierarchie von Lilith zuflossen. Der Stärkste, Klügste, Gemeinste gelangte an die Spitze und übte die Macht aus über planetenweite Verbrechersyndikate, deren Einfluß geradewegs bis ins Zentrum der Konföderation reichte. Die Köpfe dieser Syndikate nannten sich selbst die Vier Lords des Diamanten, und sie taten ihr Bestes, um mit der Gesellschaft, die sie hierher verbannt hatte, abzurechnen. Nun machten sie gemeinsame Sache mit einem Gegner, der die Macht besaß, das ganze System zu vernichten, eine Tatsache, welche die Konföderation erst sehr spät im Spiel der Fremdrassigen erkannte – und das auch nur zufällig.

Die Menschheit besaß nur geringe Verteidigungsmöglichkeiten, wie den Fremdrassigen wohl bewußt war. Agenten, die man zu den Warden-Welten entsandte, erwartete der sichere Tod, wenn sie entdeckt wurden. Blieben sie unerkannt, saßen sie bei den verbrecherischen Vier Lords, ihren Abkömmlingen und Untergebenen fest. In der gegebenen Situation fiel es schwer, einen Agenten zu überzeugen, loyal zu bleiben, da keine angemessene Belohnung in Aussicht stand und es sich um eine Lebensaufgabe handelte. Einer dieser Agenten, ein Freiwilliger, hatte sich selbst zu einem der Vier Lords emporgearbeitet.

Und doch bestand die einzige Verbindung der Konföderation zu der fremdrassigen Gefahr, die sie in kürzester Zeit hätte angreifen und vernichten können, im Warden-Diamanten. Sie mußten dort nicht irgendwelche Agenten einsetzen, sondern ihre *besten* – und sie ersannen schließlich eine Möglichkeit, die Aussicht auf Erfolg versprach. Sie wählten ihren besten Agenten, einen hochkarätigen Mörder von absolut untadeliger Loyalität und Hingabe aus und unterzogen ihn dem Merton-Prozeß, mit dessen Hilfe Persönlichkeit und Erinnerungen eines Menschen in einem Computer gespeichert werden konnten, um sie dann anderen Personen einzugeben.

Die Originalpersönlichkeiten dieser Ersatzkörper wurden selbstredend zerstört. Zwanzig oder dreißig Personen fanden so den Tod, bevor ein Persönlichkeitstransplantat »griff«, aber das war nicht weiter von Bedeutung – es handelte sich ohnehin um Gegner des Gesellschaftssystems. So wurde ihr bester Agent in vier völlig verschiedene Körper »gesteckt« und auf die vier Welten verteilt. Sobald er erst einmal allein war, war jeder völlig auf sich gestellt, um über die fremde Bedrohung herauszufinden, was er in Erfahrung bringen konnte und in jedem Falle die eigentliche Aufgabe eines Mörders zu erfüllen – nämlich einen jeden der Vier Lords des Diamanten umzubringen, um so zumindest eine Krise in der Führung einzuleiten, die der Konföderation eines Tages von Nutzen sein konnte.

Die ganze Zeit über saß der eigentlich gedungene Mörder im Orbit fernab von den Warden-Welten in einem Schiff, das die Quarantäne einhielt und wartete, daß seine vier Alter-Egos Bericht erstatteten, damit er seine Entdeckungen mit seinem Analysecomputer in einen Zusammenhang bringen konnte.

Drei der vier trugen einen winzigen organischen Transmitter in sich, von dem der Computer und besondere Satelliten Signale auffangen und verstärken konnten, worauf sich durch einen »Integration« genannten Prozeß Computer und Agent koppeln ließen, damit sein eigenes Denken die rohen Datenbits zu einem subjektiven Bericht ordnen konnte, dessen Daten dann auswertbar waren. Der Transmitter übermittelte ihnen, was das Alter-Ego auf den Planeten sagte und tat; der Integrationsprozeß lieferte seine Gedanken.

So konnte der gleiche Mensch sich gleichzeitig an vier verschiedenen Orten aufhalten, während er zur gleichen Zeit als objektiver Beobachter die Informationen auswertete. Jeder Agent würde versuchen, den Lord seiner besonderen Welt zu ermorden; der eigentliche Agent würde versuchen, über ihre Erfahrungen das Rätsel der fremdrassigen Bedrohung zu lösen.

Aber auf Lilith waren die Ereignisse sowohl richtig als auch falsch verlaufen. Richtig, weil die Aufgabe erfüllt worden war, aber falsch in der Hinsicht, daß der Mensch sich verändert hatte oder verändert worden war durch seine Erfahrungen, seine Isoliertheit und seinen Haß auf sein anderes Ich oben im Raum.

Zwei Berichte waren fast gleichzeitig eingegangen. Zuerst hatte er Lilith abgenommen, und das hatte das Selbstvertrauen und das Bild des Beobachters seiner selbst erschüttert. Nichts war so abgelaufen, wie es vorgesehen gewesen war. Er war dem Auftrag auf der Spur, doch war in diesem Prozeß sein eigenes Ich aus der Bahn geworfen worden.

Als zweites käme der Bericht von Zerberus, und er sah dem mit Besorgnis entgegen. Er fürchtete nicht um den Auftrag – das war etwas ganz anderes. Er fürchtete, was er über sich selbst herausfinden würde. Doch nach einem Abend im Aufenthaltsraum des Schiffes und ausreichendem Schlaf, der nicht das geringste bewirkte, wußte er, daß er zurückgehen und sich der Prozedur unterziehen mußte. Er fürchtete weder Tod noch Feind und hatte nun tatsächlich das einzige entdeckt, das ihm Angst einjagte.

Sich selbst.

Und so trat er schließlich wieder an den Liegesitz heran. Langsam und zögernd streckte er sich aus, der Computer senkte die kleinen Sonden, die er seinem Kopf anpaßte; dann verabreichte der Computer die vorgesehenen Injektionen und begann mit der Ausgabe.

Eine Weile schwebte er im halbhypnotischen Nebel, doch langsam begannen sich wieder wie zuvor Bilder in seinem Gehirn zu formen. Nur schienen sie jetzt eindeutiger, klarer, eher wie seine eigenen Gedanken.

Die Drogen und die kleinen Gehirnsonden taten das ihre. Sein eigenes Denken und seine Persönlichkeit wichen zurück und wurden von einem ähnlichen und doch völlig anderen Denkmuster ersetzt.

»Der Agent ist sich bewußt, daß auf Zerberus kein Transmitter einsetzbar war«, erinnerte ihn der Computer. »Es war notwendig, die entsprechende Gerätschaft auf den Planeten zu bringen und an abgesprochenen Stellen abzusetzen und bei der Zerebralprägung den absoluten Befehl zu erteilen, regelmäßig Bericht zu erstatten. Subjektiv aber wird alles für Sie wie gewohnt ablaufen.«

Der Agent reagierte nicht, dachte nicht nach, sondern nahm die Information einfach hin. Er war nicht mehr er selbst, sondern ein anderer, jemand, der ihm ähnelte und doch in vielerlei Hinsicht ganz anders war.

»Der Agent erhält den Befehl zum Bericht«, ordnete der Computer an und jagte die Order tief in sein eigenes Denken, ein Denken, das nicht mehr das seine war. Es würde der totalen Erinnerung des Denkens seines Gegenparts da unten folgen, das sein eigenes Bewußtsein ordnen, klassifizieren und zu einer zusammenhängenden Erzählung zusammenstellen würde, einer Erzählung in Form eines Berichts.

Recorder schalteten sich klickend ein.

Vernehmlich räusperte sich der Mann im Sessel mehrmals. Es dauerte noch über drei Stunden, bis man ihn zu mehr bewegte, als einige merkwürdige Wörter und Laute zu murmeln, aber Computer sind äußerst geduldig in der Gewißheit, daß das Denken des Mannes mit einer Fülle von Daten überflutet wurde und darum rang, sie einzuordnen und zu klassifizieren.

Doch endlich begann der Mann wie in einem Traum zu sprechen.

Wiedergeburt

Nach dem Gespräch mit Kreega und einer kurzen Vorbereitungszeit, um meine Angelegenheiten in Ordnung zu bringen – denn der bevorstehende Auftrag würde lange dauern –, meldete ich mich in der Klinik des Sicherheitsdienstes der Konföderation. Ich war früher schon viele Male hiergewesen, doch niemals wissentlich zu diesem Zweck. Meistens wurde man hier mit allen Informationen programmiert, die man für einen Auftrag benötigte und später auch reintegriert. Gewiß war die Arbeit, die ich verrichtete, häufig extralegal – ein Begriff, den ich »illegal« vorziehe, was kriminelle Absichten impliziert. Bei jedem Agenten wurden die Erinnerungen an einen heiklen Auftrag wieder gelöscht.

Es mag einem als ein merkwürdiges Leben vorkommen, umherzulaufen und nicht mehr zu wissen, wo man gewesen ist und was man gemacht hat, doch es hat auch seine Vorteile. Da jeder potentielle militärische oder politische Feind weiß, daß man einer Gedächtnislöschung unterzogen wird, kann man außerhalb eines Auftrags ziemlich normal und sorglos leben. Es hätte keinen Sinn, einen zu verfolgen – schließlich erinnert man sich nicht an das Geschehene, an seine Ursachen und seine Mitspieler. Als Ausgleich für jene Leerstellen führt ein Agent der Konföderation ein Leben in Luxus und Bequemlichkeit mit fast unerschöpflichen Geldquellen und allen damit verbundenen Annehmlichkeiten. Man trägt eingepflanzte Sensoren, so daß man ständig unter Beobachtung steht und entschieden wird, wann eine gute Auffrischung vonnöten ist. Ich fragte mich oft, wie empfindlich diese Sensoren waren. Der Gedanke, daß ein ganzer Sicherheitsstab meine Ausschweifungen und mein Intimleben kontrollieren konnte, beschäftigte mich anfangs anhaltend, doch dann gewöhnte ich mich daran und ignorierte es. Das Leben, das einem dafür geboten wird, ist einfach zu herrlich. Außerdem, was hätte ich dagegen tun können?

Doch wenn ein Auftrag ins Haus stand, konnte man natürlich nicht auf alle Erfahrungen verzichten, die man besaß. Eine Löschung ohne Speicherung wäre einfach sehr unpraktisch gewesen, denn ein guter Agent kann nur besser werden, wenn er seine Fehler nicht wiederholt. Also speicherte man in der Sicherheitsklinik alle Erfahrungen, und das erste, was man unternahm, war dort hin zugehen und sich seinen Rest wieder eingeben zu lassen, so daß man wieder vollständig man selbst war, vorbereitet für die Aufgabe, die einem bevorstand.

Es erstaunte mich stets, wenn ich mich von dem Stuhl erhob und mein Gedächtnis wieder vollständig war. Sogar die deutliche Erinnerung dessen, was ich getan hatte, erstaunte mich, daß gerade ich von allen Menschen dies oder jenes vollbracht hatte. Ich wußte, daß diesmal der einzige Unterschied darin bestand, daß der Prozeß einen Schritt weiter getrieben werden sollte. Nicht nur, daß sich mein vollständiges Ich vom Tisch erheben würde, sondern die gleichen Gedächtnismuster würden anderen Psychen, anderen Körpern eingegeben sein – so oft wie nötig sein würde, bis seine »Übernahme« geglückt wäre.

Ich fragte mich, wie sie sein würden, diese vier anderen Versionen meiner selbst. Körperlich vermutlich anders – die Art Übeltäter, die sie dafür hernahmen, stammte gewöhnlich nicht von einer der zivilisierten Welten, wo die Menschen im Namen der Gleichheit in gewissen Grundzügen standardisiert sind. Nein, diese Leute würden von den Grenzbereichen kommen, wären Händler, Bergleute oder Freibeuter, die am Rande des weiten Reiches existierten und die man in einer expandierenden Kultur benötigte, da in ihren Lebensbereichen mit ihren Gefahren ein hohes Maß an Individualität, Selbstsicherheit, Originalität und Kreativität vonnöten war.

Die verfluchte Sonde bereitete teuflische Schmerzen. Gewöhnlich trat nur ein Kitzeln auf, gefolgt von einem schlafähnlichen Gefühl, und man wachte dann ein paar Minuten später wieder ganz als man selbst in seinem Sessel auf. Diesmal wurde das Kitzeln zu einem echten körperlichen Schmerz, der sich in meinen Schädel bohrte, umherhüpfte und dann meinen ganzen Kopf in seine Gewalt brachte. Es war, als hätte eine riesenhafte, kräftige Hand mein Gehirn umschlossen und quetsche es, um es loszulassen und dann in scheußlichem Rhythmus erneut zu quetschen. Anstatt in den Schlaf hineinzudämmern, verlor ich das Bewußtsein.

Ich erwachte und stöhnte leise. Der pochende Schmerz hatte sich in Nichts aufgelöst, doch die Erinnerung daran war noch zu frisch und zu lebendig. Ich glaube, es dauerte mehrere Minuten, bis ich genügend Kraft fand, um mich aufzusetzen.

Die alten Erinnerungen strömten zurück, und wieder wunderte ich mich über meine vergangenen Unternehmungen. Ich fragte mich, ob meine Ersatz-Ichs einer ebensolchen Behandlung unterzogen würden und dachte daran, daß sie nach dem Auftrag keiner Löschung unterzogen würden wie ich. Diese Überlegung führte mich zu der Erkenntnis, daß meine Vertreter mit großer Wahrscheinlichkeit umgebracht werden müßten, wenn sie mein ganzes Erinnerungsmuster kennengelernt hätten. Ansonsten würde auf dem Warden-Diamanten eine Menge Geheimnisse publik, und das bei Leuten, die wußten, was daraus zu machen wäre. Ich hatte nicht eher daran gedacht, als mich das Gefühl überkam, daß etwas *nicht stimmte*. Ich sah mich in dem kleinen Zimmer, wo ich erwacht war, um und entdeckte sogleich die Ursache dieses Gefühls.

Dies hier war nicht die Sicherheitsklinik, dies war kein Ort, den ich jemals zuvor gesehen hatte. Es war eine winzige Kammer von etwa zwölf Kubikmetern und das trotz einer verhältnismäßig hohen Decke. Darin befand sich ein schmales Feldbett, auf dem ich nun erwachte, ein kleines Waschbecken und daneben eine übliche Speisedurchreiche und in der Wand eine Toilette. Das war alles. Sonst nichts – oder doch?

Ich schaute mich um und bemerkte das Auffälligste. Ja, ich konnte mich nicht rühren, ohne daß ich visuell und wahrscheinlich auch akustisch überwacht wurde. Die Tür war fast nicht zu erkennen, und gewiß bestand keinerlei Möglichkeit, sie von innen zu öffnen. Ich begriff sofort, wo ich mich befand.

Es war eine Gefängniszelle.

Und was noch weit schlimmer war, ich konnte eine schwache Vibration wahrnehmen, die nicht durch eine einzige Ursache ausgelöst wurde. Das Gefühl war nicht störend; es war vielmehr so schwach, daß es kaum zu bemerken war, doch ich wußte, worum es sich handelte. Ich befand mich an Bord eines Schiffes im Raum. Ich stand auf, schwankte ein wenig unter einem leichten Schwindelgefühl, das gleich vorüber war und schaute an meinem Körper hinab. Schaute hinab... und erhielt, glaube ich, den größten Schock meines Lebens.

Es war der Körper einer Frau. Einer Frau nach Konföderationsstandard. In diesem Augenblick überkam mich ein gewaltiges Entsetzen und abgrundtiefer Widerwille. Zunächst und vor allem war ich sicher und eindeutig männlich und war damit ganz zufrieden, aber schlimmer noch war das Schrecklichste, was dieser Körper mir vermittelte. Ich war nicht ich, sondern ein Surrogat. *Ich bin einer von ihnen,* dachte ich von nacktem Entsetzen gepackt. Ich setzte mich auf die Pritsche zurück und versuchte mir einzureden, daß das nicht möglich war. Ich wußte, wer ich war, erinnerte mich an jede Kleinigkeit, jede Einzelheit meines Lebens und meiner Arbeit.

Mein Schrecken wich nach einer Weile Zorn und Enttäuschung. Nicht nur, daß dieser weibliche Körper mir und meiner Persönlichkeit fremd war, sondern eben dieses Denken und diese Persönlichkeit waren *nicht wirklich,* sondern eine Kopie, eine Imitation eines völlig anderen Menschen, eines menschlichen Wesens, das noch lebte und womöglich jede meiner Bewegungen, jeden meiner Gedanken verfolgte. In diesem Augenblick haßte ich den anderen, haßte ihn mit so krankhafter Intensität, wie sie jenseits aller Vernunft lag. Er würde in seinem Männerkörper behaglich und sicher dasitzen und zusehen, wie ich alles verrichtete – und wenn der Auftrag vorüber wäre, würde er sich zu Hause abmustern lassen und jenes bequeme Leben wiederaufnehmen, während ich...

Sie würden mich auf dieser Welt vom Warden-Diamanten absetzen, mich wie eine Art Superverbrecher in die Falle laufen lassen, wo ich für den Rest meines Lebens gefangen wäre – zumindest den Rest meines Lebens mit diesem Körper. Und dann? Wenn meine Arbeit erledigt war? Ich war mir dessen beim Erwachen bewußt geworden, ich hatte mein eigenes Urteil gesprochen. Was ich alles wußte! Ich würde die ganze Zeit überwacht werden. Kontrolliert und umgebracht, sowie ich eines der Geheimnisse preisgab. Auf jeden Fall nach Erledigung des Auftrags aus Sicherheitsgründen umgebracht.

Nun, sagte ich mir, das System funktionierte in beide Richtungen. Ich wußte, wie *er* dachte, wie *sie* dachten. Diese Aufzeichnung arbeitete auf beiden Seiten. Es würde ihnen verdammt schwerfallen, mich zähen Hundesohn umzubringen. Nein, dachte ich plötzlich wieder niedergeschlagen, nicht Sohn. Wollte ich tatsächlich den Rest meines Lebens in diesem Körper verbringen? Ich wußte es wirklich nicht. Jetzt mit Sicherheit nicht – aber tief im Innern auch niemals. Und doch keimte in meinem Hirn ein winziger Verdacht, daß es genau das war, was sie beabsichtigten. Die perfekte Doppelfalle für mich. Wenn das der Trick sein sollte, täuschten sie sich. Wenn ich zu glauben begänne, daß sie mir das angetan hatten in der Hoffnung, daß ich meinen Auftrag nicht würde überleben wollen, dann würde ich ihnen zum Trotz tausend Jahre leben. Doch ich wußte, daß vermutlich kein solcher Plan existierte. Entweder gab es hierfür ein höheres Motiv, oder sie hatten sich einfach keine Gedanken darüber gemacht. Ich wünschte, ich wüßte es.

Aber was nun? Vorläufig würde ich meine Zeit abwarten, stillhalten und mich zurechtfinden, so gut ich konnte. In gewisser Hinsicht eigenartig, wie *selbstverständlich* und *normal* ich mich fühlte. Arme, Beine, Kopf, alles am gleichen Platz. Viel leichter, jawohl, aber das war nur relativ, und etwas schwächere Arme zu haben, fiel einem nicht wirklich auf, insbesondere nicht in einer verriegelten Gefängniszelle. Nur stellenweise spürte ich Rundungen, wo früher keine solchen gewesen waren oder vermißte etwas, was stets vorhanden gewesen war. Ich wußte, hier in einer Isolationszelle würden mir die Unterschiede nicht auffallen. Erst später in dem Höllenloch, in das sie mich abwerfen würden, zusammen mit vielen anderen Leuten – *dort* würde es schwierig werden.

Ich fühlte mich wie ausgetrocknet nach dem Erwachen und entdeckte einen kleinen Wasserhahn und eine Tasse an der Wand über dem Waschbecken. Ich trank gierig. Natürlich lief es direkt durch mich hindurch, worauf ich entdeckte, daß das Gefühl beim Wasserlassen das gleiche wie vorher war, nur daß ich mich hinsetzen mußte. Ich zog die Toilette aus der Wand, setzte und erleichterte mich – und erhielt den zweiten Schock.

Das Ding funktionierte über Hautkontakt – fragen Sie mich nicht, wie. Ich bin technisch nicht versiert. Es war nicht so gut wie eine Neuroprogrammierung, doch es versetzte sie in die Lage, mit mir zu sprechen, ja sogar Bilder zu übermitteln, was nur ich sehen und hören konnte.

»Ich hoffe, daß Sie inzwischen den Anfangsschock überwunden haben, als Sie feststellten, wer und was Sie sind«, vernahm ich Kreegas Stimme so laut und klar, daß es unmöglich war, daß nicht einer der Monitoren es mithörte. »Wie Sie sich erinnern, ist der Merton-Prozeß zur Persönlichkeitsübertragung ziemlich körpermaterialaufwendig – es sterben ungefähr dreißig für eine Übernahme –, und von den ersten vier, bei denen es klappte, war eine diese Frau. Wir beschlossen aus vielerlei Gründen, Sie zu nehmen. Falls irgend etwas über Sie durchgesickert ist, werden die Warden-Autoritäten auf Sie nicht besonders achten, und Zerberus, der Planet, zu dem Sie geschickt werden, hat Eigenheiten, die Geschlecht und Alter völlig irrelevant machen. Wahrscheinlich sollte ich Ihnen zu Ihrer Beruhigung gleich sagen, daß Zerberaner eine natürliche Form des Merton-Prozesses nutzen – tatsächlich entdeckten wir den Prozeß sogar durch Studien über sie. Mit anderen Worten, Sie können damit rechnen, wenn Sie erst einmal unten sind, immer wieder Körper, Geschlecht, Alter und alles andere zu wechseln.«

Bei diesem Gedanken stieß ich einen halberschreckten Schrei aus, fuhr hoch, so daß die Toilette in die Wand zurückglitt und abgezogen wurde. Einen Augenblick lang machte ich mir Gedanken, ich könnte die Instruktion gelöscht haben; aber da mein altes Profi-Ich wieder zum Vorschein kam, wußte ich, daß ich warten mußte, um bei meinen Gefängniswärtern kein Mißtrauen zu erwecken.

Ich ging zur Pritsche zurück, setzte mich wieder, aber meine Stimmung hatte völlig umgeschlagen. Körperwechsler. Das änderte alles! Plötzlich *lebte* ich wieder, lebte und war aufgeregt.

Ich hatte ein paar kräftige Schocks erlitten, aber der schlimmste war vorübergehend. Der andere – die Entdeckung, daß ich nicht der war, für den ich mich hielt, sondern ein künstliches Geschöpf – hielt noch immer an. Das alte Leben, das, an das ich mich erinnerte, obwohl ich es gar nicht persönlich erlebt hatte, war für immer vorbei. Keine zivilisierten Welten mehr, keine Casinos mit schönen Frauen und all dem Geld, das ich verjubeln konnte. Und doch fing ich mich mit der Zeit. Deshalb hatten sie mich von Anfang an ausgewählt: wegen meiner Fähigkeit, mich fast allem und jedem anzupassen und zu fügen.

Gedächtnis, Denken, Persönlichkeit – das alles macht den Menschen aus, nicht der Körper, der nur Hülle der Intelligenz ist. *Ich war immer noch ich!* Dies war nichts anderes als eine besonders raffinierte biologische Verkleidung. Wer nun wirklich ich war – mir kam es vor, als gehörten diese Persönlichkeit und diese Erinnerungen dem anderen Burschen ebensowenig wie mir. Bis ich wieder von dem Sessel in der Sicherheitsklinik aufstand, war ich wirklich irgendwie ein anderer gewesen. Viele Komponenten von mir, mein Gedächtnis und meine Ausbildung, hatten gefehlt. Das alte Zwischenauftrags-Ich war das künstliche, das geschaffene Ich. Mein wahres Ich ruhte in ihren psychochirurgischen Computern abgelagert und wurde nur freigesetzt, wenn sie es brauchten – und zwar aus gutem Grund. In Freiheit bedeutete ich für ihre Machtstruktur eine ebenso große Gefahr wie jeder, gegen den sie mich einsetzten.

Und ich war gut. Der Beste, wie Kreega gesagt hatte. Deshalb befand ich mich jetzt hier in diesem Körper, in dieser Zelle, auf diesem Schiff. Und diesmal würde ich nicht gelöscht werden – und ich war nun überzeugt, daß es ihnen auch nicht gelingen sollte, mich umzubringen. Plötzlich empfand ich keinen Haß mehr auf mein anderes Ich irgendwo da draußen. Vielmehr stellte ich fest, daß ich nicht mehr allzuviel für es empfinden konnte. Wenn alles dies vorüber wäre, würde es wieder einmal gelöscht – vielleicht sogar getötet, wenn meine Agentenkollegen auf dem Diamanten und ich zu viel herausfanden. Bestenfalls würde es in diesen Zustand geistloser Stasis zurückversetzt. Ich nicht. Ich würde noch hier sein, weiterleben, das wahre Ich. Als ganzheitliche Person. Ich würde vollkommener sein als er.

Doch ich machte mir keine Illusionen. Sie würden mich töten, wenn sie dazu imstande wären, oder ich ihren Anforderungen nicht entsprach. Sie würden es automatisch von einem Robotsatelliten aus ohne die geringsten Skrupel durchführen. Doch meine Verletzlichkeit würde nur kurze Zeit andauern – auf Zerberus sogar noch kürzer als anderswo, denn sie würden herausfinden müssen, *wer* ich war, und das ohne die Hilfe von Biosuchern und anderen physiologischen Apparaten. Ich fragte mich, wie sie mich zum Erstatten von

Berichten zwingen wollten. Ich erinnerte mich, wie Kreega von einem Gehirnimplantat sprach, aber wenn man den Körper wechselte, war das zwecklos. Vermutlich existierte ein massiver Psychobefehl zu berichten, vielleicht mit Hilfe von Agenten oder bezahlten Komplizen auf Zerberus. Ich würde dazu kommen, wenn ich konnte. Solange würde ich die Schmutzarbeit für sie tun. Ich hatte keine Wahl, was sie zweifellos wußten. Während des verletzlichen Zustandes – und wer wußte, wie lange der anhielt? – war ich ihr Eigentum. Danach – nun, man würde sehen.

Der Kitzel der Herausforderung gewann nun wie stets die Oberhand. Das Rätsel, das es zu lösen galt, die Ziele, die erreicht werden mußten. Ich gewinne gern, was noch leichter ist, wenn man keinen persönlichen Bezug zum Spiel hat, nur die Herausforderung der Aufgabe, den Gegner und die geistige und körperliche Anstrengung. Die fremde Bedrohung erkunden. Der Ausgang bereitete mir keine Sorgen mehr – von nun an saß ich ohnehin auf einer der Warden-Welten fest. Wenn die Außerirdischen die bevorstehende Konfrontation gewinnen würden, machte das nicht den geringsten Unterschied aus, sondern würde lediglich die Fortführung der aktuellen Situation bedeuten. Das hieß, daß das Problem der Fremden eine rein intellektuelle Herausforderung war, was mir an der Situation ausgesprochen gefiel.

Das andere Ziel schuf eine ähnliche Lage. Den Lord von Zerberus ausfindig zu machen und ihn zu töten, wenn ich konnte. In gewissem Sinn würde es schwieriger sein, das durchzuführen, denn ich operierte auf völlig unbekanntem Terrain und würde deshalb mehr Zeit und vielleicht einige Verbündete brauchen. Eine weitere Herausforderung. Wenn ich ihn erwischte, würde das nur meine Macht und Stellung auf Zerberus verbessern. Wenn er aber mich zu fassen bekäme, würde mir das völlig gleichgültig sein, denn ich wäre tot. Doch die Vorstellung, zu verlieren, ist mir zuwider. Das alles schuf von meinem Blickwinkel aus optimale Bedingungen. Verfolgen und Töten war das heißeste Spiel, denn entweder man gewann, oder man starb und mußte nicht mit dem Bewußtsein leben, verloren zu haben.

Plötzlich kam es mir in den Sinn, daß der einzige Unterschied zwischen mir und einem Lord des Diamanten wahrscheinlich darin bestand, daß ich *für* das Gesetz arbeitete und er – oder sie – dagegen. Aber nein, das stimmte auch nicht. Auf diesem Planeten war *er* das Gesetz, und ich würde dagegenarbeiten. Totes Rennen in moralischer Hinsicht.

Das einzige, was mir wirklich Sorgen machte, war der Nachteil, daß ich kein Psychoprogramm mit allem Wissenswerten erhalten hatte. Wahrscheinlich hatten sie mir das diesmal nicht verabreicht, weil sie mich nur einmal auf dem Tisch liegen hatten für vier verschiedene Aufträge und der Transfervorgang in einen Körper schon so anstrengend genug war. Und doch brachte mich dieses Vorgehen schwer ins Hintertreffen. Ich hoffte jedenfalls, daß der Rest der Kontaktinstruktionsaufzeichnung nicht gelöscht worden war, als ich die Toilettenspülung abgezogen hatte. Sie stellte alles dar, was mir zur Verfügung stand.

Dann kam das Essen – ein Tablett mit dampfendem, geschmacklosem Papp und einem dünnen Plastikbesteck, das innerhalb einer Stunde zu einer klebrigen Pfütze verschmelzen und dann zu Puder trocknen würde. Das war so üblich bei Gefangenen.

Da dies seit längerer Zeit meine erste Mahlzeit war, dauerte es nicht lange, daß ich wieder ein menschliches Bedürfnis fühlte, so daß ich überzeugend echt zu meiner nächsten Sitzung auf der sprechenden Toilette schritt.

»Was nun diesen Prozeß angeht«, fuhr Kreegas Stimme an der Stelle fort, wo er geendet hatte, was mich gewaltig erleichterte, »müssen wir Sie auf diese Weise informieren, weil der Transfer schon heikel genug ist. Oh, machen Sie sich keine Gedanken – er funktioniert dauerhaft. Doch wir wollen Ihren Gehirnmustern so viel Zeit wie möglich lassen, sich anzupassen, ohne das Gehirn einem weiteren Schock auszusetzen, und so, wie die Verhältnisse liegen, haben wir nicht die Zeit, Sie umfassend ins Bild zu setzen. Diese Methode wird ausreichen müssen, was ich sehr bedauere, denn ich habe das Gefühl, daß Sie die schwierigste der vier Aufgaben vor sich haben.«

Ich fühlte, wie die Anspannung in mir wuchs. Die Herausforderung... diese Herausforderung!

»Wie ich schon ankündigte, ist Ihre Zielwelt Zerberus. Wie alle Warden-Kolonien stellt Zerberus ein Irrenhaus dar. Als drittfernster Planet von der Warden-Sonne unterliegt er Jahreszeiten und Spannbreiten von einer tropischen Äquatorialzone bis zu zugefrorenen Polarkuppen. Das eigentümlichste Moment vom physikalischen Standpunkt aus ist, daß es sich um eine Wasserwelt ohne feste Oberflächenerdmassen handelt. Trotzdem stellt es sich als eine Welt mit üppigen Lebensformen dar. Die geologische Geschichte ist unbekannt, aber offensichtlich erfolgte die Oberflächenbedeckung mit Wasser sehr langsam, und die große Zahl von Pflanzen aus der fernen geologischen Vergangenheit des Planeten hielt sozusagen die Köpfe über Wasser. So ist fast die Hälfte der Oberfläche von gigantischen ineinander verschlungenen Pflanzen bedeckt, von denen manche es zu einem Stammumfang von mehreren Kilometern bringen – notwendige Stützen, denn sie sind am Meeresboden in einer Tiefe von hundert Metern bis zu zwei oder drei Kilometern verwurzelt. Die Städte und Siedlungen von Zerberus sind auf diesen Pflanzen erbaut.

Weitere physikalische Beschreibungen wären sinnlos, und Sie werden nach der Landung von einem Regierungsvertreter informiert werden. Trotzdem dachten wir, eine umfassende geographisch-politische Karte könnte Ihnen von Nutzen sein und werden diese nun in Ihr Denken einprägen.«

Ich fühlte einen starken Rückenschmerz, gefolgt von Benommenheit und Schwindel, die aber schnell verflogen. Daraufhin stellte ich fest, daß ich eine detaillierte Karte von ganz Zerberus im Kopf hatte. Sie würde mir sehr zustatten kommen. Es folgte ein rascher Strom von Fakten über den Planeten. Er maß um den Äquator ungefähr 40000 Kilometer, und seine Schwerkraft lag bei 1,02 g, so daß sie kaum auffallen würde. Die Äquatorial- und Sommertemperaturen lagen bei angenehmen 26 bis 27 Grad, im Frühling und Herbst bei 12 und 13 Grad, was kühl, aber nicht unangenehm war und fielen im Winter in und an den Polarregionen auf 25 Grad minus, obgleich die Meeresoberfläche und die Siedlungen auf den großen Pflanzen, die sich an den warmen Strömungen entlangzogen, darüber lagen und selbst in den schlimmsten Perioden eisfrei blieben.

Ein Tag hatte 23,65 Erdstunden, was so ziemlich normal war und damit keine großen Störungen meines biologischen Gleichgewichts mit sich brächte, also eine recht normale Umgebung – zumindest wenn man Wasser mochte.

Zerberus war industrialisiert – ich konnte es kaum erwarten, Fabriken in Baumkronen zu sehen –, doch es fehlte an Schwermetallen und leicht zugänglichen, harten Rohstoffen jeder Art. Die meisten Erze und anderen benötigten Industriematerialien stammten von Medusa im Austausch gegen die Fertigwaren und von Minen auf den vielen Monden eines Gasriesen weit draußen. Die Konföderation verfolgte genau, was technologisch auf Zerberus erstellt wurde, und die Produktion war zwar gut, verlief jedoch weitgehend in altmodischen Bahnen. Tatsächlich war das die beste Neuigkeit, denn das bedeutete, daß es auf Zerberus keine Maschine gab, die ich nicht genau kannte oder deren komplette Details ich mir nicht von oben beschaffen konnte. Eine gewisse technische Verspätung bewirkte auch der Warden-Organismus, an dessen komplizierten Namen sich keiner erinnerte und den keiner benutzte. Er schlüpfte in *alles*, bis in die Moleküle eines Sandkorns, und er widerstand »importierten« Materialien, das heißt Materialien, die nicht auch den Warden-Organismus in sich trugen. Da die Forschung die Verseuchung von Lilith weitergetragen hatte, bedeutete das, daß er nicht nur auf den vier Warden-Welten herrschte, sondern zu meiner Überraschung auch auf den sieben kahlen, aber mineralreichen Monden des beringten Momrath außerhalb der Lebenszone. Aus irgendeinem Grund konnte der Warden-Organismus leben, wo andere dazu nicht mehr in der Lage waren, sogar so weit draußen, jedoch nicht über die Lebenszone hinaus. Jenseits von Momrath starben die Organismen ebenso wie außerhalb ihres Sonnensystems.

»Der Lord von Zerberus ist Wagant Laroo«, fuhr Kreegas Stimme fort. »Er war ein wichtiger Politiker in der Konföderation bis vor etwa dreißig Jahren, als er zu ehrgeizig wurde, seine heiligen Eide vergaß und sich ein Stück vom öffentlichen Kuchen für sein privates Reich abschnitt. Gemäß seiner Stellung und seiner früheren Verdienste um die Konföderation hatte man ihm die Wahl überlassen, zu sterben oder ins Warden-Exil zu gehen; er entschied sich für letzteres. Er ist größenwahnsinnig und hat einen Hang, sich für Gott persönlich zu halten, aber unterschätzen Sie ihn nicht. Er ist eines der brillantesten organisatorischen Gehirne, das die Konföderation jemals hervorgebracht hat, und das gepaart mit totaler Amoralität und absoluter Rücksichtslosigkeit. Seine Macht und Herrschaft erstrecken sich weit über Zerberus hinaus, denn viele Gegner der Gesellschaft innerhalb der Konföderation benutzen Zerberus als Lager für geheime Aufzeichnungen, Beutegut und Datenspeicherung für Erpressungen. Ich fürchte, ich muß Sie warnen, falls das an sich Unmögliche eingetreten sein sollte – und etwas über Sie durchgesickert ist, wird er es erfahren. Kein Sicherheitssystem ist vollkommen, und diese Möglichkeit muß in Betracht gezogen werden.«

Ich nickte vor mich hin. Trotz Kreegas patriotischen Phrasen gab es nur wenige, wenn überhaupt irgend welche Konföderationspolitiker, die in gewissem Rahmen gegen Skandal und Erpressung immun waren, und dieser Bursche war ein Meister.

»Laroo aufzustöbern wird sich vielleicht als unmöglich erweisen«, mutmaßte Kreega. »Zerberus kennt auch den Warden-Organismus, doch in einer mutierten Form. Mehr darüber wird Ihnen bei der Einführung erklärt werden, aber Sie müssen sich stets der Tatsache bewußt sein, daß auf Zerberus Körper so austauschbar sind wie Kleider. Also, selbst wenn Sie Laroo *sähen*, sich ihn zeigen ließen und ihm die Hand schüttelten, könnten Sie nicht absolut sicher sein, daß es wirklich *er* ist, und noch weniger, daß er es noch in Tagen, Stunden oder nur Minuten später wäre.«

Das machte mir kein allzu großes Kopfzerbrechen. Wenn Laroo zum einen diese Art diktatorischer Kontrolle ausübte, mußte stets jemand in seiner Nähe sein, denn sonst könnte er keine Befehle erteilen und damit rechnen, daß man sie befolgt. Darüber hinaus würde ein Mann seines Charakters das Beiwerk und die Ausübung von Macht genießen. Außerdem konnte auch Laroo dann keineswegs sicher sein, wer ich in wenigen Minuten, Tagen oder Wochen wäre.

»Bei der letzten Zählung befanden sich annähernd 18700000 Menschen auf Zerberus«, fuhr Kreega in seinen Erläuterungen fort. »Das ist keine große Bevölkerungszahl, aber sie wies eine beachtliche Zuwachsrate auf. Noch gibt es dort mehr Arbeitsplätze und

Raum als Menschen. Seit Laroos Herrschaft hat die Bevölkerung sich derartig vermehrt und ausgebreitet, daß sie sich etwa alle zwanzig Jahre verdoppelt. Wir glauben jedoch, daß nur ein Teil dieses Bevölkerungszuwachses ökonomische Ursachen hat. Unseres Erachtens besteht ein wesentlicher Grund dafür darin, daß auf einer Welt von Körperwechslern die Möglichkeit zu Unsterblichkeit besteht, wenn ein ständig zugänglicher Nachschub an jungen Körpern besteht. Laroo scheint diese Vorgänge in gewissem Maß zu beeinflussen, was sein bester politischer Hebel ist. Das bedeutet natürlich auch, daß Laroo, sofern er nicht getötet wird, buchstäblich auf ewig herrschen könnte.«

Unsterblichkeit, dachte ich, und der Gedanke klang sehr verlokkend. Wie lange wirst du leben, mein anderes Ich? Ich, Sir, hatte eine unbestimmte Antwort darauf. Vielleicht war das doch kein so schrecklicher Auftrag.

Kreega hatte noch eine Menge Routineinformationen für mich parat, doch schließlich war die Unterweisung beendet, und ich erhob mich von der Toilette und hörte, wie abgezogen wurde. Als ich sie das nächstemal benutzte, stellte ich fest, daß nun auch die Nachricht verschwunden war. Da es eine direkte Neurotransmission gewesen war, wenn auch mit Unterbrechung, hatte das Ganze nicht länger als ein oder zwei Minuten gedauert.

Außergewöhnlich tüchtig, die Jungs vom Sicherheitsdienst, dachte ich im stillen. Selbst meine allgegenwärtigen Wächter auf der anderen Seite der Linsen und Mikrofone würden nicht die geringste Ahnung haben, daß ich ein anderer war, als man hinter meiner Fassade vermutete.

Auch wer *ich* war, hatte sich in einem Schwall über mich ergossen. Ich war Qwin Zhang, 41 Jahre alt, frühere Lademeisterin auf einem Frachter und Meisterschmugglerin, eine Virtuosin des computerisierten Lade- und Inspektionssystems. Eine technisch versierte Gaunerin – das paßte hervorragend zu meinen eigenen Talenten.

Ich legte mich auf die Pritsche zurück und versetzte mich in leichte Trance, um all die neuen Informationen zu ordnen, die ich erhalten hatte. Qwin machte mir ein wenig Sorgen. Ich konnte zwar ihr Leben und ihre Laufbahn verfolgen, ohne sie wirklich greifbar fassen zu können. Sie war nach normaler Konföderationserziehung für diesen Job gezeugt und geboren worden, ohne jemals eine Abweichung von dem Pfad zu zeigen, dem Millionen andere folgten, dem Pfad, der ihnen von Geburt an vorgeschrieben war, den man nicht nur erwartete, sondern bestimmte. Ich vollzog im Geiste die Schritte ihres täglichen Lebens nach und fand nichts Ungewöhnliches, nichts, was das gezeigt hätte, wonach ich suchte.

Und doch stahl sie. Klaute fachmännisch, methodisch und erfolgreich und benutzte sogar die Computersuchsysteme nicht nur, um Frachtladungen abzusahnen, sondern um sie in Scheinmanövern zur Pionierfront umzuleiten. Sie stahl fast vom Anbeginn ihrer Laufbahn an, und zwar so gut, daß sie nur erwischt wurde, als auf einem leicht überladenen Frachter ein Unfall sich ereignete, der zu einer Inventur führte und den Sicherheitsdienst auf den Plan rief. Sie hatten sie untersucht, nachgeforscht und ausgequetscht, doch es fand sich wenig. Sie hatte gestohlen, weil sie wollte, weil sich die Gelegenheit geboten hatte. Sie empfand keine Schuld, keine Gewissensbisse wegen dieses »Verbrechens wider die Zivilisation« und schien keine genaue Vorstellung davon zu besitzen, was sie eines Tages mit all dem Geld anfangen wollte, das sie dabei verdient hatte.

Wo war der springende Punkt? Weder ich noch die Psychiater konnten ihn finden. Welche Träume hattest du geträumt, Qwin Zhang? überlegte ich. Welches Ereignis raubte dir deine Illusionen oder brachte dich vom rechten Weg ab? Irgendeine verrückte Liebesgeschichte? Wenn ja, war sie nirgends in den Aufzeichnungen zu finden. Überhaupt nicht viel Interesse an und Erlebnisse auf sexuellem Gebiet. Vielleicht war hier die Antwort zu suchen, irgendwo in den Sexualtheorien über die Psychologie des Abnormen, doch es ließ sich nicht recht festmachen.

Trotzdem war sie ein unbeschriebenes Blatt. Nur so waren ihre Verbrechen möglich gewesen, und diese Verbrechen blieben im geheimen, wurden nie veröffentlicht, damit sie nicht andere auf die gleiche Idee brachten. Da sie einen weiblichen Standardkörper und eine ansonsten normale Psyche aufwies, blieb sie konturlos und unauffällig.

Außer durch die regelmäßigen Mahlzeiten hatte ich keine Möglichkeit, den Verlauf der Zeit abzuschätzen, doch es war eine ziemlich lange Reise. Sie vergeudeten kein Geld, indem sie Gefangene auf dem schnellstmöglichen Weg transportierten, soviel stand fest. Schließlich dockten wir aber doch am Basisschiff, ein drittel Lichtjahr vom Warden-System entfernt, an. Ich spürte es weniger durch irgendein Gefühl innerhalb meiner Zelle, als vielmehr durch das *Fehlen* dieses Gefühls – die Vibration, die zu meinem ständigen Begleiter geworden war, hatte ausgesetzt. Doch der Tagesablauf blieb immer noch der gleiche; ich nahm an, daß sie darauf warteten, bis aus der gesamten Galaxis ein größeres Kontingent zusammentraf, das eine Landung wert wäre. Ich konnte nur herumsitzen und meine Daten zum millionstenmal durchgehen, wobei ich gelegentlich darüber nachdachte, daß ich mich vermutlich in der Nähe meines alten Körpers befand (wie ich ihn inzwischen nannte). Ich fragte mich, ob er nicht vielleicht sogar gelegentlich vorbeikam und einen Blick auf mich warf, und wäre es nur aus reiner Neugier – auf mich und die drei anderen, die sich vermutlich ebenfalls irgendwo hier befanden.

Ich hatte auch Zeit, darüber nachzudenken, was ich über das Warden-System wußte, über die Gründe, warum es ein so perfektes Gefängnis darstellte. Allerdings hatte ich das nicht einfach so geschluckt – so etwas wie ein perfektes Gefängnis gab es nicht, wenngleich dieses hier dem schon sehr nahekam. Kurz nachdem man mich auf Zerberus abgesetzt hätte, würde ich mit einem eigentümlichen submikroskopischen Organismus infiziert, der sich in jeder Zelle meines Körpers einnisten sollte. Dort würde er leben, sich von mir nähren und sich sogar verdient machen, indem er Krankheitserreger, Infektionen und ähnliches in Schach hielt. Das ›Wesen‹ besaß lediglich den Willen zu leben, und es lebte nur, wenn wir Menschen lebten.

Doch es brauchte etwas, irgendein Spurenelement oder sonst etwas, das es nur im Warden-System gab. Niemand wußte, um was es sich handelte, und niemand war in der Lage gewesen, es zu erforschen, doch was immer es außer dem Menschen benötigte, es mußte sich im Warden-System finden lassen. Es konnte nicht irgendwie in der Luft schweben oder darin enthalten sein, denn Fähren verkehrten zwischen den Welten des Diamanten, und darin atmete man die gereinigte, mechanisch produzierte Luft, ohne Schaden zu nehmen. In der Nahrung konnte es ebenfalls nicht sein. Das hatte man untersucht. Einem Bewohner von Warden war es durchaus möglich, sich in einem isolierten Labor wie der Planetarischen Raumstation rein synthetisch zu ernähren. Doch entfernte man den Organismus auch mitsamt der Warden-Luft und den Warden-Lebensmitteln zu weit, so starb er; und da er sich in den Zellen des menschlichen Körpers eingenistet hatte, und diese Zellen in ihren Funktionen nun von ihm abhingen, starb der Mensch ebenfalls – einen schrecklichen, schmerzlichen, langsamen Tod. Diese Entfernung betrug etwa ein viertel Lichtjahr von der Sonne, was den Standort des Basisschiffes erklärte.

Und alle vier Welten waren auch mehr als nur klimatologisch verschieden. In dem, was der Organismus auf den Menschen bewirkte, war er auf jedem Planeten konsistent, aber – und das hing vielleicht von der Entfernung zu der Sonne ab, denn diese schien sein entscheidender Lebensfaktor zu sein – er verursachte verschiedene Wirkungen, je nachdem, auf welcher Welt man zuerst abgesetzt worden war, selbst wenn man auf dem Diamanten mehrere Planeten besuchte.

Der Organismus schien auf gewisse Weise telepathisch begabt zu sein, obgleich niemand erklären konnte, wie das geschah. Mit Sicherheit handelte es sich nicht um intelligentes Leben; zumindest war der Organismus immer in seinen Reaktionen berechenbar geblieben. Und doch schienen die meisten Veränderungen, welche die Kolonie in einer Person betrafen, auch auf die Organismen in einem oder mehreren anderen Menschen überzugreifen. Man selbst lieferte ihnen, wenn möglich, die bewußte Kontrolle, und das entschied, wer auf wen einwirkte. Ein ziemlich einfaches System, auch wenn bislang niemand in der Lage gewesen war, es zu erklären.

Ich bedauerte, daß ich nicht mehr über Zerberus wußte. Ich war knapper informiert worden als gewöhnlich, doch ich konnte ihre

Vorsicht verstehen. Die Zusammenhänge an Ort und Stelle zu erkunden würde Zeit kosten, vermutlich sogar viel Zeit. Etwa einen Tag nach der Ankunft – vier Mahlzeiten später – zwang mich ein Stoßen und Ruckeln auf die Pritsche nieder und machte mich leicht seekrank. Trotzdem war ich nicht enttäuscht. Zweifellos bereiteten sie den Transport und das Eintauchen der Gefängniszellen in das Warden-System vor. Ich stand dieser Vorstellung mit gemischten Gefühlen gegenüber. Einerseits wollte ich unbedingt heraus aus diesem kleinen Käfig, der nichts als endlose, schreckliche Langeweile hervorbrachte. Andererseits würde ich diesen Käfig nur gegen einen größeren eintauschen: gegen den Planeten Zerberus, der auch nichts anderes als eine Zelle darstellte.

Kurz nachdem das Dröhnen begonnen hatte, setzte es auch schon wieder aus, und nach einer kleinen, erwartungsvollen Pause spürte ich wieder das Vibrieren, das auf Bewegung schließen ließ, und diesmal eindeutiger als zuvor. Entweder befand ich mich auf einem weitaus kleineren Schiff oder in der Nähe der Maschinen. Wie dem auch war, jedenfalls dauerte es vier weitere Tage, zwölf Mahlzeiten, bis wir unseren Bestimmungsort erreichten. Eine lange Zeit, gewiß, aber auch wieder recht schnell für einen Unterlichttransporter; wahrscheinlich ein umgebauter oder völlig automatisierter Frachter.

Die Vibration erstarb, und ich wußte, wir befanden uns in der Umlaufbahn. Und wieder überfiel mich das zwiespältige Gefühl, gleichzeitig gefangen und befreit zu sein.

Es ertönte ein Krächzen, worauf ein Lautsprecher, von dessen Existenz ich bisher nichts gewußt hatte, in Funktion trat.

»Alle Gefangenen, Achtung!« befahl er, und seine Stimme war die metallische Parodie eines menschlichen Baritons. »Wir befinden uns in der Umlaufbahn um den Planeten Zerberus im Warden-System.« Zum erstenmal wurde mir bewußt, daß auch andere hinuntergeschickt wurden – das war an sich logisch, aber es war mir bislang nicht in den Sinn gekommen. Ich wußte, was sie durchmachten, wenn ich meine eigenen Empfindungen bedachte. Vermutlich litten sie hundertmal mehr, denn ich unterzog mich dieser Deportierung mit vollem Bewußtsein, wenn auch nicht freiwilliger als sie. Ich dachte einen flüchtigen Augenblick an Lord Laroo. Auch er hatte irgendwann einmal nackt in einer gewöhnlichen Zelle gesessen, die gleichen Empfindungen gefühlt und der gleichen ungewissen Zukunft entgegengesehen wie wir. Er hatte so weit unten angefangen wie ich – eigentlich noch eine Stufe tiefer, tatsächlich als Gefangener –, und nun regierte er den Planeten. Niemand hatte ihm den Posten gewissermaßen auf einem Tablett dargereicht, niemand hatte ihn gewählt. Er war ebenso nackt und isoliert auf Zerberus gelandet wie ich und hatte seinen Eroberungsfeldzug angetreten. Und einem wie Wagant Laroo fühlte ich mich allemal überlegen.

Diese Gedankenkette erschreckte mich ein wenig. War das wirklich ich, der die Absicht hegte, der Chef einer Verbrecherbande zu werden?

»In wenigen Augenblicken«, fuhr die Stimme fort, »werden sich die Türen Ihrer Zellen öffnen, und Sie können sie verlassen. Wir empfehlen Ihnen dringend, dies so schnell wie möglich zu tun, denn dreißig Sekunden nach dem Öffnen der Türen werden sie sich wieder schließen, und eine Vakuumpumpe beginnt mit der Sterilisation der Zellen. Für jeden, der dort zurückbleibt, hätte das tödliche Folgen.«

Hübscher Einfall, dachte ich. Nicht nur, daß ihre Methode alle Ausbruchsversuche unterwegs vereitelte, man gehorchte oder starb nach ihrem Plan. Unwillkürlich fragte ich mich, ob sich jemand für den Tod entschied.

»Sogleich, wenn Sie den Hauptkorridor betreten«, fuhr die Stimme fort, »bleiben Sie an Ort und Stelle stehen, bis die Türen sich wieder hinter Ihnen geschlossen haben. Versuchen Sie nicht, sich vorher zu rühren, sonst verdampft Sie ein automatisches Bewachungssystem. Auf dem Korridor wird nicht gesprochen. Jeder, der das Schweigen bricht oder unsere Befehle mißachtet, hat mit sofortiger Bestrafung zu rechnen. Sobald die Türen geschlossen sind, erhalten Sie weitere Anweisungen. Bereit zum Abmarsch – *jetzt!*«

Die Tür glitt zur Seite, und ich verlor keine Zeit beim Hinausgehen. Ein kleines weißes Viereck mit Markierungen für die Füße zeigte an, wo man sich hinstellen sollte; Ich tat wie geheißen, so demütigend das auch war. Sich auf einem von einem Computer gesteuerten Schiff völlig nackt und isoliert zu befinden, war über alle Maßen erniedrigend und erweckte ein Gefühl völligen Ausgeliefertseins.

Ich konnte mich noch umschauen und stellte fest, daß ich recht gehabt hatte. Wir standen in einem langen geschlossenen Gang, an dessen Seiten kleine Zellen lagen. Ich blickte den Gang entlang und zählte etwa ein Dutzend, sicher aber nicht mehr als fünfzehn. Die Crème des Abschaums, dachte ich säuerlich. Ein Dutzend Männer und Frauen – etwa je zur Hälfte –, nackte, gequälte, niedergeschlagene Gefangene, die man hier absetzen und im Stich lassen würde. Ich fragte mich, warum man sie zur Verbannung ausgewählt hatte, anstatt sie zu löschen, wenn man allein schon die Transportkosten bedachte. Was hatten Computer und Psychiater an diesen niedergeschlagenen Zeitgenossen gefunden, was besagte, daß sie weiterleben müßten? Sie selbst wußten es jedenfalls nicht, soviel stand fest. Ich fragte mich, wer es überhaupt wußte.

Die Türen schnappten zu. Ich wartete gespannt, lauschte vielleicht auf einen Schrei von jemandem, der nicht schnell genug herausgekommen war, als man die Luft abpumpte, doch es gab nicht das geringste Anzeichen für ein solches Mißgeschick. Falls jemand diesen Abgang gewählt hatte, dann war es zumindest lautlos vonstatten gegangen.

»Auf mein Kommando«, bellte die Stimme aus den Lautsprechern an der Decke, »werden Sie sich rechts umdrehen und langsam hintereinander hergehen, so weit wie es möglich ist. Dort werden Sie eine Sonderfähre vorfinden, die Sie zur Planetenoberfläche befördert. Sie werden die Plätze von vorne her einnehmen, ohne dazwischen einen freizulassen. Legen Sie sogleich die Gurte an.«

Ich hörte, wie die anderen etwas brummelten. Sogleich trafen grelle kleine Laserstrahlen mit hörbarem Zischen vor den Leuten auf den Boden auf, ohne jedoch einen zu verletzen. Das Gemurmel erstarb. Die Stimme war einen Augenblick verstummt, nahm aber nun ihre Anweisungen wieder auf, ohne den Zwischenfall zu erwähnen. Es bedurfte auch keiner Erwähnung.

»Rechts um, *marsch!*« befahl sie, und wir taten, wie uns geheißen. »Gehen Sie langsam, wie man Ihnen gesagt hat, zur Fähre.«

Wir gingen schweigend und ohne Hast. Der Metallboden des

Ganges war jedoch verflucht kalt – tatsächlich war das ganze Schiff nicht allzu gemütlich –, so daß uns die Fähre zumindest verlockender schien als dieser elende Kühlschrank.

Die Fähre selbst war überraschend komfortabel und modern, auch wenn die Sitze nicht gerade angenehm für nackte Passagiere waren. Ich fand einen Platz in der sechsten Reihe, legte den Sicherheitsgurt an und wartete, daß jeder sich setzte und das gleiche tat. Die Fähre hatte vierundzwanzig Sitzplätze, doch wir waren nur dreizehn, acht... nein, *sieben* Männer und sechs Frauen. Ich war mir noch immer nicht bewußt, wer ich war und was ich war, und schalt mich innerlich dafür. Das war nicht die rechte Zeit für irgendwelche Patzer. Die nächsten ein, zwei Tage würden für mich die gefährlichsten überhaupt werden, denn man würde unserer neuen Gruppe viel Aufmerksamkeit schenken.

Die Luke schloß sich automatisch, und ich hörte das Zischen des Druckausgleichs. Dann gab es ohne eine weitere Vorankündigung einen heftigen Ruck, wir hatten von dem Transporter abgelegt und waren auf dem Weg nach unten. Die Fähre war eigentlich zu modern und komfortabel für einen Gefangenentransporter, sagte ich mir im stillen. Das mußte also eines der regulären Interplanetarschiffe sein, wie sie im Warden-Diamanten zu Transporten benutzt wurden.

Über uns krächzten die Lautsprecher, und eine angenehme, menschlich klingende Männerstimme ertönte. Das war schon eine Verbesserung. »Willkommen auf Zerberus«, sagte der Sprecher, und es klang so, als meine er, was er sagte. »Wie man Ihnen zweifellos erklärt hat, ist Zerberus Ihr Endziel und Ihre neue Heimat. Obwohl Sie dieses Sonnensystem nicht mehr werden verlassen können, nachdem Sie erst einmal gelandet sein werden, sind Sie von nun an keine Gefangenen mehr, sondern Bürger des Warden-Diamanten.

Die Herrschaft der Konföderation über Sie endete mit Betreten dieser Fähre, einer von vielen, wie die Warden-Welten sie gemeinsam besitzen. Der Systemrat ist eine zusammengesetzte Körperschaft, die von der Konföderation als interne Regierung anerkannt wird und mit einem Sitz im Kongreß vertreten ist. Jede der vier Welten unseres Sonnensystems untersteht einer eigenen souveränen und unabhängigen Regierung.«

Die Stimme machte eine kleine Pause, und ich dachte, daß es eigentlich seltsam war, daß keiner etwas sagte, jubelte oder murmelte. Man hätte die Spannung mit dem Messer schneiden können, und ich muß zugeben, daß ich sie ebenso fühlte wie die anderen.

»Gleichgültig, wer Sie waren«, fuhr die Stimme fort, »was Sie waren oder in der Vergangenheit getan haben und welches Ihre Position war, Sie sind von nun an auf immer Bürger von Zerberus – nicht mehr, nicht weniger. Sie sind in keiner Weise mehr Gefangene, und keine Ihrer Taten aus der Vergangenheit wird Sie hierher verfolgen. Sie beginnen mit einer blanken Akte, und nur das, was Sie von nun an als Bürger von Zerberus tun werden, wird eine Rolle spielen.«

Ziemlich anständig, dachte ich.

»Wir werden in kurzer Zeit landen«, setzte die Stimme wieder ein, und ich spürte die Geschwindigkeitsreduzierung und hörte das Pfeifen der Stabilisatoren, die zum inneratmosphärischen Flug ansetzten. »Es wäre uns angenehm, wenn Sie nach der Landung so schnell wie möglich von Bord gingen, sobald die Luke sich öffnet, da wir die Fähre wieder ihrem normalen Dienst zuführen müssen. Sie werden von einem Regierungsvertreter empfangen werden, der Ihnen zeigt, wo Sie Kleidung, eine Mahlzeit und weitere Unterweisungen bekommen können. Bitte arbeiten Sie mit ihm bereitwillig zusammen. Es wäre keine gute Idee, am ersten Tag auf Ihrer neuen Welt mit dem falschen Fuß aufzustehen.«

Sogar ein Verrückter käme mit ihnen klar, so wie sie ihre Anweisungen gaben, dachte ich bei mir. Sie hatten eine so *nette* Art, Drohungen auszusprechen. Nun, dies war eine Welt, die von den gleichen Leuten wie hier in der Fähre aufgebaut und regiert war.

Der Pilot ging kein Risiko ein, und wir landeten langsam und behutsam an irgendeinem Dock. Die Warnlichter erloschen, die Luftschleuse zischte; als die Luken beiseite glitten, lösten wir unsere Gurte, standen auf und gingen langsam und schweigend ins Freie. Da waren wir also!

Wir traten nacheinander in eine lange moderne Passagiergangway, die völlig geschlossen, aber unbeheizt war. Es war kühl, und wir beeilten uns. Keiner von uns dachte jedoch wirklich an die Kühle; wir alle wurden von einer einzigen, übermächtigen Tatsache beherrscht.

In dem Augenblick, da das Frösteln uns befallen hatte, da die Luft über unsere Haut, durch unsere Nasenflügel und in unsere Körper strich, nahm ein submikroskopischer Organismus systematisch von uns Besitz, der unser neuer und endgültiger Herrscher war. Wir waren da und frei, doch wir waren von diesem Augenblick an auch für immer gefangen.

Einführung und Unterbringung

Wir betraten eine kleine Eingangshalle und wurden dort von zwei Männern und einer Frau begrüßt, die alle militärisch eng anliegende khakifarbene Uniformen und Stiefel trugen, aber wir fanden schnell heraus, daß es sich nicht um Militärs handelte. Man gab uns fürs erste Umhänge und Sandalen; dann überprüfte man unsere Namen anhand einer Liste, und wir wurden aus dem Terminal in einen wartenden Airbus gescheucht. Ob mit oder ohne Umhang, es war verdammt kalt, und die Heizung des Busses verbreitete trotz ihrer Funktionstüchtigkeit keine wärmende Behaglichkeit.

Wir gewannen rasch an Höhe und ließen in einem weiten Bogen das Terminal hinter uns, was uns einen ersten Blick auf unsere neue Welt ermöglichte. Es war ein eigenartiges Panorama – zu unserer Rechten funkelte der Ozean im Sonnenlicht, zu unserer Linken erstreckte sich der »Küstenstreifen«, nur daß es eindeutig keine Küste war. Es war eher ein dicht aussehender Wald von rötlichbraunen und orangefarbenen Baumwipfeln mit riesigen Blättern in den verschiedensten Formen und Größen. An vielen Stellen hatte man Einschnitte in die Bäume vorgenommen. Ganz eindeutig wohnten in den Stämmen Menschen – man konnte erkennen, wie sich das Sonnenlicht in den Fensterscheiben spiegelte. Das war schon ein unwirklicher Anblick, dieser unübersehbare Wald mit Stämmen, die teils uralten, knorrigen Bäumen von gewaltiger Größe, teils einem Komplex moderner Bürogebäude glichen. Häufig konnten wir ausmachen, wie in Gabelungen dieser gewaltigen Stämme eine Abzweigung horizontal abgeschnitten und mit einem glänzenden Material überzogen worden war, um als Landeplattformen und Eingänge zu dienen.

Die für uns zuständige Frau bemerkte unser Erstaunen und lächelte. Sie ergriff ein kleines Mikrofon und begann mit Erklärungen aus dem Stegreif. »Willkommen auf Zerberus. Mein Name ist Kerar, meine zwei Begleiter sind Monash und Silka. Sie befinden sich über der Stadtgemeinde von MaDell. Wir gründen hier Gemeinden, weil die Natur unseres Lebensraums eine dichte Besiedlung wie eine Großstadt nahezu unmöglich macht. Glücklicherweise gelingt es uns, durch geeignete Verbindungen Gebiete miteinander zu verknüpfen, um nach wirtschaftlichen Aspekten so etwas wie Städte zu bilden, und die nennen wir Stadtgemeinden. Wie Sie sehen, existiert auf Zerberus überhaupt kein Land. Die Biologen berichten, daß die ersten Menschen einst Baumbewohner waren. Hier sind wir notwendigerweise zu unseren Ursprüngen zurückgekehrt.«

Ich schaute weiter aus dem Fenster auf die unheimliche Baumlandschaft hinab. Irgendwie sah der ganze Bau wie ein Möbelstück aus, das ich einmal besessen hatte, mit einem Stützpfahl und mehreren flachen, kleeblattartigen Ebenen, die den Stamm als kleine Regalflächen umgaben. Natürlich viel größer und derber, und nicht alle »Regale« waren flach und kahl, aber es sah trotzdem so aus.

»Sie unterscheiden sicher viele verschiedene Baumarten«, fuhr Kerar fort. »Es gibt auf Zerberus über fünftausend verschiedene Großbäume, davon in MaDell allein achtzig. Wie Sie sehen, lassen sich viele davon umfassend als Wohnungen nützen, denn ein Großteil des Kreislaufsystems verläuft an der Außenseite der Bäume, so daß man sie aushöhlen kann, ohne sie abzutöten. Einige sind von Natur aus hohl, allerdings ist die Rinde meistens bis zu acht Metern dick. Sie können ein gewaltiges Gewicht tragen, da sie unter der Wasseroberfläche dicker werden, und sie haben sich im Laufe der Jahrmillionen so entwickelt, daß sie auch einander tragen. Die Botaniker nehmen bei uns eine besondere Stellung ein, denn sie sind verantwortlich für die Entscheidung, wie viele Äste für Bauten und Landezonen geschnitten werden dürfen und welche Architektenentwürfe für Baumwohnungen geeignet sind und welche nicht. Irrtümer können teuer werden. Der Tod eines Zentralbaumes kann die

Stütze eines ganzen Dutzend anderer, ja Hunderter in Frage stellen in einer Art Dominoeffekt, der unsere ganze Gesellschaft vernichten könnte.«

Ich begriff, worauf sie hinauswollte, macht also keinen Fehler in der Behandlung der Bäume. Ich fragte mich, wie viele der früheren Pioniere dem zuwidergehandelt und welchen Schaden sie angerichtet hatten.

Ich blickte hinaus auf den Ozean und sah viele Boote, einige ziemlich groß, andere offensichtlich Vergnügungsschiffe, sogar ein paar Segelboote. Als ich in den phantastischen Dschungel zurückschaute, sah ich einen riesigen, beeindruckenden Bau vor mir, ein schimmerndes, modernes Gebäude mit vielen Stockwerken auf einem glattgeschnittenen Stück, wie man es auf Zerberus, so erfuhr ich, Mesa nannte.

»Da vorne sehen Sie das Regierungszentrum dieser Stadtgemeinde«, informierte uns unsere Führerin. »Sie ist unser Ziel.«

Man drängte uns in das Gebäude und führte uns an neugierigen Betrachtern vorbei zu einem Raum im zehnten Stockwerk. Dort erwartete uns ein warmes Buffet. Ich konnte wirklich nicht viel von den dargebotenen Speisen identifizieren, aber nach dem Gefängnisessen die ganze Zeit über schmeckte es einfach köstlich. Als wir gegessen hatten und noch dieses angenehme Sättigungsgefühl genossen, kam ein geschäftiger kleiner Mann herein und nahm die Maße jedes einzelnen von uns. Innerhalb einer Stunde war er mit mehreren Bündeln zurück, die jeweils Unterwäsche, ein pulloverdickes Hemd, Arbeitshosen, dicke Socken und kurze Stiefel enthielten. Außerdem waren Gürtel und eine reiche Sammlung an Kosmetika und Toilettartikeln darunter. Immer zu zweit wurden wir die Halle hinabgeleitet zu einem Waschraum mit Duschen, die wir begeistert benutzten; dann zogen wir die sauberen neuen Kleider an. Ich hatte trotz meines ›neuen‹ Geschlechts kaum Schwierigkeiten mit dieser einfachen Ausstattung, war aber dankbar, daß mir die Haare gefängnismäßig kurz geschnitten worden waren. Es fiel mir jedoch auf, daß auch Kerar ihr Haar kurz trug, allerdings professionell geschnitten und gepflegt.

Endlich fühlte man sich wieder als Mensch, und sie sahen nun den Zeitpunkt für unsere Einführung gekommen.

»Die erste im Warden-System erforschte Welt war Lilith«, begann unsere Führerin. »Lilith ist eine wundervolle Welt gleich einem tropischen Garten. Von ihrem Basislager brachen die ersten Auswertungsteams auf und errichteten Stützpunkte auf den drei anderen Welten und erkundeten die Monde von Momrath, einem Gasriesen weit draußen. Sie wußten allerdings nicht, daß sie von Lilith einen Organismus verschleppten, ein unvergleichlich fremdartiges Gebilde.«

Sie erzählte, wie der Organismus schließlich auf Lilith zugeschlagen, alle künstlich hergestellten Dinge zerstört und die Bevölkerung auf die Stufe primitiver Wilder zurückgeworfen hatte. Dort würden Maschinen nicht funktionieren, und die ganze Gesellschaft war ›nichttechnisch‹ aufgebaut. Ich mußte unwillkürlich an mein Gegenstück, damals auf Lilith, denken. Ich war gut, jawohl – der Beste. Aber ich war in einer hochindustrialisierten Gesellschaft geboren worden, aufgewachsen, und hatte mein ganzes Leben dort verbracht. Wie sollte ich in einer solchen nichttechnischen Gesellschaft bestehen? Ob ich dazu imstande wäre, fragte ich mich und fühlte mich sehr erleichtert, daß das nicht mein Problem war.

»Der Organismus«, fuhr Kerar fort, »wurde zu den anderen Planeten getragen, wo er gedieh und mutierte. Es existieren viele Theorien darüber, wovon die logischste besagt, daß der Organismus auf die Sonnenenergie und vielleicht auf die Menge der Solarwinde selbst reagiert, aber keiner weiß es wirklich. Wie Sie sehen, hat er hier keine Maschinen vernichtet. Auf Lilith, seiner Heimatwelt, hat er den Menschen dem Planeten angepaßt und ihn zu einem Bestandteil des planetarischen Ökosystems gemacht. Hier mußte *er* sich anpassen, und er hat es auch vollbracht. Er hat auch von Ihnen Besitz ergriffen, bewegt sich und nistet sich in jedem Molekül Ihres Körpers ein.«

Wir rutschten bei diesem unvorstellbaren Gedanken alle nervös hin und her; bislang hatten wir das einfach erfolgreich verdrängt. Es war eigentümlich – ich *fühlte* mich kein bißchen anders. Keine Benommenheit, kein Anzeichen von etwas Außergewöhnlichem.

»Frühe Wissenschaftler dachten, der Organismus besäße eine Art von kollektiver Intelligenz«, erklärte uns Kerar. »Es wurde offenkundig, daß jede einzelne, winzige, virenkleine Lebensform irgendwie mit allen anderen in Kontakt stand. Wir wissen heute, daß das nur teilweise richtig ist. Es handelt sich tatsächlich um *einen* Organismus, zu dem jeder einzelne wie die Zelle zu einem riesigen Körper gehörte, aber er *denkt* nicht. Seine Verhaltensmuster sind wohlbekannt und immer gleichbleibend. Wenn man erst einmal weiß, wie er sich verhält, gibt es keine Überraschungen mehr.

Auf Lilith führte diese Interkommunikation dazu, daß einige Leute gewaltige Macht anhäuften, da der Organismus dort in sprichwörtlich jedem Molekül fester Materie enthalten ist. Einige können dort mit reiner Willenskraft ein Loch in den Fels bohren, beispielsweise, oder Mutationen bei Bäumen, Früchten, ja sogar Menschen hervorrufen. Dies funktioniert, weil einige Geister so stark sind, daß sie durch den Warden-Organismus in ihrem Körper imstande sind, ihren Willen anderen Menschen oder Dingen aufzuzwingen. Hier liegt jedoch eine andere Wirkung vor.«

Wieder kam Gemurmel auf, und wieder dachte ich an mein Gegenstück. Eine solche Welt müßte eine Zauberwelt sein, und dort würde nur Magie wirken.

»Auf Zerberus«, fuhr unsere Führerin fort, »herrscht der Organismus auch in jedem Molekül fester Materie. Wir haben ihn in drei verschiedenen Proben einen Kilometer unter der Wasseroberfläche gefunden, im Meer selbst und sogar in den Geschöpfen der Luft. Wie auf Lilith mag er auch hier keine Dinge, in denen der Warden-Organismus nicht enthalten ist, und er wird sie ebenso durchdringen, wie er es bei Ihnen gemacht hat. Er scheint es mit organischen Molekülen weitaus leichter zu haben, insbesondere bei Lebewesen, weil er sich einem problemlos anpaßt. Legen Sie einen Gegenstand von, sagen wir, der Konföderation hierher, so wird er versuchen, auch diesen zu durchdringen, allerdings nicht mit großem Erfolg. Es funktioniert hier einfach nicht. Glücklicherweise kümmert er sich nicht darum, um welche Art von Warden-Organismus es sich handelt, so daß wir zumindest auf Zerberus Rohmaterialien, Fertigprodukte und Lebensmittel von unseren Bruderwelten importieren und unsere Güter zu ihnen exportieren können. Der Originalorganismus von Lilith nimmt einfach nichts an, was die primitive Natur des Planeten verändern könnte.

Nun hat diese Durchdringung Ihrer Körper auch ihre guten Seiten. Da der Organismus mit allem Lebensnotwendigen von Ihnen abhängt, hält er Sie in Topform. Er hält Ihren Körper von Krankheiten frei, so daß niemand erkrankt. Er reinigt Blutgefäße und leistet Zellreparaturen, so daß Sie keinen Krebs, keine Herzanfälle, Schlaganfälle oder was immer erleiden. Selbst Dinge wie Drogen oder Alkohol werden gereinigt, ehe sie irgendeine Wirkung zeigen können – außer den festen vom Warden-System, und die sind selten und schwer erhältlich. Das Schlimmste, was Sie sich antun können, ist, ein wenig zu dick zu werden oder an Kondition zu verlieren. Und natürlich kann der Organismus den Alterungsprozeß nicht aufhalten, obwohl Sie auch hier viel länger in besserer Verfassung bleiben als normal.«

Das war ein interessanter Vorteil, sagte ich mir. Aber es bedeutete auch, nie mehr betrunken, high oder von Entspannungsdrogen angetörnt werden zu können. Das hier war eine *saubere* Welt.

Kerar betrachtete uns und lächelte still, hielt inne, ehe sie den nächsten Lapsus losließ, den einzigen, von dem sie mit Sicherheit *wußte*. »Trotzdem können Sie sich glücklich schätzen, auf Zerberus verbannt worden zu sein. Nur die Besten werden hierhergeschickt. Keine Mörder, keine Personen mit Gewalttätigkeiten in ihrem Strafregister. Dies ist keine gewalttätige Welt, und das aus gutem Grund. Sehen Sie, nur wir hier auf Zerberus haben die Möglichkeit, ewig zu leben.«

Da hatten wir es – zusammen mit einer zusätzlichen interessanten Information. Keine Gewaltverbrecher. Ich fragte mich, warum.

Als die Gruppe sich von der Überraschung etwas erholt hatte, fuhr sie mit dem Einführungsvortrag fort. »Ich sagte Ihnen bereits, daß die Leute auf Lilith mit den Warden-Organismen Kontakt aufnehmen und ihnen Befehle erteilen, sie beherrschen und verändern können. Dies kommt hier nicht vor. Wenn man wach ist, kontrolliert das eigene Bewußtsein die Organismen im Körper, und es entstehen keine Probleme und unerwünschten Auswirkungen. Aber wenn man müde, schläfrig oder eingeschlafen, im halbbewußten oder bewußtlosen Zustand ist, greifen sie nach anderen in der Umgebung.« Sie hielt einen Moment inne und wählte ihre Worte sehr besonnen. »Ich werde Ihnen ein Beispiel nennen, bei dem wir verstehen, was geschieht, aber niemals herausfinden konnten, *wie* es sich vollzieht.

Sagen wir mal, ich lege mich hier neben Ihnen schlafen, und Sie schlafen ebenfalls ein. Im Gegensatz zu Lilith neigt der Warden-Organismus hier dazu, vor allem mit jenen seinesgleichen in Kontakt zu treten, die sich in ergänzenden Positionen befinden, das heißt, die in ihnen werden nicht kommunizieren, sich koppeln oder was immer sie tun mit denen in Felsen, Bäumen und dergleichen, wie sie es mit denen in anderen Menschen tun. Wenn die Wardens von der Bewußtseinskontrolle befreit sind, verbinden sich die Organismen in Ihrem Körper mit denen in meinem Körper. Diese Koppelungen sind während der kurzen Schlafperiode, in der wir nicht träumen, am stärksten. Wenn zwei dieser Perioden zusammenfallen – die meine und die Ihre –, verbinden sich die Warden-Organismen in Ihrem Gehirn und dem meinen und beginnen aus unbegreiflichen Gründen, Informationen auszutauschen. Nun müssen Sie daran denken, daß die Wesen in jedem Molekül sitzen und tatsächlich Teile Ihres Körpers reinigen, verändern, reparieren oder ersetzen, um Sie gesund zu erhalten. Auf die gleiche Weise, sozusagen als Nebenprodukt ihrer wahren Natur, verändern sie die Moleküle in Ihrer Gehirnrinde nach meinem Kode und die meine nach Ihrem, daß sogar die Gehirnwellenmuster aufeinander abgestimmt werden. Das geschieht innerhalb von Minuten. Da Erinnerungen chemisch gespeichert sind, bedeutet das einen totalen Informationsaustausch innerhalb des Gehirns. So wachen Sie mit *meinen* Erinnerungen und meiner Persönlichkeit auf, und ich mit den *Ihren*. Tatsächlich haben wir die Körper gewechselt.«

»Warum tauschen sie dann nicht alle Informationen?« erkundigte sich ein bärtiger junger Mann zu meiner Linken skeptisch. »Sie müßten doch Hormonstörungen, Differenzen bei Lungen- und Blutdruck haben – ausreichend falsche Befehle an einen falschen Körper müßten schwere Übelkeit hervorrufen.«

»Zugegeben«, antwortete sie ihm. »Eine gute Frage. Die Antwort heißt einfach, daß dies auch in den frühen Zeiten so geschah, heute aber nicht mehr. Der Warden-Organismus ist ungeheuer anpassungsfähig, und tauscht Informationen mit anderen Teilen seiner selbst aus, sogar mit anderen Organismen außerhalb seiner Körpergestalt. Er lernte. *Warum* er das will – nun, wir wissen es nicht. Wir waren dessen nicht einmal sicher. Die Person ist vielleicht ein Nebenprodukt seiner einzigartigen Lebensform. Vielleicht handelt es sich um eine notwendige Regulierung, um in der zerberanischen Atmosphäre fortzubestehen. Wir wissen es nicht. Ich bin nicht sicher, ob wir es jemals erfahren. Aber es tritt auf, tat das immer und wird es gewiß weiter so halten.«

»Haben *Sie* jemals den Körper gewechselt?« wollte ein anderer Skeptiker wissen.

Sie lächelte. »Viele Male. Ich bin im Gegensatz zu Ihnen eine Einheimische. Die Wechselerscheinungen treten mit der Pubertät auf – eine Art Ritus zum Erwachsenwerden, wenn Sie so wollen. Heranwachsende unterliegen hier vielen Wechseln, insbesondere da dieses Alter emotionsintensiver ist und eine Kontrolle schwerer fällt. Abgesehen davon, welcher Jugendliche würde diesem Experiment widerstehen? Jungs sind neugierig, wie es ist, ein Mädchen zu sein und umgekehrt – so in der Art. Ich frage mich oft, wie es wäre, von Geburt an in einem Geschlecht und einem Körper gefangen zu sein. Ich wurde beispielsweise männlich geboren, doch nachdem ich mit sechzehn in drei männlichen und zwei weiblichen Körpern gesteckt hatte, fühlte ich mich irgendwie als Frau wohler. Ich fand eine Frau, die sich männlich wohler fühlte, wir schliefen zusammen und machten die Sache fest. Trotzdem denken wir nicht daran, die Körper so oft wie die Kleider zu wechseln. Nun, manche wechseln oft, und es gibt gelegentlich Ehen, wo die Partner sich ständig verändern, aber diese Fälle sind rar.«

Während ihrer Rede war mir etwas in den Sinn gekommen, und ich wollte die Frage anschneiden, bevor sie mir entfallen konnte. »Sie sagten, es dauert einige Minuten, das Bewußtsein während des Schlafs auszutauschen«, wiederholte ich. »Was geschieht, wenn Sie mittendrin aufwachen?«

»Normalerweise ist ein eingeleiteter Wechsel nicht aufzuhalten – man verharrt im Koma, selbst wenn das Gebäude um einen her niederbrennt«, erwiderte sie. »Es gibt jedoch einige – sehr seltene – Fälle, wo dies vorkommt. Sie haben recht, das anzusprechen, denn es geschieht stets nur Leuten von der Außenwelt so wie Ihnen. Die Wahrscheinlichkeit, das möchte ich betonen, liegt bei eins zu einer Million, selbst bei Ihnen. Der Transfer ist umfassend, sozusagen, so daß alle Moleküle in Ihrem Gehirn sich neu zu ordnen beginnen. Wenn Sie nun früh während dieses Prozesses aus dem Schlaf gerissen werden, haben Sie noch eine schwache Erinnerung jenes anderen Lebens, die jedoch gewöhnlich verblaßt. Geschieht es später während des Transfers, haben Sie eine Zeit psychischer Probleme vor sich, eine Art von Schizophrenie, aber auch die verschwindet, und die vorherrschende Information gewinnt die Oberhand. Doch wenn der Prozeß gerade bis zur Hälfte abgelaufen ist, dann werden sie beide in beiden Körpern vorhanden sein. Das bringt eine Menge zusätzlichen Raum im Gehirn mit sich, und eine neue Information wird langsam zu den brachliegenden Teilen wandern und entweder eine völlige Persönlichkeitsspaltung hervorrufen – zwei sich ablösende Persönlichkeiten in einem Körper – oder zu einer neuen Persönlichkeit verschmelzen, die eine Mischung von beiden darstellt. Und, verstehen Sie mich richtig, das tritt dann bei beiden Betroffenen ein. Aber darüber würde ich mir keine Sorgen machen; in der Geschichte von Zerberus kennen wir keine zwanzig solcher Fälle. Man müßte es fast absichtlich machen, und wer will das schon.«

Ich nickte. Das schienen ganz günstige Chancen. Sie kehrte wieder zu ihrem eigentlichen Vortrag zurück, nach dessen Ende eine Frau eine weitere Frage stellte.

»Was geschieht«, wurde die Führerin gefragt, »wenn ein solcher Wechsel auf einem beruflich heiklen Feld vonstatten geht? Ich meine, nehmen wir mal an, Ihr Arzt hat das Bewußtsein Ihres Hausmeisters? Woran merken Sie das?«

»Das war ein Anfangsproblem«, erklärte sie uns. »In einem nichttechnischen Zeitalter oder einer solchen Umgebung wie auf Lilith, wäre es vermutlich nicht lösbar gewesen. Glücklicherweise sind winzige elektrische Muster im Gehirn, die unsere besonderen Erinnerungen verarbeiten, bei jedem Individuum einzigartig. Das neue Gehirn paßt sich den neuen Mustern an. Wir haben empfindliche Geräte, die in der Lage sind, diese bestimmte elektrische ›Signatur‹ zu lesen und aufzuzeichnen, und Sie werden sie überall finden. Bevor Sie heute von hier aufbrechen, werden wir Ihr Muster abnehmen, womit Ihr Konto im Zentralcomputer des Planeten eröffnet ist. Frühe Musterlesegeräte waren sehr aufwendig, aber jetzt handelt es sich um einen einfachen Apparat, der rasch und leicht einzusetzen und für alles zu gebrauchen ist. Hier haben wir beispielsweise kein Geld. Man wird gemäß seines Berufs und seiner Position direkt auf das Computerkonto bezahlt. Jedesmal, wenn Sie einen Kauf tätigen wollen, wird Ihr Prägemuster gelesen und mit Ihrem Ausweis verglichen. Wie Sie sehen, ist es unmöglich, sich als jemand anderer auszugeben, da es als Verbrechen gilt, einen Körperwechsel nicht innerhalb von acht Stunden zu melden.« Sie hielt einen Augenblick inne und fügte dann hinzu: »Für eine Gesellschaft, die von Menschen gegründet wurde, welche nach Maßstäben der Konföderation als Kriminelle gelten, hat Zerberus die verbrechensärmste Zivilisation der Menschheitsgeschichte.«

Ich konnte sehen, daß dieser Gedanke einige der anderen störte, und mir war er in gewissem Maß ebenfalls unbehaglich. Dies war im buchstäblichen Sinn wahrscheinlich die totalitaristischste Gesellschaft, die man jemals errichtet hatte. Nicht nur, daß Verbrechen hier unmöglich war – das System war computerabhängig, und alles, was computerabhängig ist, läßt sich auch manipulieren. Aber das System hatte Schwachstellen, und die Todesstrafe für Verbrechen war hier in einer Gesellschaft noch erschreckender, wo es möglich war, von Körper zu Körper zu ziehen und jung zu bleiben – sofern es genügend Körpernachschub gab und die Regierung einen gewähren ließ.

Ich fragte mich, ob es hier alte Menschen gab. Und wenn nicht, woher stammten alle die neuen, frischen Leiber?

Nach einer weiteren Mahlzeit befragten sie uns alle der Reihe nach und unterzogen uns einigen grundlegenden Einstufungstests, von denen ein paar bekannt waren. Mein Gespräch verlief ziemlich glatt, da ihre Akte über Qwin Zhang nicht ausführlicher war als die mir eingespeicherte, und ich konnte, wo es notwendig wurde, improvisieren, ohne große Befürchtungen vor negativen Folgen haben zu müssen. Aber die sowohl hand- wie maschinengeschriebenen Persönlichkeitstests waren weitaus schwieriger zu bewältigen. Ich hatte viele Monate in Kursen und Übungen zugebracht, um solche Situationen zu meistern und den Prüfern den von mir gewünschten Eindruck zu vermitteln – dazu mußte man ebenso alles über Prüfungstheorien bis hin zur genauen Natur der verwendeten Psychosondierungsmaschinen wissen wie Selbsthypnose und totale Körperkontrolle beherrschen –, und ich war einigermaßen sicher, daß alles, was man von mir verlangt hatte, angemessen und korrekt beantwortet worden war.

Später wurden wir holographisch fotografiert, man nahm unsere Fingerabdrücke ab und dergleichen, und man hängte uns an eine riesige Maschine, deren Funktionsteil wie der Sturzhelm eines Piloten aussah. Das also war der Musteraufzeichner. Kurze Zeit später führte man uns ins Innere, legte uns einen Reifen mit drei fingerartigen Sonden um die Stirn und ließ über den Bildschirm eine Überprüfung laufen. Offensichtlich wurde das große Gerät nur zur Aufzeichnung der Abdrücke verwendet; das kleine lieferte wohl die bekannten Kontrollmechanismen für die Checks. Keines der beiden Geräte löste irgendwelche Empfindungen aus, so daß man sich auch nicht vorstellen konnte, wie sie funktionierten, was ich sehr gerne herausgefunden hätte. Sofern es einem nicht gelang, dieses System zu täuschen oder auszuschalten, konnten die Behörden jeden Lebensschritt genau nachvollziehen – wo man sich aufhielt, mit wem man zusammen war, was man kaufte, buchstäblich alles.

Am Abend brachten sie Pritschen für uns herein. Offensichtlich sollten wir einige Tage hier ausharren – bis der Warden-Organismus sich an uns angepaßt und sie beschlossen hatten, was mit uns geschehen sollte. Man überreichte jedem von uns auch ein Buch über die Grundstrukturierung des Planeten. Es war eine trockene, aber faszinierende Lektüre mit einer Menge Einzelheiten über den gesellschaftlichen und wirtschaftlichen Aufbau.

Politisch existierten mehrere hundert Stadtgemeinden, die jede ihre eigene Zentralverwaltung besaß. Einige waren recht klein, andere riesig und schienen vor allem auf wirtschaftlichen Besonderheiten zu beruhen. Der Verwaltungschef einer Stadtgemeinde wurde durch die Vorsitzenden der Syndikatskonzile jeder Stadtgemeinde gewählt. Die Syndikate stellten auch wirtschaftliche Einheiten dar, die aus Körperschaften ähnlichen Typs gebildet waren, welche augenscheinlich alle Aktiengesellschaften im Privatbesitz waren. Das Wirtschaftssystem beruhte demnach auf einem grundlegenden korporativen Syndikalismus. In Wirklichkeit funktioniert das ziemlich einfach: Alle ähnlichen Gesellschaften – beispielsweise Stahl – schließen sich zu einem Syndikat zusammen, dem ein Stahlspezialist der Regierung vorsteht. Dort wurden die Bedürfnisse der Regierung und der Privatwirtschaft ausgehandelt, und jede Stahlgesellschaft erhält einen Anteil an dem Geschäft gemäß seiner Größe und Produktionsstärke, um Vollbeschäftigung und einen Profit zu garantieren, dessen Höhe vom Syndikat und dem Regierungsexperten – nennen wir ihn einmal Stahlminister – festgelegt wird. Der einzige Konkurrenzfaktor besteht darin, daß eine Gesellschaft mit einem auffälligen Produktionsanstieg – in anderen Worten, die mehr herstellt bei geringeren Kosten und damit mehr Profit erwirtschaftet – im nächsten Vierteljahr einen größeren Auftragsanteil erhält.

Dieses Beispiel auf alle Rohmaterial- und Grundproduktionsbetriebe übertragen, ergibt eine streng von Staat und Management reglementierte Zwangswirtschaft, die trotzdem Innovationen hervorbringt und den Profitanreiz bietet. Nur der Einzelhandel wird von privaten Geschäftsleuten betrieben, doch auch sie unterstehen der Regierungskontrolle, da mit reglementierten Gewinnspannen auch die Verkaufspreise festgelegt sind. Mit der zusätzlichen Einteilung der Stadtgemeinden in Zonen und der daran gebundenen Geschäftslizenzvergabe kann die Regierung Einzelhandelsventile schaffen, wo Menschen und Bedürfnisse existieren. Da kein Geld von Hand zu Hand ging und die Regierung auch das kleinste Geschäft elektronisch bearbeitete, gab es keine geheimen Bankkonten, keine Sparmöglichkeiten, ja nicht einmal Tauschhandel – da die Syndikate den Standort aller Waren überwachten und Veränderungen registrierten.

Glatt und sauber. Kein Wunder, daß hier so wenige Verbrechen verübt wurden; um sie zu verhindern, hätte es nicht zusätzlich der

Todesstrafe bedurft.

Vom individuellen Standpunkt aus war man ein freier Beschäftigter. Doch da die Regierung die höchste Kontrollinstanz darstellte, sollte man das Syndikat besser nicht gegen sich aufbringen, sonst lag man vielleicht bald auf der Straße – und in dieser Gesellschaft länger als drei Monate aus nichtgesundheitlichen Gründen arbeitslos zu sein war ein Vergehen, das mit Zwangsarbeit geahndet wurde. Es schien so, als stammten die meisten Rohmaterialien aus den Minen und Werken auf den Monden von Momrath, und die Bergwerkssyndikate hatten ständig großen Bedarf an neuen Arbeitskräften.

Für alles und jedes benötigte man seinen Personalausweis, der alle körperlichen Daten einschließlich eines Photos enthielt, jedoch keinen Namen und keine Personaldaten. Diese befanden sich auf einem programmierbaren Mikrochip in der Karte selbst, das automatisch problemlos auszutauschen war, wenn ein anderer sich durch Austausch in dem betreffenden Körper befand. Einen Körperwechsel nicht zu melden, wurde damit bestraft, daß man in einen wenig wünschenswerten Körper gesteckt und zu lebenslänglicher Schwerarbeit auf Momrath verurteilt wurde.

Am nächsten Tag fragte ich unsere Gastgeber, wie es möglich sei, jemanden in einen Körper zu sperren oder dies zu verhindern, und erhielt die Erklärung, daß manche Leute durch reine Konzentration und Willenskraft in der Lage waren, die Warden-Tierchen vom ausreichenden Kontakt für einen Körperwechsel »abzuschneiden«. Die »Richter« genannten Leute arbeiteten im Regierungsauftrag; sie verurteilten nicht, sondern führten nur Urteile aus. Und Spitzenrichter konnten auch in gemeinsamen Bemühungen einen Wechsel erzwingen.

Es gab demnach stets ältere, weniger wünschenswerte Körper, und man konnte die Getreuen mit jungen, neuen Körpern belohnen, während man die Missetäter zum Momrath schaffte, bis sie dort den Tod fanden.

Hauptunternehmenszweig war die Leichtindustrie allgemein, die Herstellung und Gestaltung von Computern, Waffen, Werkzeugen, aller Arten von Holzgeräten, Meeresfrüchteprotein und Dünger. Davon wurde sogar ein Teil über das Warden-System hinaus exportiert; von dieser Möglichkeit hatte ich vorher nichts gewußt. Es war sogar machbar, einige Dinge zu »sterilisieren«, vor allem nichtorganische Verbindungen, sie zusammen- und funktionstüchtig zu halten. Dies führte zu einer naheliegenden Verbindung. Der menschliche Roboter, der das Verteidigungssystem durchbrochen hatte, zum Beispiel. War es möglich, daß irgendwo hier zwischen den eher primitiven Maschinen diese raffinierten Roboter für die Zwecke einer fremden Macht produziert wurden? Und wenn ja, gab es hier eine Art Programmiergenie, das in der Lage war, so lebensechte Roboter herzustellen, die sogar enge Freunde und Familienangehörige täuschten, wie der fremdrassige Roboter damals? Es klang denkbar und folgerichtig. Es gab keine Gewaltverbrecher hier, wie es hieß. Nur technologische. Und davon die besten.

Im Laufe des vierten Tages begannen wir uns alle zu langweilen und wurden von Unruhe befallen. Soviel sich in einer kurzen Zeit erlernen ließ, hatte man uns schon beigebracht, so daß man uns offensichtlich nur noch aus Gründen festhielt, die unsere Gastgeber noch nicht enthüllen wollten. Für mich wurde das Warten allmählich gefährlich, da einige von den Gefangenen flüchtige Verbindungen eingegangen waren und auch ich mehrfach entsprechende Anträge bekam. Der Druck wuchs noch weiter, als ich zum Streitobjekt zweier Männer wurde. Ich hatte kein Interesse an einem solchen Erlebnis, nicht in *diesem* Körper, doch die Situation würde eine soziale Kluft zwischen mir und den anderen aufreißen. Ich wünschte, die Warterei hätte ein Ende und wir würden so schnell wie möglich in die Welt draußen entlassen.

Und ich hoffte auf eine Einstufung, zu der sie dank der Tests schon lange hätten fähig sein müssen. Ich hatte versucht, meine Fähigkeiten in bezug auf Computer und Mathematik besonders auszuspielen, nicht nur, weil das der Persönlichkeitsgeschichte des Individuums, das ich darstellte, entsprach, sondern weil ich darin auch die beste Möglichkeit sah, weiter nach oben zu gelangen und etwas herauszufinden. Abgesehen davon, verfügte ich über eine Menge Erfahrung mit vielen dieser etwas altmodischen Computer hier.

Gegen Ende des vierten Tages wurde mir plötzlich klar, *worauf* wir warteten. Offensichtlich wollten sie, da gewisse Kontrollmaßnahmen unverzichtbar waren, uns jungfräuliche Zerberaner nicht entlassen, bevor wir nicht genau die Fakten des Lebens hier kannten. Große Nähe wäre vonnöten, hatten sie gesagt.

Alle Pritschen standen dicht beisammen...

Die Akklimatisierung, so hatten sie uns mitgeteilt, würde drei bis vier Tage in Anspruch nehmen, das stimmte also ungefähr. Sie warteten also auf den Morgen, da die meisten von uns, oder auch alle, in anderen Körpern erwachten.

Dieser Gedanke brachte für mich ein geistiges Dilemma mit sich. Wenn wir einen Wechsel über uns ergehen lassen sollten, ehe man uns entließe, wollte ich lieber als Mann von dannen ziehen – aber da ich die Annäherungsversuche von einigen Männern erlebt hatte, schlief ich in einer Ecke in der Nähe der Frauen, mehr oder weniger für mich allein. Wie lange würde es dauern? fragte ich mich. Und besaß ich das Geschick und die Nerven, das durchzustehen? Ich kam schließlich zu dem Schluß, daß ich es versuchen mußte, weil ich sonst für immer auf der falschen Seite festsäße. Also wählte ich mir ›meinen‹ Mann sorgfältig nach Alter, Aussehen, körperlicher Verfassung und dergleichen aus. Glücklicherweise war mein Kandidat Hull Bruska ein schüchterner, sanft wirkender Mann, der sich mir gegenüber als nicht aufdringlich erwiesen hatte. Sein Verbrechen hatte noch weniger mit Menschen zu tun als das von Qwin Zhang. Augenscheinlich hatte er es geschafft, kleine Teile planetarischer Budgets elektronisch auf Pionierkonten zu übertragen, und das alles mit Hilfe eines kleinen Reparaturdienstes auf einer der zivilisierten Welten. Er war irgendwie stolz auf seine Leistung und zögerte keinen Augenblick, davon zu erzählen. Der Grund für seinen Niedergang war ironischerweise, daß er zu erfolgreich geworden war. Auf verschiedenen Pionierbanken tauchte zu viel Geld auf in einer Höhe, wie sie die Aufmerksamkeit der Sicherheitspolizei erregt. Offenbar hätte es mehr als der vier Banken bedurft, auf die er das Geld verteilte. Wenn die Einzahlungen auf einer Bank sich in weniger als zwei Jahren ohne erkennbaren Grund vervierfachen, kann man sicher sein, daß jemand beginnen wird, Fragen zu stellen, aber Bruskas Stärke waren Maschinen, nicht die Feinheiten, wie man mit der Beute davonkam.

Er hatte noch nicht einmal Pläne entwickelt, was er mit dem Geld anfangen sollte. Er meinte, er habe es hauptsächlich aus Langeweile getan. Nach neun Jahren Reparaturdienst und Umrüstung von Finanzcomputern, hatte er sich das alles als eine Art Sport ausgeklügelt, »mehr oder weniger zum Spaß«. Als er dann seinen Plan in die Tat umgesetzt hatte, aus reiner Neugier, ob es klappte, hatte es funktioniert, und den Coup zu wiederholen würde irgendwie unwiderstehlich, vor allem, um zu erfahren, wie lange es gutgehen würde. »Ich tat im Grunde genommen keinem weh«, erklärte er, »und es lag eine diebische Befriedigung darin, die ganze Konföderation zu verschaukeln und ihr eins auszuwischen. Irgendwie macht sie das menschlicher.«

Ich mochte Bruska, der so gerne über sich redete, daß wir an diesem Abend nicht über Händchenhalten hinauskamen. Er war als Mann so schüchtern, daß eine Frau zu werden, so hoffte ich, ihm ein ganz neues gesellschaftliches Leben eröffnen würde.

Wir schliefen ganz dicht beieinander, meine Pritsche an der Wand und seine direkt daneben, um jegliches Risiko von meiner Seite aus auf ein Minimum zu reduzieren. Ich schlief diese Nacht mit der widersinnigen Hoffnung ein, es doch noch schnell und zur Zufriedenheit zu schaffen.

DATENBERICHT-UNTERBRECHUNG. ENDE DER DIREKTÜBERTRAGUNG PER EMPFÄNGER. DA DAS SUBJEKT DEN ORIGINALKÖRPER VERLIESS, UNTERBRECHUNG DER VERBINDUNG ÜBER ORGANTRANSMITTER! FOLGENDE BERICHTE VIA READOUT DES UNTERBEWUSSTSEINS-TIEFENSONDEN-HYPNOSEBEFEHLS ZUR VERSCHLÜSSELTEN BERICHTERSTATTUNG IN ZUR VERFÜGUNG GESTELLTE GERÄTE UND AN EINHEIMISCHE VON UNS ANGEWORBENE AGENTEN! NÄCHSTE READOUT-SEQUENZ DURCHLAUFEN LASSEN. SUBJEKT IST SICH WEDER DES BEFEHLSDRUCKS NOCH DES READOUTS BEWUSST.

Ich lasse mich nieder

Im Laufe der vierten Nacht wechselten alle bis auf vier die Körper. Da mir das Glück wieder einmal hold gewesen war, war ich nun wieder jung, männlichen Geschlechts und entsprach dem Konföderationsstandard, obgleich Bruska den Tausch nicht bereitwillig hinnahm. Sie trennten uns alle rasch voneinander, um das Trauma so gering wie möglich zu halten, und man versicherte mir, daß Psychiater jenen zur Seite standen, die ihre Hilfe zur Anpassung benötigten.

Wieder führten sie eine ganze Reihe von Tests durch, vor allem psychische, um festzustellen, ob jemand von uns schwerwiegende Störungen erlitten hatte und sie verbarg. Natürlich kam ich mit fliegenden Fahnen durch. Ich war überglücklich über mein sorgfältig geplantes Ergebnis.

Ich stellte auch fest, daß die beiden widerlichsten Männer ebenfalls mit ihren weiblichen Partnern im Laufe der Nacht die Körper gewechselt hatten, was ich als zartfühlende Gerechtigkeit empfand. Sollten sie doch ruhig einmal zu spüren bekommen, wie abstoßend Männer wie sie von einer Frau empfunden wurden. Vielleicht würden sie sich bessern und rücksichtsvoller sein, wenn sie einmal wieder Männer wären.

Die kleine Ausweiskarte wurde einfach in einen entsprechenden Schlitz geschoben. Man sagte mir, sie würde in jedem dafür vorgesehenen Schlitz funktionieren, in Läden oder zum Öffnen von Türen, wenn man zuerst die Nummer des Personaleinsatzamtes anrief und ihnen durchgab, welchen Schlitz man benutzte. Grundsätzlich wurde Bruskas Name und Computerkode von dem kleinen Chip gelöscht und die meinen statt dessen eingetragen. Sie nahmen mit der Gehirnablesemaschine einen Check vor, um sicherzugehen, daß alles reibungslos funktionierte, und da dem so war, wies man mir schließlich meinen Einsatzplatz zu.

»Das Tooker-Computercorps in Medlam braucht Programmierer«, erklärte man mir, »und mit Ihrer Erfahrung sind Sie dort am richtigen Platz. Man hat zweihundert Einheiten auf Ihr Konto angewiesen; das wird genügen, daß Sie dorthin fahren und sich einrichten können. Es ist eine angenehme Gesellschaft und ein guter Wohnort, wenn man die Tropen mag. Die meiste Zeit des Jahres über ist es dort warm.«

Und nach einigen weiteren Unterweisungen, wo man so etwas wie Kleidung und Fahrkarten kaufte, und wen ich aufzusuchen hatte, war ich auf dem Weg.

Ich stellte fest, daß sich die kleinen dreizackigen Geräte fast überall befanden. Um die Fähre nach Medlam zu nehmen, ging man hin, steckte seine Karte in den Schlitz und setzte das kleine Gerät ein. Nach einer kurzen Überprüfung wurde der Fahrpreis von dem Konto abgebucht, man erhielt die Karte zurück, dann wurde die Fahrkarte ausgeworfen. Sehr funktionell und sehr einfach.

Eine Reihe kleinerer Einkäufe konnte man nur mit der Karte tätigen – Zeitungen, Süßigkeiten und derlei Kleinigkeiten.

Es wurde eine lange Fahrt mit vielen Zwischenhalts, und ich war ständig darauf bedacht, daß ich nicht einnickte – das hätte zu einem Problem werden können, wenn auch jemand anders eingeschlafen wäre. Glücklicherweise gab es in der Fähre eine kleine Restauration, wo man aufmunternde Drinks bestellen konnte, einschließlich einer zerberanischen Version von Kaffee und Tee und auch einen kleinen Imbiß. Ich trank eine Menge Muntermacher unterwegs.

Ich kam am späten Nachmittag an, erwischte jedoch noch ein Robotaxi zum Tooker-Geschäftshaus, so daß ich nicht Gefahr lief, für den heutigen Tag zu spät zu kommen.

Das Gebäude war beeindruckend, soviel stand fest. Glasfenster zogen sich rund um weit emporragende Baumstämme, und zwischen denen spannte sich wie ein Baumhaus für unermeßlich Reiche ein imposantes Bürogebäude mit Glasfront, das all die dicken Stämme verband. Das also war die Tooker-Gesellschaft.

Die Hauptverwaltung hatte für diesen Tag schon geschlossen, doch die Leute von der Nachtschicht waren sehr freundlich und empfahlen mir ein nahe gelegenes Hotel. Dieses lag völlig im Innern eines Baumstammes und war modern und luxuriös eingerichtet. Nervös rief ich meine Zentralbanknummer an, um nachzuprüfen, wieviel mir nach all dem noch geblieben war, um mit Überraschung festzustellen, daß noch 168,72 Einheiten auf meinem Konto verbucht standen.

Das einzig Ungewöhnliche an dem Zimmer war der Schalter am Kopfende des Bettes mit dem Schild: VOR DEM EINSCHLAFEN EINSCHALTEN. Ich betätigte ihn zur Probe und stellte fest, daß Platten um das Bett vom Boden bis zur Decke ausgefahren wurden, Platten aus einem dünnen, aber festen, plastikartigen Material, das von irgendwelchen Metallfäden durchzogen war.

Demnach war Klaustrophobie auf Zerberus ein ernsthaftes Problem. Die Schutzschilder dienten offensichtlich dem Zweck, guten Schlaf ohne unerwartete Körperwechsel abzusichern. Ich fragte mich, welches die größte Entfernung war, die einen Schlafaustausch noch ermöglichte und kam zu dem Schluß, daß ich das herausfinden mußte. Ich fragte einen der Empfangsangestellten danach, und der erzählte mir, als er bemerkte, daß ich neu war, daß die Platten im Hotel nicht notwendig wären, und so gut wie keiner sie benutzte, sie jedoch vorhanden waren, weil ein paar hohe Tiere unter Verfolgungswahn litten. Obgleich ein Wechsel manchmal noch bis zu einer Entfernung von zwanzig Metern möglich war, befanden sich Schutzschilde in Decken und Wände eingebaut. Daraufhin fühlte ich mich etwas besser und benutzte die Platten an diesem Abend nicht wieder.

Die Zimmermonitoren brachten nicht viel, da sie nur schlechte Programme aus früheren Zeiten der zivilisierten Welten und laienhaft vor Ort Produziertes boten, doch ich bekam ein Printout der Lokalzeitung und las es durch. Das brachte auch nicht viel: keinerlei Großstadtpanorama, eher wie die nichtssagenden Wochenblätter aus ländlichen Gegenden. Das einzige Besondere war eine Kolumne mit Personalangeboten und Annoncen unter der Überschrift »Wechsel«, in der zwei Spalten mit Namen aufgeführt waren – etwa ein Dutzend Paare. Eine Möglichkeit zu erfahren, wo seine Freunde wirklich steckten, dachte ich.

Tatsächlich waren die Anzeigen das einzig Interessante. Es existierte offensichtlich ein kleines, aber reizvolles Konkurrenzfeld im Konsumgüterbereich, das man zwischen den Gesellschaften zuließ, und das bewirkte, daß eine Vielzahl von Waren unter dem Einheitspreis verkauft wurde. Auf den zivilisierten Welten gab es von den neuesten Konsumgütern nur ganz bestimmte Marken. So war beispielsweise die Zahnpasta mit den besten Testergebnissen und den besten Empfehlungen die Zahnpasta von jedermann, vielleicht noch mit drei oder vier Geschmacksvarianten, und es herrschte keine Sortenvielfalt und keine Konkurrenz. Hier stieß ich zum ersten Mal wieder darauf, seit ich auf den Pionierwelten gewesen war, und ich bemerkte, daß ich das irgendwie genoß.

Es existierten auch Banken, obgleich es nicht solche Vollserviceinstitutionen gab, wie ich sie gewohnt war. Offenbar konnte man ein paar seiner Einheiten vom Hauptkonto abheben und sie bei einer Bank zu Spekulationszwecken einzahlen, wie auch Geld bei den Banken leihen. Insofern gab es hier eine halbunabhängige Subökonomie, und das war immerhin bemerkenswert.

Nach den Stellenangeboten zu schließen, handelte es sich bei Tooker um ein großes Unternehmen, doch auch viele andere Firmen inserierten, womit für den einzelnen eine gewisse Beweglichkeit bestand. Die selbständigen Kaufleute suchten viele Teilzeitkräfte, was auf wirtschaftliche Unterschiede schließen ließ und darauf, daß bei Tooker, auch wenn die Hauptverwaltung am Spätnachmittag schloß, in vielen Abteilungen rund um die Uhr gearbeitet wurde.

Zu meiner Überraschung waren auch einige Kirchen aufgeführt – eigentlich sogar eine beachtliche Zahl für fast jede Glaubensrichtung unter der Sonne, einschließlich einige neue, die mir ziemlich verschroben vorkamen. Außerdem inserierten auch Teilzeitschulen, wo man sich zur Verbesserung seiner Position weiterbilden konnte, und anderes in der Art.

Das brachte mich auf einen Gedanken, und ich sah das örtliche Telefonbuch durch. Es waren keine Schulen für Kinder und Jugendliche aufgeführt, auch keine Kindergärten oder andere Institutionen für Eltern und Kinder. Offensichtlich gab es in dieser neuen Kultur noch Lücken zu füllen.

Da Medlam subtropisches Klima hatte, existierten hier eine Anzahl von Ferienanlagen und tourismusorientierte Einrichtungen, einschließlich »Aufregende Borkjagden«, was immer ein Bork sein mochte.

Interessanterweise fand sich nirgends, nicht im Einführungslehrgang, nicht in dem überreichten Buch noch sonst irgendwo ein Hinweis auf Wagant Laroo. Der Lord von Zerberus blieb ungenannt und verschwommen.

Am nächsten Tag stand ich früh und ausgeruht auf und meldete mich später im Tooker-Personalbüro. Man erwartete mich schon und gliederte mich schnell in das Unternehmen ein. Der Posten bedeutete achtunddreißig Wochenstunden zu 2,75 Stundenlohn, doch der würde bis auf 9 Einheiten steigen, wenn ich mich vom Assistenten zum Meister hocharbeitete, und noch höher, wenn ich weiter aufstieg. Ich war fest entschlossen, weiter *aufzusteigen.* Man bedeutete mir außerdem, daß ich eine Person Erster Klasse sei, was man nur Leuten mit Spezialausbildung zugestand. Diese behielten ihren Job, unabhängig davon, in welchem Körper sie gerade steckten. Die Zweiter Klasse behielten ihren Job, unabhängig davon, *wer* in ihrem Körper steckte. Es existierte auch eine Dritte Klasse für ungelernte Arbeiter, die ihren Arbeitsplatz wechseln konnten, wenn sie und ihre Arbeitgeber das wollten – vermutlich eine Art Sicherheitsventil. Ruhig fragte ich, was geschähe bei einem Körperwechsel zwischen Erster und Zweiter Klasse und erfuhr beiläufig, daß in diesem Falle die Entscheidung bei der Regierung läge, und gewöhnlich ein richterlicher Rückwechsel erzwungen würde.

»Lassen Sie sich einen Rat geben, falls Sie zu denen gehören, die gerne ständig wechseln«, sagte der Personalchef zu mir. »Wechseln Sie nur mit Personen Erster Klasse. Das ist einfacher und schafft keine Probleme.«

»Ich bezweifle, daß ich in nächster Zeit viel wechseln werde«, versicherte ich ihm. »Zumindest nicht freiwillig.«

Er nickte. »Vergessen Sie die Möglichkeiten nicht, und schützen Sie sich davor, dann werden Sie niemals einem Wechsel unterliegen, den Sie nicht anstreben, und wenn, dann nur mit einer von Ihnen gewünschten Person. Und wenn Sie älter werden und einen Neuanfang suchen – nun, dann steht Ihnen das frei. Bleiben Sie sauber, arbeiten Sie hart, und machen Sie sich unentbehrlich, oder zumindest wichtig – das ist die beste Versicherung. Sorgen Sie dafür, daß man Ihnen etwa alle dreißig Jahre einen neuen Korper geben *will.* Das ist die beste Möglichkeit.«

Ich nickte ernüchtert. »Danke. Ich werde daran denken.« Natürlich hatte ich nicht die geringste Absicht, mich so lange Zeit der Alltagsroutine zu unterwerfen. Doch ich *brauchte* eine gewisse Zeit; Zeit, um Leute, die Welt und die Gesellschaft kennenzulernen. Geduld ist die wichtigste Tugend, wenn man ein System umstürzen will, und Vorbereitungszeit ist durch nichts zu ersetzen.

Ich würde lieber berichten, daß ich in den folgenden vier Monaten lauter gewagte und aufregende Dinge unternahm, doch in Wahrheit sind solche Augenblicke in meinem Beruf selten – alles ist Routine, langweilig, mühselig. Die Gesellschaft verschaffte mir eine subventionierte Wohnung – komfortabel und baumumstanden, mit voll eingerichteter Küche, Klimaanlage und allen sonstigen Annehmlichkeiten. Der Posten, an dem sie mich zuerst einsetzten, war alles andere als anspruchsvoll, und die Geschwindigkeit, mit der ich Planern dabei »assistierte«, neue Schaltkreise zu entwerfen, zeichnete mich rasch für bedeutendere und bessere Aufgaben aus, insbesondere da ich vorsichtig genug war, meinen Vorgesetzten den Ruhm zu überlassen, während ich den Anschein dessen erweckte, der die eigentliche Arbeit leistete – einen Anschein, der nicht zu übersehen war. Das verpflichtete sie mir gegenüber, ohne daß ich eine Bedrohung für sie dargestellt hätte. Ich hätte meinen Vorteil voll nutzen können, verzichtete jedoch darauf. Mit einem Wort, ich wurde unentbehrlich, zumindest für die nächsthöhere Ebene über mir, wie der Mann gesagt hatte. Es war tatsächlich ein Kinderspiel, da die auf Zerberus angewandten Entwürfe gut zehn bis zwanzig Jahre veraltet und räumlich sehr beschränkt waren. Hier waren keine selbstbewußten Computer irgendeiner Art zugelassen. Das war der eigentliche Schlüssel für die Rückständigkeit des Warden-Diamanten und ein großer Vorteil für die Konföderation, die selbst hier präsent war. Man mußte nicht landen, ja nicht einmal in die Atmosphäre des Planeten eintauchen, um eine ganze Stadtgemeinde von der Oberfläche des Planeten zu löschen. Und das würden sie auch tun, um eine Lektion zu erteilen, wenn sich herausstellte, daß man sich hier nicht an die Spielregeln hielt.

Tatsächlich verschaffte mir dieser dem Planeten aufgezwungene

Primitivismus einen Vorteil gegenüber den anderen führenden Köpfen auf technischem Gebiet, da die meisten oder alle von ihnen an Geräten ausgebildet worden waren, die für hier oben viel zu fortgeschritten waren. Nur wenige von uns waren in der Lage, das Äußerste aus diesen alten Modellen herauszuholen.

Ich schloß eine Reihe von Freundschaften und wurde bald zu einer gesellschaftlichen Attraktion. Im Betrieb standen viele Arbeitsteams zueinander in fast allen sportlichen Bereichen im Wettstreit. Nachdem ich diesen Körper, den ich nun trug, gut ausgebildet und kennengelernt hatte, schloß ich mich ihnen wie üblich an, obwohl ich den Gipfel physischer Leistung meines Ursprungskörpers nie mehr erreichte.

Die Borkjagd ließ ich allerdings aus, zumindest vorläufig. Es sah so aus, als wären die Borks monströse, widerliche Meeresgeschöpfe, die nur aus Zähnen zu bestehen schienen und manchmal so groß wurden, daß sie ganze Boote verschlingen konnten. Sie hegten eine natürliche Abneigung gegen alles und jeden, griffen Boote grundlos an und schnappten sogar nach tieffliegenden Fähren. Die Jagd auf sie erforderte Geschicklichkeit, und dieser Sport reizte mich anfänglich nicht besonders. Wenn die Borks auch scheußlich waren, so beheimatete der Ozean doch eine Vielzahl von Geschöpfen, die von wirtschaftlichem Nutzen waren, von Eiweißeinzellern, die sich kilometerlang zu schwebenden Kolonien zusammenkoppelten bis zu kleineren Meerestieren, die genießbares Fleisch, Häute und dergleichen lieferten. Die Borkjagd mochte für einige ein Nervenkitzel sein, doch für die Meeresfanggesellschaften war sie eine kommerzielle Notwendigkeit.

Die Namen der Flugtiere wie Gieks und Gops warfen für mich die Frage auf, wer all diese Bezeichnungen ersonnen hatte. Diese Flugtiere, die weitgehend klein waren, erfüllten die Funktion der Insekten auf anderen Welten, indem sie diesen Dschungel von oben her befruchteten. Zusätzlich gab es noch ein paar fliegende Raubtiere, die ebenfalls rechte Ungeheuer waren. Ein Riesenflieger mit dickem, faßähnlichem Körper von etwa einem Meter Umfang, hatte einen drei Meter langen Hals und eine Flügelspannweite von mehr als zehn Metern. Sein Kopf sah aus wie ein Alptraum aus funkelnden Reptilienaugen und scharfen Zähnen, doch niemand schenkte ihnen allzuviel Beachtung, solange sie auf Distanz blieben. Es handelte sich bei ihnen weitgehend um Aasfresser, und sie hielten sich die meiste Zeit über in der Luft über dem Meer auf.

Körperwechsel waren selten, obgleich ich ein- oder zweimal beiläufig angesprochen wurde. Es kam gelegentlich vor, daß ein Neuer auftauchte und sich als ein Alter herausstellte. Auch wenn wenige Leute tauschten – bis auf ein gelegentliches Paar, das fast nachtnächtlich wechselte –, lieferte das Thema regelmäßigen Gesprächsstoff in Sälen und auf Parties. Die Möglichkeit bestand jederzeit und überall, auch wenn man sie nicht wahrnahm. Man wurde beständig daran erinnert, wenn man nach Hause ging, auf einer Geschäftsreise im Hotel wohnte und stets allein schlief, wie freundschaftlich oder intim man auch mit anderen Umgang pflegte.

Es gab einige Themen, die tatsächlich niemand anschnitt. Eines waren Kinder – man sprach einfach nicht darüber –, und das zweite war das Altern. Nur wenige Leute, die man kennenlernte, sahen älter aus als vierzig, und jene, die am ältesten wirkten, schienen viel nervöser und belasteter als die meisten.

Die Körperwechsel bildeten das Ende allen sexuellen Rollenverhaltens, und das in weit bedeutenderem Maß als auf den zivilisierten Welten. Wenn das Geschlecht sich so leicht wechseln ließ, wirkte es albern, an unterschiedliche Rollen zu denken, insbesondere, da anscheinend alle Frauen, denen ich begegnete, sterilisiert worden waren. Auch das interessierte mich – auf den zivilisierten Welten traf das beide Geschlechter, da dort alle Aufzucht in Biobrutzentren vor sich ging, doch hier schien es damit seine Besonderheit zu haben. Als ich dann eines Tages ein schwangeres Mädchen sah, fühlte ich mich unwiderstehlich zu ihm hingezogen.

Ich hatte mir angewöhnt, einen kleinen Laden in der Nähe der Docks zu besuchen, der auf Unterhaltungselektronik spezialisiert war und über beachtliche Untergrundverbindungen über diese Welt hinaus zu verfügen schien, da er stets die neuesten Streifen von den zivilisierten Welten bekam. Hier war ein Stück Heimat, ein Ort, wo einem andere, frühere Gefangene über den Weg liefen, die nun Exilanten waren wie ich, und man fand dort den Hauch und die Erinnerungen dessen, was man verloren hatte.

Eines Tages tauchte die junge Frau dort auf und sah sich die neueste Auswahl an. Ein zierliches junges Persönchen – es war unmöglich, sie anders zu sehen denn als Mädchen. Nach ihrem Aussehen konnte sie kaum älter als fünfzehn, sechzehn sein. Sie hatte außergewöhnlich langes, rotbraunes Haar, vielleicht einen Meter oder gar länger, das sie locker mit einem hellfunkelnden Stirnband zusammenhielt.

Eigentlich hätte ich nicht erkannt, daß sie schwanger war, wäre da nicht Otah, der Besitzer, gewesen. Ich unterhielt mich zufällig gerade mal wieder mit ihm über bestimmte Tricks und Kniffe, als mein Blick auf sie fiel. »Hmm. Niedlich. *Die* habe ich hier noch nie gesehen.«

»Laß bloß die Finger von der«, warnte mich Otah ernst. »Sie kriegt ein Kind.«

Ich runzelte die Stirn. »Zum ersten Mal, daß ich *das* hier höre. Ich begann mich schon zu fragen, wo die Einheimischen eigentlich herstammen. Aber warum dieses Tabu?«

»Schwanger. Weißt du, das ist kein Zustand, das ist eine Beschäftigung für die Zweite Klasse.«

Das war es also letztendlich. »Es ist ein *Job?* Sie verdient sich ihren Lebensunterhalt, indem sie Kinder bekommt?«

Er nickte. »Beschissene Sache, was? In der Nähe von Akeba gibt es eine ganze Kolonie von ihnen. Ein paar machen es gerne, aber die meisten von ihnen würden einen umbringen, um in einen anderen Körper zu gelangen. Denn wenn man das einmal ist, dann bleibt man es auch. Das beste ist es, die Sache auf rein geschäftliche Basis zu stellen.«

Ich mußte kichern. »Was machen sie denn? Stehlen sie einem die Seele?«

Er blickte mich entsetzt an. »Sag so was nicht. Einige von ihnen sind verzweifelt genug, um so gut wie alles zu versuchen.«

Ich mußte wider Willen über seine Ängstlichkeit lachen und fragte mich, was denn so schrecklich sein konnte. Trotzdem beschäftigte mich das Problem tatsächlich. Mit ihrer technischen Entwicklung hätten sie bestimmt klonen können, wenn sie bereit waren, die Unterhaltskosten zu zahlen. Statt dessen hatten sie sich offensichtlich dafür entschieden, einen gewissen Prozentsatz junger Frauen zu nehmen, die man vermutlich nach genetischen Gesichtspunkten auswählte, und sie dafür zu bezahlen, daß sie Kinder in die Welt setzten. Ich gelangte zu der Auffassung, daß das einzige Problem dabei außer bei der Geburt selbst in der Langeweile liegen konnte – oder vielleicht sich durch eine Schwangerschaft nach der anderen zugrunde zu richten.

Jedenfalls hatte ich noch nie gehört, daß Mutterschaft etwas Entsetzliches wäre. Auf einigen der primitiveren Pionierwelten war es eine anstrengende Beschäftigung, und so war es seit Menschenbeginn gewesen. Dies war ein Teil des gesellschaftlichen Puzzles, dessen Teile ich zusammenfügen mußte, und hier bot sich mir die Gelegenheit.

Um Otah nicht zu beunruhigen, sprach ich sie im Laden noch nicht an, sondern folgte ihr heimlich, als sie ging. Nach einem Schaufensterbummel setzte sie sich an einen Tisch in einem Straßencafé und genoß augenscheinlich die Sonne und die salzige Gischt. Ich ließ sie noch ihre Bestellung aufgeben, dann trat ich wie zufällig in den Innenhof und blieb stehen, als entdeckte ich sie jetzt erst.

»Hallo«, sagte ich. »Sie habe ich doch gerade bei Otah gesehen!«

Sie lächelte und nickte. »Ja, ich habe Sie dort auch gesehen.« Sie machte eine Handbewegung. »Wenn Sie sich zu mir setzen wollen?«

»Gerne«, antwortete ich und nahm Platz. »Qwin Zhang«, stellte ich mich vor.

»Ich bin Sanda Tyne«, erklärte sie mir. »Sie stammen von den zivilisierten Welten, nicht wahr? Von der Außenwelt?«

Ich nickte. »Woher wissen Sie das? Sieht man es mir an?«

»Oh, nein. Aber Ihr Akzent. Wir haben im Akeba-Haus zwei Mädchen von draußen. Das hört man sofort.«

»Ich war mir bislang nicht bewußt, daß ich einen Akzent habe«, antwortete ich wahrheitsgemäß und merkte mir das für die späteren Gelegenheiten. Sprachmuster analysieren und vergleichende Analysen anstellen zur Unterbindung des Akzents, wenn notwendig. »Sie sagten, Sie hätten zwei Leute von draußen im ... Akeba-Haus, ist das richtig?« Ich schwieg für einen angemessenen Augenblick. »Wissen Sie, Otah sagte mir, ich solle im hinteren Teil des Ladens bleiben, während Sie dort waren. Er verhielt sich gerade so, als hätten Sie eine Art ansteckender Krankheit oder so.«

Sie lachte ein hübsches, melodisches Lachen, das ihre tiefe, reizvolle Stimme noch betonte. »Ich weiß«, entgegnete sie, verzog das Gesicht zu einer Grimasse wie die Otahs und senkte ihre Stimme noch weiter. »Halten Sie sich von ihr fern. Sie macht *Babys!*«

Ich mußte über ihre Nachahmungskunst lachen. »So war es ungefähr. Vielleicht bin ich einfältig, aber was ist so schrecklich daran? Wenn es nicht jemand von Anfang an getan hätte, gäbe es uns doch gar nicht.«

Sie seufzte und schien dann etwas ernster zu werden. »Oh, es ist eigentlich nichts Schlimmes dabei. Aber auch nichts Großartiges. Es stimmt zwar, man bekommt ein fast unerschöpfliches Konto und lebt ziemlich gut – Akeba-Haus ist wie ein echtes Erster-Klasse-Hotel –, aber nach einer Weile wird es ziemlich schmerzlich. Einige von uns wurden als kleine Mädchen ausgesucht, aber die meisten entschlossen sich freiwillig dazu, als ihnen nichts anderes übrig blieb. Wenn man vierzehn ist, kommen sie und verlangen, daß man sich entscheidet zwischen Sterilisierung und Mutterschaft, und einige wie ich sind so verrückt, sich für das letztere zu entscheiden. Eine Weile ist es ganz schön – insbesondere am Anfang. Aber nach einigen Jahren und einigen Babys wird das ganze ziemlich öde. Monatelang ist einem jeden Morgen schlecht, man muß sich einschränken in dem, was man ißt, trinkt, ja sogar tut. Und man wird irgendwie beschränkt. Man lernt, Babys zu machen, zu gebären und aufzuziehen, und damit hat es sich. Wenn man erst einmal drin ist, kommt man nicht mehr raus wie bei einem anderen Job. Man sitzt fest. Und wenn man andere Frauen wiedertrifft, mit denen man aufgewachsen ist, die gute Posten haben und wirklich etwas aus ihrem Leben machen, dann denkt man, daß man alles falsch gemacht und verdorben hat.«

Ich nickte und begriff ihr Argument. »Sie sind reichlich offen einem Fremden gegenüber«, bemerkte ich.

Sie zuckte mit den Schultern. »Warum nicht?«

Ich wußte keine Antwort darauf. »Warum aber dieses Tabu, nicht über Kinder zu sprechen?«

Sie schaute mich seltsam an. »Sie sind wohl gerade erst gelandet, wie? Zum Teufel, denken Sie doch mal nach. Haben Sie jemals alte Menschen gesehen?«

»Nein. Ich nehme an, die Körper landen irgendwo in den Minen.«

Sie nickte. »Sie haben es erfaßt. Und woher stammen die nächsten Körper? Ein gewisser Prozentsatz von uns, daher kommen sie. Ein Baby pro Jahr, jedes Jahr eins und nur ein geringer Bevölkerungszuwachs. Das ist hart. Sie nehmen sie uns meistens schon nach einem Jahr weg – das bricht einem auch noch das Herz. Die meisten von uns schicken sie gleich in die Kinderaufzuchtzentren, damit wir nicht noch mehr Kummer erdulden müssen als ohnehin notwendig. Babys gebären, stillen und vergessen. Einige werden abgehärtet, andere krank oder schnappen über. Aber man sitzt fest und bleibt dabei, bis der Arzt sagt, daß man aufhören muß. Dann bekommt man einen frischen, jungen Körper, wenn man es gut gemacht und die entsprechenden Geburtsquoten erreicht hat.«

Ich mußte zugeben, daß das alles immer unmenschlicher klang. Ich begriff allmählich, weshalb Laroos Machtergreifung mit einem derartig unproportionalen Bevölkerungszuwachs einhergegangen war. Auch wenn das System wahrscheinlich von vor seiner Zeit stammte, würde er schon aus reinem Verfolgungswahn größere Geburtenraten fordern. Der bedrückendste Alptraum eines Führers wäre eine sinkende Geburtenrate.

»Sie können doch gewiß aufhören. Eine einfache Operation...«

Sie lachte spöttisch. »Gewiß. Und die Neugeburt in einem neuen Körper vergessen. Wenn man über keine besonderen Fähigkeiten verfügt, bleibt nur die dreckigste Schwerarbeit, um seinen Lebensunterhalt zu verdienen, und das auch nur, wenn sie einen lassen. Wahrscheinlich findet man dann keine Arbeit, wird zum Landstreicher erklärt, und das bedeutet dann eine einfache Fahrkarte zu den Minen, oder man wird einfach weggefegt. Die Minen sind weitgehend automatisiert – die meisten glauben gar nicht, daß allzu viele wirklich dorthin geschickt werden.«

Weitere Informationen, die zu speichern waren, doch das Thema wurde in zunehmendem Maß unerfreulich. »Ich kann aber nichts von einem Mangel an anderen Fähigkeiten finden«, sagte ich zu ihr. »Sie verfügen doch über ein ziemlich ausgewähltes Vokabular.«

Sie zuckte mit den Schultern. »Das meiste habe ich mir selbst beigebracht. Man bekommt Langeweile und sucht sich eine Beschäftigung. Die meisten Mädchen machen etwas Künstlerisches, schreiben oder dergleichen Dinge. Ich lese einfach nur und beobachte Otahs Schieberei. Zum Teufel, ich bin gerade zwanzig, habe vier Kinder geboren, das nächste kommt in sechs Monaten, und ich gehe jetzt schon an den Wänden hoch. Und ich habe noch fünfzehn, vielleicht zwanzig solcher Jahre vor mir, ehe sie mich rauslassen. Und wissen Sie, was sie dann machen? Sie schenken mir einen neuen Körper einer Fünfzehnjährigen und stecken mich wieder hinein. Nach zwanzig Jahren ist das einzige, wovon ich etwas verstehen werde, die Mutterschaft.«

Die Bitterkeit und Frustration in ihrer Stimme waren echt, und zum erstenmal begriff ich Otahs Einstellung und die der meisten Zerberaner sowohl gegenüber Müttern wie gegenüber Kindern. Niemand dachte gerne an Kinder, weil sie alle begriffen, daß dort ihre neuen Körper herkämen. Da sie selbst einmal jung gewesen waren, mißfiel ihnen der Gedanke wirklich, daß sie irgendein Kind um sein Leben betrogen, ihn oder sie auf einen Schlag vom Alter von fünfzehn auf fünfundvierzig brachten, ihn oder sie vielleicht zum Tode oder zur Zwangsarbeit auf einem der luftlosen Monde verurteilten. Sie wußten es, aber sie wollten leben, wollten ihre neuen Körper, und so sprachen sie einfach nicht darüber, und versuchten nicht daran zu denken, nach dem Motto, daß Fakten, die man ignorierte, überhaupt keine Fakten waren. Jenen zu begegnen, die diese Kinder gebaren, weckte ihr ganzes Schuldgefühl, und deshalb wurden sie behandelt, als wären sie von einer scheußlichen Krankheit befallen. Und sie trugen ja auch eine solche Krankheit in sich – eine Krankheit namens Gewissen.

Das bewies mir, daß sie ihre Seele bereits verkauft hatten. Verkauft an Wagant Laroo. Ich sah die Bevölkerung von Zerberus in völlig neuem Licht an jenem Tag voller Sonnenschein und salziger Luft. Ich mußte an die alten Geschichten von Vampiren denken – von den lebenden Toten, die das Blut der Lebenden tranken, um zu überleben, um unsterblich zu werden. Und genau das war Zerberus – ein Planet von Vampiren.

Sie können sich glücklich schätzen, auf Zerberus verbannt worden zu sein. Hier haben Sie die Möglichkeit, ewig zu leben.

In der Tat, in völliger Sklaverei unter einer Regierung, die einem das ewige Leben gewährleisten konnte – auf Kosten des Lebens eines unschuldigen Kindes – oder es einem nehmen.

»Ich begreife einfach nicht, warum sie nicht etwas ins Klonen investieren«, überlegte ich laut. »Damit hätten sie immer noch die Kontrolle über die Körper und damit über das Volk.«

»Das können sie nicht«, erklärte sie, »der Warden-Organismus kommt in diesen frühen Stadien nicht mit einem Klonmenschen zurecht. Auf allen Diamanten-Welten funktioniert es nur auf die natürliche Weise.«

Soviel also zum einfachsten Ausweg, dachte ich im stillen. Und doch mußte es geeignete Wege geben. Eine bessere Lösung, die weniger Kummer bereitete. Ich warf einen erneuten Blick auf Sanda Tyne. Vielleicht eine tragische Gestalt, doch auch selbst ein Vampir in Höchstform.

»Ich würde meinen, daß einigen Leuten das ewige Leben vielleicht gar nicht so reizvoll erscheint«, bemerkte ich. »Einige könnten doch den Tod vorziehen.«

»Außerhalb der Mutterschaft, nein«, erwiderte sie. »In der Zeit der Schwangerschaft, ja, da haben Sie recht. Aber man beobachtet uns sehr genau auf alle Anzeichen von Depressionen und Suizidneigungen. Fast keiner schafft es – ich nehme an, der Lebenswille ist einfach zu stark. Und wenn man es versucht und nicht schafft, drehen sie einen durch den Wolf. Um unsere Aufgabe zu erfüllen, bedarf es nicht viel Grips. Sie führen einen in einen kleinen Raum, setzen eine kleine Lasersonde hier an«, sie deutete an ihre Stirn, »und *zack!* Schon läuft man mit diesem netten kleinen Lächeln umher, tut und denkt nichts, kann aber immer noch Kinder gebären.« Sie schüttelte sich. »Ich glaube, ich würde lieber sterben als das – aber verstehen Sie? Die Strafe darauf, *nicht* zu sterben, ist um so vieles schlimmer.«

Was für einen fröhlichen Nachmittag ich doch genieße, dachte ich säuerlich. Trotzdem verstand ich Sanda und empfand Mitgefühl für sie und ihresgleichen. Es *gab* bessere Wege, davon war ich überzeugt. Für einige der Kinder vielleicht nicht weniger grausame, denn hier bräche eine Revolution aus, würden die neuen Körper für das alte Potential vernichtet, doch zumindest für Leute wie Sanda. Eine technisch entwickelte Welt müßte Müttern gestatten, alles zu verwirklichen, was sie sich wünschen und trotzdem ihrem Bedürfnis nicht nur nach Wachstum, sondern auch nach Erneuerung nachkommen. Es gab ein einfaches System, das die Verantwortung zumindest dorthin übertrug, wo sie hingehörte.

Man könnte jeden zwingen, für seine eigene Erneuerung selbst zu sorgen. Dann läge bei jedem allein die Entscheidung, seinen Nachwuchs oder aber sich selbst auf die normale Weise zu töten. Der Körperwechsel konnte die erzwungene Sterilität beenden und ein jeder für seine Nachkommenschaft sorgen. Das war die einzig gerechte Möglichkeit. Es würde nicht das Ende der Grausamkeiten gegenüber Kindern bedeuten, die man nach wie vor als Ersatz benutzte, doch weit weniger würden davon betroffen werden – und keiner könnte die Verantwortung unter einen geistigen Teppich kehren.

Diese Körperwechselei hatte am Anfang großartig geklungen, aber ich erkannte nun allmählich, was es in Wirklichkeit bedeutete: ein Greuel. Ein umfassend verbreitetes Übel, das zudem zu seiner Aufrechterhaltung ein totalitäres System erforderte.

Diese Erkenntnis erleichterte mir meinen Auftrag – und ließ ihn um so dringlicher erscheinen. Ich dachte nicht mehr im entferntesten daran, Wagant Laroo *nicht* zu beseitigen. Und ich hatte die Absicht, zumindest für die Zeit, die nötig sein würde, um auf Zerberus einen gesellschaftlichen Umsturz zu erreichen, selbst zum Lord aufzusteigen.

Idee eines Plans

In den folgenden Wochen traf ich mich immer wieder mit Sanda, für die ich nicht nur Mitleid empfand, sondern die ich aufrichtig mochte. Sie schien die Gesellschaft von jemandem zu genießen, der von einer Welt stammte, die sie niemals kennenlernen würde, und der aus einer Kultur hervorgegangen war, die sie sich kaum vorstellen konnte – jemand, der sie als Mensch, nicht als Ausgestoßene behandelte. Ich selbst wurde jedoch unruhig und ein wenig ungeduldig. Doch zu jenem Zeitpunkt hatte ich das Gefühl, nun genügend Kontakte geknüpft und genügend Einzelteile zusammengefügt zu haben, um zur Tat zu schreiten. Doch mir fehlte der eigentliche Ausgangspunkt, der Eröffnungszug, den ich brauchte, um eine Chance auf Erfolg zu haben.

Mein langfristiges Ziel war klar abgezeichnet: Wagant Laroo ausfindig machen und töten, dann irgendwie die Syndikatsmaschinerie unter meine Kontrolle zu bringen, um so diese Welt umzugestalten. Die Tatsache, daß mein Plan sich mit den Wünschen der Konföderation ergänzte, war zum besten, denn ich wollte von dieser Seite keine Schwierigkeiten bekommen und wußte, daß sie mich irgendwie überwachten, vermutlich mit Hilfe von erpreßten Agenten hier unten – Exilanten, die irgendwo zu Hause noch Verwandte oder engere Angehörige hatten.

Meine Erfahrung bei Tooker überzeugte mich, daß die Computer- und Roboterwissenschaft auf Zerberus noch viel zu weit hinter der Konföderation herhinkte, um direkt mit den fremdrassigen Robotern zu tun zu haben, doch ich hegte einen anderen Verdacht. Hier waren zumindest einige kluge Köpfe aus dem organischen Computerbereich gelandet. Obgleich ihre Namen gelegentlich in Gesprächen im Betrieb oder auf Parties fielen, traten sie nirgendwo persönlich in Erscheinung. Natürlich war Tooker nicht das einzige und auch nicht das bedeutendste Computerunternehmen, doch es war zweifellos im wirtschaftlichen Gesamtbild ein Mittelklassebetrieb, den man bei größeren Geschäften nicht übergehen konnte. Ein Teil der Probleme lag darin begründet, daß ich immer noch zu tief auf der hierarchischen Leiter stand, um geheime Verschlußsachen auch nur gerüchteweise mitzubekommen.

Deshalb mußte ich noch verschiedene Schritte unternehmen, ehe ich auch nur an Laroo denken konnte; zum Beispiel die Notwendigkeit, mir an höherer Stelle Freunde zu machen, die mir sowohl mit Informationen wie mit nützlichen Gefälligkeiten weiterhelfen konnten. Ich brauchte außerdem entschieden mehr Geld, als ich hatte oder leichterdings beschaffen konnte – und eine Möglichkeit, es zu verbergen, falls ich es mir beschaffte. Nicht, daß ich nicht bei den Banken hätte Geld stehlen können – das war mit dem Computersystem relativ leicht. Das Problem lag darin, daß man das Geld irgendwo unterbringen mußte. In einem allelektronischen Währungsumlaufsystem würde ein verdächtig hoher Geldumlauf schnell auffallen. Angespartes zu tarnen bedurfte größerer Operationen mit größeren Mitteln. Mit anderen Worten, man brauchte ein Vermögen, um ein Vermögen zu stehlen und zu verstecken.

Wenn Geld und Einfluß schließlich gesichert wären, würde ich jemanden im Innern von Laroos Leitungsspitze brauchen. Kein einfacher Trick. Aber das war mein geringstes Problem und hing mit den beiden anderen zusammen.

Ich war in jene düsteren Gedanken versunken und hoffte, irgendwie den Durchbruch zu schaffen, als ich an einem Wochenende nach Akeba fuhr. Wenn ich Sanda sehen wollte, mußte ich sie nun dort besuchen, denn ihre Schwangerschaft war allmählich nicht mehr zu übersehen, so daß sie ihren Bereich nicht mehr verlassen durfte; dies war eher eine gesellschaftliche Norm als geschriebenes Gesetz.

Das Akeba-Haus war ein riesiger Komplex mit eigener Energieversorgung. Es erinnerte mich an das Hotel, wo ich in der ersten Nacht geschlafen hatte. Ich machte einen Swimming-Pool, mehrere Sportplätze und andere Freizeitanlagen ausfindig, und man sagte mir, im Innern gäbe es noch weit mehr Zerstreuung. Der Zugang war jedoch verboten, so daß ich außerhalb des Tors bleiben mußte.

Im Pförtnerhaus hatte Sanda für mich eine Nachricht hinterlassen, daß sie mich unten an den Docks erwarte. Ich nahm den öffentlichen Fahrstuhl. Direkt außerhalb des Geländes befand sich ein kleiner Komplex mit Handelstrawlern und Borkjagdbooten, die meisten eher vom Typ der Handelsschiffe, die den Seemann beschützten, als eigentliche Sportboote.

Sanda stand draußen auf dem Dock eines prächtigen Jägers, erblickte mich, rief und winkte. Ich schlenderte hinüber und fragte mich, was sie dort zu schaffen hatte.

»Qwin! Komm herüber! Ich möchte dich mit Dylan Kohl bekanntmachen!« erklärte sie mir, und wir gingen zusammen an Bord des Schiffes. Es war schmal und funktional mit einer fünfundzwanzig Zentimeter oder noch dickeren Panzerung, einer einziehbaren Hydrofolie und einer bedrohlich aussehenden Kanone ausgerüstet. Das Schiff ähnelte eher einem Kriegsschiff als einem Handelsfahrzeug. Ich hatte mich noch niemals zuvor an Bord eines dieser Fahrzeuge aufgehalten, fand es daher nun faszinierend.

Dylan Kohl stellte sich als große, braungebrannte, muskulös aussehende junge Frau mit Sonnenbrille, knappen Shorts und Tennishemdchen und -schuhen bekleidet heraus. Sie rauchte eine riesige, dicke Charon-Import-Zigarre und arbeitete an einer Art Elektronikpult in der Nähe des vorderen Turmes. Als wir näherkamen, ließ sie ein kleines Werkzeug fallen und drehte sich um, um uns zu begrüßen.

»Du bist also Qwin«, sagte sie mit tiefer, harter Stimme und streckte die Hand aus. »Ich habe schon viel von dir gehört.«

Ich schüttelte ihr die Hand. Ein höllischer Griff, wie ich feststellte. »Und du bist Dylan Kohl, von der ich bis zu diesem Augenblick noch nie ein Wort gehört habe«, antwortete ich.

Sie lachte. »Nun, bis du aufgekreuzt bist, stellte ich für Sanda den einzigen, nichtberuflichen Gesprächspartner außerhalb des Hauses dar.«

»Dylan ist ein Stück seltene Hoffnung«, fügte Sanda hinzu. »Sie ist die einzige, die ich kenne, die jemals aus der Mutterschaft herausgekommen ist.«

Darauf fuhren meine Augenbrauen in die Höhe. »Ach? Und wie hast du das geschafft? Ich habe schon gehört, wie schier unmöglich das ist.«

»So ist es«, erklärte Dylan. »Ich habe sie übers Ohr gehauen. Ich muß zugeben, ich habe gepfuscht, aber es hat mir niemals leid getan.

Ich habe mir meinen Weg mit Drogen frei gemacht.«

»Mit Drogen? Sogar Koffein und andere Stimulatien verlieren innerhalb einer Stunde ihre Wirkung.«

Sie nickte. »Einige Drogen wirken schon. Zeug, das man aus Warden-Pflanzen destilliert, insbesondere aus denen von Lilith. Streng geregelter, der Regierung vorbehaltener Gebrauch – doch ich konnte mir ein wenig von einem Hypnosemittel beschaffen. Wie, wollen wir lieber auf sich beruhen lassen. Habe mit einem Zweiter-Klasse-Dockarbeiter getauscht.«

Wir gingen zum hinteren Teil hinter der Pilotenkanzel, der für die Zeit des Andockens als Sonnendeck hergerichtet war. Ich ließ mich in einen Sessel sinken, Sanda ebenfalls. Dylan ging unter Deck und kehrte mit erfrischend aussehenden Drinks mit Fruchtstückchen zurück. Dann streckte sie sich auf einer Klappliege aus. Ich kostete den Drink – für meinen Geschmack zu süß, aber keinesfalls übel.

Dylans harsches, entschiedenes Auftreten bildete einen krassen Gegensatz zu Sandas. Gleichgültig, was für einen Körper sie ursprünglich gehabt hatte, man konnte sie sich schwer als professionelle Mutter vorstellen.

»Ich habe es diesem Dock hier zu verdanken«, begann sie zu erzählen. »Ich beobachtete die ein- und auslaufenden Schiffe, hörte die Geschichten und sah die Mienen derer, die täglich kamen und gingen. Ich weiß nicht. Es muß irgend etwas in meinem Kopf sein. Ich habe eine Mengc Liebhaber gehabt, aber solange ich denken kann, war ich mit der See verheiratet. Es begann damit, glaube ich, daß die Seeleute immer mit mir sprachen. Wir hatten die gleichen Empfindungen. Einer von ihnen ging schließlich das Risiko ein und schmuggelte mich für eine Fahrt an Bord. Ich war hingerissen. Ich wußte, gleichgültig was geschehen würde, ich wollte auf den Schiffen arbeiten. Was beweist, daß, wenn man genug Grips hat und etwas unbedingt will, man es auch bekommt. Das sage ich Sanda immer wieder, wenn sie niedergeschlagen ist.«

Ich lächelte und nickte. Ich begann, Dylan Kohl ein wenig zu mögen. Wenn ich auch nicht ihre Liebe zur See teilte, so stimmten ihre allgemeinen Ansichten doch mit den meinen überein.

»Dann kann ich wohl annehmen, daß das dein Boot ist?«

Sie nickte. »Jede Bohle und Planke. Sobald ich erst aus dem Akeba-Haus raus war, war ich fest entschlossen, mich zur Ersten Klasse emporzuarbeiten und das mit Schiffsarbeit zu erreichen. Von Zeit zu Zeit fuhr ich auf eigene Verantwortung mit ihnen hinaus, sprang ein, wenn sie Hilfe brauchten und verrichtete sonst meine Putzarbeiten am Dock. Als neue Stellen frei wurden, ließ ich mich in einer Mannschaft anheuern. Es gibt immer irgendwelche Engpässe in der Branche, aber man muß verrückt sein, es von Anfang an zu machen. Auf einer Welt, wo jeder versucht, ewig zu leben, liebe ich es, eine Arbeit zu haben, wobei man Kapitän wird, wenn man lange genug lebt. Letztendlich hat man entweder sein eigenes Schiff, oder man wird stückchenweise oder im Ganzen geschluckt. Ich habe mich bewußt dafür entschieden.«

»Dann bist du jetzt Kapitän?«

Sie nickte. »Und das in kürzerer Zeit als die meisten, wie man mir versicherte. In vier Jahren. Ich bin die einzige Überlebende einer ursprünglichen Crew von sechs Leuten. Sie war allerdings ein ziemlich schlaffer Haufen, deshalb hatte ich da angeheuert.«

Das ist eine Frau, die weiß, was sie will, dachte ich im stillen. Und so mußte es in diesem Beruf wahrscheinlich auch sein. Wie ich wußte, versuchen die meisten Zerberaner allen Gefahren möglichst aus dem Weg zu gehen, da sie vor dem Tod weit größere Angst hatten als die Menschen auf einer Welt, wo das Sterben normal und natürlich war. Aber in ihrem Beruf lauerte die Gefahr überall. Es war häufig ein tödlicher Job.

»Bist du schon jemals auf Borkjagd gegangen?« erkundigte sie sich unvermittelt.

Ich schüttelte langsam den Kopf. »Nein, und ich habe auch nicht die Absicht, nachdem ich die Bilder gesehen habe.«

»Ach, es gibt nichts, was dem gleichkommt«, schwärmte sie. »Sich dem Ungeheuer mit dreißig, vierzig Knoten Geschwindigkeit zu nähern und alles Geschick, Wissen und konzentrierte Reaktionsfähigkeit gegen die der Bestie einzusetzen! Man hat auch kein schlechtes Gewissen, sie zu töten – sie sind so ekelhaft und nutzlos. Und man schützt das Leben, den Lebensraum und das Auskommen der Tiefseebewohner. Man fühlt sich prächtig dabei – und ich bin gut darin.

In den sieben Monaten, die ich nun Kapitän bin, habe ich noch kein einziges Mannschaftsmitglied verloren. Kürzlich waren wir zum Beispiel mal unten in der Nähe von Laroos Insel und wir…«

»Was!« rief ich aus und wäre fast auf die Füße gesprungen. »Wo?«

Sie hielt inne und wirkte ein wenig verärgert über die Unterbrechung. »Nun, bei Laroos Insel. Sie liegt etwas außerhalb meines Gebiets, etwa 140 Kilometer südöstlich von hier, aber wir waren hinter einem Riesenexemplar her. Eine richtige Herausforderung. So wird man dann.«

»Du sprichst von *Wagant* Laroo?«

»Gibt es denn noch einen anderen dieses Namens?«

Plötzlich entwickelte ich ein *vitales* Interesse an der Borkjagd. Deshalb lenkte ich das Gespräch behutsam ab von Laroo und wieder auf ihre Jagdgeschichten, die sie mit sichtlichem Vergnügen einem begierigen Zuhörer präsentierte. Ich bemerkte, wie auch Sanda ihr mit funkelnden Augen lauschte. Auch wenn es ihr selbst nicht nach der Borkjagd zumute war, stellte Dylan Kohl die Verkörperung ihres Ideals dar. Ihre Verehrung war tief und aufrichtig.

Innerlich jedoch empfand ich eine gewisse Erregung und überprüfte die mir einprogrammierte Zerberuskarte – darauf war nirgendwo etwas von »Laroos Insel« zu sehen. Ich prüfte das Gebiet südöstlich von Akeba und entdeckte nur zwei mögliche Punkte, vom Ganzen losgelöste Haine in etwa dreißig bis vierzig Kilometern Entfernung.

Ich begann in meiner augenblicklichen Lage eine höhere Fügung zu sehen. Die Warden-Welten waren nicht so frei von allen Konföderationsmachenschaften, wie diese sich das gerne einredeten.

Fortan sah ich Dylan öfter, manchmal auch ohne Sandas Begleitung und konnte mit der Zeit mehr Informationen über Laroos Insel aus ihr herauslocken. Der Lord von Zerberus war ein geheimniskrämerischer Mann, der zwar die Macht genoß, nicht jedoch die Berühmtheit, die gewöhnlich damit einherging. Die Insel stellte weder das Hauptquartier der Regierung noch seinen offiziellen Wohnsitz dar, doch er hielt sich dort so oft wie möglich auf. Die Anlage genoß den Ruf, das großartigste aller Feriendomizile zu sein. Sie wurde beständig aus der Luft wie zu Wasser überwacht und jedes sich nähernde Objekt von allen erdenklichen Sicherheitssystemen beobachtet. Wenn man sie aber dennoch überwand, mußte man eine Gehirnwäsche über sich ergehen lassen, um jegliches Auskundschaften zu verhindern. Es war tatsächlich eine schier uneinnehmbare Festung, die sich der Lord des Diamanten, der Oberste aller Oberen, Vorsitzender des Syndikatskonzils, errichtet hatte.

Wie alle absoluten Diktatoren lebte Wagant Laroo in ständiger Angst vor einem Mordanschlag – da dies die einzige Möglichkeit war, sich von ihm zu befreien oder für seine Syndikatsleiter, sich selbst an die Spitze emporzuarbeiten. Laroo selbst hatte den Posten mit nicht nachweisbaren Morden erworben.

Nun, ich wollte keine zwanzig oder dreißig Jahre warten, um die Leiter emporzuklettern. Nicht nur, daß es mir an der notwendigen Geduld fehlte, sondern bei einem so langsamen Aufstieg war die Gefahr größer, irgendwo zu scheitern, als wenn ich es direkt anging. Und die Aufgabe wurde immer reizvoller.

Der publikumsscheue politische Führer in seiner uneinnehmbaren Festung! Hervorragend.

Als es soweit war, fügten sich alle Elemente für einen Durchbruch ineinander, und das früher als erwartet, wenn man von Turgan Sugals besorgtem Gesichtsausdruck ausgehen konnte. Sugal war der Firmenmanager von Tooker, und zwar ein äußerst befähigter, der jedem Teilbereich des Geschäfts außerordentliches Interesse entgegenbrachte. Selbst jene von uns auf der untersten Sprosse der Aufstiegsleiter kannten ihn, denn er machte Vorschläge, unterhielt sich mit uns und spielte in den Sportmannschaften mit allen Betriebsmitarbeitern. Er war tatsächlich ein beliebter Chef und stets ansprechbar. Er füllte diesen Posten auch schon eine ganze Weile aus. Obgleich sein augenblicklicher Körper kaum dreißig Jahre zählte, sollte er angeblich fast hundert Jahre alt sein.

Doch er sah auch wie ein Hundertjähriger aus, als er in meiner Abteilung vorbeischaute, um mir mitzuteilen, daß er an diesem Abend nicht in der Lage sei, an unserem Schnurballspiel teilzunehmen. Ich war der Mannschaftskapitän.

»Was ist los?« erkundigte ich mich aufrichtig besorgt. »Sie sehen aus wie einer, dem man gleich den Kopf abzuschlagen droht.«

»Ganz so schlimm ist es nicht«, erwiderte er finster, »aber schon arg genug. Wir haben gerade vom Syndikat die Produktionszahlen und -genehmigungen erhalten. Sie sind gigantisch hoch. Gleichzeitig wollen sie mir ein paar führende Leute für irgendein großes Projekt von ganz oben ausspannen. Khamgirt versucht schon seit Jahren, mich fertig zu machen, und er hat mir alles aufgebürdet. Ich weiß nicht, wie wir den Plan erfüllen sollen mit reduziertem Personal, und wenn wir es nicht schaffen, kostet es mich tatsächlich den Kopf.«

»Können Sie nicht einen Teil an andere Werke weitergeben?« fragte ich. »Oder von denen Personal anfordern?«

Er schüttelte den Kopf. »Normalerweise schon, aber Khamgirt ist es diesmal wirklich ernst, und er hat abgelehnt. Er ist stets gegen meine Art der Geschäftsführung gewesen, und es war immer sein vorrangiges Ziel gewesen, mich abzusägen.« Er hielt inne und kicherte. »Und Sie dachten sicher, wenn man der Chef ist, muß man sich über solche Machenschaften keine Gedanken mehr machen, was?«

Ich mußte lachen. »Nein, ich kenne das Spielchen sehr gut. Vergessen Sie nicht, daß ich schon lange im Berufsleben stand, bevor ich auf diesen Planeten kam.«

Er nickte. »Ja. Das ist richtig – Sie sind ja von draußen. Das vergesse ich immer wieder. Vielleicht kann man sich deshalb mit Ihnen so gut unterhalten, wie?«

»Jedenfalls entschieden billiger als mit einem Psychiater«, scherzte ich, doch in meinem Gehirn hatte es bereits zu arbeiten begonnen. Da war er, das *fühlte* ich. Da war der Durchbruch, der Anfang eines Weges, der mich vielleicht zu Wagant Laroo führen würde.

»Sagen Sie mal, Mr. Sugal«, meinte ich langsam und ging bewußt sehr behutsam vor, »wie ginge es weiter im nächsten Quartal, wenn Präsident Khamgirt nicht mehr Präsident wäre?«

Er schwieg und schaute mich verblüfft an. »Was meinen Sie damit? Soll ich ihn vielleicht umbringen? Das ist verdammt schwer, und Sie wissen es.«

Ich mußte innerlich kichern angesichts dieser Bemerkung, denn

Khamgirt war ein so kleiner Fisch, daß ich ihn wahrscheinlich mühelos hätte ausschalten können. Aber ich wollte mich auf diesem Gebiet nicht als Profi zu erkennen geben. Noch nicht. Zu viele andere nervöse Chefs würden mich als Bedrohung sehen.

»Hmm«, antwortete ich. »Ich meine, wenn man *ihn* absägen würde?!«

Sugal schnaubte spöttisch. »Zum Teufel, Zhang, dazu müßte man ihm himmelschreiende Inkompetenz, andauernde Mißwirtschaft oder kriminelle Absichten gegen den Staat nachweisen können – und so sehr ich den Dreckskerl hasse, glaube ich nicht, daß er sich eines dieser Vergehen schuldig gemacht hat.«

»Das spielt keine Rolle«, erklärte ich. »Gehen wir mal davon aus, daß ich ihm doch etwas Derartiges anhängen könnte?«

»Sind Sie von Sinnen? Was Sie da sagen, ist unmöglich!« erwiderte er.

»Es ist nicht nur nicht unmöglich, sondern nicht einmal besonders schwer, wenn mir das Glück ein bißchen hold ist – und das ist es gewöhnlich. Ich bin ziemlich sicher, daß dergleichen schon oft gelungen ist. Ich habe die Geschichte einer Menge unserer Syndikatsbosse und Firmendirektoren studiert. Das hier ist eine technische Welt, die von Kriminellen im technischen Bereich gegründet wurde, Mr. Sugal. Von ihnen gegründet und von ihnen regiert.«

Er schüttelte ungläubig den Kopf. »Das ist absurd. Ich hätte davon gehört!«

»Würden sie es Ihnen denn verraten? Damit Sie das gleiche mit ihnen machen können? Sehen Sie, selbst Laroo lebt bei weitem noch nicht so lange auf Zerberus wie Sie, und was ist aus ihm geworden!«

Sugal dachte nach. »Wie würden Sie es anstellen?«

»Ich bräuchte, sagen wir, eine Woche und ein paar Insider-Informationen. Dann werde ich Ihnen genaue Antwort geben können. Ich habe einen groben Plan im Kopf, aber er bedarf noch einer detaillierten Ausarbeitung, wie das nur mit genauer Zielvorstellung möglich ist.«

Er schien sich mehr als unbehaglich zu fühlen. »Und warum sollten Sie das tun? Für mich etwa? Das wollen Sie mir doch nicht weismachen.«

»Nein, für mich. Was würde aus Ihnen, wenn es mir gelänge? Wohin brächte es Sie?«

»Vermutlich auf den Posten des Vizepräsidenten«, erklärte er mir. »Und gewiß noch höher hinauf, insbesondere, da ich im Gegensatz zu allen anderen wüßte, was bevorsteht und in der Lage wäre, mir meinen Weg zu ebnen. Ich weiß nicht wie, aber der einzige Weg zur Spitze führt über Khamgirts Sturz. Trotzdem frage ich mich noch immer, was bringt es Ihnen? Ich kann Sie unmöglich so plötzlich zum Firmenmanager machen!«

»Nein, eine solche Beförderung strebe ich gar nicht an«, erwiderte ich. »Vielmehr denke ich für mich in eine andere Richtung. Eine, die für Sie ungefährlich ist. Kennen Sie Hroyasail?«

Wieder wurde er ein wenig aus der Fassung gebracht, was mir nur willkommen war. »Ja, es ist eine unserer Tochtergesellschaften. *Skrit*-Ernten fernab vom Ufer. Wir brauchen einige seiner Chemikalien für unsere Isolatoren. Warum?«

»Ich will sie«, klärte ich ihn auf. »Bislang hat die Firma noch nicht einmal einen Direktor. Drei- bis viermal im Jahr schaut ein Buchhalter von der Hauptverwaltung vorbei, das ist alles.«

»Sicher. Für einen so kleinen Betrieb genügt das normalerweise.«

»Ich denke, daß einer gebraucht wird. Und zwar ich. Und der Posten besteht nach der Personalliste bereits. Es bedarf nur noch der Genehmigung durch einen Höheren. Als Firmenmanager wären Sie dazu in der Lage... aber es wäre mir lieber, wenn es von einem Vizepräsidenten angeordnet würde.«

»Wofür, zum Teufel, wollen Sie einen solchen Posten?«

»Das ist meine Privatsache. Aber es ist eine unbedeutende Position. Eine, wie man sie Ihnen geben würde, falls Khamgirt sich durchsetzt und Sie das Soll nicht erfüllen. Ein ruhiger Posten. Gut bezahlt, wenig Verantwortung, erfordert keine besonderen Erfahrungen und gehört immer noch zum Unternehmen. Und als Gesellschaftsdirektor würde ich natürlich von Zeit zu Zeit gerne vorbeischauen und ein Schwätzchen mit dem Vizepräsidenten meiner Mutterfirma halten.«

Er dachte darüber nach. »Angenommen – nur mal angenommen –, Sie würden es schaffen. Und noch einmal angenommen, ich könnte

Ihnen den Posten verschaffen. Müßte ich dann nicht ständig vor Ihnen auf der Hut sein?«

»Nein«, antwortete ich so ehrlich, wie ich konnte. »Ich habe weder jetzt noch zukünftig ein Interesse an Ihrem Posten. So etwas würde mich verrückt machen. Dies hier ist eine Geschäftswelt, und ich bin kein Geschäftsmann. Glauben Sie mir, Mr. Sugal, keiner meiner Pläne könnte Ihnen jetzt oder in der Zukunft schaden. Ich mag Sie und achte Sie – aber wir sind zwei verschiedene Typen, die verschiedenen Wegen folgen müssen.«

»Ich denke, ich kann Ihnen Glauben schenken«, antwortete er, es klang jedoch noch etwas beunruhigt, »aber ich weiß immer noch nicht, ob ich Sie nicht doch fürchten müßte.«

»Was haben Sie zu verlieren? Jetzt sind Sie von ihrer Gnade abhängig. *Ich* werde etwas unternehmen, nicht Sie. Sie allein werden wissen, daß ich es gewesen bin – doch keiner von uns wird in der Lage sein, seine Informationen gegen den anderen auszuspielen, und das ist der einzige Weg, wie man uns jemals etwas nachweisen könnte. Wenn es mir nicht gelingt, sind Sie nicht schlechter dran als jetzt. Wenn ich es schaffe, bekommen wir beide, was wir wollen. Wie steht es nun?«

»Ich werde glauben, daß Sie es schaffen, wenn es vollbracht ist«, meinte er skeptisch, »aber ich habe auch nichts dagegen einzuwenden.«

Ich grinste. »Sie versorgen mich mit ein paar wichtigen Informationsbits, dann kann ich fast für den Erfolg garantieren. Abgemacht ist abgemacht.« Ich blickte auf meine Armbanduhr. »Wenn Sie mich nun entschuldigen wollen, gehe ich runter, um mich für das Spiel umzuziehen. Wollen Sie wirklich nicht spielen?«

Er schüttelte den Kopf. »Heute abend steigt eine große Versammlung der Bezirksmanager. Aber... viel Glück!«

»Ich versuche es ohne Glück zu erreichen, Sir«, erklärte ich.

Sanda Tyne, Dylan Kohl, Turgan Sugal, ja sogar der dicke Otah. Er ganz besonders. Nun hatte ich alle Elemente zusammen.

Als erstes schaute ich in einem Laden vorbei und erwarb einen Armvoll elektronischer Aufzeichnungsplatten. Ich mußte mit Hardcopys planen, doch ich wollte keinerlei Spur davon zurücklassen. Keine unschuldigen Papierschnipsel, keinen noch so schwachen Hinweis, der mich verraten könnte. Nach vollbrachter Tat müßte ich weiter gut in Deckung bleiben. Der Plan war überlegt und würde funktionieren, aber die Oberen, weit höher stehend als Khamgirt, würden den Braten riechen, vielleicht schon deshalb, weil sie von ähnlichem Schlage waren wie ich und eine Nase dafür hatten. Sie würden erkennen, daß die Ereignisse inszeniert waren, doch wenn sie auch zuließen, daß Khamgirt auf die eine oder andere Art der Vergessenheit anheimfiele, würden sie dennoch nach dem Schuldigen suchen. Khamgirt würde nicht fallen, weil sie ihn für schuldig hielten, sondern weil er so nachlässig gewesen wäre, sich mit einem so schmutzigen Trick ausspielen zu lassen.

Dylan hatte im Grunde die gleiche Schwäche im System ausgenutzt, als sie sich von der Mutterschaft durch den Gebrauch einer Droge befreit hatte, von deren Existenz die wenigsten Menschen jemals gehört hatten. Ich hatte keinen Zugang zu solchen Stoffen, und selbst wenn ich mir welche hätte verschaffen können, war es nicht das, was ich suchte. Jede verkaufsbeschränkte Substanz, insbesondere die von anderen Welten, ließ sich durch einen entschlossenen Untersuchungsausschuß zurückverfolgen. Der Schlüssel zu diesem Plan, so wie er sich entwickelte, lag darin, daß, selbst wenn sie auf die Idee kämen, sie diese Erklärung aufgrund ihrer völligen Absurdität verwerfen würden. Das gefiel mir.

Selbst als Sugal mir die Informationen verschaffte, die ich wissen wollte – zum Beispiel über die Nachtschichten bei bestimmten Tooker-Abteilungen, verschiedene Routinegeschäftstransferkodes und Fakten über gewisse Basic-Computer, die Tooker lieferte, um sie an Agenturen zu vermieten –, begann ich damit, meine vorsichtige Rekrutierung zu vervollständigen. Ich konnte den Plan nicht allein durchführen, wenngleich mir das lieber gewesen wäre. Aber was zu geschehen hatte, war zu kompliziert und mußte in zu kurzer Zeit erfolgen, als daß eine Person das allein hätte bewältigen können. Darüber hinaus ging ich jeder Einmischung durch Dritte aus dem Wege, mit denen man sich hätte auseinandersetzen müssen, also mußte ich jeden im Umfeld eine Zeitlang im Auge behalten. Das würde nicht ganz leicht sein. Trotzdem hatte ich einiges zu bieten und einige interessierte Parteien für diese Angebote.

In der Zwischenzeit hatte ich Dylan ganz gut einzuschätzen gelernt und war mir ihrer Fähigkeit, die Ruhe zu bewahren und den Mut für die Durchführung der Aufgabe aufzubringen, sicher. Eine Schwachstelle war Sanda. Sie war nun im siebten Monat schwanger und daher in ihrer Bewegungsfreiheit ziemlich eingeschränkt, und ihr Leben in diesem Heim lag außerhalb meiner Kontrolle. Sie wollte natürlich bei meinem Plan mitmachen, aber ich mußte auf Dylans Zusicherung vertrauen, daß sie Schweigen bewahren würde.

Ich sprach zuerst mit Dylan darüber, um mich ihrer endgültigen Einschätzung über Sanda zu versichern.

Ich mußte bis zum Wochenende warten, ehe ich zu Sanda hinausfahren konnte, da ich die Woche brauchte, um die von Sugal gelieferten Informationen auszuarbeiten. Außerdem war Dylan nach einem Tag Borkjagd, nachfolgender Bootsreinigung und Herrichtung am Abend keine sehr lebhafte Gesellschaft. In gewisser Hinsicht paßten wir überhaupt nicht zusammen: Jeder, der gern bei der Morgendämmerung aufstand, um zur Arbeit zu gehen, war mir suspekt und unverständlich.

Ich suchte Dylan in einem kleinen Club in der Stadt auf, um sicherzugehen, daß Sanda nicht in der Nähe wäre. Wir hatten uns schon zweimal dort getroffen, einfach nur um Gesellschaft zu haben – und hatten uns beim letzten Mal sehr gut unterhalten –, doch dieses Treffen würde etwas anders laufen. Sie war eine sehr attraktive Frau, und das um so mehr, wenn sie für einen Abendausgang in der Stadt sich entsprechend kleidete.

Wir bestellten das Abendessen und unterhielten uns angeregt, besuchten anschließend ein kleines Cabaret, wo wir etwas tranken und tanzten. Später gingen wir wie schon zuvor in ihre Wohnung, doch diesmal versprach ich mir noch etwas anderes davon.

Und als wir entspannt nebeneinander lagen, hielt ich den rechten Augenblick für gekommen und kam schließlich zur Sache. Sie bot mir geradezu den richtigen Einstieg. »Du wirkst zerstreut heute abend, so abwesend«, bemerkte sie. »Stimmt irgend etwas nicht mit dir? Oder liegt es an mir?«

»Nein, es ist alles in Ordnung«, versicherte ich, »aber du hast recht, Dylan, ich glaube, es ist an der Zeit, dir die Wahrheit zu sagen, und ich hoffe, dich so gut zu kennen, daß ich dir trauen kann.«

Sie setzte sich auf und schaute mich halb verwirrt, halb erwartungsvoll an.

»Dylan, wir kennen einander nun ganz gut. Ich glaube, wir ergänzen uns in gewisser Weise. Und ich meine, wir sprechen offen über uns selbst. Aber sag mal, was weißt du von mir?«

»Du bist Qwin Zhang, Computerprogrammierer bei Tooker und kommst von draußen«, entgegnete sie. »Und du bist ganz schön herumgekommen in der Galaxis. Du warst Lademeister auf einem Raumschiff. Und wenn das stimmt, was einige meiner Freunde sagen, ist dein Name auf den zivilisierten Welten ein Frauenname. Nun? Willst du mir sagen, daß du ursprünglich eine Frau warst? Na und?«

»Ja, ich bin als Frau hierhergekommen«, gestand ich ihr und nahm das Risiko auf mich, »aber ich wurde nicht mit jenem Körper geboren. Es war Qwin Zhangs Körper – aber ich bin nicht Qwin Zhang. Zumindest nicht die ursprüngliche.«

»Ich dachte, das könnte man nur auf Zerberus?«

»Es ist ein schwieriger Prozeß. Im Grunde genommen ein mechanischer. Aber ich war kein Verbrecher und kein Lademeister.«

Sie starrte mich fasziniert, aber nicht ängstlich an. »So? *Wer* bist du dann, und was hast du *getan*?«

»Ich brachte Leute um, welche die Konföderation aus dem Weg haben wollte«, erzählte ich ihr. »Ich spürte ihnen nach, fand sie und tötete sie.«

Sie sog heftig die Luft ein, das war jedoch die einzige Reaktion. Schließlich fragte sie: »Und du wurdest hierhergeschickt, um jemanden zu töten?«

Ich nickte. »Ja. Aber es ist jemand, der es verdient, und da ich nun wie jeder andere hier festsitze, ist das von Bedeutung. Sie würden versuchen mich umzubringen, wenn ich meine Aufgabe nicht erfülle, aber darum geht es nicht. Ich bin ziemlich zuversichtlich, daß sie keinen Erfolg hätten, außerdem wollen sie das gleiche wie ich.«

»Wen?« fragte sie.

»Wagant Laroo«, sagte ich knapp.

Sie pfiff leise durch die Zähne. »Die sind nicht gerade bescheiden, wie? Und du auch nicht. Das erklärt immerhin, warum du so großes Interesse für Laroos Insel zeigtest.«

Ich nickte. »Ich werde es tun, Dylan. Nichts ist so gewiß wie das – obgleich noch ein steiler Weg vor mir liegt und eine Menge Zeit verstreichen wird, bis ich es ausführen kann. Aber es wird geschehen. *Niemand* ist unverwundbar, nicht einmal ich.«

»Gibt es besondere Gründe für dieses Vorhaben?«

»Größte Schwierigkeiten. Es sieht so aus, als hätte Laroo zusammen mit den anderen Lords des Diamanten mit irgendwelchen Fremdrassigen einen Vertrag abgeschlossen, sie bei der Eroberung der Konföderation zu unterstützen, aber ich habe nun mal viel für die menschliche Rasse übrig.«

»Diese… Fremdrassigen. Wer sind sie denn?«

»Wir wissen es nicht«, bekannte ich. »Uns ist nur bekannt, daß sie so menschenunähnlich sind, daß sie keinerlei Möglichkeit haben, ihre eigenen Angelegenheiten zu regeln. Deshalb wurden die Vier Lords angeworben. Ich bin überzeugt, diese hoffen, Rache nehmen zu können und auf der Seite der Sieger zu stehen, aber von diesen Fremdrassigen wissen wir nichts. Nachdem sie in die Konföderation eingedrungen sind, kommen sie vielleicht zu dem Schluß, daß sie keinen von uns mehr brauchen. Wir versuchen alles nur Mögliche über diese Wesen herauszufinden, wer und was sie überhaupt sind, doch das einzige Bindeglied ist der Warden-Diamant. Und eine Möglichkeit, zumindest einen Pluspunkt zu verzeichnen, ist, die Vier Lords zu eliminieren. Eine direkte Konfrontation würde nur Zeit kosten – und die neu eingesetzten Lords wären vielleicht nicht dazu bereit, mit diesen Fremdrassigen zusammenzuarbeiten und ihnen zu vertrauen. Mir wurde Laroo zugeteilt. Aber nachdem ich gesehen habe, wie er hier regiert, würde ich ihn wirklich mit Vergnügen umbringen. Es bestehen bessere, offenere Möglichkeiten, die Herrschaft auszuüben, die den Leuten nicht so viel Verlust ihrer Selbstachtung abverlangten. Du mußt nur an die Mutterschaft denken, um zu wissen, was ich meine.«

»Ich bin mir nicht ganz sicher, ob ich den letzten Punkt verstanden habe, aber alles übrige ist mir klar«, sagte sie. »Ich glaube, keiner, nicht einmal die Vier Lords, kann Menschen wie mich dazu bringen, diese Fremdrassigen zu unterstützen. Da stelle ich mir immer eine Rasse verschlagener, schlauer Borks vor.«

»Vielleicht«, antwortete ich. »Oder sie sind noch abstoßender – aber das spielt keine Rolle. Wir wissen lediglich, daß sie sehr menschenunähnlich sind. Solange ich keine anderen Gewißheiten habe, ist das alles, was ich wissen muß. Wir sitzen hier im Warden-Diamanten auf dem Präsentierteller, wenn sie uns nicht mehr brauchen. Eine Kultur, die in der Lage ist, den Raum zu durchkreuzen und clever genug, die Vier Lords anzuwerben, ist nicht gerade eine, der ich meine Zukunft anvertrauen möchte.«

Sie schwieg einen Augenblick und zündete sich schließlich eine dieser dicken Zigarren an, die einen ansehnlichen Teil ihres Gehalts fraßen. Schließlich fragte sie leise aus ihrer Rauchwolke: »Qwin, warum erzählst du mir das alles?«

»Der erste Schritt ist der der Einflußnahme. Ich benötige einflußreiche Freunde in hohen Positionen, die mir Informationen verschaffen können. Dylan, wem gehört dein Schiff?«

»Der Hroyasail natürlich. Warum?«

»Wer ist der Direktor von Hroyasail?«

»Keiner. Das habe ich dir doch schon erzählt.«

Ich nickte. »Angenommen, ich wäre Direktor der Hroyasail? Lege die Gehälter fest, beschaffe bessere Einzelteile und neue Ausrüstung – die beste.«

»Wovon, zum Teufel, redest du?«

»Angenommen, wir beide leiten Hroyasail, du und ich. Nicht nur als Kapitän, dessen Posten jederzeit von einem Bürokraten gestrichen werden kann, sondern die wirkliche Leitung. Als Chefs.

Könnte dich das reizen?«

»Sprich weiter.«

»Um das zu ermöglichen, brauche ich dich. Dich und noch jemanden. Ich spreche über etwas Illegales, doch keiner wird dabei umkommen, und keiner wird, so hoffe ich, verletzt. Der Plan, den ich im Kopf habe, erfordert einigen Mut, aber den hast du ja, das weiß ich. Bist du bereit?«

»Ich weiß ja nicht einmal, wovon du überhaupt sprichst.«

»Ich werde dafür sorgen, daß der Direktor von Tooker gefeuert wird. Ich werde ihn in Verruf bringen. In der Folge werden einige höhere Angestellte aufrücken und mir dankbar sein. Sie werden mir Hroyasail, ein dickes Bankkonto und alle Informationen, die ich brauche, verschaffen. Verstehst du nun?«

»Und dazu bist du in der Lage?«

Ich lächelte. »Mühelos. Falls man in den vergangenen drei Jahren nicht das Feueralarmsystem in der Stadtgemeinde verändert hat.«

»*Was?*«

Ich verbrachte die Nacht bei Dylan, und beim Frühstück sprachen wir über ein anderes Problem. »Wenn dir nicht jemand einfällt, dem du vertraust und dem ich trauen *könnte* für eine solche Operation, werden wir Sanda auch brauchen«, erklärte ich ihr. »Sie hat Verstand und Mut, und ich denke, sie könnte dieser Aufgabe gewachsen sein. Aber können wir uns darauf verlassen, daß sie nicht redet? Ich habe keinen Zutritt zum Akeba-Haus, wo ich nachprüfen könnte, wie sie sich verhält, wenn sie allein ist. Du warst einmal dort. Was meinst du?«

»Sie wäre schon die Richtige«, stimmte sie zu. »Sie ist ja regelrecht in dich verknallt. Aber dabei mitzuwirken, was du vorschlägst – ich glaube nicht, daß sie der Versuchung widerstehen könnte; Sie würde es ausplaudern.«

»Auch dann, wenn ich ihr für einen späteren Zeitpunkt den freien Austritt aus der Zwangsmutterschaft verspreche? Im Augenblick brauche ich sie genau an der Stelle, wo sie ist. Ich brauche ihr Ausgabenkonto und auch ihre Anonymität. Aber wenn wir alles hinter uns haben, könnte ich sie da herausholen.«

»Ich weiß nicht recht. Das Versprechen, später eine Zusage einzulösen gegen eine sofortige Leistung, ist nicht sehr verlockend, wenn man vor der Entscheidung steht.«

»Davon könnte ich sie überzeugen«, versicherte ich. »Die Frage ist, ob sie, wenn ich sie in ihren eigenen Körper zurückzwinge, die Sache nicht aus Trotz auffliegen läßt?«

»Das kann keiner beantworten«, erwiderte sie aufrichtig. »Aber instinktiv würde ich sagen, nein. Ihr liegt viel an dir. Mir übrigens auch, zum Teufel nochmal. Qwin, bedeute ich dir etwas? Oder bin ich nur jemand, der dir bei deinem Auftrag nützlich ist und dann seine Abfindung erhält?«

Ich ergriff ihre Hand und drückte sie. »Nein«, antwortete ich zärtlich. »Du bedeutest mir viel. Und Sanda ebenfalls.«

Sie lächelte. »Ich wünschte, ich wüßte das ganz sicher. Jemand wie du ist mir und Sanda noch nicht begegnet, weißt du. Du bist für deinen Job geboren, aufgezogen und ausgebildet worden. Menschen vertrauen dir, ohne eigentlich zu wissen, warum. Sie geben dir Geheimnisse preis und wissen nicht warum. Frauen tun alles für dich und wissen nicht warum. Ich bezweifle, ob du selbst überhaupt weißt, was an dir real und einmalig ist.«

»Für die Vergangenheit trifft das sicher zu«, antwortete ich aufrichtig. »Aber für das Hier und Jetzt, für die Zukunft auf Zerberus nicht. Dies ist nun meine Heimat. Meine endgültige Heimat und mein Leben. Die Verhältnisse haben sich geändert, Dylan, und ich ebenfalls. Schau, ich habe durch das, was ich dir erzählt habe, mein Leben in deine Hände gelegt. Das siehst du doch sicher auch so, oder?«

»Nun, das stimmt«, gab sie zu.

Auf Dylans Rat hin beschloß ich, mit Sanda zunächst allein zu sprechen, anschließend wollte Dylan sich mit ihr unterhalten. Ich entschied, ihr gegenüber nicht so offen zu sein wie zu Dylan, meine Zweifel an ihrer Verschwiegenheit mahnten mich zur Vorsicht.

»Dylan und ich haben etwas sehr Riskantes vor«, berichtete ich ihr. »Mein Plan soll mich an die Spitze von Hroyasail bringen, wenn ich das Gesetz, nun, sagen wir mal, erfolgreich umschiffen kann.«

Sie nahm alles interessiert auf und war hingerissen. Das waren die Unternehmungen von Leuten aus dem »wirklichen Leben«, nicht wie die der Mütter aus dem Akeba-Haus.

»Nun«, fuhr ich mit Bedacht fort, »muß ich dich vor etwas warnen, bevor ich weiterspreche. Das hier ist kein Spiel. Wenn ich dir mehr erzähle, lege ich mein und Dylans Leben in deine Hände, denn man wird uns töten, wenn irgend etwas davon durchsickert. Das heißt, daß du mit keinem, außer uns beiden, darüber reden darfst – und keinerlei Aufregung zeigen, ja nicht einmal dir anmerken lassen darfst, daß du ein Geheimnis hütest, sonst lieferst du uns ans Messer. Wir brauchen Hilfe, aber nur, wenn du dich in der Lage siehst, es durchzustehen. Begreifst du das?«

Sie nickte. »Ihr habt Angst, ich könnte es nicht für mich behalten?«

»Das ist kein persönliches Mißtrauen, aber ihr beide, du und Dylan, habt mir von dem Leben in dem Akeba-Haus erzählt, und es klingt sehr nach den Haremsgeschichten der Vergangenheit. Ihr sitzt beieinander, schwatzt und seid vergnügt und kennt einander so gut, daß ihr wohl bemerkt, wenn eine von euch sich anders verhält, und dann entstehen Vermutungen und Gerüchte. Sei ganz ehrlich – traust du dir zu, ein solches Unternehmen für dich zu behalten?«

»Ich glaube schon«, antwortete sie nach einer Weile des Nachdenkens.

»Du sollst es nicht glauben. Du mußt es *wissen!* Sei deiner absolut sicher, sonst vergessen wir das alles, und ich werde jemand anderen suchen.«

»Ich bin sicher. Ich würde... ich könnte nichts tun, was dir oder Dylan schaden würde.«

»Also gut. Wir brauchen dich *wirklich,* allein schon deshalb, was ich jetzt von dir wissen möchte. Du hast doch eine Ahnung von der Schwesternausbildung?«

Sie nickte. »Das haben wir alle. Manche mehr, manche weniger, aber mich hat es stets interessiert. Aber Dylan versteht noch mehr davon. Sie war länger dabei.«

Ich nickte und sagte: »Ich brauche im Augenblick nur eine grundlegende Information. Meine erste Frage lautet, bist du jemals hypnotisiert worden?«

Sie nickte. »Gewiß. Das wenden wir stets bei den Entbindungen an, da wir keine Schmerzmittel benutzen können. Aber ansonsten wird auf Zerberus sparsamer Gebrauch von Hypnose gemacht.«

Dem war gewiß so. Man gab damit die völlige Kontrolle über den Körper, den man trug, und den, den man tragen würde, in die Hände eines anderen, und *dazu* entschied man sich auf Zerberus sicherlich nicht ohne längeres Nachdenken. Hier ganz bestimmt nicht.

»Nun gut«, sagte ich, »Dylan erzählte mir, daß einige der Mütter bei ganz besonderen Gelegenheiten ihren Körper wechseln konnten, so daß sie auch noch kurz vor der Niederkunft ausgehen können. Nur als vorübergehendes Entgegenkommen.«

»Das stimmt. Es ist nicht üblich, aber wir haben es alle schon gemacht.«

»Gut. Fällt dir jemand ein, mit dem du für eine Nacht und einen Tag tauschen könntest?«

Sie dachte eine Weile nach. »Ja. Ich glaube schon. Vielleicht Marga, obwohl ich ihr noch einen Gefallen schuldig bin. Wann müßte das sein?«

»In zwei Wochen. Von Freitag abend bis Samstag abend oder vielleicht Sonntag morgen.«

»Ich werde es arrangieren.«

»Gut. Sprich alles, wenn du willst, noch einmal mit Dylan durch. Ich bin die ganze Woche mit Vorbereitungen beschäftigt. Am nächsten Wochenende werde ich ein, zwei kleine Tests durchführen, um festzustellen, ob es so etwas wie einen Firmen-Sicherheitsdienst gibt. Noch etwas.« Ich fischte zwei Papiere aus meiner Tasche und reichte sie ihr. Sie schaute mich erstaunt an.

»Was ist das?«

»Du erinnerst dich doch noch an Otah?«

»Ja, und?«

»Nun, er betreibt eine Reihe interessanter Schwarzhandelsgeschäfte außer seinen Unterhaltungsmaschinen«, berichtete ich ihr. »Wenn ich das kaufen wollte, würde er vielleicht Verdacht schöpfen, und das Geld würde auch von meinem Konto abgebucht. Ich möchte, daß du oder ein anderer, der keine Fragen stellt und für dich auftreten kann, zu Otahs Laden geht und diese besonderen Teile verlangt. Sag ihm, sie würden für einen Probefeueralarm im Akeba-Haus benötigt. Wenn er Genaueres wissen will, erkläre ihm, du wüßtest nichts weiter, aber achte darauf, daß er dir die Originalteile und keine Ersatzmodelle aushändigt.

Sie betrachtete die Diagramme, drehte sie hin und her und sah sie sich genau an. »Es wird mir nicht schwerfallen, mich unwissend zu stellen. Was sind das denn für Dinger?«

»Computerspeicherchips«, erklärte ich ihr. »Ich brauche sie so schnell wie möglich, aber spätestens in einer Woche. Hast du verstanden?«

Sie nickte. »Und er stellt diese Dinger her?«

»Er läßt sie herstellen.«

»Wieviel muß ich dafür bezahlen?«

»Du hast fast unbeschränkten Kredit, sagtest du einmal. Nur deshalb habe ich mich so oft von dir zum Essen einladen lassen. Der Preis wird ziemlich hoch sein, da es sich um eine Transaktion unterm Ladentisch handelt. Vermutlich zwei- bis dreihundert Einheiten pro Stück.«

Sie pfiff. »Wau!«

»Zu viel für dich?«

»Nein, aber das ist mehr, als ich jemals ausgegeben habe.«

»Wird das irgendwo in deiner Personalakte vermerkt werden?«

»Oh, nein. So etwas haben wir gar nicht. Das ist eine weitere Methode, um uns gefügig zu halten. Es ist ein Hauskonto.«

Ich nickte vor mich hin, zog sie dann an mich und küßte sie. »Weißt du«, flüsterte ich, »mir ist früher nie aufgefallen, wie anziehend eine schwangere Frau auf einen Mann wirken kann.«

Bei Gott, sagte ich mir im stillen, dieser verrückte, irrsinnige, völlig absurde Plan begann konkrete Formen anzunehmen.

»Erzähl mir von Nuraform«, bat ich Dylan am Freitag abend auf dem Schiff.

»Es ist ein Betäubungsmittel, eines der wenigen, die hier wirken«, entgegnete Dylan. »Zweimal eingeatmet, und du bist für zwanzig Minuten weggetreten wie ein ausgeschaltetes Licht – doch damit läßt sich kein Körpertausch bewerkstelligen. Deshalb ist es überhaupt nur anerkannt. Bei größeren Operationen oder Arbeitsunfällen, bei denen jemand schwere Schmerzen leidet. Aber der Verbrauch wird überwacht. Es wird nur an Ärzte und Krankenhauspersonal ausgegeben.«

»Darin liegt nicht die Schwierigkeit«, erwiderte ich. »In der Unternehmensapotheke wird es geführt. Es dürfte mir nicht allzu schwerfallen, etwas davon zu stehlen.«

»Warum diese Mühe?« fragte sie mich und zog einen kleinen Magnetschlüssel aus ihrer Tasche. »Auf Schiffen haben wir auch stets einen kleinen Vorrat davon.«

Ich zog sie an mich und küßte sie.

»Aber wozu, zu welchem Zweck, das Nuraform?« fragte Sanda. »Ich meine, man kann schließlich keinen Körperwechsel damit erreichen, und wenn einer davon ohnmächtig wird, fällt das auf.«

»Nicht, wenn sie schlafen«, klärte ich sie auf. »Also, sprechen wir die nächste Phase der Operation durch. Wie steht es mit den Chips?«

»Er hat den Auftrag angenommen«, berichtete Sanda, »obwohl es meiner ganzen Überredungskunst bedurfte und ich mich ganz schön winden mußte. Außerdem mußte ich mir Margas Körper leihen, um den Auftrag auszuführen, so daß ich mich jetzt wirklich mit einem Geschenk bei ihr bedanken muß.«

»Such etwas aus, ich werde es dann besorgen«, versprach ich. »Und wann wirst du sie bekommen?«

»Am Dienstag. Er war völlig sicher. Ich kann sie abholen lassen, die Dinger sind im voraus bezahlt.«

»Gut. Ich brauche sie am Dienstag abend, und ich werde selbst bei Otah vorbeischauen und sie abholen. Es steht ganz gut um unseren Plan – weniger Schwierigkeiten, als ich mir hätte träumen lassen. Man kann fast alles erreichen, wenn man die Schmutzarbeit für den Chef tut. Die Menge an Informationen, die ich erhalten habe, hätte mich ein Jahr harter und gefährlicher Arbeit gekostet.«

»Ich behaupte immer noch, du bist wahnsinnig, und der Plan ist verrückt«, meinte Dylan und schüttelte den Kopf. »Er ist so verrückt und so kompliziert, daß er *unmöglich* funktionieren kann.«

»Glaubst du, diese Art von Vorgehen fällt ihnen leicht? Sieh mal, jeder Gesellschaftsdirektor, jeder Syndikatsboß hat seinen Posten dadurch erlangt, daß er seine krummen Touren und Machenschaften zu genau dem richtigen Zeitpunkt vorgenommen hat. Innerhalb von zwei Wochen werden sie zwar herausfinden, daß man sie übers Ohr gehauen hat, allerdings wohl kaum, *wer* es getan hat, denn ich werde nicht derjenige sein, der am Ende den Nutzen hat, sondern ich werde sogar in der Versenkung verschwinden. Nein, sie werden die richtige Lösung wohl finden, aber der Plan ist so verrückt, daß sie selbst nicht daran glauben werden, so daß man die Geschichte auf sich beruhen lassen wird. Daß es kompliziert ist – nun, das gefällt mir auch nicht besonders. Je verwickelter etwas ist, um so größer die Gefahr, daß es schiefgeht. Aber schließlich habe ich Vorkehrungen getroffen, daß wir jederzeit aussteigen können: Wenn wir äußerste Sorgfalt und Umsicht walten lassen, ist die Chance, erwischt zu werden, minimal. Macht euch darüber keine Sorgen – denkt an eure Aufgaben.«

»Das mache ich ja«, antwortete Dylan finster.

»Kommt, starten wir nun die Generalprobe. Denkt nur an das folgende: Wenn es klappt, wirst du, Dylan, dein eigenes Schiff ohne eine Oberherrschaft und ohne irgendwelche Sorgen haben – unabhängig und abgesichert. Und dich, Sanda, das verspreche ich – wenn alles nach Plan verläuft, werden wir aus der Mutterschaft befreien, und zwar so geschickt, daß keiner mit der Wimper zucken wird. Wenn ihr geduldig seid und nichts Unbedachtes unternehmt, dann werden wir drei in zwei Jahren diese Welt regieren.«

Keine der beiden glaubte so recht daran, doch sie vertrauten mir, und das genügte. Das genügte immer. Nur daß ich zur Abwechslung diesmal keinen Betrug einfädelte, um einen Auftrag in Gang zu bringen. Es ging mir tatsächlich um die Sache.

»Nun wollen wir mal sehen, wie leicht ihr euch hypnotisieren laßt«, sagte ich.

Sanda dämmerte schnell dahin. Dylan leistete einen gewissen Widerstand, ich konnte es verstehen und nachfühlen. Nach einem langen und zähen Ringen hatte sie endlich das erreicht, was sie sein wollte. Eine Hypnose stellte eine Bedrohung dessen dar. Es bedurfte eindringlichen und freundlichen Zuredens, um sie schließlich soweit zu bringen, daß sie bereit war.

Sanda hatte nur zu gewinnen und absolut nichts zu verlieren bei dieser ganzen Angelegenheit – sofern man uns nicht auf frischer Tat ertappte. Dylan hatte jedoch keinen allzu großen Vorteil, setzte dagegen alles aufs Spiel, was ihr beruflich lieb und teuer war. Sie tat das eigentlich nicht für sich, sondern für mich, und ich wußte das.

Ich kannte das Vorgehen bei der Hypnose aus früheren Operationen und besaß einige Erfahrung darin. Ich hatte außerdem Tookers Computer eingesetzt, um medizinische Daten zu erhalten, wie man dieses besonders heikle Geschäft genau anging, aber es in die Tat umzusetzen war doch etwas anderes.

Sich hier im Aufenthaltsraum eines Schiffes allein mit zwei Frauen in tiefer Hypnose zu befinden war nicht ohne erotischen Reiz, aber das Gefühl verging bald wieder. Hier ging es ums Geschäft. In der Konföderation gab es Drogen und Geräte, die weit besser als Hypnose wirkten. Doch ersteres verhinderte der Warden-Organismus, und zu den technischen Einrichtungen hatte ich keinen Zugang. Deshalb wendeten wir von Anfang an die Hypnosetechnik an.

Sie schienen beide in ihren Sesseln zu schlafen, und ich trat zuerst zu Dylan. »Dylan, du wirst nur auf meine Stimme und sonst nichts hören; konzentrier dich, vertrau mir und tu genau, was ich sage. Verstehst du?«

»Ja«, kam es schläfrig und wie aus weiter Ferne.

»Beantworte ehrlich meine Fragen, Dylan.«

»Das werde ich.«

»Würdest du mich oder meinen Auftrag jemals verraten?«

»Ich glaube nicht.«

»Dylan, warum bist du überhaupt dazu bereit?«

»Weil du es möchtest.«

»Aber warum ist dir das so wichtig? Warum solltest du derartige Risiken für mich eingehen?«

»Weil ich...«

»Ja?«

»Ich glaube, ich liebe dich.«

Liebe. Ein faszinierendes Wort und Gefühl. Ein Wort, das ich viele Male ausgesprochen hatte und dessen Bedeutung ich immer noch nicht ganz verstand. Gewiß war Liebe gewöhnlich ein abstrakter Begriff auf Zerberus.

»Du liebst mich wirklich, nicht wahr?«

»Ja.«

»Sehr innig. Und sehr tief. Mehr als du jemals jemanden geliebt hast, mehr als du dich selbst liebst.«

»Ja.«

»Du würdest mir unter Einsatz deines Körpers, ja deines Lebens vertrauen.«

»Ja.«

»Und ich könnte dir unter Einsatz meines Körpers und meines Lebens vertrauen.«

»Das könntest du.«

Ich ging hinüber zu Sanda und wiederholte den Vorgang.

»Würdest du uns oder unseren Auftrag verraten?«

»Nein«, versicherte sie. »Niemals.«

»Hast du jemandem im Akeba-Haus davon erzählt?«

»Nein.«

»Hat jemand dort einen Verdacht geäußert, daß du irgend etwas zurückhältst? Irgendwelche Fragen gestellt?«

»Eine oder zwei.«

»Und was hast du ihnen erzählt?«

»Ich sagte ihnen, daß wir uns ineinander verliebt hätten.«

»Haben sie dir geglaubt oder dich weiter bedrängt?«

»Sie waren neidisch«, berichtete sie. »Sie fragten mich nach dir aus.«

»Und was hast du ihnen berichtet?«

»Daß du von der Außenwelt stammst und bei Tooker arbeitest.«

»Und was noch?«

Die romantischen Träumereien dieser einsamen, unausgefüllten jungen Frau waren lebhaft und schwer zu glauben, und das Bild meiner selbst als Halbgott lag jenseits von allem, womit ich mich jemals auseinandergesetzt hatte. Trotzdem konnte es meinem Plan dienlich sein.

Ihre Gefühlsstrukturen waren zugleich schlichter und komplexer als die von Dylan oder einem durchschnittlichen Menschen. Dylan liebte, liebte aufrichtig, aber Sanda betete mich an.

Konföderationsagenten werden für ihre Aufgaben geboren und aufgezogen und sind so vollkommen, wie die Natur- und Gesellschaftswissenschaften sie für das gestalten können, was zu geschehen hat.

Als Anfänger im Gewerbe hatte ich mich oft gewundert, wie leicht Leute umzudrehen waren, wie manipulierbar sie in ihren Gefühlen und ihrem Willen waren, wenn nur das rechte Wort zur rechten Zeit gesprochen, die richtigen Knöpfe gedrückt wurden.

Das war etwas, worüber ich niemals richtig nachgedacht hatte, etwas, das fast instinktiv erfolgte. Selbst jetzt noch versetzte es mich in Erstaunen. Zwei Frauen liebten mich und waren bereit, Leib und Leben für mich zu riskieren.

Und obwohl sie Bescheid wußten, so wie Dylan, hielten sie weiter zu mir. Und doch empfand ich, während ich so dastand und die beiden Frauen betrachtete, etwas, was ich niemals zuvor gefühlt hatte, eine Aufwallung von Fürsorge, Besorgnis, aufrichtiger Zuneigung und Wertschätzung für die beiden. Vielleicht, dachte ich, ohne mich ganz zu begreifen, war auch ich in der Lage zu lieben.

Aber die Arbeit hatte Vorrang.

Ich hielt vor der nächsten Frage fast den Atem an, denn von deren Beantwortung hing alles ab, sonst mußte die ganze Sache verschoben werden. Und Turgan Sugal und damit auch ich hatten nicht mehr allzuviel Zeit.

Ich hieß sie beide, die Augen aufzuschlagen und aufzustehen und mich anzusehen. Ich wies sie an, einander anzuschauen.

»Sucht in eurem Innern«, forderte ich sie auf. »Forscht in eurem Denken. Fühlt nach dem Warden-Organismus in eurem Bewußtsein, daß der euch ruft, euch miteinander verbindet, zu euch spricht. Denkt an nichts anderes, konzentriert euch auf nichts anderes, sondern fühlt, hört, wie euer beider Denken eins wird. Könnt ihr es spüren?«

»Ja«, antworteten beide gleichzeitig.

»Dylan, du möchtest in Sandas Körper sein. Du wünschst dir das mehr als alles andere auf der Welt. Es ist ein wunderschöner Körper, nicht der Körper einer Schwangeren, und es ist der ideale Körper, von dem du immer geträumt hast. Du möchtest in diesem Körper stecken. Ergieße dich hinein, Dylan. Werde eins mit Sandas Leib. Sanda, du wirst keinen Widerstand leisten. Du möchtest mit Dylan den Körper wechseln. Du wirst in ihren strömen, wie sie in den deinen. Und wenn ihr es vollbracht habt, geht ihr zu euren Sesseln zurück und setzt euch wieder. Ihr befindet euch immer noch in tiefem, hypnotischem Schlaf.«

Augenscheinlich verlief ein solcher Wechsel in Hypnose rascher und reibungsloser als auf die »natürliche« Weise. Zumindest hatten mir die Computer das berichtet und mich gleichzeitig gewarnt, daß es zehn Minuten dauern würde, bis der Tausch sich verfestigt hatte. Doch wenn zu diesem Zeitpunkt der Wechsel auch bewußt vollzogen war, dauerte es bis zu zweiundsiebzig Stunden bis zur endgültigen Stabilisierung, aber darum ging es mir jetzt gar nicht. Ich wollte lediglich einen geistigen Wechsel, mehr nicht.

Es dauerte keine zehn Minuten, bis beide Frauen sich regten – und jeweils im Sessel der anderen saßen. Dylan war nun Sanda und Sanda Dylan.

Ich trat zu der neuen Dylan. »Dylan? Kannst du mich hören?«

»Ja.«

»Nun hör genau zu. Ich werde dich bald wecken, doch du wirst weiter im hypnotischen Tiefschlaf verharren, auch wenn du wach bist. Und wenn du aufwachst, wirst du genau folgendes tun…«

Obgleich ich die Selbsthypnose beherrschte und sogar erreicht hatte, den Warden-Organismus in meinem Innern zu spüren, war es nicht ungefährlich, auf Zerberus die Hypnose an mir selbst zu erproben. Als Dylan also aufwachte, forderte ich sie auf, *mich* in Hypnose zu versetzen, und der Körperwechsel wurde wiederholt, wobei ich in Dylans alten Körper schlüpfte und Sanda in den meinen. Immer noch unter Hypnose, erwachten wir dann alle und waren in der Lage, unsere Beobachtungen und Reaktionen zu vergleichen. Es wirkte selbst in dieser kurzen Zeit wie eine vollkommene, bewußte Kontrolle, und das stellte mich sehr zufrieden. Wir tauschten wieder zurück, Dylan weckte mich, dann befreite ich die beiden aus der Hypnose und erteilte ihnen einige posthypnotische Befehle. Sie würden nicht länger als ein oder zwei Tage wirksam bleiben, hatten gewissermaßen selbstverstärkende Wirkung, das heißt, die einzelnen hypnotischen Befehle steigerten sich gegenseitig in ihrer Intensität und wiederholten sich fortwährend. Es war eine fortgeschrittene Form von Hypnose, um sich gewisse Details besonders einzuprägen und die Nerven zu beruhigen.

Im Laufe des Nachmittags sprachen wir den Plan immer und immer wieder durch, bis ich zufrieden feststellte, daß jeder von uns seinen Part bei der Durchführung des Plans absolut beherrschte. Sanda hatte von ihrem Mutterhort die Erlaubnis erhalten, die Nacht auf dem Schiff zu verbringen, solange sie sicher und in einem geschlossenen Raum untergebracht war, und wir hatten uns aus der Stadt ein opulentes Abendessen kommen lassen, das wir nun auf dem Achterdeck zu uns nahmen.

»Eines erstaunt mich«, bemerkte Dylan. »Ich habe den Eindruck, daß du zuerst über alle Elemente verfügtest, bevor du den Plan erstelltest. Was war zuerst da – die Elemente oder der Plan?«

Ich lachte. »Natürlich die einzelnen Glieder in der Kette. Den Plan habe ich danach entworfen, wozu *ich* in der Lage war, und *was* meine Freunde, Verbündeten und nahestehenden Partner – ihr beide – dabei leisten konnten. Ich mußte die Probleme angehen, wenn sie auftraten – Sugals dezent erzwungener Abgang zum Beispiel – und dann alles zusammenstellen, worüber ich verfügen und was ich aufbieten konnte, um es mit der Gesellschaft auf Zerberus aufzunehmen. Soweit ist alles vorbereitet – aber wenn meine Nachforschungen sich als falsch erweisen sollten und etwas schiefläuft, muß ich nach einem anderen Plan vorgehen. Pläneschmieden ist leicht, die Ausführung ist der schwierige Teil, da man niemals ganz genau weiß, was alles geschehen kann, bis es soweit ist. So wie heute abend.«

Am Abend würde noch ein weiterer Test durchlaufen, und der würde mehr von mir als von allem anderen abhängen. Alles, was die beiden zu tun hatten, war, sich voneinander abgeschirmt schlafen zu legen. Ich hatte eine schwierigere Aufgabe zu bewältigen, von der

Lösung hingen alle meine Pläne und Theorien ab. Wie mir meine Computer sagten, gab es keine gesicherten medizinischen Beweise, auf die man sich hätte stützen können – aus naheliegenden Gründen, wie mir klar war.

Deshalb saß ich nun in tiefer, aber bewußter hypnotischer Trance im gleichen Raum wie Dylan, allerdings nicht abgeschirmt – gut fünf Meter von ihrem Bett entfernt. Ich war voll konzentriert, tastete geistig umher und fühlte die Warden-Wesen in meinem Denken. Es war ein unheimliches Gefühl. Weder Anblick noch Geräusch oder Geruch verrieten den Warden-Organismus, doch wenn man tief in Trance gefangen war, und gelegentlich auch im Tiefschlaf, konnte man hören und fühlen, wie sie miteinander kommunizierten.

Ihre Verständigung ergab keinen für mich einsehbaren Sinn, doch es war eine Art von Kommunikation, eine Verbindung, so als ob man einzelne Zellen fühlen könnte, die irgendwie Informationen austauschten. Ein energetisches Netz, unfaßbar, unsichtbar und doch sehr präsent, das Verkoppelung schuf, nicht nur zwischen verschiedenen Denkapparaten, sondern zwischen buchstäblich *allen* festen Körpern ringsum.

Unter hypnotischer Kontrolle war ich in der Lage, vieles davon auszuschalten, bis auf Dylans ruhende Gestalt, die beinahe zu brennen schien von den winzigen Flechten unermeßlich geringer Energie, die einen Warden-Organismus mit dem anderen verbanden. Ich fühlte mich körperlich zu ihr hingezogen, war mit jedem Teil ihres Körpers verbunden, Bewußtsein mit Bewußtsein, Arme mit Armen, Beine mit Beinen, Herz mit Herzen. In diesem Augenblick begriff ich besser als je zuvor, wie die Menschen auf Lilith sich fühlen mußten, die über das Energienetz Befehle und Informationen austauschen konnten. Die Frage drängte sich auf, wie ein Wesen wie der Warden sich entwickelt hatte, wie es existieren konnte auf Welten, die sich gar nicht so sehr von den vielen unterschieden, die der Mensch erobert hatte und weit weniger fremdartig waren als die meisten. Wer bist du? Was bist du? Warum lebst du?

Und von irgendwo schien eine Antwort mich zu erfüllen:

Wir existieren! Wir leben! Wir sind! Das genügt!

Dylan war vom leichteren, traumerfüllten Schlaf in die tiefe Phase übergegangen, die die Menschen mehrmals jede Nacht durchlebten. Reglos, versunken, traumlos. Ihre Wardens leuchteten hell, sprachen und sangen über unerkennbare Kraftfelder – die ihren an die meinen gewandt, die meinen an die ihren. Und zum erstenmal tauschten wir bewußt aus. Es war ein überwältigendes Erlebnis, jedoch kein erschreckendes. Es hatte etwas zutiefst Befriedigendes an sich, mein Körper spannte sich, und dann schwebte der Kern meines Daseins über diese Kraftfelder zu dem schlafenden Körper hinüber, und der Kern des ihren zu meinem und schuf ein alles umfassendes Gefühl, das ich weder zu jenem Zeitpunkt noch später hätte beschreiben können.

Ich erwachte im Körper von Dylan und fühlte mich seltsam in Hochstimmung, tatkräftig und stark. Ich ging hinüber zum Ankleidetisch, nahm die kleine Flasche, die dort stand, an mich, schlich zu meinem alten Körper hinüber, der unbequem in dem Sessel des Aufenthaltsraums schlief. Behutsam führte ich die Flasche unter seine Nase, drückte den Sprühknopf, so daß ein winziges Nebelfähnchen aufstieg, das sogleich eingeatmet wurde.

Der Körper sackte in sich zusammen, atmete tiefer, ein wenig mühsamer, doch ruhig und gleichmäßig.

Ich schüttelte ihn an den Schultern. »Dylan! Wach auf.« Fester. »Wach auf, Dylan!« Ich brüllte fast in sein Ohr, doch es erfolgte keinerlei Reaktion.

Zufrieden drückte ich auf die Stoppuhr und versuchte dann, den Körper zu bewegen. Obwohl Dylan eine kräftige Frau war, war sie doch schwächer, als ich angenommen hatte; ich versuchte auf alle mögliche Weise, die Schlafende zu wecken, erreichte jedoch nichts. Schließlich setzte ich mich aufs Bett und wartete, und versuchte alle paar Minuten wieder, die schlafende Gestalt wachzurütteln. Beim vierten oder fünften Versuch stöhnte die leblose Gestalt leise und drehte sich zur Seite. Ich nahm die Uhr zur Hand und stoppte die Zeit. Vierundzwanzig Minuten und ein paar Sekunden. Zeit genug.

Noch ungefähr eine Minute, dann konnte ich Dylan aufwecken. Der Körper schüttelte den Kopf und rieb sich die Augen; offenbar kam er nicht recht zu sich, doch dann seufzte er und schaute mich an.

»Es *funktioniert* also.«

Ich nickte. »Vierundzwanzig Minuten bei meinem höheren Körpergewicht. Bei deinem Körper hält es sicher länger vor, denke ich. Fühlst du irgendwelche unangenehmen Nebenwirkungen?«

»Ich bin todmüde, aber das ist alles«, erwiderte Dylan.

»Jetzt bist du an der Reihe«, sagte ich.

Der posthypnotische Befehl tat seine Wirkung, so daß sie schnell wieder in Trance verfiel. Mit einer knappen Erläuterung – wir hatten das den ganzen Tag immer wieder durchgesprochen – kehrte ich zum Bett zurück und streckte mich darauf aus. Es dauerte einige Minuten, bis ich so entspannt war, daß ich einschlafen konnte. Die altbekannte Aufregung, der Nervenkitzel des Unbekannten bemächtigten sich meiner.

Wir vollbrachten den Gegentausch in weniger als drei Stunden, was wirklich eine gute Leistung war, dann ging ich auf Zehenspitzen in Sandas abgeteilten und abgeschirmten Schlafraum, um dort den Vorgang zu wiederholen. Ich war zwar müde, aber der hypnotische Zustand selbst hatte etwas Erholsames an sich, und das war weit wichtiger. Wenn es sich als notwendig erweisen würde, könnte ich geistige Reserven mobilisieren.

Ich wandte bei Sanda nicht das Nuraform an, denn ich benötigte es nicht – mein Körper hatte den Beweis schon erbracht –, und ich wollte bei ihrem körperlichen Zustand keine Risiken eingehen. Der Fötus, den Sanda austrug, war schon so weit entwickelt, daß er sein eigenes Warden-Muster hatte, eines, das ich fühlen konnte, auch wenn es außerhalb meiner Reichweite lag, wie die Wardens in den Molekülen des Schiffes, des Docks oder des Betts. Es war ein seltsames Gefühl.

Ihr Körper reagierte durch eine Art von Schock, als ich mir der Schwangerschaft bewußt wurde und der großen Unterschiede in meinem neuen Körper, einem Körper in einem weit fremderen Zustand, als ihn allein der Geschlechtswechsel von Mann zu Frau und umgekehrt hätte bewirken können. Mein Erwachen auf dem Gefangenenschiff vor einiger Zeit war fast enttäuschend gewesen, weil der Unterschied so *gering* war. Sanda hingegen war ein überwältigendes Erlebnis.

Doch meine Theorie erwies sich als richtig, und der Kern des Plans war dadurch bestätigt. Ich konnte mir nicht vorstellen, warum noch niemand darauf gekommen war – aber vielleicht täuschte ich mich da auch. Wenn ja, so hätte es sich um einen derart verschlagenen Geist wie den meinen handeln müssen, denn es erforderte gleichermaßen Kenntnisse der Hypnose wie des menschlichen Körpers und hatte *immense* Vorarbeit erfordert, die mir so gut wie unmöglich gewesen wäre, hätte ich nicht die Stelle bei Tooker innegehabt, wodurch ich mir das ausgeklügelte Computersystem zunutze machen konnte.

Sandas Körper war mir ein Rätsel; ich weiß nicht, wie jemand damit zurechtkommen kann. Er war unbequem, und ich fühlte mich aufgebläht und hatte noch andere Empfindungen, die kaum angemessen zu beschreiben sind. Ich konnte allmählich begreifen, warum sie aus dieser Tretmühle ausbrechen wollte, obwohl ich kaum glauben konnte, daß der Zustand die meiste Zeit über so anhielt. Doch ich mußte noch eine Weile ausharren, Sanda, die nun in meinen Körper gewechselt war, wecken und die nagenden Zweifel ausräumen, die mich im Hinblick auf die Wahl meiner Mitarbeiter plagten.

Dies war das erste Mal, daß sie im Körper eines Mannes steckte, wach und bei Bewußtsein. Sie empfand Freude an dem Körper und daran, ihn zu erkunden.

»Kann ich nicht eine Weile so bleiben?« bettelte sie. »Ich fühle mich so... *frei*!«

Ich schüttelte den Kopf. »Nein, jetzt nicht. Du mußt für nächste Woche lernen, wie man tauscht, und der Morgen naht schon.«

»Oh, bitte! Nur für einen Tag? Du weißt gar nicht, wieviel es mir bedeutet!«

»Ich glaube schon«, entgegnete ich voller Mitgefühl, »aber es ist unmöglich. Wir können es morgen abend noch einmal machen, wenn das Akeba-Haus dir noch einmal Ausgang gibt, wie ich doch hoffe. Uns bleibt nicht viel Zeit, und wir müssen viel trainieren.«

Sanda schmollte. Es war reizvoll, Sandas typisches Verhalten in meinem eigenen Körper zu beobachten. Wir lernen unser Sexual- und Persönlichkeitsverhalten von klein auf, und das setzt sich sogar auf einer Welt von Körperwechslern durch.

»Ich denke, wir sollten nun beginnen«, erklärte ich. »Es wird spät, und vielleicht erfüllt sich dein Wunsch, meinen Körper ein bißchen länger zu behalten.« Ich war ein wenig besorgt. Dieser ungewohnte Körper würde genügend Probleme verursachen, doch ich wurde immer wacher. Sanda hatte in diesem Körper entschieden mehr geschlafen als Dylan oder ich.

Sanda schien dies auch zu fühlen und wirkte entschlossen, den Streit fortzusetzen, bis er seinen Willen auf diese Weise durchsetzte. Als mir das klar wurde, schalt ich: »Wirst du diese Schwierigkeiten auch nächste Woche machen, wenn unser Leben davon abhängt?«

Das brachte Sanda zu Verstand, und sie entgegnete mit leicht zerknirschtem Unterton: »Entschuldige. Ich werde dir nichts verpatzen.«

»Ich weiß, daß du das nicht wirst«, sagte ich freundlich und fügte dann hinzu: »Hippogryph.«

Gott sei gedankt für posthypnotische Befehle, dachte ich erleichtert. Das war auch für das kommende Wochenende mein As im Ärmel. Ich drückte die Daumen bei dem Gedanken, legte mich hin und versuchte einzuschlafen, was mir nicht sogleich gelingen wollte. Je länger es dauerte, um so mehr wuchs meine Angst, in diesem Körper festzusitzen, und die Furcht verzögerte das Einschlafen nur noch mehr. Doch schließlich vermochte ich es mit einer leichten Selbsthypnose.

Die Sonne strahlte, und es war spät am Morgen, als sie selbst mich leicht zerknirscht weckte.

Noch einen Tag, an dem wir alles immer und immer wieder durchspielten, und noch eine Nacht, in der diesmal Dylan den Doppelwechsel bewerkstelligte, und wir waren so gut vorbereitet, wie die Umstände es zuließen. Wenn Otah sein Wort hielt, mußte ich selbst nur noch ein paar Vorbereitungen treffen, dann wären wir gerüstet für den Freitagnachmittag.

Letzte Vorbereitungen und viele Gebete

Am Dienstagnachmittag erhielt ich an meinem Arbeitsplatz einen Anruf von Sanda, die mir berichtete, daß gerade ein Päckchen im Akeba-Haus für sie abgegeben worden sei. Ich beendete meine Arbeit für diesen Tag und ging hin, um es abzuholen.

Ich traf sie am Pförtnerhaus, und wir gingen den Holzpfad entlang zum Meer. Wir blickten hinab auf die Hroyasail-Flotte, die dort unten bereits vor Anker lag, doch ich wollte Dylan jetzt nicht stören. Sie hatte ihre Arbeit zu tun und ich die meine.

»Ich kann es immer noch nicht glauben, daß es einen ganzen Geschäftszweig gibt, der Ersatzteile für Computer liefert und solches Zeug«, meinte Sanda.

Ich lachte. »Solche Sonderdienste gibt es immer, und Leute wie Otah machen damit ihre Geschäfte.«

»Aber wozu könnte einer es gebrauchen, außer um ein Verbrechen zu begehen?«

»Einige davon dienen diesem Zweck, aber nicht viele, sonst würden sie zweifellos von den Behörden geschlossen«, erklärte ich. »Manches davon ist für Leute gedacht, die selbst Umbauten an ihren Heim- oder Firmenanlagen vornehmen – Umbauten, die vom Hersteller, der alles an seinen Maschinen unter Kontrolle haben will, nicht vorgesehen sind. Einige Teile dienen etwa der Sicherung des Zugriffssystems, damit niemand den Zentralschlüssel an sich reißen kann, um es auszuschalten. Und einiges ist für Leute, die etwas zu speichern vergessen, was der Stadtkode verlangt, etwa Feuer- und Polizeialarmanlagen, sei es nun, weil sie zu träge sind oder zu geizig, um einen Wartungsvertrag abzuschließen, und die dann erwischt werden, wenn Inspektoren eine überraschende Prüfung vornehmen.«

Sie zuckte mit den Schultern und beäugte mißtrauisch das ungeöffnete Paket. »Woher nimmst du die Überzeugung, daß es funktionieren wird? Oder daß Otah dich nicht mit einem Standardteil übers Ohr gehauen hat?«

»Wenn er das täte, bliebe er nicht lange im Geschäft, wenn aber tatsächlich, klappt unser Plan eben nicht, und wir müssen uns etwas Neues ausdenken, das ist alles.«

»Warum aber so viele?«

»Weil die Panne echt aussehen muß. Das sind die gleichen Standardchips, wie sie in dem alten und ehrwürdigen System dieser Stadtgemeinde seit Jahren benutzt werden, nur mit ein paar kleinen Veränderungen. Sie sind entworfen, um auf unterschiedliche Belastungen des Systems zu reagieren. Es nützt uns nichts, wenn einmal etwas ausfällt – dann würden sie einfach kommen und es reparieren. Wir brauchen eine fortgesetzte Serie von Defekten, und das heißt, daß ein Teil den Dienst versagt und repariert werden muß, dann das nächste und so weiter.«

»Aber wird das nicht auch Mißtrauen wecken?«

»Du hast keine Ahnung von Maschinen. Wenn ein Teil ausfällt, folgen häufig andere. Nein, je mehr Pannen sie finden, um so eindeutiger wird man dem veralteten System die Schuld anlasten, das schließlich unter der Last der Jahre zusammengebrochen ist. Glaub mir – es ist mein Beruf!«

Sie legte ihren Arm um mich. »Ich *glaube* dir doch, Qwin. Es ist nur alles so... *unwahrscheinlich*! Ich wäre selbst niemals auf so eine verrückte Idee gekommen.«

»Tja«, meinte ich leichthin. »Deshalb kommen Leute wie ich – die Cleveren und die Verschrobenen – mit so vielem durch. Der Durchschnittsbürger, ja sogar der durchschnittliche Gesetzesverfechter hat einfach nicht die Denkweise, um etwas Derartiges zu ersinnen.«

»Man sollte glauben, daß sie daraus gelernt haben.«

»Das haben sie auch«, gab ich zu. »Sie schufen ein Spezialistenteam in der Konföderation, um solche Leute zu fangen.«

»Klingt faszinierend. Aber inzwischen müßte doch jemand ein todsicheres System gefunden haben.«

Ich mußte lachen. »Das todsichere System wird alle ein bis zwei Jahre entdeckt, und das seit Anbeginn aller Zeiten. Es hat gewöhnlich so lange Gültigkeit, bis der nächste geniale Kopf es zu knacken versteht.«

Sogar dich, Wagant Laroo, dachte ich, als ich über den Ozean in südöstliche Richtung blickte. *Keine Festung war uneinnehmbar, und selbst das beste Sicherungssystem hat seine Schwachstellen. Ich komme schon an dich heran, Wagant Laroo. Eines Tages werde ich Schritt für Schritt bei dir sein. Und nicht einmal deine fremdrassigen Freunde werden dich davor bewahren können.*

Trotz meiner zungenfertigen Versicherungen Sanda gegenüber traute ich keinem Schieber wie Otah über den Weg. Am Freitag probierte ich die Schaltungen im Labor aus. Es war eine faszinierende Sache, ein so kleiner Computer, daß man ihn mit bloßem Auge kaum erkennen konnte – aber er war beinahe um Jahrhunderte veraltet. Was man heutzutage mit Computern bewerkstelligen konnte, war schlichtweg ehrfurchtgebietend – doch das Computersystem war nicht weiterentwickelt worden, weil machtgierige, schwächliche Führer Angst davor hatten, wer oder was die Menschheit beherrschen könnte, wenn man die Entwicklung zu weit triebe. Hier auf Zerberus, wo das System mehr als veraltet war, hätten vermutlich nur Wissenschaftler aus vergangenen Jahrhunderten begriffen, was ich tat.

So war die Menschheitsgeschichte stets verlaufen – Jahrhunderte, ja Jahrtausende unglaublich langsamen, schleichenden Vorankommens, gefolgt von wenigen Jahrhunderten potenzierter Erkenntnisse, darauf ein Zusammenbruch, ein Rückschlag und noch längere Perioden der Rückständigkeit. Wir sind nicht mehr ganz so rückständig, doch der Vergleich griff immer noch. Dies war kein Zeitalter großer Fortschritte, und sei es auch nur aus politischen Gründen, noch war es das geeignete Jahrhundert dafür. Wir waren Neanderthaler, Primitive, die in ihren Höhlen Klimaanlagen einschalten und bequem zu den Dinosauriergebieten fahren konnten.

Der Chip erwies sich als perfekt. Otahs Leute hatten ganze Arbeit geleistet, nun war es an mir, meinen Wert zu beweisen.

Am Freitagabend bestellte ich mir ein Flugboot vom Betrieb, was keineswegs ungewöhnlich war, da man mich am nächsten Tag in Comora, etwa 110 km nördlich, zu einer Umbildungsbesprechung erwartete – eine Routineveranstaltung. Was nicht der Routine entsprach war, wohin ich an jenem Abend ging, nachdem ich mir eine

Tooker-Kundendienst-Uniform angezogen und den Werkzeugkasten eines offiziellen Monteurs an mich genommen hatte.

Zum erstenmal hielt ich an einem Apartmentkomplex, acht Kilometer westlich vom Hauptwerk. Mein ordnungsgemäßer Tooker-Ausweis verschaffte mir problemlos Eintritt – sie beachteten nicht einmal den Namen, sondern überprüften nur, ob das Foto mit meinem Gesicht übereinstimmte –, und bald stand ich im Büro der Managerin.

»Das gesamte Zentralalarmsystem der Stadt wird überholt«, erklärte ich ihr. »Wir hatten an der gesamten Leitung entlang wiederholte Ausfälle. Man kann wirklich nicht vorhersehen, wann irgend etwas versagt, deshalb soll ich alles mal nachprüfen.«

»Machen Sie nur«, meinte sie, ohne Verdacht zu schöpfen. »Sie finden sie im vierten Stock, direkt über der Wasseroberfläche.«

Ich nickte, bedankte mich und fügte hinzu: »Dieses System ist derartig veraltet, daß ihnen die Reparaturen vielleicht zuviel werden und sie es eines Tages ganz erneuern lassen.«

»Ha!« rief sie aus. »Aber sicher nicht, bevor nicht das Ratsgebäude selbst niederbrennt oder die Wohnungen der Reichen überflutet werden!«

Ich nahm den Dienstfahrstuhl und fand rasch die Hauptleitung, von der aus das Feueralarmsystem auf jedes Stockwerk und in jeden Raum abzweigte. Eine Schwachstelle des Systems, die mir sofort aufgefallen war, bestand in der Tatsache, daß die Leute in Bäumen bauen mußten – sie konnten keine Bäume fällen oder umsetzen, ohne sich der Fundamente zu berauben. Und da die Hauptteile der Pflanzen unter Wasser standen, waren die Spitzen gewöhnlich hohl und das Kreislaufsystem nicht sehr ausgebildet, da es der Sonne ausgesetzt war.

Mit anderen Worten, wie inaktiv die in den Baumbauten selbst benutzten Materialien auch waren, die Außenrinde war leicht brennbar und von einem kommunalen Alarmsystem durchzogen. Obgleich es fast unmöglich war, in einem von Menschen errichteten Bauwerk Feuer zu legen, war man stets von einem Baum umgeben und hatte einen weiten Weg zum Ausgang. Feuer würde ein ernstes Problem darstellen, bei dem der Rauch vermutlich alle Ausgänge blockieren würde.

Das Computerfeueralarmsystem war so angelegt, daß es jeden Temperaturanstieg auf dem freiliegenden Baum mit Hilfe eines selektiven Aufzeichnungssystems auf allen Stockwerken oberhalb der Wassergrenze registrierte. Außer diesem Frühwarnsystem bestand die einzige Fluchtmöglichkeit in Rutschen, über welche man von jedem Flur aus zur Wasseroberfläche gelangen konnte. Diese Bereiche verfügten über Spezialsysteme, die sie rauchfrei hielten und lagen meistens im Zentrum, wo alles von Menschenhand geschaffen und isoliert war.

Es brachen selten Feuer aus. Folglich war aus Budgetgründen das Alarmsystem als solches seit Jahren unbeachtet geblieben.

Es war nicht meine Absicht, irgendwo Feuer zu legen. Ich ließ eine Systemprüfung durchlaufen, hielt an vorher festgelegten Punkten inne und ersetzte dann die winzigen, mikroskopischen Chips durch besondere, die ich mitgebracht hatte und war vorsichtig genug, sie mit etwas Staub zu bestreuen, daß es keinen Hinweis auf einen Austausch gab. Jeder, der einen Chip ersetzen würde, würde sich vermutlich beklagen, wie schmutzig es hier war und zu dem Schluß kommen, daß es kein Wunder sei, wenn der Chip ausfiele.

Ich hatte so etwas noch niemals zuvor bei einem Feueralarmsystem vorgenommen, doch schon viele Male bei weit komplizierteren und technologisch fortgeschritteneren Sicherheitssystemen. Nicht in einem einzigen Fall war man mir auf die Schliche gekommen – selbst wenn sie vermuteten, was geschehen war.

Es dauerte keine halbe Stunde, bis ich alle meine Chips angebracht hatte, doch ich mußte noch mehrere Stellen anlaufen, um mich an die übliche Wartungsroute zu halten, wie sie in der Werkstatt aufgezeichnet war. In den anderen Anlagen unternahm ich absolut nichts, doch jeder, der Nachforschungen über den geheimnisvollen Monteur betreiben würde, sollte feststellen können, daß er nichts Außergewöhnliches getan hatte und der Kundendienst tatsächlich bestellt und eingetragen worden war. Ich wußte, daß er angefordert worden war: Ich selbst hatte den Auftrag eingegeben und dann dafür gesorgt, daß er nicht auf der Auftragsliste erschien, so daß ich ihn selbst übernehmen konnte.

Ich bin überzeugt, daß der moderne Mensch durch jeden kompetenten Techniker gefährdet ist. Wir hängen vom Computer ab, da er unsere Ausgaben zusammenstellt, und überprüfen nur selten die Übereinstimmung der einzelnen Posten, wir verlassen uns auf ihn bei Bestandsaufnahmen und in Sicherheitsfragen, daß er uns erinnert, die Lampen auszuschalten und unabhängig von allen Einflüssen die Temperatur in unseren Wohnungen konstant hält. Wir vertrauen ihm so sehr und nehmen seine Existenz für so selbstverständlich, daß man die meisten Leute übertölpeln kann, indem man einen Computer veranlaßt, das vorzuschlagen, was man selbst will.

Bis ich in der Feuerzentrale ankam, hatte ich bei dieser Anlage dreißig Überprüfungen angestellt. Gemäß der Kundendienstakten bei Tooker waren Fehlalarme an fast allen Stellen üblich und kamen durchschnittlich zweimal wöchentlich vor, so daß die Anlagenüberprüfung Routine war – und sinnlos. In der Feuerzentrale setzte ich den Rest meiner manipulierten Chips ein und verließ dann das Gebäude. Ich zog wieder meine normale Kleidung an und benutzte meinen Firmenausweis, um ins Lager zu gelangen, wo ich den Werkzeugkasten abstellte und die Uniform in den Wäscheschacht warf.

Dann ging ich nach Hause.

Am nächsten Morgen flog ich zu meiner Konferenz, kehrte am Nachmittag zurück, lieferte mein Fahrzeug ab, ging zur Kundendienstabteilung und rief den Dienstplan ab.

Zwei Chips waren in einem Apartmentkomplex, acht Kilometer vom Werk entfernt, ausgefallen, einer gegen Mittag und der andere kurz vor meiner Anfrage. Bei diesem waren die Kundendienstleute noch mit der Reparatur beschäftigt. Ich lächelte vor mich hin, nickte und ging nach Hause.

Bis zum Freitag waren sieben Pannen aufgetreten, einige im Apartmenthaus, andere irgendwo in der Anlage und augenscheinlich in der Hauptkontrolle der Feuerzentrale, so daß alle Alarmsirenen für diese Anlage eingesetzt hatten. Auch in einem anderen Apartment war es zu einem Fehlalarm gekommen – einem, für den ich nicht verantwortlich war, auf den ich aber gehofft hatte eingedenk des Durchschnitts von zwei pro Woche. So würde meine ›Kundendienstpfuscherei‹ nicht auffallen, obgleich ich mir keinen Grund vorstellen konnte, aus dem irgendein Prüfer oder Tooker-Techniker auch nur die Möglichkeit in Erwägung ziehen würde, jemand hätte soviel Kosten und Mühen auf sich genommen, um falsche Alarme auszulösen.

Donnerstag abend arbeitete ich lange, vor allem um aufzuholen, was durch die Konferenz am Wochenbeginn liegengeblieben war, zum anderen auch, weil heutzutage fast jeder einmal wöchentlich Überstunden machte – wir waren *wirklich* unterbesetzt. Sugal hatte nicht die geringste Ahnung, wohin sie versetzt wurden oder woran sie arbeiteten, aber eine Liste der abgezogenen Leute sagte mir einiges. Es waren alles relativ junge Teammitglieder wie ich, die allesamt auf dem Gebiet organischer Computer gearbeitet hatten, das auf Zerberus beschränkt blieb, ehe sie hierher geschickt worden waren. Es waren nur sechs, aber es handelte sich bei allen um Asylanten, Experten auf dem gleichen Gebiet und kluge Köpfe. Und ihre Postanschriften lauteten alle »beim Firmenvorstand« – also Schließfächer. Interessant. Offensichtlich war etwas im Gange. Etwas, das ich in Erfahrung bringen mußte.

Als ich mir spät am Abend noch etwas die Beine vertrat, begegnete mir zufällig der Nachtschichtstab. Die meisten Putzarbeiten wurden automatisch erledigt, doch die Vorschriften sahen die Anwesenheit von ein paar menschlichen Wesen vor, um abzusichern, daß alles funktionierte, da man auf dem Planeten keine Computer mit Bewußtsein zugelassen hatte. Ich beobachtete die Männer und Frauen, die auf mich zukamen, alle selbst begabte Techniker, und bemerkte, daß einige recht erschöpft wirkten.

Im Laufe des Freitags war im Feuerkontrollcomputer der Teufel los, so viele Fehlalarme wurden überall ausgelöst, und das ganze System schien verrückt zu spielen. Die halbe Mannschaft von Tooker mußte eingesetzt werden, um der Sache auf den Grund zu gehen und die ausgefallenen Teile zu ersetzen, doch am frühen Abend hatten sie ihre Arbeiten glücklicherweise abgeschlossen – die meisten hatten feste Einsatztage und waren deshalb nicht greifbar, als dies geschah.

Nur ein paar Nachtschichtler, von denen die meisten ein Apartmenthaus, etwa acht Kilometer vom Werk entfernt, bewohnten, mußten die Hölle durchstehen. Ein paar von ihnen machten in dieser

Nacht kaum ein Auge zu, die armen Kerle.

Entsprechend der Computer-Ausgabe war das System tatsächlich in kläglichem Zustand. Ich hatte wirklich nicht alles veranlaßt, was an diesem Freitagnachmittag geschah. Offensichtlich zogen die von mir ausgelösten Pannen *echte* Defekte innerhalb des Systems nach sich. Ich hatte darauf gehofft, meine Pläne jedoch nicht darauf aufgebaut. Das System mußte wirklich dringend erneuert werden.

Während alle diese Menschen vor einer Menge Schwierigkeiten standen, konnte ich früh Schluß machen dank meiner Überstunden am Vortag. Kurz vor vier ging ich hinunter zum Haupteingang für eine früher geplante VIP-Führung. Wie meistens waren auch diesmal nicht viele bedeutende Persönlichkeiten anwesend; die meisten von uns nahmen Freunde mit, um sie ein wenig herumzuführen, und das Unternehmen unterstützte diese Besichtigungen im Rahmen ihrer Public-Relation-Arbeit.

Dylan hatte sich krank gemeldet, so daß sie ausgeschlafen und für den Abend in Höchstform war. In ihrer Begleitung befand sich eine zierliche, olivhäutige Schönheit mit langem, pechschwarzem Haar, die ich nie zuvor gesehen hatte. An diese Wechselei würde ich mich nie gewöhnen.

»Sanda?« vermutete ich.

Sie lächelte und nickte. »Du wirst nicht glauben, was dich das kosten wird. Ich glaube, dafür wirst du das halbe Akeba-Haus zum Essen, Weintrinken und Flirten ausführen müssen.«

Ich dachte darüber nach. »Das klingt nicht so fürchterlich.« Ich schaute die zwei an und spürte bei beiden eine innere Nervosität, die zu verbergen ihnen nur teilweise gelang. Ich drückte sie an mich und flüsterte: »Macht euch nicht so viele Gedanken. Es wird alles bestens klappen.«

Jenseits des Empfangsraumes sorgte eine Kamera dafür, daß nur autorisierte Personen über gewisse Punkte hinausgelangten. Da ich die Führung vorbereitet hatte, was keineswegs ungewöhnlich war, stellte der Zutritt keinerlei Problem dar. Im Grunde genommen trat man vor eine Tür, schaltete die Anlage ein und führte seinen Personalausweis in den Schlitz ein. Wenn alles in Ordnung war, ging die Tür auf, und man trat in ein kleines Vorzimmer, worauf die Tür sich wieder schloß. Dann schob man die Karte wieder ein, eine zweite Tür öffnete sich und gewährte einem Zugang – etwa so, wie eine Luftschleuse funktionierte.

Wenn die mehr als viertausend Tooker-Angestellten diese Prozedur hätten durchlaufen müssen, wären sie den ganzen Tag damit beschäftigt, ihre Arbeitsplätze zu erreichen, so daß statt dessen Innencomputer die körperlichen Merkmale überprüften und man nur noch die Karte in den Schlitz zu stecken hatte. Die Überprüfung dauerte zwei Minuten, und da das System mit dem Zentralcomputer verbunden war – welcher, wie ich feststellte, sich im Orbit befand und durch eine Reihe von Satelliten mit der gesamten Planetenoberfläche gekoppelt war –, war es auch ratsam, eine aufwendige Überladung jedes lokalen Systems zu vermeiden. Die Kameraüberprüfung bei Tooker war nur in den Sicherheitsabteilungen vonnöten.

Das stellte natürlich eine zweite Schwachstelle dar. Nicht nur, daß sie nicht alles überwachten, sondern daß man diese Sicherheitsbereiche umgehen konnte, von denen man nur durch eine deckenhohe Scheibe unzerbrechlichen und mit Alarmsystemen versehenen Plexiglases getrennt wurde. Computer überwachten mit Monitoren das Innere dieser Abteilungen, um abzusichern, daß nur das überprüfte Personal wirklich Zugang fand, und die Liste dieser autorisierten Personen war nicht sehr umfangreich.

Wir standen vor einer solchen Abteilung, und ich fungierte als Führer. Einige Angestellte hingen noch über Konsolen und Transceiver gebeugt, obgleich es immer weniger wurden, als der Arbeitstag sich dem Ende zuneigte.

»Diese Abteilung überwacht das lokale Bankensystem«, erklärte ich ihnen. »Sieben kleinere Banken der Stadtgemeinde speichern hier ihre Transaktionen und tauschen Geld und Vermögensanteile aus. Natürlich handelt es sich nur um eine Bankverbindung zum Zentralcomputer, wo all unser elektronisches Geld gelagert wird, aber dieser Zentralcomputer speichert nur die Totalvermögenssumme von Personen und Unternehmen. Diese Maschinen speichern, woher das Geld kam und wohin es geht und können einen Vermögenstransfer in den Zentralkonten mit einer einfachen Reihe kodierter Befehle bewirken. Die Kodes sind recht einfach – so einfach, daß jeder, der an eine der Registriermaschinen gelangt, innerhalb von Augenblikken Millionen stehlen könnte.«

»Warum denkt man sich dann nicht kompliziertere aus?« fragte Sanda.

»Da jedermanns Geld im Zentralcomputer liegt und jede ungewöhnliche Summe oder jede Reihe von ungewöhnlichen Summen verzeichnet wird und den Zentralbankleitern auffiele, würden diese eine Untersuchung einleiten.« Wir hatten das alles schon einmal durchgegangen, aber weil so viele Leute in der Nähe waren, mußten wir die ›große Führung‹ vortäuschen.

Ihre Frage wies, abgesehen davon, daß sie ganz normal war, auf eine zweite Schwachstelle im System hin. Es würde für jeden, außer den besten Computerspezialisten mit unerschöpflichen Mitteln, *verdammt* schwer sein, auf Zerberus gestohlenes Geld beiseite zu schaffen. Und das war *gut* so – ich rechnete damit, daß jeder im System dazu fähig war.

Wenn man vom Bankenzentrum einen langen Gang hinabging, stieß man auf eine Anordnung von Konferenzsälen. Ich suchte einen aus, der meines Wissens meistens unbenutzt blieb und öffnete die Tür. Es war der übliche, kleine Versammlungsraum – Podium, ein Konferenztisch aus hübschem poliertem Holz und fünf bequeme Lehnsessel. Man konnte den Raum von innen verschließen, wenn man ungestört sein wollte, jedoch nicht von außen. Dazu bestand keine Notwendigkeit.

Wir gingen hinein und schlossen die Tür ab, und innerhalb von wenigen Minuten hatte ich beide in Hypnose versetzt. Merkwürdigerweise war es bei Sanda am schwierigsten – sie war einfach zu aufgeregt.

Dylan hatte aus der Schiffsapotheke zwei kleine Fläschchen Nuraform mitgebracht, und ich gab Sanda eines davon. Weggetreten wie sie war, ließ ich sie das Vorgehen und alles, was geschehen mußte, wiederholen, dann fügte ich noch ein paar Mahnungen hinzu. Ich befahl ihr außerdem, nicht nervös oder aufgeregt zu sein, sondern ihre Aufgaben ruhig und kühl auszuführen.

Wir ließen sie im Konferenzzimmer zurück, und ich führte Dylan zwei Stockwerke nach oben zur Werksbuchhaltung, ebenfalls ein Sicherheitsbereich. Inzwischen waren so gut wie alle gegangen, was es um so leichter machte.

Die Chefs waren schon längst ins Wochenende gefahren, also benutzte ich Sugals Büro als Warteraum für Dylan. Noch einmal ließ ich sie unser Vorhaben durchgehen, dann verließ ich sie.

Ich kehrte zurück ins Parterre, holte nicht eine, sondern drei Ausweiskarten heraus, schob sie eine nach der anderen in den Schlitz und ließ alle Geräte arbeiten, so als ob jeweils einer durchginge. Ich benutzte einen Hinterausgang, um jede unnötige Aufmerksamkeit zu vermeiden, obgleich ich eine Ausrede parat hatte für den Fall, daß ich angesprochen würde. Die dritte Karte war natürlich meine, und mit der ging ich aus dem Gebäude.

Der Computer überwachte den Ausgang nicht, ja er sah einen nicht einmal an. Die Feuervorschriften verlangten eine schnelle Fluchtmöglichkeit, und der einzige Grund für den Gebrauch der Karten der beiden Frauen war, daß nun festgehalten war, daß sie das Gebäude mit mir verlassen hatten.

Nun stieg auch in mir nervöse Erregung auf, und ich erwog eine Selbsthypnose, um mich zu beruhigen. Schließlich hatte auch ich eine heikle Aufgabe vor mir.

Ich mußte irgendwo hingehen und zu Abend essen.

Der Plan wird ausgeführt

Nicht nur, daß ich genüßlich zu Abend speiste, sondern ich genoß es in Gesellschaft zweier hübscher Frauen. Beiden war ich gelegentlich bei Geselligkeiten begegnet, und keine der beiden ähnelte Dylan oder dem Körper, den Sanda nun benutzte. Das spielte im Grunde genommen keine Rolle. Wenn man mich überprüfen sollte, würden sie meine Aufzeichnungen einsehen und feststellen, daß mich zwei Bekannte auf einer VIP-Führung begleitet hatten, ich mit ihnen das Haus verlassen und zu Abend gegessen hatte. Ich war in dem Restaurant unbekannt, und man würde sich bestenfalls daran erinnern, daß ich dort mit zwei hübschen Damen diniert hatte.

Ich mußte mich konzentrieren, um ihren Gesprächen zu folgen. Ich wußte, was bald bei Tooker geschehen würde und was noch bevorstand. Mir wurde klar, daß trotz meiner gründlichen Vorbereitungen das Bevorstehende verdammt riskant und der Erfolg keineswegs sicher war. Mir fielen hundert Dinge ein, die schiefgehen konnten, und je mehr ich darüber nachdachte, um so überzeugter wurde ich, daß das eine oder andere schiefgehen *würde.* Sowohl Dylan wie Sanda hatten mich immer wieder gewarnt, wie unmöglich, wie absurd die ganze Idee war, wie gefährlich, doch ich hatte mich mit Worten, Schmeicheleien und Hypnose über ihre Warnungen hinweggesetzt.

Unglücklicherweise hatten sie aber recht.

Doch nun war der Plan in Gang gesetzt. Es bestand keine Möglichkeit mehr, ihn anzuhalten, und an diesem Punkt angelangt, hätte ich es auch nicht mehr versucht.

Als den Besten hatte Krega mich bezeichnet. Und wie war ich der Beste geworden? Indem ich wahnwitzige Risiken eingegangen war, das Absurde und Unmögliche vollbracht und mich durchgesetzt hatte.

Das Problem bestand darin, daß mein Glück nicht ewig währen konnte. Würde es vielleicht heute nacht enden?

Was die beiden Frauen zu tun hatten, war nicht ungefährlich.

Eine der beiden Frauen in meiner Begleitung sagte etwas, und ich fuhr aus meinen Grübeleien auf. »Wie? Entschuldige bitte. Ich fürchte, ich bin einfach zu müde.«

»Armes Schätzchen! Ich erzählte nur gerade, daß Mural aus der Buchhaltung einem dieser Körperwechselclubs beigetreten ist. Ich meine, Jora und ich tauschen häufig miteinander, weil wir einen so guten Gegensatz abgeben, aber ich glaube nicht, daß ich jeden Tag jemand anders sein wollte, ohne zu bestimmen, wer. Ich frage mich, was die Leute dazu treibt?«

»Vor allem die Langeweile«, meinte ich. »Oder wirklich ausgefallene Bedürfnisse. Ich habe gehört, daß in manchen dieser Clubs ausschweifende Orgien stattfinden.«

»Hm! Wer hätte so etwas von Mural gedacht! Wahrscheinlich weiß man nie genau...«

Der Stab für die Nachtschicht bei Tooker trat seinen Dienst an. Alle waren mißgelaunt, gähnten, wirkten unausgeschlafen, doch keiner hatte sich krank gemeldet. Mitten in der Woche hätten sie es vielleicht getan, aber da es Freitag war, hatten sie das ganze Wochenende vor sich, um den durch die Fehlalarme versäumten Schlaf nachzuholen. Außerdem wurden die Aufseher der Putzroboter selten für etwas anderes gebraucht, und wenn ihr Team erst einmal bei den Sicherheitsbereichen angelangt wäre, konnte nicht einmal ein Aufseher sie von einem Nickerchen abhalten.

»Du hast in letzter Zeit zuviel gearbeitet«, fuhr sie fort.

Ich nickte. »Manche Nächte haben sie uns Doppelschichten schieben lassen«, erzählte ich den beiden. »Wegen irgendeiner großen Sache wurden einige unserer wichtigsten Leute gerade abgezogen, als die Produktionssollzahlen erhöht wurden. Ich habe sogar morgen Dienst.«

»Ach, du armer Kerl! Dann müssen wir dich ja früh nach Hause bringen und ins Bettchen stecken.«

Kurz nach elf Uhr erreichte der Putzkolonnenaufseher schließlich das Bankenzentrum. Er war bei dieser Aussicht mehr als glücklich. Er hatte die ganze Zeit gegen das Einnicken ankämpfen müssen. Er trat an die Eingangstüren, schaltete die Überwachungskameras ein und wartete zwei Minuten, ehe er seine Karte in den Schlitz steckte. Dann schob er seine Sonderkarte, die er aus dem Sicherheitsbehälter ganz unten nahm, ebenfalls hinein, damit die Türen sich für die Putzroboter öffneten. Er instruierte die Maschinen, was zu tun war – und was nicht, insbesondere in dem Bereich, wo er sich aufhalten wollte –, wankte zu einem tiefen Sessel, stellte ihn so hin, daß er hinter einigen Geräten von den Scheiben aus nicht zu sehen war und legte sich für ein kleines Schläfchen nieder.

Sanda, die durch die Geräusche aufmerksam geworden war, wartete, bis er eingeschlafen war und zog dann einen Drehstuhl auf Rädern den Flur entlang in die Nähe der Tür. Von dieser Stelle aus konnte sie einen Großteil des Raumes überblicken, allerdings nicht die Gestalt des schlafenden Aufsehers sehen. Mit Entspannung und

Konzentration, bewirkt durch ihren hypnotisierten Zustand, spürte sie, wie die Wardens in ihr um sich griffen. Die Entfernung zwischen ihr und dem schlafenden Mann betrug mehr als elf Meter. Sie fühlte gewisse Überschneidungen mit den Wardens in den Geräten, und sogar das Plexiglas machte die Ausrichtung schwieriger, doch schließlich schaffte sie es. Es war von Vorteil, daß es hier keine Abschirmungen gab und sich keine weiteren menschlichen Wesen auf dem Stockwerk aufhielten. Sie fühlte erst langsam, dann deutlicher, wie die Kraftfelder ihrer eigenen Wardens sich ausbreiteten, die des schlafenden Mannes berührten und sich mit ihnen verbanden.

Mein Bewußtsein ist dein Bewußtsein, meine Arme sind die deinen, meine Beine die deinen, mein Herz das deine...

Zwanzig Minuten später betrat eine andere müde Aufseherin einige Stockwerke über Sanda einen anderen Sicherheitsbereich, nachdem sie sich hatte überprüfen lassen und die Sonderkarte benutzt hatte, welche den Putzrobotern siebzig Sekunden Zeit ließ, die Räume zu betreten. Da die Stockwerke für alle Personen bis auf jene in den Überwachungscomputern wie z. B. die Aufseher verschlossen waren, betrachteten die Sicherheitsanalysen diesen Zeitraum nicht als Risiko.

»Endlich zu Hause, Qwin! Herzlichen Dank für den wunderbaren Abend. Es tut mir nur leid, daß du so müde bist und morgen arbeiten mußt. Sonst hätten wir den Abend noch genußvoller beenden können.«

Ich schaute die beiden an, dann warf ich einen Blick auf meine Armbanduhr. »Nun, *so* müde bin ich dann doch auch wieder nicht.«

Sanda steckte im Körper des Aufsehers. Die Putzgerätschaften brummten leise und versahen ihre Arbeit im Bankenzentrum, sonst rührte sich nichts. Sanda stand auf, wußte genau, wo sie nachsehen mußte und bemerkte die Gestalt ihres früheren Ichs in einem Sessel vor der Tür schlafend. Nun folgte der heikelste und riskanteste Teil der Operation und zugleich der am stärksten ihrem eigenen Gutdünken überlassene. Sie konnte einfach ihre Aufgabe erfüllen und riskieren, daß der Schläfer erwachte, doch die Tür funktionierte relativ leise und würde durch die Geräusche der Putzgeräte übertönt. Um größerer Sicherheit willen nahm sie ein kleines Risiko auf sich, suchte nach dem Paßschlüssel für die Roboter, trat zur Tür und führte die Karte in den Schlitz. Die Tür glitt beiseite, und sie ging hinaus. Sie trat zehn vorsichtige Schritte auf die schlafende Gestalt zu, hob die kleine Nuraformflasche neben dem Sessel auf, hielt sie unter des Schläfers Nase, sah zu, wie die Dämpfe eingeatmet wurden und die Gestalt in sich zusammensank.

Sogleich stellte sie die Flasche ab und rannte zurück in die Bankabteilung, sieben Sekunden später schnappten die Türen wieder zu. Nach einer neuerlichen Überprüfung des Schlafenden und einem Blick auf die Wanduhr trat sie an eine Konsole und begann, daran Instruktionen auszuführen, die sie nicht verstand, tat jedoch genau wie ihr geheißen.

Oben in der Buchhaltung wartete Dylan voller Ungeduld, da die junge Frau in dem Sicherheitsbereich keine Anstalten machte, sich zu einem Nickerchen hinzulegen, sondern die Funktion aller Maschinen überprüfte. Fünf Minuten verstrichen, dann zehn. Doch schließlich suchte sich die Frau eine Stelle am Boden hinter den Konsolen, streckte sich aus und benutzte ihre Jacke als Kopfkissen. Sie schlief nicht so leicht und rasch ein wie ihr Gegenstück weiter unten, doch schließlich dämmerte auch sie dahin. Erst dann konnte Dylan wie Sanda mit dem mühsamen Prozeß beginnen.

Sanda hatte ihre Aufgaben in nur neun Minuten erledigt und war sehr zufrieden. Nun kam der schwierigere Teil – das Warten. Sie versetzte sich in tiefere Trance mit Hilfe einer Mischung aus Selbsthypnose und posthypnotischer Suggestion, und wartete im Anblick ihrer schlafenden Gestalt hinter dem Plexiglas darauf, daß die Wirkung des Nuraforms verflog und er in den charakteristischen Tiefschlaf verfiel, wie er jene befällt, die unter Nuraform gestanden haben.

Es dauerte siebenunddreißig Minuten, bis der Kreislauf der kleinen Gestalt das Nuraform mit Hilfe der Wardenabwehr verarbeitet hatte, worauf sie mit dem Rücktausch der Körper begann.

Fast eine Stunde war vergangen, ehe Dylan ihren Wechsel vornehmen konnte. Sobald sie draußen war, überprüfte sie, daß sie ihren Körper in die richtige Stellung gebracht hatte und keine Probleme eingetreten waren. Die Aufseherin schlief immer noch. Trotzdem beschloß sie, es nicht darauf ankommen zu lassen und das Nuraform zu benutzen. Es handelte sich hier um eine unruhige Schläferin, die durch das Öffnen der Türen leicht aufgeweckt werden könnte. Sie trat schnell an die Konsolen heran und befolgte wie Sanda ihre Anweisungen rasch und aufs Wort. Es dauerte keine fünf Minuten, daß sie ihre Arbeit zu Ende führte und Sandas Abänderungen mit denen einen Stock tiefer abstimmte.

Sie warf häufig einen prüfenden Blick auf die Schläferin draußen und erschrak jedesmal, wenn diese sich rührte, doch mehr geschah nicht. Sie streckte sich wieder auf dem Boden aus, entspannte sich und ließ ihr Denken durch das Plexiglas hinausschweifen. Ihr eigener Körper war so müde und erschöpft, daß sie fürchtete, selbst ungewollt einzuschlafen.

Sanda erwachte jenseits der Plexiglasscheibe mit rasenden Kopfschmerzen und gestörter Sehkraft. Schließlich war *ihr* Körper es gewesen, den sie unter Nuraform gesetzt hatte.

Sie schaute durch die Scheibe – und erschrak, als der Aufseher sich hin und her warf, aufwachte und sich mit verwirrter Miene umschaute. Er stand auf, richtete den Blick nicht in ihre Richtung, sondern auf die Putzgeräte an der gegenüberliegenden Wand.

Er schnauzte die Maschine an, worauf diese sich auf ihn zu in Gang setzte. Sanda nutzte den Lärm als einzige Möglichkeit, rutschte aus dem Sessel und schob ihn buchstäblich auf Knien den Flur entlang, den Blick stets auf den Aufseher gerichtet. Es war eine aufreibende Zeit, doch ihre Rettung war einerseits sein mangelndes Mißtrauen und zum anderen die Reflexionen der Innenbeleuchtung auf den Trennscheiben, die vieles von dem, was im halbdunklen Flur vor sich ging, verbargen. Ein- oder zweimal schien er in ihre Richtung zu sehen, und sie erstarrte, doch dann ließ er seinen Blick auf etwas anderem verharren oder schüttelte den Kopf und gähnte, mehr nicht.

Doch erst als sie sich wieder in dem Konferenzzimmer befand und die Tür hinter sich verschlossen und verriegelt hatte, erlaubte sie sich, sich auszuruhen und etwas gegen ihre immer noch quälenden Kopfschmerzen zu unternehmen. Sie wollte sich gerade selbst zu ihrem Erfolg gratulieren, als ihr einfiel, daß sie die Nuraformflasche neben der Tür vergessen hatte. Sie verlor fast die Nerven, doch sie besaß genügend gesunden Menschenverstand, um zu wissen, daß sie nun nichts unternehmen konnte.

Der Aufseher im Bankenzentrum ordnete seine Geräte, gähnte, streckte sich noch einmal und wunderte sich ein wenig über einige seltsame Gefühle und Nachwirkungen in seinem Kopf. Er führte sie auf seine Erschöpfung zurück, sammelte seine Putzbelegschaft ein und geleitete sie hinaus.

Die Kehrmaschine zog eine Kurve, begann den Korridor entlangzufahren, fegte die winzige Flasche auf und saugte sie mit allem übrigen Müll in ihr Inneres.

Es dauerte noch weitere zwei Stunden, bis Dylan den Wechsel vollziehen konnte, zwei lange Stunden, in denen es schien, als könnte die Schlafende jeden Augenblick aufwachen oder schlimmer noch, Dylan selbst einschlafen. Doch schließlich gelang ihr der Tausch, und in der Buchhaltung kam es zu keinem Erwachen, teilweise dank des müden Körpers der Aufseherin, teilweise aufgrund des nachwirkenden Narkosemittels. Dylan konnte in ihr Büroversteck zurückkehren und sich ausruhen.

Ich wußte meinerseits nichts von alledem, doch schließlich küßte ich meine beiden Begleiterinnen zum Abschied und begann nervös zu warten. Meine größte Angst bestand darin, eine der beiden könnte Wechsel- oder Rückwechsel nicht bewerkstelligen, ohne die Schläfer zu wecken. Ich hatte niemals daran gezweifelt, daß beide Aufseher sich zu einem Nickerchen hinlegen würden; sie taten das gewöhnlich ohnehin, und meine Fehlalarme würden dafür gesorgt haben, daß es an diesem Abend nicht anders wäre.

Ich hatte außerdem dafür gesorgt, daß sowohl das Konferenzzimmer wie auch Sugals Büro nicht auf dem Dienstplan des Putzaufsehers erschien. Das war nichts Ungewöhnliches – diese Abteilungen wurden vor Montag nicht wieder benutzt, und da am Wochenende nur die halbe Mannschaft Dienst tat, würden sie eben später gereinigt.

Ich schlief ein wenig und erschien um 6 Uhr früh bei Tooker, was in diesen angespannten Tagen nicht auffällig war. Entweder man arbeitete bis spät in die Nacht, oder man fing sehr früh an. Ich gestaltete meine Arbeitszeiten so unregelmäßig, daß in meiner Akte nichts Eigentümliches auftauchen würde.

Sobald ich mich in dem nahezu menschenleeren Gebäude befand, schlug ich den Weg zu meinem Büro ein und griff zum Telefon. Von draußen kamen keine Anrufe vor acht Uhr durch, wenn der Zentralcomputer vom Hauptgebäude sich einschaltete, doch Hausgespräche waren trotzdem schon möglich. Ich rief in Sugals Büro an, ließ es zweimal läuten, hängte dann ein und wählte erneut.

»Qwin?« hörte ich Dylans ängstliche Stimme und empfand eine gewisse Erleichterung.

»Klar. Wer sonst? Wie hat es geklappt?«

»Haarige Angelegenheit, du Miststück. Borkjagd ist mir entschieden lieber.«

Ich lachte. »Aber du hast es geschafft?«

»Ja, ich habe es erledigt, obwohl ich es immer noch nicht glauben kann. Und Sanda?«

»Ich habe sie noch nicht angerufen. Ich werde es gleich tun.«

»Hör mal, platzt hier nicht gleich jemand herein? Wann kann ich diese Gruft denn verlassen? Ich sterbe vor Hunger.«

»Du kennst doch den Tagesablauf. Ab 7.30 Uhr laufen wieder die Fahrstühle für das Publikum, und du befindest dich im Bürostockwerk. Nimm den ersten um halb acht hinunter ins Parterre und benutze den Notausgang, von dem ich dir erzählt habe. Dort brauchst du keine Karte.«

Das stimmte wegen der Feuervorschriften – aber es würde ihr Foto mit Tag und Uhrzeit aufgenommen werden. Das jedoch war keinerlei Problem. Sobald sie beide das Gebäude verlassen hätten, würde ich den Kode benutzen, den Sugal mir verschafft hatte, um die Eintragung zu löschen.

Ich richtete noch einige ermutigende Worte an sie und rief im Konferenzzimmer an. Beim zweiten Anruf nahm Sanda ab und meldete sich noch atemloser als Dylan.

»Wie ist es gegangen?«

Sie erzählte mir ausführlich die Geschichte, wie der Mann wach geworden war, daß sie die Flasche mit Nuraform vergessen hatte und diese später verschwunden war, nachdem die Putzkolonne die Flure gereinigt hatte. Ich beruhigte sie und erklärte ihr, daß er auch die Gänge und Hallen mit den Maschinen säuberte.

Nachdem diese ihre besondere Sorge ausgeräumt war, sprudelte es nur so aus ihr heraus. »Das war das aufregendste Erlebnis meines Lebens. Aufregender noch als mein erstes Baby!«

Ich mußte darüber lachen, erinnerte sie noch einmal an ihr Vorgehen beim Verlassen des Hauses und vergewisserte mich, daß auch sie sich um 7.45 Uhr nicht mehr im Gebäude aufhalten würde. Dann wollte ich mich um die Sicherheitsaufzeichnung kümmern.

Ich lehnte mich zufrieden zurück. Der Plan war zu absurd, um angesichts der vielen unberechenbaren Variablen zu gelingen. Aber er *hatte* funktioniert. Perfekt funktioniert. Und Sanda, Dylan und ich hatten unerschütterbare Alibis.

Ich hatte alle möglichen Rückzugspositionen vorgesehen für den Fall, daß etwas schiefginge, beispielsweise überzeugende Ausreden für die beiden, warum sie im Gebäude eingeschlossen worden waren und so weiter. Aber das hätte möglicherweise Mißtrauen geweckt und die ganze Sache auffliegen lassen können, selbst wenn die Nachtaufseher und Sicherheitsangestellten den Ausflüchten Glauben geschenkt hätten. Nichts von alledem war erforderlich geworden. Alles war glatt und ohne Komplikationen abgelaufen.

Um 7.45 Uhr löschte ich die Sicherheitsspeicherungen.

Um acht Uhr überprüfte sie der Sicherheitschef und fand nichts auf dem Bildschirm vor; er war zufrieden, daß niemand die Sperren passiert hatte. Dann erledigte ich noch ein paar Vorgänge – der Form halber –, doch ich war entschlossen, um zehn Uhr zu verschwinden. Ich war müde, verdammt noch mal.

Der ganze Plan sah auf dem Papier verrückt aus, und er war es auch; trotzdem war er auf die Schwächen des Systems maßgeschneidert. Die vorherrschende Überzeugung, daß nichts, außer einem richterlichen Urteil, einen Körperwechsel wider Willen veranlassen konnte, hatte es ermöglicht, genau das mit den Aufsehern vorzunehmen in der vertrauten Umgebung der menschenleeren Unternehmenskorridore.

Doch der eigentliche, springende Punkt war die Gewißheit auf Zerberus, daß, selbst wenn es jemandem gelang, Geld zu stehlen, er nichts damit anfangen könnte, und deshalb sich keiner die Mühe eines Versuchs machen würde. Einige gescheiterte Vorhaben dieser Art hatten dies bewiesen.

Für das Gelingen des Plans sprach, daß niemand, der irgendwie in Erscheinung trat, über ein erkennbares Motiv zu verfügen schien, und der Mann, dem der Anschlag galt, besaß nicht die geringste Vorstellung, wie der Coup ausgeführt worden war.

Nachwirkungen und Korrekturen

Am Sonntag nachmittag veranstalteten wir drei – Sanda war nun wieder in ihren eigenen Körper zurückgekehrt – eine Feier auf dem Schiff. Ich war besonders stolz auf Sanda, die sich großartig gehalten hatte, und einen Körperwechsel unbedingt noch einmal vollziehen wollte. Dylan sah das ganze Unternehmen realistischer; sie kannte die Risiken und Unwägbarkeiten ebenso wie ich. Wir waren uns sehr ähnlich, Dylan und ich, trotz unserer unterschiedlichen Vergangenheit, außer, daß sie viel praktischer veranlagt war als ich. Sie war durchaus in der Lage, sich aus einzelnen Details den Gesamtplan zusammenzureimen, doch sie hätte so etwas niemals von sich aus durchgeführt. Wäre sie nicht selbst daran beteiligt gewesen, sie hätte nicht geglaubt, daß es tatsächlich geschehen war. Und genau das war mein Trumpfas in meinem Plan.

»Sieh mal«, sagte ich zu ihr. »Die Leute, die diese Welt regieren – die Unternehmensdirektoren, Syndikatsbosse, Verwaltungschefs –, sind die Überlegenen. Sie sind diejenigen, die kühn und clever genug waren, nach ihrem Gutdünken zu handeln und die Konkurrenz auszuschalten – und damit auch durchzukommen. Glück ist immer ein Teil des Erfolgs, und nur die Pechvögel liefern Schlagzeilen.«

»Dann haben wir diesmal alle Glück gehabt«, entgegnete sie, »und haben es geschafft. Aber auch dein Glück muß irgendwann einmal ausbleiben. Wenn das gestern nacht geschehen wäre, hätten sie nicht dein Bewußtsein zu den Monden von Momrath geschickt, sondern Sandas und meines. Sie kann machen, was sie will, aber für mich steht die Sache fest. Ich werde nicht noch einmal meinen Kopf für deine hirnrissigen Pläne aufs Spiel setzen.«

»Das verlange ich auch nicht von dir«, versicherte ich ihr aufrichtig. »Hilfe, ja. Wir drei sind in dieser Angelegenheit Partner. Aber so etwas macht man nur einmal. Von nun an geht es um etwas anderes – und nur ich kann die Endziele erreichen.«

»Du bist also immer noch hinter Wagant Laroo her?«

Ich nickte. »Ja, aus vielerlei Gründen.«

»Und wenn du dabei auffliegst?«

Ich lächelte. »Dann werde ich es noch einmal versuchen. Sie werden einfach ein anderes Ich von mir herschicken, bis die Aufgabe erfüllt ist.«

An diesem Nachmittag gestand ich auch Sanda die Wahrheit über mich. Nach allem, was sie durchgestanden hatte, fand ich, hatte sie ein Recht darauf, alles zu erfahren. Ich muß zugeben, daß ich Dylan mit meinem Versprechen, sie keinen weiteren Gefahren auszusetzen, etwas vormachte. Ich wußte noch nicht, was als nächstes geschehen und wen oder was ich brauchen würde, aber ihr Schiff würde dabei gewiß eine Rolle spielen. Doch mein Versprechen, daß wir drei Partner waren für die Zeit unseres Zusammenseins, war mir todernst. Ich hatte Sanda und Dylan wirklich gern und bewunderte sie, die einen solchen Gegensatz zu, sagen wir, den zwei Frauen bildeten, mit denen ich am Freitag die Nacht verbracht hatte, mit ihren seichten Träumen und schalen Phantasien über Körperwechselclubs und Bürotratsch.

Die folgenden Wochen waren nervenaufreibend. Ich hatte mich darauf verlassen, daß das System funktionierte und von kompetenten Leuten betrieben wurde, die ein kriminelles Gehirn verstanden, weil sie selbst ein solches besaßen. Aber nach dem ersten Erfolg unserer Mission bekam ich es allmählich mit der Angst, daß ich ihnen zuviel zugetraut hatte.

Doch an einem späten Nachmittag schaute Turgan Sugal mit der Miene eines Mannes zu mir herein, der plötzlich den Schlüssel zu Wohlstand und ewigem Leben gefunden hatte. »Heute haben sie Khamgirt suspendiert«, berichtete er.

»Ach?« Ich versuchte, den Ahnungslosen zu spielen, aber im Innern fühlte ich ein aufsteigendes Gefühl von Befriedigung.

»Offensichtlich frönte er insgeheim dem Laster des Glücksspiels. Er hatte einen Berg von Schulden und hat Firmengelder abgezweigt und auf verschiedene kleine Bankkonten verteilt. Eine Überprüfung der Banksicherheiten vor einigen Tagen förderte ein entsprechendes Kontosystem zutage, das man bis zu ihm zurückverfolgen konnte.«

»Nun, woher wissen Sie das denn alles?« fragte ich wißbegierig.

Er verstummte für einen Augenblick. »*Sie* waren das, nicht wahr?« stieß er schließlich hervor, wie von einer plötzlichen Eingebung erleuchtet. »Sie… haben ihn *reingelegt*? Wie?«

»Ich? Ich habe nichts damit zu schaffen«, erwiderte ich in gespieltem Ernst. »Zum Teufel, ist Ihnen klar, was man alles einfädeln müßte, um so etwas zu fälschen? Unmöglich!« Und dann brach ich in lautes Lachen aus.

Er stimmte kurz in mein Lachen ein, verstummte dann und starrte mich befremdet an. »Was haben *Sie* eigentlich getan, daß Sie hierhergeschickt wurden?«

»Das Übliche. Computerschwindel.«

»Wie, in aller Welt, hat man Sie dabei erwischt?«

»So, wie es Khamgirt den Hals gekostet hat«, antwortete ich. »Das brachte mich auf die Idee.«

Er stieß einen leisen Pfiff aus. »Ich werd' verrückt. Na schön, ich werde keine weiteren Fragen mehr stellen. Im Augenblick läuft alles drunter und drüber, die ganze Angelegenheit wird gerade untersucht, weil Khamgirt nicht nur alles abgestritten hat, sondern auch von einem Lügendetektor untersucht wurde.«

»Sicher. Sie wissen, daß es getürkt ist. Aber das wird ihm nichts nützen. Ach, machen Sie sich keine Gedanken. Man wird ihn nicht töten oder in die Minen schicken. Sie werden ihm auf die Finger klopfen und ihn ins Hinterland abschieben. Nicht wegen Unterschlagung – sie werden herausfinden, daß man ihn aufs Kreuz gelegt hat –, sondern weil er sich hat aufs Kreuz legen lassen. Das heißt, daß er nicht nur unfähig ist, sich selbst und seine Geheimnisse zu schützen, sondern daß er verletzlich ist. Die Syndikate dulden keine Fehler. Vergessen Sie das nicht, wenn Sie ganz nach oben aufsteigen.«

Er nickte. »Klingt einleuchtend. Aber was geschieht, wenn sie es herausbekommen und die Spur zu uns zurückverfolgen?«

»Was heißt *uns*?« gab ich zurück. »Sie waren doch nicht tiefer darin verwickelt, als daß Sie mir ein paar Informationen verschafft haben, die sie keinem im oberen Management anlasten können. Und darüber würde ich mir keine Gedanken machen. Sie werden ganz schönen Respekt vor demjenigen haben, der das abgezogen hat. Es war eine riskante Sache, die eine Menge Glück erforderte, aber sie hat geklappt. Sie werden sich vielleicht zurechtlegen können, wie es abgelaufen ist, aber niemals, von wem es inszeniert wurde. Beruhigen Sie sich und nutzen Sie Ihren Vorteil. Ich nehme an, Sie werden befördert?«

»Deshalb wollte ich Sie ja sprechen. Man hat mich gebeten, als Unternehmensrechnungsprüfer einzuspringen, während der jetzige Rechnungsprüfer das Amt des Generaldirektors übernimmt. Ich verlasse also diesen Posten hier – und keinen Augenblick zu früh. Vermutlich werden wir das von Khamgirt künstlich hochgeschraubte Produktionssoll in diesem Quartal nicht erreichen. Glücklicherweise werde ich als Rechnungsprüfer in der Lage sein, das Soll zeitlich auf eine realistischere Basis zu stellen, vielleicht sogar den Aufsichtsrat zu überzeugen, daß Khamgirt einen Rachefeldzug gegen uns führte. Sie werden nur zu gern alles Schlechte von ihm annehmen.«

»Und wann werde ich meine Belohnung bekommen?« fragte ich ihn bedächtig.

Er schwieg einen Moment. »Lassen Sie mir einen Monat Zeit, bis ich in der Sache Fuß gefaßt habe. Dann kann ich aktiv werden; keiner wird es dann verwunderlich finden, wenn ich ein paar alte Mitarbeiter auszeichne. Derartiges geschieht ständig, um die Leute für sich einzunehmen. Aber früher wage ich nicht, es anzugehen.«

Ich nickte. »Mir soll es recht sein. Ich habe ohnehin noch viel zu tun, ehe ich hier wegkann – beruflich zu tun, machen Sie kein so entsetztes Gesicht. Aber da ist noch etwas anderes.«

Wieder schaute er mich voller Unbehagen an. »Was meinen Sie? Wir hatten doch eine Absprache.«

Ich nickte. »Daran halte ich mich auch. Es handelt sich dabei um einen Gefallen, um den ich Sie bitte. Zunächst hätte ich gern einen Termin – vielleicht ein Arbeitsessen – mit dem derzeitigen Firmenrechnungsprüfer. Nur um auf dem laufenden zu bleiben und den neuesten Betriebsklatsch zu hören.«

Er entspannte sich sichtlich. »Das dürfte nicht weiter schwer sein.«

»Und dann geht es um etwas ganz anderes, und es ist keine Forderung oder Bedingung. Falls notwendig, werde ich es auch unter der Hand regeln können, doch es wäre leichter, wenn Sie es auf dem normalen Wege schaffen könnten.«

»Sprechen Sie weiter.«

»Es gibt da eine junge Frau, die uns beiden einen wirklich großen Dienst erwiesen hat; sie hängt in der Mutterschaft fest, und das gefällt ihr gar nicht. Das ist eine ziemlich üble Sache; sie ist verdammt intelligent, begabt und hat Mut. Ich würde sie gerne da rausholen – ich schulde es ihr auf gewisse Weise.«

Er dachte einen Augenblick lang nach. »Ich verstehe Ihre Beweggründe, aber es ist ziemlich schwierig, wissen Sie. Ich kenne niemanden, der über die entsprechende Befugnis verfügte, das zu veranlassen, sofern Sie kein Urteil erzwingen können – etwa dann, wenn man einen erwischte, der ein Verbrechen an ihr begeht. Und das wäre ziemlich hart für sie.«

Ich nickte. »Ich dachte nur, ich frage Sie mal, falls es einen Ausweg gibt.«

»Geben Sie mir dafür etwas Zeit, mindestens zwei Monate, ich werde sehen, ob sich etwas tun läßt. Ist Ihnen das recht?«

Ich stimmte zu. »Es eilt nicht. Sie kommt in sechzig Tagen nieder, also ist es nicht *so* eilig. Sagen Sie mir nur Bescheid, wenn Sie nichts ausrichten können, ja? Und wollen Sie nicht ihre Anschrift und Adresse?«

Er grinste. »Brauche ich nicht. Ich beobachte meine Angestellten sehr genau.«

Das erweckte in mir eine gewisse Bewunderung für ihn. Trotzdem hatte ich immer noch das Bedürfnis, ihn festzunageln.

»Wie Sie sehen, bin ich ein zuverlässiger Freund – und ein treuergebener, Mr. Sugal. Ich werde Ihnen jetzt und in der Zukunft keinen Knüppel zwischen die Beine werfen, solange Sie es mit mir ebenso halten. Vergessen Sie nicht, daß wir jeder einen Einsatz im Spiel des anderen haben. Wenn Sie in Schwierigkeiten geraten, könnte zum Beispiel ein Psychiater *mich* ausfindig machen. Wenn *ich* auffliege, verhält es sich umgekehrt. Also hängt unser Wohl und Wehe von dem des anderen ab. Denken Sie daran.«

»Es ist fast ein Witz«, meinte er. »Ich wollte Ihnen ungefähr die gleiche Ansprache halten.«

In der Folgezeit entwickelten sich die Ereignisse in aller Stille, doch genau nach Plan. Sugal wurde befördert, innerhalb eines Monats wurden die Tooker-Produktionszahlen revidiert, und ein Industrieprüfungsteam ermittelte die mögliche Höchstproduktion, erreichbar mit der bestehenden Belegschaft, verglich sie mit den vorgegebenen Sollzahlen und erklärte diese dann für unrealistisch. Dadurch bekamen wir endlich wieder Luft.

Außerdem wurde in dieser Zeit ein bestimmter Feuerbezirk mit einer völlig neuen Alarmanlage versehen, unser Nachtaufseherstab ausgetauscht und die Putzmethoden verändert. Mehrere Belegschaftsmitglieder einschließlich mir selbst wurden diskret nach bestimmten Mitarbeitern befragt und so weiter. Die Prüfer fanden natürlich nichts heraus, und der Sturm verebbte so schnell, wie er gekommen war.

Am Monatsende brachte Sanda ihr Baby zur Welt, ein Mädchen. Nach einer Woche hatte sie sich wieder erholt. Ich erzählte ihr, daß ich mich mit ihrem Problem befaßte, aber daß es vielleicht eine Weile dauern würde, und sie akzeptierte das anscheinend. Nach unserem kleinen Coup setzte sie das größte Vertrauen in meine Fähigkeiten, sie vor der lebenslangen Mutterschaft zu bewahren, und das bedeutete für mich eine Verpflichtung auf Ehre.

Kurz darauf wurde Tooker umorganisiert, wobei ein neuer Manager ernannt, viele meiner Kollegen und Mitarbeiter befördert, versetzt und in wenigen Fällen kaltgestellt wurden – insbesondere diejenigen, die als Khamgirts Leute bekannt waren. Ich wurde zum Direktor von Hroyasail Limited ernannt, einer Tochtergesellschaft im Besitz von Tooker. Der Posten war zwar hoch dotiert, jedoch wie ich wußte, völlig überflüssig und diente vielmehr dazu, Leute wie Khamgirt kaltzustellen. Meine Beförderung erregte keinerlei Mißfallen, denn man erklärte sie sich als persönliche Entscheidung aufgrund meines Verhältnisses zu Dylan.

Und so kam es, daß die Chefetage der Akeba-Marine für mich hergerichtet und renoviert wurde. Innerhalb von knapp einem Jahr war ich zum Unternehmensdirektor avanciert – auch wenn es sich dabei um einen unbedeutenden Posten handelte. Theoretisch war ich verantwortlich für eine Flotte von vierhundert Jagdbooten und zweiundsechzig Trawlern mitsamt den zugehörigen Lagerhäusern und Ausrüstungszentren für den Fang.

Die Büros lagen in einem Gebäude mit drei Stockwerken und Blick auf den Hafen am Rande zweier hoher Bäume. Ein stärkerer Ast war abgesägt und mit einem Deck versehen worden, das sich wie eine Brücke zu den Büros spannte, so daß man direkt zu den Anlegestellen hinuntergehen konnte.

Die unteren Stockwerke beherbergten die Verwaltung und Datenverarbeitung und Behältnisse für das Skrit, ein rötliches, kleines Lebewesen, ein Zwischending zwischen Pflanze und Tier, dessen Biochemie unter anderem Chemikalien hervorbrachte, die als hervorragende elektrische Leiter dienten. Einmal wöchentlich oder auch mehrmals, wenn die Geschäfte gut gingen, kam ein großes Industrieflugzeug und brachte das Behältnis zu Tooker zur Weiterverarbeitung und ließ ein leeres zurück.

Das obere Stockwerk jedoch war seit dem Ausscheiden des letzten Direktors vor mindestens acht Jahren geschlossen gewesen. Ich gab Tookers Spesen großzügig aus und renovierte nicht nur eine komfortable Büroetage, sondern richtete auch ein geräumiges Luxusapartment mit allen Annehmlichkeiten ein, das ich bald bezog. Kurz darauf quartierte sich auch Dylan bei mir ein, und wir entwarfen und unterzeichneten einen Ehekontrakt. Zu heiraten war auf Zerberus weder üblich noch notwendig und wurde, wenn überhaupt, nur noch von Anhängern bestimmter Religionsgemeinschaften vollzogen, doch unsere Ehe hatte ihre Gründe. Unser Vertrag definierte das gemeinsame und das getrennte Vermögen, und wir richteten ein gemeinsames Kreditkonto ein. In diesem Sinne erfüllte ich mein ursprüngliches Versprechen einer gleichberechtigten Partnerschaft, und ihre Stellung in der Hroyasail als Ehefrau des Chefs wurde zu einer der höchsten unter gleichen.

Und außerdem machte unsere Beziehung meine Forderung nach der Hroyasailleitung für alle mißtrauischen Beobachter um so glaubhafter. Doch es stand noch mehr dahinter. Ich fühlte mich wohl in Dylans Gesellschaft. Sie war eine Freundin und absolute Vertraute, und ich hatte niemals zuvor eine so enge Beziehung unterhalten. Und mehr noch. Mit ihr zusammenzuleben war ein gutes *Gefühl* irgendwie – sie um mich zu wissen, zu wissen, daß es sie gab, auch wenn wir uns an verschiedenen Stellen aufhielten und verschiedenen Beschäftigungen nachgingen. Trotzdem machte mir diese Abhängigkeit Sorgen, denn ich hatte mich für immun gegenüber so menschlicher, gefühlsmäßiger Schwäche gehalten.

Als Paar schliefen wir auch zusammen, was häufige Körperwechsel mit sich brachte, die uns nicht störten. Als Personen Erster Klasse versahen wir unsere übliche Arbeit ungeachtet, und diese Erfahrung führte uns näher zusammen als irgendein Paar, an das ich mich erinnern kann.

Nur zwei Dinge störten mich: ihre Zigarren, die trotz des Lüftungssystems reichlich Rauch verbreiteten und die Tatsache, daß sie fast jeden Morgen hinausfuhr mit diesem verdammten Schiff und ihr Leben aufs Spiel setzte. Ich war kaum zwei Wochen auf meinem Posten, als sie die ersten Leichen von einer Fahrt zurückbrachten, übel zugerichtet. Ich wollte Dylan dieses Schicksal gern ersparen, doch ich konnte nicht mit ihr darüber sprechen. Es war ihr Leben, es lag ihr im Blut, und was immer sie für mich empfand, ich wußte, ich würde erst an zweiter Stelle stehen.

Ich hatte ein paarmal von Sugal gehört, der so fest auf dem Rechnungsprüferposten Wurzeln schlug, daß es aussah, als würden alle

»Vorläufigkeits«-Titel im Aufsichtsrat bald aufgehoben und die Posten fest vergeben. Khamgirt war, wie ich es vorausgesagt hatte, im Sinne der Anklage verurteilt, auf Bewährung freigelassen und aufs Abstellgleis geschoben worden, als Direktor einer Schiffahrtslinie, die ebenfalls eine Tooker-Tochter war.

Für mich lief alles bestens, doch ich widerstand der Versuchung, die Dinge schleifen zu lassen. Mein Hauptziel war und blieb Wagant Laroo, und vorerst konnte ich nicht mehr tun, als Augen und Ohren offenzuhalten und auf den nächsten Durchbruch zu warten.

Eine Borkjagd

Meine Sorgen um Dylan wuchsen mit jeder Verletzung, die sie sich zuzog, doch ich verstand sie gut genug, um zu wissen, daß jeder Widerspruch sinnlos war.

Eines Abends saßen wir in der Wohnung beisammen, unterhielten uns und ruhten uns aus, als Sanda schließlich das Thema anschnitt, nachdem Dylan neueste Berichte beigesteuert hatte, die den Stoff niemals leid zu werden schien.

»Es klingt so aufregend«, meinte Sanda. »Ich würde alles dafür geben, einmal mit hinaus aufs Meer zu segeln.«

»Vermutlich würdest du dich zu Tode langweilen«, widersprach ihr Dylan. »Schließlich kommt es nicht jeden Tag zur Jagd und zu Angriffen der Borks – gottlob.«

»Trotzdem, da draußen über die Wellen zu reiten mit dem Gefühl, daß die Gefahr überall lauert – ich habe alle deine Geschichten so oft gehört, daß ich es im Geiste vor mir sehe. Doch meine Ferien gehen bald zu Ende. Nächste Woche heißt es zurückzukehren ins Akeba-Haus und zu den Hormonbehandlungen.« Diese Aussicht bedrückte sie schwer.

»Du weißt aber, daß du nicht mit raus kannst«, bemerkte ich voller Mitgefühl. »Du bist als wertvoll für den Staat eingestuft. Da sind keine Risiken erlaubt.«

»Ich weiß, ich weiß«, seufzte sie und versank in tiefe Niedergeschlagenheit.

Obwohl das Thema nicht zum erstenmal angeklungen war, war es diesmal die anstrengendste und hartnäckigste Gesprächsrunde. Ich spürte, wie Sanda Dylan auf ihre Seite zog, teilweise aus Freundschaft, teilweise, weil diese selbst einmal in der Lage des Mädchens gewesen war.

Später an diesem Abend, als Sanda schon im Gästezimmer schlief, lagen wir nebeneinander, ohne viel zu sprechen. Schließlich sagte ich: »Du denkst an Sanda.«

Sie nickte. »Ich kann nichts dafür. Ich schaue sie an, höre ihr zu, und alles, was ich sehe und höre, erinnert mich an mich selbst, wie ich vor ein paar Jahren war. Gibt's was Neues zu der Frage, sie herauszuholen?«

»Nein, und das weißt du. Sugal hat alle Fäden gezogen, die er fand, aber es klappt nicht. Die einzigen verzeichneten Fälle sind solche, bei denen Syndikatsbosse sozusagen Privatzucht betreiben wollten, um ihre Kinder selbst zu erziehen – oder aber zu Laroos eigenen Zwecken. Das ist eine Sackgasse. Vielleicht fällt mir noch etwas ein, aber ich habe alle Möglichkeiten durchgespielt, und das System ist einfach gegen mich. Solange ich nicht den Zentralcomputer knacken kann, bleibt mir nicht viel zu tun, und dazu muß ich erst Laroos Platz einnehmen.«

»Und was ist mit Drogen? So bin ich rausgekommen.«

»Und nach dir hat man dieses Schlupfloch auch zugestopft«, bemerkte ich. »Nach deinem Wechsel gab es eine hitzige Debatte, und man stellte fest, daß in den Vorschriften nichts stand, was man gegen dich hätte verwenden können, also ließ man dich in Ruhe und schuf ein paar neue Vorschriften. Jeder Körperwechsel mit einem ›wertvoll für den Staat‹-Menschen muß von beiden Seiten freiwillig erfolgen, sonst kann der eine ein Urteil herbeiführen, das den Rücktausch erzwingt.«

»Wir könnten sie ab und zu einen unserer Körper benutzen lassen. Das ist doch schon etwas.«

»Ja, das ist richtig, aber es geht nicht auf dem Schiff, und das weißt du. Wenn unter diesen Bedingungen einem unserer Körper etwas zustieße, würden wir automatisch in der Mutterschaft landen – und zwar auf Dauer, ungeachtet unserer Erste-Klasse-Stellung.« Ich seufzte enttäuscht. »Das ist das Höllische an diesem System. In einigen Gegenden im Laufe der menschlichen Geschichte und sogar draußen auf den Pionierwelten ist Mutterschaft nicht nur freiwillig, sondern normal und hochangesehen. Wie ich gehört habe, sogar auf anderen Warden-Welten. Aber die Führer haben Angst, die Geburtenrate könnte zu tief sinken, daß der Nachschub an neuen Körpern und die Aufrechterhaltung des normalen Bevölkerungswachstums gefährdet wären. Solange sie über Geburt und Aufwachsen der Babys wachen, bestimmen sie auch, wer ewig lebt und wer stirbt – das bedeutet die totale Herrschaft über diese Gesellschaft.«

»He! Vergiß nicht, daß ich auch so aufgewachsen bin«, erinnerte sie mich. »Und Sanda auch. Sie machen ihre Sache nicht schlecht.«

»Nein, in der Tat nicht«, mußte ich zugeben. »Und vergiß nicht, daß auch ich von meinem Staat aufgezogen wurde. Daß der Staat die Kinder aussucht, die weiterleben und die sterben sollen, *das* stört mich. Sicher, sechzig Prozent erhalten eine gute Ausbildung, aber die anderen vierzig Prozent, die stören mich. Und solange das System so unpersönlich für den Durchschnittszerberaner ist wie die Geburtenzentren auf den zivilisierten Welten, werden sie sich niemals ganz bewußt, was sie eigentlich tun – nämlich Kinder um ihrer Körper willen umbringen.«

»Wirst *du* einen neuen Körper ablehnen, wenn der Zeitpunkt für deinen Wechsel gekommen ist?«

Ich lächelte hinterhältig. »Zum Teufel, nein. Darin liegt ja der Kern dieses Systems. Nicht einmal seine Gegner widerstehen der Versuchung, von seinen Vorteilen zu profitieren. Trotzdem wird es vermutlich für keinen von uns beiden in Frage kommen. Vermutlich gehe ich bei meinem nächsten Auftrag drauf, und du endest als Borkfrühstück. Was du über mich gesagt hast, trifft auf dich ebenso zu – unser Glück kann nicht ewig währen.«

»Mir sind schon ähnliche Gedanken durch den Kopf gegangen«, sagte sie. »Ich habe es ernst gemeint – wir sind zwei vom gleichen Schlag. Mein Glück in den vergangenen Jahren war erstaunlich, aber es kann nicht ewig dauern. Und ich weiß, daß du irgendwann in nächster Zeit den Kampf gegen Wagant Laroo antrittst, und irgendwann einmal wird es schiefgehen. Deshalb wollte ich es so. Deshalb bin ich nun hier und verbringe diese Etappe meines Lebens mit dir. Wir sind beide dem Untergang geweiht, indem wir die Berufe ausüben, die wir lieben, und jeder Tag kann der letzte sein. Du weißt das auch.«

Ich nickte langsam. »Ich weiß es.«

»Und verstehst du nun: Wenn wir professionelle Hasardeure sind, warum gehen wir dann nicht das Risiko mit Sanda auf dem Schiff ein?«

»Ich bin einfach gefühlsmäßig dagegen«, gab ich ihr zur Antwort. »Ich kann nicht erklären, warum.«

»Ich will dir eine Geschichte von einem Mädchen erzählen, das man in genetischer Hinsicht geprüft und ausgesucht hat, als es noch sehr jung war. Es war ein Mädchen, von dem die Genetikfachleute sagten, es hätte alle richtigen und keine falschen Gene. Als die Frau also noch sehr jung war, hat man sie aus der normalen Gruppe geholt und in eine Spezialschule geschickt, zu der nur andere kleine Mädchen zugelassen waren, die man ebenfalls von der normalen Gesellschaft abgesondert hatte. Sie erhielt keine normale Ausbildung mehr, sondern wurde statt dessen der ununterbrochenen Propaganda ausgesetzt, wie wundervoll es wäre, Babys zu bekommen, daß dies eine Pflicht gegenüber der Gesellschaft und der Zivilisation bedeutete, und wie man sie empfing und vor und nach der Geburt pflegte. Als sie dreizehn wurde, war sie körperlich in der Lage, Kinder zu bekommen, sollte dies jedoch noch nicht, obgleich sie sehr wohl über Sex, sexuelles Vergnügen und alles übrige informiert war und ihre geistige Konditionierung einen solchen Höhepunkt erreicht hatte, daß sie sich nichts sehnlicher wünschte als das Leben für die Mutterschaft. Außerdem war sie auch geistig und körperlich auf ein Leben in Müßiggang vorbereitet und an den Gedanken gewöhnt, daß sie der bedeutendsten Klasse auf ganz Zerberus angehörte.«

Dylan machte eine kleine Pause, auf ihrem Gesicht lag ein ferner, wehmütiger Ausdruck, und ich sagte nichts. Schließlich fuhr sie fort.

»So legte das Mädchen schließlich seine Zwischenexamen ab, feierte seinen fünfzehnten Geburtstag, und man schickte es ins Akeba-Haus. Die folgenden Monate waren der absolute Himmel – alles was sie sich wünschte; der Reiz neuer Bekanntschaften, Fahrten in die Stadt, Freizeit und alles das. Und selbstverständlich wurde dafür gesorgt, daß sie schwanger wurde. Auch das war nicht schlimm, obgleich es ziemlich lustlos zugeht in einer Arztpraxis. Sie fühlte, wie sie sich veränderte und genoß das Wunder, das in ihr vorging. Und schließlich kam das Baby – ziemlich schmerzhaft beim ersten Mal, aber sie machte sich nichts daraus. Und da war dieser süße kleine Junge, der schrie, sich an sie klammerte und gestillt wurde.

Und dann, irgendwann nach zwei Monaten, kamen sie und holten das Baby ab. Sie...« Sie verstummte, weil ihre Stimme bebte bei der Erinnerung an das durchlittene Leid, »sagten es ihr nicht einmal. Sie kamen einfach, nahmen ihn fort und Schluß. Dann befahlen sie ihr, zwei Monate Urlaub zu machen, alles zu tun, was sie wollte – und anschließend zurückzukommen. Man muß ungefähr ein Baby pro Jahr bekommen.«

Sie seufzte, und ich glaubte, eine Träne glitzern zu sehen. Das war das erste Mal, daß ich Dylan weinen sah.

»Und so«, fuhr sie mit der bebenden, aus weiter Ferne kommenden Stimme fort, »lief sie zu den anderen, ihren Freunden, um sich trösten zu lassen und fand keinen Trost. Entweder sie waren durch das System abgehärtet, oder aber sie hatten aufgegeben und sich damit abgefunden. Die Hausbelegschaft bot auch nur geringen Trost; sie boten schließlich an, mich in ein psychiatrisches Zentrum zu schicken, damit ich mich anpaßte und mich damit zufrieden gäbe, nichts zu tun als Babys zu bekommen. Auch das konnte ich nicht annehmen, also gab ich gewissermaßen auf. Gab auf und lenkte ein, wie sie es alle tun. Doch das Akeba-Haus stand auf einer Klippe, neben der sich ein kleiner Hafen befand. Ich beobachtete immer, wie die Jäger hinauszogen, und meine Gedanken zogen jedesmal mit ihnen, wie das nun auch Sanda so ergeht. Ich freundete mich mit ihnen an und blieb nur in den Zeiten fort, wenn ich erkennbar schwanger war, denn dann mieden sie mich wie eine Krankheit. Letztendlich sagte mir während meiner Ferien nach meinem fünften Kind einer von ihnen, ein sehr mitfühlender Mann, den ich nie vergessen werde, vieles wie du eben auch – zum Teufel, er war dir wirklich sehr ähnlich. Er sagte, er könnte morgen ums Leben kommen und würde es vermutlich eines Tages auch, und da es zu seinem Beruf gehörte, Gefahren auf sich zu nehmen, würde er mich an Bord schmuggeln – und das tat er auch.

Und weißt du, es geschah nichts Besonderes. Wir sichteten einen Bork, doch ein anderes Schiff übernahm ihn und trieb ihn außer Sicht. Die ganze Angelegenheit war wirklich ziemlich langweilig – aber für mich bedeutete es die Welt. Ich wurde dadurch wieder *lebendig*, Qwin. Ich beschloß, mich aus der Mutterschaft zu befreien, dachte mir einen Plan aus und ergriff meine Gelegenheit ebenso, wie du das tust – und es funktionierte. Wäre nicht diese Vergnügungsfahrt veranstaltet worden, würde ich immer noch da oben im Akeba-Haus sitzen und Kinder gebären und auf die See hinausstarren wie Sanda. Und die Zeit vergeuden – wie sie. Verstehst du nun?«

Ich drehte mich zur Seite, zog sie an mich und nahm sie in den Arm. »Ja, Dylan, ich verstehe«, seufzte ich. »Wann willst du sie also mitnehmen?«

»Übermorgen, denn ich möchte nicht auch noch den möglichen Tod eines Babys auf dem Gewissen haben.«

»In Ordnung. Wenn du fest entschlossen bist. Aber bitte laß es dir vorher noch einmal durch den Kopf gehen. Du weißt, du setzt dein Leben auf See aufs Spiel.«

»Ja, ich weiß. Nenn mich dumm, verweichlicht, oder was weiß ich. Aber für dich habe ich es auch aufs Spiel gesetzt. Vielleicht steht mein Glück mir noch einmal bei. Die Gefahr, erwischt zu werden, ist diesmal entschieden geringer. Ich habe eine mir ergebene Mannschaft zusammenbekommen. Niemand wird etwas verraten, denn ich würde sie als untreu brandmarken, und sie bekämen keine neue Heuer.«

»Demnach steht deine Entscheidung fest?«

Sie nickte. »Absolut.«

»Dann komme ich auch mit.«

Sie setzte sich auf. »Du? Nachdem ich nun seit Wochen versucht habe, dich zu einer Ausfahrt zu bewegen?«

»Nun, wenn der Chef dabei ist, lastet auf dir vielleicht nicht die ganze Verantwortung.«

»Doch«, sagte sie unumstößlich. »Komm mit, wenn du magst –

mein Gott, ich hätte dich gerne dabei. Doch an Bord eines Schiffes ist nur einer verantwortlich, und das ist der Kapitän. Einer in der alleinigen Verantwortung, einer, der für alle Mitglieder an Bord und deren Verhalten verantwortlich ist. So steht es im Gesetz, und so muß es auch sein. Verstehst du?«

»Okay, Kapitän«, antwortete ich und küßte sie.

Es war ein trüber Morgen mit Nebel und Regen, so daß man kaum gewahr wurde, daß die Dämmerung eigentlich schon vorüber war. Das Meer war unruhig, und die Schiffe tanzten besorgniserregend auf dem Wasser auf und nieder. Das machte mir Angst, aber Dylan war nur um so zuversichtlicher.

»Wir werden Ölzeug tragen; wenn uns also jemand vom Akeba-Haus beobachtet, wird ihm nichts auffallen.«

Sie hatte ihre Mannschaft draußen auf See, wo sie ungestört waren, am Tag zuvor in Kenntnis gesetzt. Keiner hatte Einwände erhoben. Sie kannten sie fast ebensogut wie ich, wenn nicht besser, und sie genoß ihren uneingeschränkten Respekt.

Das Schiff trug den Namen *Thunder Dancer*, aber der wurde gewöhnlich nur offiziell benutzt. Im täglichen Umgang hieß es »Dylans Schiff« oder nur »das Schiff«.

Wir blieben in der Kabine achtern, wo wir vor nicht allzu langer Zeit Pläne geschmiedet hatten, und ein Mannschaftsmitglied rüstete uns mit Schwimmwesten aus und gab uns die entsprechenden Anweisungen. Dylan war am Steuerrad beschäftigt, und wir respektierten das.

»Sie können beide schwimmen, oder?« fragte der Matrose halb im Scherz.

»Ja, aber ich weiß nicht wie weit und wie schnell«, erwiderte ich. »Es ist ein Jammer, daß wir bei so schlechtem Wetter hinausfahren.«

Er lachte. »Oh, es ist ein hervorragender Tag. Sie müßten mal dabeisein, wenn wir wirklich scheußliches Wetter haben. Haushohe Wellen überrollen den Bug, daß sogar uns Seeleuten übel wird. Aber machen Sie sich keine Sorgen. Die Wetterfront zieht in drei oder vier Kilometern Entfernung vorüber, aber wir fahren heute viel weiter hinaus. Bis zum späten Vormittag müßte es eigentlich warm und sonnig werden.«

Und zu meiner Überraschung sollte er recht behalten.

Es war ein farbenprächtiges Bild, zu beobachten, wie die Flotte hinauszog und die Trawler als Eskorte der zweihundert Jagdschiffe dahintuckerten, während wir als eines der beiden Boote an der Spitze den Hafen, die Bojen und Positionslampen hinter uns brachten. Plötzlich glitt das Schiff auf zwei skiähnlichen Kufen aus dem Wasser, und wir schossen mit hoher Geschwindigkeit dahin, als der Bug vom gewaltigen Druck der Wassermassen befreit war.

»Ich muß auf meinen Posten«, erklärte uns der Matrose. »Sie können jetzt auf die Brücke, wenn Sie wollen, aber halten Sie sich stets an den Handläufen fest.«

Ich schaute zurück zu dem in der Ferne verschwindenden Ufersaum, der halb von Dunst und Nebel eingehüllt wurde. Der Küstenstreifen selbst wirkte unheimlich, die großen Baummassen reckten sich aus dem Wasser und erhoben sich in den Nebel, wo sie nur durch ein paar ferne Lichter markiert waren.

»Oh, Gott! Ist *das* nicht herrlich!« jubelte Sanda, die von einem Fenster ans andere stürzte. Nun war sie wieder ganz das kleine Mädchen mit seinen jubelnden Ohs und Ahs, das ein großartiges Erlebnis auskostete.

Und da stand ich, der alte Raumpilotveteran, dem es im Magen rumorte. Aber dieses alte Ich hatte in einem anderen Körper gesteckt. Trotzdem war Dylan doch in diesem Körper gelegentlich in See gestochen und hatte augenscheinlich keine Schwierigkeiten gehabt, also war das nicht die einzige Erklärung.

»Laß uns zur Brücke hinauf«, schlug ich vor, als wir durch die Wetterfront brachen und plötzlich im Sonnenschein fuhren.

»Toll. Geh du voran!«

Wir schwankten durch das Schiffsinnere, vorbei an elektronischen Meßgeräten und Biomonitoren, die die Skritmassen auf oder in der Nähe der Wasseroberfläche anzeigten und auch vor Borks warnten, durch die winzige Kombüse und über ein paar Stufen zur Brücke hinauf. Dort stand Dylan locker und souverän auf ihrem Posten, hielt leicht eine Hand am Steuerrad und schaute voraus über die Wasserfläche. Sie drehte sich um, als sie uns hörte und lächelte. »Na!

Wie hat es euch bis jetzt gefallen?«

»Großartig!« schwärmte Sanda. »Oh, Dylan, das kann ich dir nie wieder gutmachen!«

Dylan löste ihre Hand vom Steuerrad und nahm Sanda in den Arm. Der Ausdruck auf dem Gesicht unseres Kapitäns sagte, daß diese Begeisterung Sandas allein ihr genug Belohnung war.

»He!« rief ich. »Wer steuert denn?«

Dylan lachte. »Die Automatiksteuerung natürlich. Ich habe den Kurs einprogrammiert und auf Automatik eingestellt, nachdem wir die Kufen eingesetzt haben. Nun heißt es erst wieder aufpassen, wenn wir unser heutiges Ziel erreicht haben.«

Ich fühlte mich unbehaglich und ein bißchen beschämt. Der gleiche Bursche, der sich in die Höhle des Löwen wagte und genügend Selbstvertrauen besaß, es mit Wagant Laroo aufzunehmen, der Sternenschiffe durch unwegsame Leere geführt hatte, hatte verdammt noch mal die Hosen voll hier auf einem fremdartigen Ozean, wo das Land zwei Kilometer unter ihm lag.

»Du siehst ein bißchen grün um die Nase aus«, scherzte sie mit dem Blick auf mich. »Wenn ich gemein wäre, würde ich eine wirklich rauhe Gegend suchen und dir eine Lektion erteilen – aber keine Angst, ich liebe dich und werde es nicht tun.«

Den Rest des Morgens saßen wir herum, unterhielten uns und brachten Dylan oder der Crew gelegentlich eine Tasse Kaffee oder einen kleinen Imbiß aus der Minikombüse.

Und sie hatte recht gehabt. Nach einiger Zeit wurde die Fahrt reichlich eintönig. Doch nicht für Sanda, die das ganze Schiff erkundete, sich von den Geschützbesatzungen die Bedienung der Geräte erklären ließ und Dutzende von Fragen stellte. Doch für mich und für die Mannschaft hatte es nichts Aufregendes an sich, mit sechsunddreißig Knoten über den Ozean dahinzupreschen, ohne daß irgend etwas in Sicht war.

Trotzdem hegten sie in ihrem Innern alle ein besonderes Gefühl, eine tiefe Liebe zur See, zum Schiff und ihrem Leben hier. Sie waren hier draußen glücklich, zufrieden und eins mit sich und der Welt auf eine Weise, die ich nicht verstehen konnte, ja die ich vielleicht *niemals* nachvollziehen könnte.

Doch die See selbst übte eine unerklärbare Faszination aus. Das Wasser schillerte in verschiedenen Farben, und sichtbare Strömungen ließen sich buchstäblich fühlen, so als ob die Temperatur anstieg oder sank, je nachdem, in welchem Teil des Gewässers man sich befand. In der Ferne war zu erkennen, wie die Sturmfront nun »landeinwärts« zog, und weiter nordöstlich sah man ein richtiges Unwetter mit heftigen Regenfällen, bombenähnlichen Wolken und Blitzen heraufziehen, während man sich selbst im Sonnenschein unter einem wolkenlosen Himmel räkelte.

Der Dienstplan war für alle Schiffe ungefähr der gleiche. Wir hatten einen Sektor südöstlich von Medlam angesteuert, den uns die zerberanische Küstenwache angewiesen hatte, so daß jeder Gesellschaft täglich ihr eigener Fangbereich zustand, und hatten dann begonnen, in weitem Bogen unsere Zone spiralenartig einzukreisen auf der Suche nach *Skrit*.

»Immer noch kein Skrit in lohnenden Mengen«, ertönte es aus einem Lautsprecher, »aber wir haben einen Bork auf dem Schirm.«

Plötzlich war Dylan wie elektrisiert bei der Sache. »Zeigt er Interesse an uns?«

»Nein. Nichts Besonderes. Aber es handelt sich um ein großes Exemplar. Vier, vielleicht fünf Tonnen. Etwa zwölfhundert Meter südsüdwestlich und in zirka 20 m Tiefe. Scheint kein spezielles Ziel anzusteuern, vielleicht taucht er auf, um etwas Sonne zu tanken.«

»Behaltet ihn im Auge«, befahl sie, »und gebt mir über jede Verhaltensänderung Bescheid.« Sie trat hinaus aufs Außendeck, und ich folgte ihr. Der Fahrtwind war durch unsere Geschwindigkeit ziemlich heftig, aber hier draußen befand sich eine Schutzscheibe und auch ein Zweitsteuerrad. Sie starrte hinaus aufs offene Meer, ich tat es ihr nach, konnte jedoch nichts erkennen.

»Jawohl. Da ist er«, sagte sie ungerührt und deutete in die entsprechende Richtung. Ich blinzelte, konnte jedoch noch immer nichts ausmachen. Ich fragte mich allmählich, ob sie einen Scherz mit mir trieb, oder ob meine Augen schlechter waren als die ihren.

»Ich kann nicht das geringste sehen.«

»Schau mal... dort drüben! Konzentriere dich mal auf den Himmel. Du mußt die Augen zusammenkneifen wegen der Spiegelung, oder setz deine Sonnenbrille auf.«

Ich setzte die Brille auf, die ich nicht besonders bequem fand und versuchte, etwas zu erkennen. »Zum Himmel schauen?«

Sie nickte. »Siehst du die kleinen dunklen Pünktchen?«

Ich strengte mich an und *glaubte* zu erkennen, was sie meinte. »Hmm.«

»Das sind die Gieks«, klärte sie mich auf.

Ich versuchte mich zu erinnern, was ein Giek war. Eine Art von fliegendem Scheusal, wie ich meinte. Ein Aasfresser. »Folgen die immer den Borks?«

Sie nickte. »Sie sind zu träge, um selbst zu töten, und Borks sind gierige Killer, die ihren Tötungsinstinkt nicht besonders gezielt einsetzen. Merkwürdigerweise ernährt sich der Bork weitgehend von Skrit, deshalb haben wir auch diese Probleme, doch er greift so gut wie alles an, selbst andere Borks. Wirklich eine Art von biologischem Gleichgewicht. Die Borks ernähren die Flugtiere und mehrere andere Meerestiere dadurch, daß sie mehr töten, als sie als Nahrung brauchen. Deshalb dürfen wir auch nur eine begrenzte Anzahl Borks erlegen.«

»Er dreht bei«, erklang die Stimme aus dem Lautsprecher. »Wir haben die Bank ziemlich genau lokalisiert, und er hält genau darauf zu. Ich habe Order gegeben, die Geschwindigkeit zu drosseln. Sollen wir angreifen?«

Dylan überlegte. »Sprich mit Karel. Frag, ob sie sich auf einer Position befindet, daß sie bei einer Flucht Unterstützung bieten kann.«

Es trat eine kurze Pause ein, und ich entnahm ihrem Verhalten, daß es besser war, sie in Ruhe das tun zu lassen, worauf sie sich so gut verstanden. Trotzdem erzeugte das Ganze ein unbehagliches Gefühl in mir. Ich hörte immer wieder dieses »vier, vielleicht fünf Tonnen«.

»Karel meldet, sie ist ungefähr zwanzig Minuten entfernt und die Eskorte vierzig.«

Sie schaute mich an. »Wo steckt Sanda?«

»Im Aufenthaltsraum, als ich sie das letzte Mal gesehen habe.«

Sie drehte sich wieder zur Sprechanlage um. »Vergewissere dich, daß der Passagier sich sicher im Schiffsinneren befindet und sag dann Karel, mit Volldampf anzurücken. Geschützmannschaften auf ihre

Posten. Volle Alarmbereitschaft.« Sie trat zum Außensteuerrad, griff an dessen Seite und kippte einen Schalter. Das Schiff verlangsamte merklich seine Fahrt. Und dann, mit einer Hand am Steuerrad und der anderen am Gashebel, einem Hebel mit einem schwarzen, großen Ball auf der Spitze, stellte sie die Automatiksteuerung aus und nahm die Manövrierung selbst in die Hand.

»Du gehst jetzt besser runter von der Brücke und schnallst dich unten fest«, sagte sie zu mir. »Ich möchte nicht, daß du bei der Jagd auf diesen Kerl über Bord gespült wirst.«

Ich nickte abwesend und spürte, wie sich mein Magen zusammenzog. Ich konnte mit vielen und gefährlichen Situationen fertig werden, aber hier auf offener See angesichts einer Bestie, die ich nur von Bildern kannte, befand ich mich völlig in Dylans Hand und in der ihrer Crew. Wir rückten dem Ding näher. Nun konnte ich deutlich die abstoßenden Gieks erkennen, die in einer Gruppe über einer dunklen Stelle im Wasser kreisten.

»Qwin! Bitte!«

»Ist ja gut. Ich will dich nicht ablenken. Ich habe nur gerade überlegt, warum sie Borks heißen.«

In diesem Augenblick brach aus der See vor uns eine unförmige Masse auf, die mindestens dreimal so groß war wie das Schiff. Ein riesiger Schlitz tat sich auf und enthüllte eine furchterregende Mundhöhle mit Reihen scharfer Zähne und zuckenden, wurmähnlichen Fransen. »BOOOOAAAAARK!« brüllte das Tier so laut, daß es wie Donner über die offene See hallte und mir fast das Trommelfell sprengte.

»Wer eine dumme Frage stellt, bekommt eine dumme Antwort«, murmelte ich, drehte mich um und schoß zum Aufenthaltsraum. Sanda saß bereits festgegurtet in einem Sessel und schaute aus dem Fenster. Ich trat zu ihr und wurde fast neben sie geschleudert, als das Boot abrupt die Richtung änderte.

In Sandas Miene standen Fassungslosigkeit und Leere, ihr Kinn war herabgesackt, und als ich mich in den Sitz hievte und aus dem Fenster starrte, sah ich vermutlich genauso aus. »Oh, Mann!« hauchte sie.

Der Bug des Schiffes schien von dem rötlichbraunen Koloß beherrscht, der immer weiter auftauchte. Was ich nun erblickte, übertraf alles, was ich bisher auf Bildern gesehen hatte.

Aus dem Wasser zu beiden Seiten des Körpers erhoben sich vier riesige, mit knochigen Stacheln bewehrte Tentakel. Diese Fangarme sahen schon allein aus, als könnten sie das Boot erfassen und zerquetschen, und die knochigen Auswüchse, als vermöchten sie nicht nur das Plexiglas, sondern auch die Panzerung des Schiffes zu durchstoßen. Und schlimmer noch, ich wußte, daß die ganze Hautoberfläche des Borks gleichermaßen klebrig und rauh war, daß einem die bloße Berührung das Fleisch von den Knochen riß.

Und wir fuhren nun langsam wie bei einer Hafenrundfahrt!

Plötzlich hörte ich einen Motor aufheulen, als würde er bis an die Grenzen seines Leistungsvermögens belastet. Wir waren so langsam gefahren, daß wir uns kaum noch auf unseren Hydroskiern bewegten. Dann zündeten die Geschütze, erschütterten das Schiff und verschossen die Granaten. Es handelte sich um Sprenggeschosse; auf ein Ziel, das sich weitgehend unter Wasser befand, konnte man keine Durchschlagsmunition anwenden, weil man die Wirkung dann nicht hätte begrenzen können. Außerdem hätte ein schwächerer Laser einem Ding dieser Größe kein Haar gekrümmt, dessen lebenswichtige Organe sich noch immer unter Wasser und außerhalb der Schußweite des Schiffes befanden.

Ich mußte zugeben, daß ich zum ersten Mal in meinem Leben nicht nur Hilflosigkeit, sondern nacktes Entsetzen empfand.

Die Geschosse trafen die Bestie und explodierten mit großer Sprengkraft, wobei sie nicht nur eine Explosionsladung, sondern auch eine elektrische zündeten. Das Tier brüllte auf und bewegte sich schneller, als ich das für möglich gehalten hätte angesichts seiner Größe. Wir jedoch tuckerten immer noch langsam dahin.

Plötzlich wurden wir fast aus unseren Gurten geschleudert, als die Maschinen mit voller Kraft einsetzten und das Schiff aus dem Wasser schoß.

Innerhalb von kaum mehr als zwei Sekunden stieg der Bork mit einem Getöse empor und riß den Ozean achtern vor uns auf. Mit Entsetzen begriff ich, daß das die Stelle war, wo wir uns eben noch befunden hatten.

Das Geschütz achtern eröffnete das Feuer mit ununterbrochenen Salven in den Körper des massigen Tieres. Mit seinem Computerlaserrichtungssystem mußte es mehr als zwanzig Sprengladungen in das Ding gefeuert haben, doch es zeigte kaum Wirkung.

Über eine halbe Stunde lang spielten wir mit dem Ungeheuer Katz und Maus, lauerten ihm auf, vollzogen Scheinmanöver und beschossen es mit Munitionsmengen, die ausgereicht hätten, eine Stadt mittlerer Größe in Schutt und Asche zu legen. Nach einer Weile sah man allmählich, welche Wunden dem Tier zugefügt worden waren, und die blubberten und zischten. Doch wie oft es auch getroffen wurde, es schien aus immer neuen Körperteilen zu bestehen, die genauso häßlich und unverletzt waren.

Doch ich begriff schließlich, was Dylan beabsichtigte. Sie lockte den Bork immer weiter und weiter fort von der Skritbank, die kommerziell abgeerntet werden mußte. Ich bewunderte ihre Geschicklichkeit, ihr Timing und ihren Mut. Ich erinnere mich, wie mich der Gedanke überfiel: *Und sie stellen Charterboote zur Verfügung für Leute, die das zum Spaß betreiben?*

Wie weit hatte sie das Ungetüm weggelockt? fragte ich mich. Möglicherweise mehrere Kilometer. Doch während mir bewußt wurde, daß wir auf lange Sicht schneller waren als der Bork, besaßen wir nicht die Bestückung, um das Ungeheuer allein zu erlegen. Trotz aller Mühen trafen wir nur nicht lebensnotwendige Teile.

Plötzlich nach dem Katz-und-Maus-Spiel, gab Dylan den Maschinen volle Kraft, und wir jagten davon, ließen den Bork hinter uns. Ich fragte mich, ob sie aufgeben wollte. Da zog sie plötzlich eine scharfe Kurve, und in der Wendung sah ich ein Schiff wie das unsere – sicherlich Karel –, das ebenfalls im Bogen auf das gewaltige Tier zuhielt.

Der Bork verharrte in seiner Stellung trotz aller Wunden, die wir ihm geschlagen hatten, und erwartete den neuerlichen Angriff.

Wir schossen darauf zu – so rasch, daß ich befürchtete, wir würden auf die Bestie prallen. Im Geiste sah ich vor mir, wie einer der Fangarme auf uns niederpeitschte und uns in die Tiefe riß. Doch während das Untier sich zum Angriff bereit machte, vernahm ich von allen Seiten des Schiffes den Knall von Explosionen, und wir machten plötzlich so scharf kehrt, daß es schien, als würden wir kentern. Durch die Drehung bekamen wir vom Aufenthaltsraum achtern aus das Ding nun voll in den Blick, und es schien, als bestände die Welt nur noch aus dem furchterregendsten Schlund, den man sich nur vorstellen kann.

Plötzlich brach die See hinter uns in gewaltigen Explosionen auf, die in das Monster einschlugen, das unter Schmerzen qualvoll aufbrüllte. Wir konnten erkennen, wie das zweite Schiff seine Torpedos abfeuerte, die man vom Wasser wie von der Luft aus zünden und genau aufs Ziel richten konnte.

Ich sah, wie zwei Torpedos aus dem Wasser hervorschossen und in den Schlund des Ungetüms eindrangen.

Wir hatten bereits eine gewisse Entfernung zwischen uns und den Bork gelegt, der immer noch wie eine schwimmende Stadt aussah. Doch plötzlich wurde es durch zwei gewaltige Explosionen auseinandergerissen und schien in die Luft zu fliegen. In diesem Augenblick sah ich Karels Schiff auf der anderen Seite achtern auftauchen und hörte trotz der Todesschreie des Monsters ein Signalhorn, auf das wir antworteten.

Tötung bestätigt.

Wir vernahmen auch die Jubelschreie der Männer und Frauen bei uns an Bord – und vielleicht stimmten Sanda und ich mit ein.

Sanda drohte umzukippen und schüttelte dann fassungslos den Kopf. »Wau! Ich habe alle Bücher gelesen, alle Geschichten gehört, alle Filme gesehen, aber das war alles nichts gegen das hier! Verglichen damit war das, was wir für dich gemacht haben, ein Zuckerlecken!« Sie schaute mich seltsam an. »Ist mit dir alles in Ordnung?«

»Ich glaube, ich mach' mir in die Hose!« krächzte ich.

Kurze Zeit später fand ich meine Fassung wieder und ging nach vorne, um Dylan aufzusuchen. Nun gut, diese Fahrt war eine Lektion für mich gewesen, eine, die ich bis an mein Lebensende nicht vergessen würde. Ich hatte die Erfahrung gemacht, daß auch ich wohl Angst empfinden konnte und begriff schließlich auch, daß Dylan dieser Gefahr nicht nur täglich, sondern routinemäßig und selbstverständlich ausgesetzt war. Ich empfand nahezu ehrfurchtsvolle Achtung für ihren Mut. Wenn ich mir jemals jemanden als Partner bei einem gefährlichen Unternehmen gewünscht hatte, so war das Dylan Kohl.

Der Rest des Tages verlief ohne weitere Zwischenfälle. Keine Jagd auf Borks mehr, obwohl wir einen in Sicht bekamen. Wir bildeten nur noch die Eskorte für die Trawlerflotte, die vom üppigen roten Skrit erntete. Es war ein geruhsamer Nachmittag, doch ich genoß jede Minute. Die wohlausgerüsteten Trawler versahen emsig ihre Arbeit und waren in weniger als zwei Stunden voll beladen. Gemeinsam schlugen wir dann die Route nach Hause ein.

Ich hatte nun noch gemischtere Gefühle als zuvor. So sehr ich Dylan und die anderen bewunderte, die das tagtäglich leisteten, so mußte doch diese Spannung ihren Tribut von ihnen fordern. Zumindest war ich mir jetzt bewußt, daß ich die Gefahren ihres Berufs bislang unterschätzt hatte. Ich machte mir mehr und mehr Sorgen um sie, während ich das Erlebte in Gedanken immer wieder durchging.

Wir erreichten schließlich den Hafen, ohne daß sich noch etwas Besonderes ereignet hätte, tauchten ins Wasser ein und legten sanft am Dock an. Dylan überwachte die Sicherung der Taue am Schiff und kam dann wieder zu uns. »Wir warten besser bis zum Einbruch der Dunkelheit, ehe du von Bord gehst«, mahnte sie Sanda. »Dann weiß keiner genau, ob du später zu uns gestoßen bist oder mit uns draußen warst.«

Sie nickte, und ich stand auf. »Ihr seid hoffentlich nicht böse, wenn ich nicht bleibe, aber ich muß meine Füße auf trockenes, festes Holz setzen, sonst verliere ich den Verstand.« Mein Körper schien wie unter einer ständigen Vibration zu zittern.

Sanda erhob sich ebenfalls, drückte Dylan fest an sich und gab ihr einen Kuß. »Oh, ich liebe dich dafür! Bei Gott, ich werde aus dieser Mutterschaft herauskommen, und wenn es mich das Leben kostet!«

Dylan schaute mich an. »Siehst du?«

Ich nickte verständnisvoll und machte mich auf den Weg zum Laufsteg an den Kai. Ich hatte gerade ein paar Schritte getan, als ich wie vom Donner gerührt stehenblieb. Auf der anderen Seite des

Laufstegs standen zwei unbekannte Gestalten, und sie sahen aus wie alle ihres Schlages in der ganzen Galaxis. Ich spürte, wie mir der Magen hinabsackte und sich verkrampfte.

Die beiden, ein Mann und eine Frau, kamen an Bord und blieben vor mir stehen. Einer zückte eine Plakette und sagte leise »CID. Ich fordere Sie auf, sich nicht von der Stelle zu rühren und keinen Laut von sich zu geben.« Er nickte der Frau zu, die den Weg zum Aufenthaltsraum einschlug und dann durch die Tür trat.

»Nach Ihnen«, sagte der männliche Polizist. Ich drehte mich um und kehrte mit ihnen in den Raum zurück.

Beide Frauen waren anwesend, da sie beim Klang von Schritten geglaubt hatten, ich käme zurück.

»Welche von Ihnen beiden ist Kapitän Kohl?« fragte die Polizistin.

»Das bin ich«, antwortete Sanda mutig.

»Nein, ich bin es«, erwiderte Dylan und betrachtete dann Sanda mit großer Traurigkeit im Blick und in der Stimme. »Es hat keinen Sinn. Sie werden uns ohnehin gründlich überprüfen.«

»Hören Sie«, sagte ich und versuchte, meiner Stimme einen empörten Beiklang zu geben. »Ich bin der Direktor dieses Unternehmens. Worum soll es sich denn handeln?«

»Kapitän Kohl wird beschuldigt, absichtlich gegen Artikel 623½ des Allgemeinen Strafgesetzbuches verstoßen zu haben«, antwortete der Mann. »Einer als wertvoll für den Staat eingestuften Person der höchsten Gefahr ausgesetzt zu haben.«

»Das ist lächerlich«, platzte ich heraus. »Diese Frauen arbeiten beide für mich.«

»Schluß jetzt!« schnauzte die Frau mich an. »Wir wissen, wer das Mädchen ist.«

»Ich fürchte, ich muß Sie beide auffordern, uns zur Wache zu begleiten«, fügte der Polizist hinzu. Er drehte sich zu mir um und ermahnte mich: »Bitte mischen Sie sich nicht ein. Darauf stehen schwere Strafen.«

»Kann ich sie denn wenigstens begleiten? Ich bin mit dem Kapitän verheiratet.«

»Ich wüßte nicht, was dagegenspräche. Aber machen Sie keine

Dummheiten.«

»Bestimmt nicht«, beruhigte ich ihn und hatte plötzlich das Gefühl, daß alles schiefging; nun hatte das Glück nicht mehr mitgespielt – nicht das meine, doch das des Menschen, der mir am meisten am Herzen lag. Ich hätte gerne irgend etwas unternommen und nicht im geringsten gezögert, doch ich konnte nichts anderes tun, als neben ihnen herzugehen.

Die Verurteilung

Auf dem Weg ins Gebäude ermahnte ich sie beide, nichts zu sagen. Dylan drückte mir und Sanda die Hand. »Es ist schon gut«, sagte sie einfach. »Ich wußte, was ich tat, und es tut mir nicht einmal jetzt leid. Vielleicht ist es ein gerechter Tausch, obgleich ich ihn nicht freiwillig gemacht hätte. Ich habe fünf Jahre gelebt. Vielleicht ist jetzt jemand anders dran.«

»Sprich doch nicht so«, schalt ich sie. »Das bedeutet doch nicht das Ende der Welt.«

»Es ist das Ende *meiner* Welt«, flüsterte sie.

Sobald wir uns auf der Wache in einem Flügel des Rathauses befanden, wurden beide Frauen in einen kleinen Raum gebracht, wo man ihre Kartenabdrücke überprüfte und ihre Durchleuchtung vornahm.

Ich durfte nicht mit hinein, sondern mußte in dem kleinen Wartezimmer ausharren. Nach etwa einer halben Stunde ließen sie mich für ein paar Minuten zu Dylan, während sie ihre Akten durchgingen oder eben das taten, was zum Geschäft von Polizisten gehört. Sanda wurde in einem anderen Raum festgehalten, und ich durfte sie nicht sehen.

»Tja, es ist vorbei«, seufzte sie.

»Wie? Was meinst du damit?«

»Sie waren hinter mir her, Qwin. Ich nehme an, sie waren seit fünf Jahren hinter mir her. Es gefiel ihnen nicht, daß ich mich aus der

Mutterschaft herausgestohlen hatte, und sie warteten nur auf eine Gelegenheit, um mich zu erwischen. Eine Büroangestellte - eine, die ich kenne, die bei der Schiffahrtsgesellschaft schon fast so lange arbeitet wie ich – war ein Polizeispitzel. Sie hatten sie wegen einer alten Anklage in der Hand, und sie war nicht so begabt, daß man sie für wichtig einschätzte. Sie mußte mich zur Strecke bringen, sonst wäre sie in die Minen geschickt worden, sobald sie strafmündig geworden wäre.«

Ich schüttelte ungläubig den Kopf. »Fünf *Jahre*?«

Sie nickte. »Sie mußten ein Exempel statuieren. Seit ich mich davon befreit habe, hat es unter den zur Mutterschaft gezwungenen Frauen viel Unruhe gegeben. Ich war für sie ein Symbol der Hoffnung – und ich wußte es. Die Behörden mußten mich erwischen, wie lange es auch dauern sollte. Sie sagten, ihre Psychoprofile hätten ausgewiesen, daß ich früher oder später genau das tun würde, was ich getan habe, und damit haben sie recht behalten.«

»Was geschieht nun?« fragte ich sie, gleichermaßen besorgt wie wütend auf ein System, das so lange abwartete, um jemandem einen Strick zu drehen.

»Verurteilung«, erklärte sie. »Die Zeugen, die Polizisten und die Überwachungsschirme belegten alles schon automatisch.«

In meinem Kopf raste es. »Wer spricht das Urteil über dich? Welchen Rang haben die?«

»Ein professionelles Gericht. Dreizehn Richter. Ich werde ihnen in knapp einer Stunde vorgeführt. Gewöhnlich halten sie so spät keine Prozesse ab, doch für mich machen sie eine Ausnahme.«

Ich ging im Geiste alle hohen Tiere durch, die ich kannte. »Gibt es irgend jemanden, den ich anrufen kann? Einen, der da einschreiten könnte?«

Sie schüttelte den Kopf. »Ich glaube nicht. Vielleicht nach dem Prozeß, aber jetzt nicht. Wir kennen ja noch nicht einmal das Urteil. Die Strafe kann so gut wie alles sein. Ich weiß nur, daß es schon vor Jahren geplant und eingeleitet wurde.« Sie blickte zu mir auf. »Mach dir keine Vorwürfe! Ich habe es aus freien Stücken getan. Mich allein trifft die volle Verantwortung.«

»Ich hätte dich daran hindern müssen.«

Sie lächelte einen Hauch dieses alten Lächelns. »Du hättest mich nicht aufhalten können, und das weißt du.«

»Werden sie mich dem Prozeß beiwohnen lassen? Werden sie bereit sein, Erklärungen über mildernde Umstände anzuhören?«

Sie zuckte mit den Schultern. »Ich weiß es nicht.«

Wir warteten nervös, bis sie ihren Namen aufriefen.

Der Gerichtssaal unterschied sich in nichts von anderen. Dreizehn Männer und Frauen in schwarzen Roben hatten an einem Tisch in Halbkreisform Platz genommen. Da nur einer ein Mikrofon vor sich hatte, war er wohl der Vorsitzende. Sie ließen mich ein, und ich bemerkte Sanda in der ersten Stuhlreihe, alle anderen Plätze waren frei. Sanda sah aus, als hätte sie geweint, doch inzwischen schien sie ihre Fassung wiedergefunden zu haben.

»Der Staat gegen Dylan Zhang Kohl«, erklärte der vorsitzende Richter, als lägen auch noch andere Fälle vor. »Die Angeklagte möge sich bitte erheben und vortreten.«

Dylan stand auf und tat selbstbewußt, wie ihr geheißen, wobei sie dem Richter direkt in die Augen schaute. *Tapferes Mädchen!* dachte ich.

»Dylan Zhang Kohl, Sie wurden für schuldig befunden, absichtlich und bewußt gegen Artikel 623$^{1}/_{2}$ des Zerberanischen Allgemeinen Gesetzbuches verstoßen zu haben. Können Sie irgend etwas zu Ihrer Entlastung vorbringen?«

»Nein, Euer Ehren«, antwortete sie fest.

Ich fluchte im stillen und rutschte nervös auf meinem Sitz hin und her. Zum zweiten Mal an diesem Tag empfand ich echte Angst, völlige Hilflosigkeit.

»Sanda Tyne möge bitte vortreten.«

Sanda wirkte klein und ängstlich, befolgte die Anordnung und stellte sich neben Dylan. Ich bemerkte, wie Dylan ihre Hand ergriff und sie liebevoll drückte, als wolle sie sie beruhigen.

»Sanda Tyne, wir stellten fest, daß Sie absichtlich und bewußt gegen die Vorschriften des Akeba-Hauses verstoßen haben. Wir fanden die Beweise dafür unwiderlegbar. Können Sie irgend etwas zu Ihrer Entlastung vorbringen?«

»Ich habe sie überredet«, ergriff Sanda mutig das Wort. »Ich habe ihr keine Ruhe gelassen. Es ist alles meine Schuld!«

»Wir haben alle Faktoren in Erwägung gezogen, einschließlich einer kompletten Analyse Ihrer Psychoprofile. Einer der grundlegenden Artikel unserer Gesetzgebung lautet, insbesondere eingedenk der Geschichte dieses Planeten und seiner Vorväter, daß eine kriminelle Handlung nicht nur an sich, sondern im gesellschaftlichen Kontext zu beurteilen ist. Man kann beispielsweise in eine Privatbank gehen, um tausend Einheiten bitten, ohne Kredit, Sicherheiten oder sonstige Rückzahlungsmodi. Wenn die Bank einem dann die Summe trotzdem gibt, und Sie versäumen die Begleichung, dann sind nicht Sie verantwortlich, sondern die Bank. Nun nehmen wir mal an, Sie brauchten das Geld für eine Sache um Leben oder Tod und konnten den Bankangestellten überzeugen. Der Angestellte hat Mitgefühl, aber er müßte das Darlehen verweigern, weil es seinem Arbeitgeber schaden würde und damit anderen Kontoinhabern und so wiederum dem Staat. Jeder, der in gutem Glauben bei seiner Bank Einzahlungen getätigt hätte, müßte für seinen Fehler büßen.

Aber nehmen wir einmal an, er würde durch Ihre Bitte gerührt und würde es arrangieren, daß Sie Zugang zu einer Konsole hätten und das Geld stehlen könnten. Sie sind verzweifelt und machen es und begehen somit eine kriminelle Handlung. Aber wer begeht eigentlich das schwerere Verbrechen? Derjenige, der stiehlt oder der ihm die Gelegenheit dazu verschafft? Dieser Gerichtshof anerkennt das in unseren Gesetzen und Vorschriften festgelegte Prinzip und bringt es auch in diesem Falle zur Anwendung. In Anbetracht Ihres Psychoprofils, Sanda Tyne, spielen Sie nur eine Nebenrolle bei dem Gesetzesverstoß, da Sie sich nicht ohne die Erlaubnis des Kapitäns an Bord geschlichen haben.

Dieses Gericht hat Ihrer beider Akten eingehend geprüft und ist zu einem, wie wir meinen, gerechten Spruch gekommen. Das Urteil dieses Gerichts lautet, daß Sie beide per Beschluß die Körper tauschen und so verbleiben müssen. Wir bestehen ferner darauf, daß Sie, Dylan Kohl, die Pflichten des Tyne-Körpers fortan erfüllen und folglich nicht Ihre frühere Position wieder einnehmen oder eine andere Anstellung eingehen können. Angesichts Ihres Psychoprofils werden Sie direkt nach der Urteilsverkündung ins Städtische Psychiatrische Krankenhaus von Medlam überführt, wo Sie eine Reihe von Spezialbehandlungen über sich ergehen lassen werden, welche dieses Gericht zu Ihrem und aller Wohl festlegt.«

Ich sprang auf. »Sie werden meine Frau nicht einer derartigen Behandlung unterziehen!« schrie ich.

Der Richter hielt inne, und alle dreizehn warfen mir die vernichtendsten Blicke zu, denen ich mich jemals ausgesetzt sah. *So, jetzt hast du die Sache vermasselt*, sagte ich mir, doch es war mir nun egal.

»Sie sind der Ehemann der Gefangenen Dylan Kohl?«

»Ja, der bin ich, und...«

»Ruhe! Oder ich lasse Sie abführen und unter Ordnungsstrafe stellen!« Er schwieg einen Augenblick, um abzuwarten, ob ich mich auf die Herausforderung einließe, doch ich gewann meine Selbstbeherrschung einigermaßen zurück, und es gelang mir, erst einmal zu schweigen.

»Nun denn«, fuhr der Richter mit belehrender, aber zufriedener Stimme fort, »lassen Sie mich Ihnen sagen, Sir, daß die Zeiten für solches Vorgehen, außer in extremen Fällen, vorüber sind. Ihnen zuliebe will ich ausführen und erklären, was wir meinen.«

»Ja bitte«, bat ich mit bebender Stimme.

»Wir glauben, daß dem Psychoprofil von Dylan Kohl eine mögliche Suizidtendenz innewohnt. Dem werden wir vorbeugen, ebenso wie anderen Handlungen, die sich gegen sie selbst oder andere richten könnten. Alles, was wir angeordnet haben, hat den Charakter von Schutzmaßnahmen, um sicherzustellen, daß das Urteil wirksam wird. Ihr Gedächtnis, ihre Persönlichkeit und ihre allgemeine Bewegungsfreiheit werden nicht eingeschränkt werden, denn alles andere entspräche keiner Bestrafung mehr. Stellt Sie das zufrieden?«

Das tat es nicht, aber was hätte ich sagen können? Doch noch etwas konnte ich anführen, solange der Richter mir Gehör schenkte. »Euer Ehren, wir sind verheiratet und lieben einander aufrichtig. Könnte sie denn nicht weiter mit mir zusammenleben? Auch wenn sie ihre andere Beschäftigung ausüben muß, so versteht sie doch von meinem Geschäft mehr als ich und würde an der Firmenleitung ihren Anteil haben, ohne dem Unternehmen oder dem Staat eine zusätzliche Einheit zu kosten. Es wäre ein Jammer, ihre Erfahrung nicht zu nutzen.«

Ich sah, wie die Richter miteinander flüsterten, bis das Gemurmel schließlich wie eine Woge den Vorsitzenden erreichte. Er schaute ein wenig überrascht auf und zudem irritiert, doch er dachte darüber nach und wandte sich schließlich wieder mir zu.

»Meine Kollegen scheinen bis zu einem gewissen Punkt Ihrer Meinung zu sein. In einer solchen Beziehung, die auf diesem Planeten sehr selten vorkommt, so stellten einige meiner erfahrenen Kollegen fest, würde ein unumstößliches Urteil *Sie* bestrafen, der unter keinerlei Anklage steht. Außerdem scheint es trotz des fortgeschrittenen Charakters unserer Gesellschaft noch einige Romantiker unter uns zu geben. Wenn Sie mir die Frage gestatten: Haben Sie sich jemals einer vollen, körperlichen Untersuchung unterzogen?«

Ich dachte kurz nach. »Ja, Euer Ehren. Bei meiner Landung auf dem Planeten und in der ersten Woche nach meiner Anstellung.«

»Aha. Ich stelle fest, daß Sie ungefähr der Norm der zivilisierten Welten entsprechen, und die bedeutet normalerweise Zeugungsunfähigkeit. Wissen Sie, ob Sie Kinder zeugen könnten?«

»Nach allem, was man mir gesagt hat, ja, Sir«, antwortete ich. »Wenn ich auch das Ergebnis gewisser Gentechniken in körperlicher Hinsicht bin, so stamme ich doch von der Pionierfront.«

Wieder unterhielten sie sich, wieder wurde genickt und gestikuliert. Schließlich verkündete der vorsitzende Richter: »Nun, wir glauben, hier eine angemessene Lösung gefunden zu haben, die mit unserer Geschichte und dem Gebot der Gerechtigkeit vereinbar ist. Sie ist recht ungewöhnlich, doch wir meinen, wenn wir hier einen Präzedenzfall schaffen, so einen, der nicht oft Nachahmung finden wird angesichts der besonderen Umstände des Falles. Wir unterstellen deshalb die Gefangene dem Gebär- und Aufziehsyndikat mit all seinen Gesetzen, Vorschriften, Artikeln und Maßnahmen, geben sie jedoch in Ihre Obhut anstatt in die eines bestimmten Zunfthauses, solange Sie sich an folgende Vorschriften halten:

Erstens, daß Sie die Angeklagte in keiner Weise veranlassen, gegen die Gesetze, Vorschriften, Artikel und Maßnahmen zu verstoßen. Zweitens, daß Sie die Aufgabe übernehmen, die normalerweise durch die Befruchtungsstellen der Zunfthäuser erfüllt werden oder eine Befruchtung veranlassen, falls Sie nicht in der Lage sind, die entsprechenden Geburtszahlen zu erbringen. Drittens, daß Sie alle anfallenden Kosten übernehmen, da die Verurteilte über keinerlei Kredit, Geld oder sonstiges Vermögen verfügen wird, außer was Sie ihr gewähren. Alle Vermögenswerte, die auf Ihrer beider Namen oder ihren Namen laufen, gehen an Sie über, und ihre Karte wird für alle Einkäufe oder sonstigen Transaktionen entwertet, so daß sie völlig von Ihnen abhängen wird. Viertens, sie wird völlig Ihrer Obhut unterstellt und hat alle Ihre Anordnungen zu befolgen, solange sie damit im Rahmen der Gesetze, Vorschriften, Artikel und Maßnahmen bleibt. Fünftens, sollten Sie jemals ihre Gesellschaft oder ihre Dienste nicht mehr wünschen, muß sie sich sogleich melden, ins nächste Zunfthaus einziehen und der dortigen Leitung alle Autorität übertragen. Sind Ihnen die Bedingungen klar?«

»Ja, Euer Ehren.« Natürlich waren sie mir klar. Es war das entwürdigendste und erniedrigendste Urteil, das ich in meinem ganzen Leben gehört hatte, eines, wie es nur auf diesem unmenschlichen Planeten hatte verkündet werden können. Es war tatsächlich die schlimmste Bestrafung, die sie für Dylan hatten ersinnen können angesichts ihres unabhängigen Geistes. Nun war sie nicht mehr Eigentum des Akeba-Hauses, sondern das Opfer regelrechter Sklaverei. Trotzdem *mußte* ich mich einverstanden erklären, da es der beste Handel zu jenem Zeitpunkt war. Aber eines Tages, Zerberus, würde ich das alles zurechtrücken, Genugtuung fordern und sie hierfür zur Rechenschaft ziehen. Für eine gewisse Zeit möchten sie ihr das Rückgrat brechen. Aber das spornte mich nur aufs neue an, diesem gottverdammten verkommenen System den Garaus zu machen.

»Damit ist das Urteil über Dylan Zhang Kohl beschlossen und verkündet«, sagte der Richter. »Die Verurteilte bleibt in Haft und wird dem Urteil so rasch wie möglich, möglichst in den folgenden Stunden, zugeführt. Freilassung morgen um 10 Uhr, dann wird sie Ihrer Obhut übergeben, Qwin Zhang.«

Ich nickte und lehnte mich zurück.

»Sanda Tyne«, fuhr der Richter fort, »Sie werden verurteilt und in den Körper verbannt, der nun noch Dylan Kohl gehört. Weiterhin werden Sie einer psychologischen Konditionierung in der Psychiatrischen Abteilung des Städtischen Krankenhauses Medlam unterzogen auf die vom Gericht vorgeschriebene Weise, und Sie werden auf den Status einer Bettlerin herabgesetzt. Jede Beschäftigung, die Sie annehmen dürfen, ist die gewöhnlichste Arbeit für die Zweite Klasse, und wie vom Gesetz vorgeschrieben, verbleiben Sie in dieser Schicht bei einem Minimallohn. Das Urteil wird bis morgen früh zehn Uhr vollstreckt. Damit ist die Verhandlung geschlossen. Das schriftliche Urteil wird den Verurteilten im Schreibzimmer ausgehändigt.«

Die dreizehn Richter verließen den Saal, ein Polizist kam auf uns zu und geleitete die beiden Frauen durch eine Tür neben dem Richterpodium. Keine der beiden schaute zu mir zurück.

Ich machte mir offen gesagt mehr Sorgen um Dylan als um Sanda. Als Chef der Hroyasail konnte ich Sanda immer anstellen, auch wenn ich eingeschränkt war in dem, was ich bezahlte oder für sie tat, so daß sie nicht das Schicksal der anderen aus der Bettlerkaste traf – eine einfache Fahrkarte zum Momrath. Ich fragte mich nur, wie Dylan es ertragen würde, sie in diesem Körper um sich zu haben.

Ich wartete gegen zehn Uhr sorgenvoll in dem Vorzimmer des Rathauses. Ich mußte nicht lange warten. Bald sah ich beide Frauen heraustreten und auf mich zukommen. Man hielt beide fest, verlangte, daß sie etwas unterschrieben und händigte ihnen dann ihre Karten aus.

Dylan, die nun in Sandas schmaler Gestalt mit den mädchenhaften Formen steckte, war als erste fertig und trat zu mir. »Hallo«, hauchte sie schwach.

»Hallo«, erwiderte ich und gab ihr einen Kuß. »War es schlimm?«

»Eigentlich nicht. Ich kann mich an das meiste nicht einmal erinnern. Nein, das Schlimmste steht noch bevor. Ich kann es einfach nicht glauben, daß mich diese Hurensöhne dir einfach *geschenkt* haben!«

»Das ist nicht das erste Mal«, antwortete ich, »und auch nicht auf Frauen beschränkt. Man hat es auch schon bei Syndikatsbossen und scheinbar auch bei Laroo so gehandhabt. Einige von ihnen besitzen einen Privatharem, Männer wie Frauen. Es beruht auf dem ersten Grundsatz: Du bist Herr deines Denkens, doch alle Körper sind Eigentum des Staates.«

»Vielleicht stimmt das weitgehend, aber sie haben sich auch meines Denkens bemächtigt. Ich glaube, sie haben nichts ausgelassen, um mich zu demütigen. Ich kann weder mir selbst noch einem anderen körperlichen Schaden zufügen. So wie die Psychiater mich zurechtgebogen haben, werde ich brünstig wie ein Tier, um planmäßig schwanger zu werden. Ich kann nicht einmal ohne Erlaubnis von deiner Seite weichen, und wenn du mich im Apartment zurückläßt, muß ich dort bleiben. Ich darf keinen Fuß auf ein Schiff setzen, nicht einmal, wenn es vor Anker liegt, gleichgültig, ob mit oder ohne deine Erlaubnis. Ich kann keinen eigenmächtigen Schritt unternehmen.«

»Es tut mir ungeheuer leid. Ich werde versuchen, es so erträglich für dich zu machen, wie ich nur kann«, versprach ich ihr.

Sie brachte ein schwaches Lächeln zustande. »Ich weiß. Schau, ich sagte dir schon, daß ich das Risiko freiwillig auf mich genommen habe. Diesmal sind wir aufgeflogen, das ist alles. Sieh mal die guten Seiten: Du brauchst nie mehr Angst haben, ich könnte bei der Borkjagd umkommen, und sie haben mich für dich in ein Sexualobjekt verwandelt, um das dich mancher beneiden würde.«

»Als ob es nur darauf ankäme.«

»Ich weiß.« Sie drehte sich um. »Da kommt Sanda.«

Und Sanda sah *wirklich* niedergeschlagen aus, voller Schuldgefühle. Und diese Schuld würde ihr jedesmal wieder hochkommen, wenn sie Dylan anschaute, und jedesmal, wenn sie in den Spiegel sah. Sie hatte ihr Idol gestürzt, und darin lag ihre eigentliche Strafe.

Dylan nahm sie in die Arme und drückte sie an sich. »Nun fühl dich doch nicht so schuldbewußt! Hab keine Gewissensbisse! Du brauchst keine Babys mehr zu bekommen und bist keine Gefangene mehr! Und wir sind noch zusammen!« Sie wandte sich wieder zu mir um. »Du kannst doch sicher einen Job für sie finden, oder?«

Ich nickte und fühlte mich erleichtert, daß das geklärt war. »Sicher.« Ich schaute mich um. »Gehen wir.«

Wir traten hinaus in den Sonnenschein und die leichte Meeresbrise, und ich hielt ein Taxi an, das uns zum Kai bringen sollte. Als wir ausstiegen, schaute Dylan zum Akeba-Haus auf seiner Klippe empor. »Eine Forderung muß ich noch erfüllen, Genehmigung hin oder her«, meinte sie. »Ich muß in den nächsten Tagen hinauf ins Haus und dort vor einer Versammlung der Frauen erzählen, was mir widerfahren ist und meine Verbrechen vor ihnen widerrufen. Das wird das Härteste werden.«

Wir betraten die alte vertraute Wohnung. »Regle das doch gleich, damit du es hinter dich bringst«, bemerkte ich mit einer Handbewegung zum Telephon.

Sie holte ihre Karte heraus, steckte sie in den Schlitz und wartete. Nichts tat sich. Sie seufzte und wandte sich an mich. »Du wirst für mich wählen müssen«, meinte sie erschöpft. »Ohne einen Pfennig Geld kann ich nicht einmal telefonieren.«

Ich versuchte, sie zu trösten. »Ich werde mir Laroo und dieses verkommene System vornehmen. Eines Tages wirst du wieder frei sein und zur See fahren. Das schwöre ich.«

Und ich versuchte mit allen Mitteln, sie dazu zu bringen, an mein Wort zu glauben.

Projekt Phönix

Dylans Glück war zu Ende gegangen, doch das meine hielt weiter an. Sie ging zu ihrer erzwungenen Selbstanklage ins Akeba-Haus und hielt sich mit meiner ›Genehmigung‹ dort eine Weile auf, um ein paar alte Freundinnen zu besuchen, sich trösten zu lassen und sich zu unterhalten. Elend schafft Freunde, wie Sanda betonte, und im Grunde genommen war niemand bedauernswerter dran als Dylan. Doch als sie schließlich zurückkam, wußte sie einige interessante Neuigkeiten zu erzählen.

»Dort oben stehen zwei Frauen unter Arrest«, berichtete sie mir. »Es sind neue, von denen ich noch nie gehört habe. Und sie sind wunderschön.«

»Was heißt unter Arrest?«

»Es bedeutet, daß sie das Gebäude des Akeba-Hauses nicht verlassen dürfen und man ihnen ihre Karten ganz abgenommen hat. Sie sind in dem Anwesen gefangen. Gewöhnlich ist das eine Strafe des Syndikats für Verstöße, aber in ihrem Fall scheint sich das anders zu verhalten. Du wirst nie erraten, woher sie stammen.«

Ich zuckte mit den Schultern. »Was ist daran so geheimnisvoll?«

»Sie kommen von Laroos Insel«, erzählte sie mir aufgeregt. »Sie waren zwei seiner – ja, was? Kurtisanen? Gespielinnen? Was auch immer.«

Diese Nachricht reizte meine Neugier aus mehreren Gründen. »Was haben sie getan? Hatten sie eine Meinungsverschiedenheit mit dem alten Dreckskerl? Oder wurde er sie einfach nur leid?«

»Sie wissen es nicht genau. Eines Tages – zack! wurden sie alle zusammengetrieben, auf die Häuser an der Küste verteilt und unter Hausarrest gestellt. Sie meinen, der Grund dafür sei ein großes Geschäft, das Laroo auf der Insel vorhätte. Nach allem, was sie berichten, tauchten dort in letzter Zeit viele neue Gesichter auf – und das seit einigen Monaten.«

Sie schüttelte nachdenklich den Kopf. »Aber eine von ihnen erkannte einen Namen auf einem Kartonstapel – es waren Kartons von Tooker.«

Das wurde ja immer besser. »Wie lautete der Name?«

»Projekt Phönix.«

Ich rief die Enzyklopädie auf dem Raummonitor an und prüfte das Wort. Ein Sagenvogel von alten Erdkulturen, der aus der Asche aufgestiegen war, nachdem Flammen ihn verzehrt hatten.

»Kannst du jederzeit, wenn du willst, ins Haus zurück?«

»Gewiß, als Syndikatsmitglied.«

»Ich möchte, daß du genau das tust. Suche die Bekanntschaft dieser Frauen. Finde so diskret wie möglich alles über Laroo, diese Insel und das geheimnisvolle Projekt heraus.«

»Wie du wünschst«, antwortete sie. »Aber ich sollte dich warnen, falls du irgendwelche neuen Pläne im Kopf hast. Eines der Gebote, die sie mir eingefleischt haben, könnte dich ans Messer liefern. Ich kann nicht lügen. Nicht nur gegenüber dir, sondern gegenüber *niemandem.*«

Ich zog diesen Gesichtspunkt in Erwägung. »Kannst du die

Wahrheit nicht für dich behalten? Ich meine, wenn dir jemand eine Frage stellt, und du nicht antworten willst, kannst du es dann verschweigen?«

Sie dachte darüber nach. »Ja, sicher. Sonst könnte mich jeder über dich ausquetschen, und das wäre illegal.«

»Also, dann benutze deinen gesunden Menschenverstand, wenn dir jemand eine Frage stellt, deren Beantwortung Probleme schaffen würde, sag ihnen, daß du darauf nicht antworten darfst.«

»Wie du wünschst«, wiederholte sie wieder in diesem mechanischen Tonfall.

Ich sah sie an. »Was soll dieses Wie-du-wünschst?«

»Konditionierung. Ich muß jeden Befehl und jede Anweisung, die du mir erteilst und die nicht gegen die Syndikatsvorschriften oder meine Konditionierung verstößt, befolgen. Schau nicht so verärgert – du kannst die Vorschriften nicht verändern. Du kannst mir nicht einmal befehlen, sie nicht zu beachten, denn die verdammten Kerle haben auch daran gedacht! Ich unterliege einem... einem... *Zwang zu dienen.* Sie haben ein total passives Individuum aus mir gemacht, und ich werde – nun, psychisch leiden, wenn man mir nichts befiehlt, mir keine Aufgaben anvertraut – mit einem Wort, mich nicht beherrscht. Jedesmal, wenn du mir einen Befehl erteilst und ich den befolge, erzeugt das in mir ein Gefühl von Vergnügen, Wohlbefinden, Wichtigkeit. Ich bin ein menschlicher Roboter – ich lebe, um dir zu dienen, und du mußt es mir gestatten. Du *mußt* – um meinetwillen.«

Ich sah sie befremdet an. War das die gleiche Dylan Kohl, die erst gestern völlig ungerührt eines der schrecklichsten Seeungeheuer erlegt hatte? War das die unabhängige, tapfere Pläneschmiederin, die sich aus der Mutterschaft befreit, sich zum Kapitän hochgearbeitet und dabei geholfen hatte, einen Computer zu überlisten? Es hatte nicht den Anschein. Sicherlich hatten sie irgend etwas mit ihr angestellt. Etwas, das auf seine Weise schrecklicher war als die Gehirnwäschen, die nach Aussagen des Richters nicht mehr angewandt wurden. In mehr als einer Hinsicht war das weit grausamer. Ich wußte nicht, wie ich damit umgehen sollte.

»Was für Aufgaben sollen das sein?« wollte ich wissen.

»Deine Mahlzeiten zubereiten, putzen, Botengänge verrichten. Praktisch alles. Qwin, ich weiß, daß es schwer für dich ist, und du mußt wissen, daß es auch schwer für mich ist, aber so ist das nun einmal. Ich akzeptiere es, und du mußt es auch annehmen. Sonst schick mich ins Akeba-Haus und vergiß mich.«

»Niemals – es sei denn, du wünschst es.«

»Qwin, ich habe keine Wünsche mehr. Wünsche sind mir untersagt. Sie haben mir alles genommen und nur eine Reihe von Bedürfnissen übriggelassen. Ich habe das Bedürfnis, zu dienen. Ich habe das Bedürfnis, meine Arbeit als Mutter zu erfüllen. Ich habe keine Wünsche. Wenn du die Vorliebe entwickelst, daß ich ständig nackt durch deine Wohnung laufen soll, dann werde ich es tun und *muß* es auch.«

»Verdammt! Es muß doch einen Psychiater geben, der dazu fähig ist, diese Konditionierung wieder unwirksam zu machen!«

»Nein. Diese Zwänge sind so tief eingepflanzt, daß jede Aufhebung auf eine andere Methode als ihre Einpflanzung mein Gehirn vollends zerstören würde – und diese Methode ist nur im Zentralcomputer gespeichert. Sie haben sie nicht über einen, sondern über viele Programmierer eingegeben, so daß es nicht zu rekonstruieren ist; darin liegt ihre zusätzliche Sicherheit. Nur sie können mich wieder herstellen. Solange ich ein abschreckendes Beispiel für die Mütter bin, was aus einem wird, wenn man versucht, sein Schicksal zu verändern, werden sie mich auch so belassen. Und im Haus wäre es auch nicht anders, dort wäre ich den Befehlen aller Schwangeren unterworfen.«

Wieder dieser Zentralcomputer! Ich *mußte* Wagant Laroo zur Strecke bringen. Ich mußte es einfach!

Ich zog bei Tooker alle meine Fäden und begann bei Sugal, mit dem ich in freundschaftlicher Atmosphäre zu Mittag aß.

»Sie wollen etwas. Sie wollen immer etwas, wenn Sie auftauchen«, meinte er zu mir keineswegs beunruhigt.

»Was ist das Projekt Phönix?«

Er erschrak. »Wo haben Sie *diesen* Namen denn gehört?«

»Es genügt, daß ich ihn gehört habe. Ich will wissen, worum es sich dabei handelt.«

Seine Stimme wurde zu einem Flüstern, und Nervosität befiel ihn. »Mensch! Sie spielen hier mit Dynamit!«

»Trotzdem, Turgan, werde ich unter allen Umständen etwas darüber in Erfahrung bringen.«

Er seufzte. »Vermutlich, nachdem Sie überhaupt erst einmal davon gehört haben. Aber nicht hier. Nicht in aller Öffentlichkeit. Ich werde Ihnen die Informationen verschaffen.«

Er stand zu seinem Wort, obwohl er nicht einmal selbst so recht wußte, was vor sich ging. Und ich war in Wirklichkeit auch nicht auf ihn angewiesen. Ich ließ alle meine Verbindungen spielen und rief alle möglichen Leute an, die mir einen Gefallen schuldeten, wie ich natürlich auch das stets faszinierende Computernetz von Tooker benutzte, zu dem ich immer noch Zugang hatte, um mir ein eigenes Bild zu machen. Die vor mir auf meinem Schreibtisch ausgebreiteten Einzelstücke ergaben eine Geschichte, die sich mir erst durch Deduktion und Analyse erschließen würde.

Punkt 1: Wie ich bereits wußte, hatte es sich bei allen Computerfachleuten, die zu Beginn des letzten Quartals von Tooker abgezogen worden waren, um Experten von irgendeiner Form organischer Computertechnik gehandelt. Die meisten bedeutenderen organischen Computer und die Arbeit an ihnen waren schon vor langer Zeit in der Konföderation verboten worden, nachdem einige der frühen Produkte vor Jahrhunderten begonnen hatten, mehr als menschliche Züge anzunehmen und die Menschheit fast unter ihre Kontrolle gebracht hätten. Jener erbitterte, blutige und verlustreiche Krieg hatte dazu geführt, daß solche Dinge bis heute gefürchtet blieben. Jene, die sich damit befaßten, wurden gelöscht – oder aber zum Zerberus geschickt? Nach Sugals Äußerungen und denen anderer mußte ich annehmen, daß wir nicht die einzigen waren, bei denen man solche Fachleute angefordert hatte.

Punkt 2: Vor zwei Monaten hatten auf Laroos Insel größere Bauarbeiten begonnen, zum Teil für einen sicheren Fährenlandeplatz. Doch nach den angeforderten Leuten und Materialien zu schließen, war dabei eine unverschämte Menge Geld im Umlauf.

Punkt 3: Zwischen Tookers Zentralcomputer und denen anderer Firmen wurden Schnittstellen mit hoher und unknackbarer Verschlüsselung eingerichtet, die über Satellit verbunden waren. Das andere Ende des Koppelungssystems führte zu Laroos Insel, obgleich es offiziell an die Kommandoraumstation des Lords des Diamanten im Orbit um Zerberus angeschlossen war. Das warf eine interessante Frage auf: Wenn die Arbeit so supergeheim war, warum dann nicht *nur* die Raumstation? Sie war fast so groß wie die Insel, und wenn man die Raumfährenanlegestelle, das Kraftwerk und die festen Bauten auf der Insel abzog, war sie sogar entschieden größer, vom nutzbaren Raum her gesehen.

Punkt 4: Interessant. Hroyasails eigenes Fanggebiet war kurz vor meinem Amtsantritt um die Hälfte erweitert worden, was mir niemals aufgefallen wäre, tauchte es nicht im Vierteljahresplan auf, einem Dokument, das ich erst jetzt mit all seinen Einzelheiten kennenlernte. Die Seaprince of Coborn, die von Laroos Insel ebenso weit in südlicher Richtung entfernt war wie wir im Norden, verzeichnete einen ebensolchen Zuwachs. Ein Blick auf die Angehörigen der Unternehmensgruppe und ein Vergleich mit dem vorangegangenen Vierteljahresplan zeigte, daß eine ganze Tooker-Fanggesellschaft, Emyasail, die vorher dort aufgetaucht war, nun völlig fehlte. Ihre Gründe waren an die Hroyasail vergeben worden, was natürlich war und an die Seaprince, was höchst ungewöhnlich war, da Seaprince eine Tochter von Compworld und nicht von Tooker war. Man übergab kostbares Gebiet nicht freiwillig einem so nahen Konkurrenten, also mußte man davon ausgehen, daß Compworld dafür wirklich etwas Bedeutendes geleistet haben mußte, doch nichts davon fand sich in den Büchern. Vielmehr zeigten die Akten, daß die *Skrit*-Ernte von Tooker seit Quartalsbeginn auffällig zurückgegangen war, was für das kommende Jahr einen Rückgriff auf die Reserven bedeutete. Also war dieser Vorgang nicht freiwillig erfolgt, und nur die Regierung konnte einen solchen Schritt erzwingen.

Diese Fakten, zusammen mit Tatsachen, die nur ich von all jenen wußte, die sie zusammentragen konnten, ergaben ein klares Bild.

Punkt 5: Die einzigen, die bekanntermaßen heute unheimlich gute menschliche, organische Computer benutzten, waren unsere Fremdrassigen und ihre Spionageroboter, Roboter, deren Beziehung zum Warden-Diamanten bekannt war. Deshalb befand ich mich hier. Aber die fremdrassigen Roboter waren so gut, daß für sie keinerlei Forschungsprojekt notwendig war – und wenn, dann wäre es nicht hier auszuführen, nicht auf Zerberus oder einer der Warden-Welten und gewiß nicht von unseren Leuten, die eindeutig auf diesem Gebiet hinter den Fremdrassigen lagen.

Und doch war die Schlußfolgerung nicht zu übersehen: Wagant Laroo hatte sein früheres Privatdomizil in ein Labor für organische Computer verwandelt, mit den besten seiner Leute besetzt und den Emyasail-Trawlern ausgestattet. Warum mit Trawlern und Kanonenbooten und nicht per Flugzeug? Nun, zum einen würde es weniger Aufmerksamkeit auf sich ziehen und bei Beobachtern den Eindruck erwecken, hier würden im Bereich der Emyasail die normalen Geschäfte getätigt. Außerdem schien eine gewisse Abneigung gegenüber zu vielen Flugzeugen in der Gegend von Laroos Insel zu herrschen.

Ich sprach die Sache auch mit Dylan durch, der sie jedoch noch weniger sagte als mir, da Dylan mit solchen Vorgängen weniger Erfahrung besaß. Dennoch lieferte mir gerade ihre beschränkte Sichtweise den Schlüssel, nach dem ich suchte. »Weshalb gehst du davon aus, daß die Fremdrassigen überhaupt etwas damit zu tun haben?« fragte sie mich. »Warum sollte das nicht einfach eine neue Masche von Wagant Laroo sein?«

Da fiel es mir wie Schuppen von den Augen. Plötzlich fügte sich ein Teil ins andere. »Nein«, erklärte ich ihr, »die Fremdrassigen haben sehr viel damit zu tun – sie wissen es nur *nicht*!«

»Wie?«

Ich setzte mich. »Nun, wir wissen, daß diese Fremdrassigen Faksimiles von Leuten herstellen können, Personen in bedeutenden Stellungen, zu denen sie Zugang finden müssen. Wir wissen, daß diese organischen Roboter so gut sind, daß sie praktisch jeden täuschen. Nicht nur die Geräte zur Personenkontrolle, sondern jeden. Nahe Freunde. Liebhaber. Leute, die sie seit Jahren kannten. Und sie lassen sogar Gehirndurchleuchtungen erfolgreich über sich ergehen!« Meine Erregung wuchs immer mehr. »Natürlich! Natürlich! Wie konnte ich nur so blind sein!«

Dylan schaute mich besorgt an. »Was meinst du denn?«

»Nun, als erstes wählen die Agenten eine Person aus, die sie nachbauen wollen. Sie bemächtigen sich deren Personalakte, fertigen holografische Aufnahmen an. Und nach diesem Muster schaffen dann unsere fremdrassigen Freunde einen organischen Roboter – oder lassen ihn wachsen, wie der genauere Begriff lautet, wenn ich mich richtig erinnere –, der absolut identisch mit seinem Vorbild ist. Absolut. Abgesehen davon, daß er künstlich ist, besitzt er alle zusätzlichen Charakteristika, die seine Planer wünschen – Augen, die infrarot und ultraviolett sehen können und gewaltige Kraft, wenn es sein muß. Da er aus unglaublich widerstandsfähigem Material anstatt aus Zellen besteht, einer mehr oder weniger transplantierten Haut und vielleicht seine Energie aus den uns umgebenden Feldern bezieht – Mikrowellen und magnetische Felder, was weiß ich –, kann er sogar im luftleeren Raum überleben. Derjenige, der sich ins Militärische Oberkommando eingeschlichen hatte, schien die Kraft zu besitzen, mit seinen Komponenten ein anderes Äußeres anzunehmen – er schoß sich einfach in den Raum. Und doch hat er jeden getäuscht! Ließ sein Blut verströmen, wenn es sein mußte, kannte alle richtigen Antworten, spielte die betreffende Person bis hin zur kleinsten Gewohnheit. Und dafür gibt es nur eine Möglichkeit.«

»Na schön, und die wäre?«

»Er *war* die Person, für die er sich ausgab.«

Sie schüttelte verwundert den Kopf. »Das ergibt keinen Sinn. War es denn nun ein Roboter oder ein Mensch?«

»Ein Roboter. Ein absolut perfekter Roboter, dessen Komponenten ihn mit allem, was er brauchte, versorgen konnten, sei es in seiner Rolle als Schauspieler, als Gerät, das seine Mission erfüllte oder als Flüchtiger. Eine unglaubliche Maschine aus winzigen einzelligen Computern, die eigenständig bestimmen können, was sie sind und tun – Billionen vielleicht. Aber die Fremdrassigen lösten das Problem, das uns niemals gelungen ist und für das wir uns nie die angemessene Forschungszeit ließen: Sie entdeckten, wie man die Dinger unlöschbar programmiert, so daß sie freie und vollständige Persönlichkeiten waren, die man niemals von ihrem Programm ablenken konnte, das darin bestand, uns auszuspionieren. Sie bauen sie also nach unserem Vorbild – und dann? Sie schleusen sie auf Zerberus ein. Nein, nicht auf Zerberus, vermutlich zur Raumstation.«

Dylan runzelte verwirrt die Stirn. »Du meinst, sie sind hier in unserer Umgebung?«

Ich schüttelte den Kopf. »Nein, als nächstes wird folgendes geschehen: Der Betreffende wird gekidnappt. Vermutlich während der Ferien. Oder zu irgendeiner Zeit, da er oder sie nicht vermißt wird für ein oder zwei Wochen. Das Opfer wird zur Station geschafft, dort mit der zerberanischen Version des Warden-Organismus infiziert und festgehalten. Und dann – Dylan, erinnerst du dich an die Droge, die du stahlst, um aus der Mutterschaft zu entkommen?«

Sie nickte. »Ich bekam sie von einem Fährenpiloten.«

»Na, großartig! Das paßt doch alles hervorragend zusammen. Nach einer gewissen Aufenthaltszeit wird ihren Opfern etwas von der Droge verabreicht, und sie werden in den gleichermaßen infizierten Roboter gesteckt. Denken und Persönlichkeit der Zielperson gehen damit in den Roboter über, der bereits als Agent vorprogrammiert ist.«

»So wie sie mich programmiert haben«, meinte Dylan ungerührt.

Ich nickte. »Nur auf viel raffiniertere Weise. Eine Psychomaschine könnte das nicht schaffen, denn sie brauchen die ganze Persönlichkeit – nur daß die Einstellung dieser Person verändert ist. Nein, es liegt in der ursprünglichen Programmierung durch die Fremdrassigen bei der Herstellung, da bin ich ganz sicher.«

»Aber wie kommt der Roboter zurück, um sein Original zu ersetzen?« fragte sie. »Würde der Warden-Organismus ihn bei seiner Abreise nicht zerstören?«

»Nein, nicht unbedingt. Vergiß nicht, es gibt mehrere Gegenstände, verschiedene Produkte, die sich sterilisieren lassen. Offensichtlich ist das mit diesen Robotern auch möglich. Grundsätzlich liegt darin ihr ganzes Können. Die Wardens sterben, doch die quasi zellartigen Komponenten des Roboters sind so anpassungsfähig, daß sie sofortige Reparaturen durchführen können. Nach den Ferien kehren die Betroffenen als perfekte Spione an ihre Arbeit zurück. Das ist genial.«

»Das klingt ganz nach dem, was sie mit mir gemacht haben«,

bemerkte sie.

»Es tut mir leid«, sagte ich liebevoll. »Ich habe nur einen fein geschliffenen Juwel bewundert. Ich wollte nicht die damit verbundene menschliche Tragödie leichtfertig abtun. Doch wenn man die Größe und Komplexität der Konföderation bedenkt, ist es fast unmöglich, alle Roboter abzublocken, und wahrscheinlich ist schon größerer Schaden angerichtet worden.«

»Und Laroos Projekt Phönix?«

Ich dachte einen Augenblick lang darüber nach. »Mir fällt dazu nur eine Möglichkeit ein, und die ist in mancherlei Hinsicht erschreckend. Die Fremdrassigen haben keinen Anlaß, diese Insel zu benutzen und noch weniger, Leute für sich arbeiten zu lassen, die weniger von ihren Robotern verstehen als sie selbst. Eine ihrer Operationen direkt auf einer Warden-Welt durchzuführen würde die Konföderation auf jeden Fall alarmieren, und sie wissen, daß die Wardens zur Zeit heißer Boden für sie sind. Nein, um das zu beantworten, muß man in den Bahnen von Wagant Laroo denken, aus der Perspektive des Diamanten, dann wird die Antwort offensichtlich.«

»Nicht für mich«, widersprach sie.

»Na schön – die ganze Zeit über haben wir uns gefragt, was die Fremdrassigen den Vier Lords anderes zu bieten hätten als Rache. Nun, hier haben wir die Belohnung. Wenn sie sich durchsetzen, bekommen die Vier Lords und vielleicht alle Menschen der vier Welten neue Körper. Perfekte Körper; die von organischen Robotern. Aber die Sache hat einen Haken, wie er einem Paranoiden wie Laroo sofort auffallen mußte.«

»Soweit kann ich folgen. Was hält die Fremdrassigen eigentlich davon ab, die Belohnungsroboter ebenfalls zu programmieren, so daß sie ein Volk übermenschlicher Sklaven besitzen?«

»Sehr gut. Genau getroffen. Da haben wir also eine Fluchtmöglichkeit, die du nicht zu benutzen wagst. Was würdest *du* tun?«

Sie dachte einen Augenblick lang nach. »Ihre Roboter studieren und eigene bauen.«

»Ganz recht. Aber es ist unwahrscheinlich, daß du es ohne ein so großes Unternehmen bewerkstelligen könntest, daß es den Beobachtern von der Konföderation nicht auffiele. Außerdem wäre es denkbar, daß man dazu Bau- und Zusatzmaterialien brauchte, die es nirgendwo im Warden-Diamanten gibt, ja die vielleicht keiner von uns überhaupt nur kennt. Wenn du es also nicht schaffen würdest?«

»Nun, ich nehme an, du würdest bei den Fremdrassigen ein paar bestellen, die du nicht als Agenten benötigst; die würden aber auf dein Urteil vertrauen, und du könntest die Roboter dann nach deinen Vorstellungen benutzen.«

»Wieder richtig! Aber die kämen vorprogrammiert nach einer Methode, die unserer Wissenschaft unbekannt ist. Um sie einzusetzen, muß man herausfinden, wie sie programmiert sind und das Programm löschen. Keine einfache Aufgabe, da vermutlich damit Instruktionen über die Funktionsweise der Roboter einhergehen. Man kann nicht mehr als hoffen. Alles sammeln, was einem in die Finger kommt, und jeden auftreiben, der etwas davon verstehen könnte, um dann alle zusammen mit Robotern, Labor, Computerverbindungen und allem möglichen einzusperren und versuchen, eine Antwort zu finden. Und das ist der Sinn des ganzen Projekts Phönix.«

»Laroo kehrt nicht nur in die Konföderation zurück«, meinte Dylan in fast ehrfurchtsvollem Ton, »sondern vereitelt auch die Pläne der Außerirdischen.«

Ich nickte. »Irgendwie muß ich den alten Burschen dafür bewundern. Und vermutlich ist es nicht nur Laroo, sondern alle Vier Lords. Und ich glaube, ich weiß auch, wie die Roboter herein- und hinausgeschafft werden. Es muß mit dem Fährensystem geschehen. Aber außer dem Diamanten fliegen sie nur noch ein anderes Ziel an: die Monde von Momrath. Irgendwo da draußen, vermutlich in den Umlaufbahnen jener Monde, treffen sich die Fremdrassigen und die Menschen vom Warden-System.«

Ich lehnte mich mit einem Gefühl der Befriedigung zurück. Innerhalb eines Augenblicks hatte ich zumindest die Hälfte des Warden-Rätsels gelöst. Es stimmte zwar, daß ich noch immer nichts über die Fremdrassigen wußte und keine Ahnung vom Wesen und Ziel ihres Planes hatte, doch ich war überzeugt, nun einiges von der Verbindung zum Warden-System zu verstehen.

»Und was nützt es uns, diese Dinge zu wissen?« fragte Dylan. »Du kannst doch nichts dagegen unternehmen.«

Die gute, praktische Dylan! Ihr Kommentar traf den Nagel auf den Kopf. Was *konnte* ich tun?

Oder genauer gesagt, was *wollte* ich tun?

Laroo umbringen und das System stürzen, ja – doch selbst wenn ich einen Weg gefunden hätte, wollte ich wirklich, daß das Projekt Phönix scheiterte?

Zu diesem Zeitpunkt wußte ich nur eines: Da draußen auf Laroos Insel lief der größte Coup in der Geschichte des Warden-Systems ab – und ich wollte dabeisein.

Zutritt zu einer schier uneinnehmbaren Festung

Ein paar Tage später ließ ich mich von Karel mit ihrem Schiff hinausfahren und alle Routineabläufe ausführen, doch diesmal fuhren wir so weit südlich, wie wir es nur wagen konnten. Ich erinnerte mich an Dylans Bericht, wie sie einen Bork gejagt hatte, bis Laroos Insel schon in Sicht gekommen war, und ich hatte sie über den Zwischenfall befragt. Ich war überzeugt, daß wir einen vorgetäuschten Bork ebensoweit jagen konnten wie sie einen realen.

Die »Insel« lag weit draußen im Ozean weit ab und war genau die Art von Eiland, das einem Diktator als Refugium gefallen mußte. Es wurde von einer Gruppe größerer Bäume gebildet, die eine Fläche von etwa hundert Quadratkilometern ausmachte. Irgendwann einmal war diese Baumgruppe wohl mit dem »Festland« verbunden gewesen, doch irgend etwas war vor Zeitaltern geschehen, in dessen Folge hier nun nur eine einsame Bauminsel zurückgeblieben war. Es gab ein paar Dutzend davon in der Gegend, doch sie lagen weit entfernt voneinander, außerhalb der Sichtweite.

Wir fuhren am Rande des Computerabwehrbereichs um die Insel herum, in einem Gebiet, das von der elektronischen Radarüberwachung eingesehen werden mußte. Die Insel bestand aus einer Masse orangefarbenen, purpurnen und goldenen Laubs auf dicken, schwärzlichen Stämmen, und selbst aus unserer Entfernung von fünfzehn Kilometern zeigten meine Zielferngläser ein außergewöhnliches Gebäude in der Mitte. Es schimmerte silbern in der Sonne wie ein Märchenschloß und wirkte gleichzeitig anachronistisch und futuristisch. Die ausgewiesenen Konkubinen und auch Dylan hatten es mir recht genau beschrieben, doch der Anblick übertraf alle Schilderungen.

Doch dank Dylan und der Kontakte über die Mutterschaft zu anderen Häusern, wo man Laroos Frauen untergebracht hatte, war ich ziemlich gut im Bilde. Ich kannte zumindest die Lage der wichtigsten Räume und der Fahrstühle, des Zentralkraftwerks, des Grundabwehrsystems und dergleichen mehr. Ich gewann den Eindruck, daß es sich um eine nahezu uneinnehmbare Festung handelte, wie man sie nur auf Zerberus bauen konnte.

Die elektronische Abschirmung spannte sich nicht nur kuppelartig über die Insel, sondern reichte auch bis in eine Tiefe von mehr als zwei Kilometern – stellenweise bis zum Meeresgrund selbst. Mit unvorstellbaren Mengen an entsprechender Ausrüstung und einer Riesenzahl von Arbeitskräften wäre es vielleicht möglich, einen Tunnel unter den Schirmen durchzugraben, aber selbst nach Überwindung dieses ersten Hindernisses läge die Insel nicht ungeschützt da. Es gab darüber hinaus noch innere Abwehrschirme sowie auch physikalische. Ständig patrouillierten mit Robotern und Menschen besetzte Kanonenboote.

Karel, eine große, kräftig gebaute Frau mit tiefer, samtener Stimme, ahnte zumindest, worauf ich hinauswollte. Sie und Dylan waren äußerlich sehr verschieden voneinander, doch in ihrem Wesen hatten sie viele Gemeinsamkeiten, und sie waren seit über drei Jahren enge Partner gewesen.

»Angenommen, wir treiben Borks dort hinein. Ich meine, in großer Zahl«, meinte ich zweifelnd.

Sie lachte über den Einfall. »Es wäre sicher ganz lustig, aber dadurch kämen wir nicht hinein. Es bestehen Möglichkeiten, Borks anzulocken, doch diese Schirme sind ziemlich stark. Man müßte eine richtige Treibjagd in die Wege leiten, um etwas zu erreichen; und wenn zwei unserer Schiffe gewöhnlich einen Bork erlegen können, so machst du dir doch keine Vorstellung davon, was diese Abwehrschirme unter einem Dutzend anrichten.«

Ich nickte. »Ja, ich weiß. Aber – sag mal, du meinst, es gibt Methoden, um Borks *anzulocken*?«

Sie nickte. »Gewisse schrille Töne und bestimmte Gerüche im Wasser, wie eine *Skrit*-Kolonie sie verströmt. Auf diese Weise kann man drei oder vier anlocken, wenn man Glück hat, aber mehr nicht. Sie kommen hier in der Gegend auch nicht so häufig vor. Sonst könnte das *Skrit* sich nicht erhalten und vermehren.«

Ich nickte schwach, doch ich dachte schon an etwas anderes. Ich war überzeugt, daß ich, wenn ich genügend Zeit hätte – doch ich hatte keine Ahnung, wieviel Zeit mir zur Verfügung stand –, diese Schirme überwinden könnte, doch dann wäre ich erst auf der Insel gewesen – wo man keinen Schritt tun konnte, ohne daß die Gehirnmuster durchleuchtet wurden.

Nein, es *mußte* eine andere, einfachere Möglichkeit geben.

»Dylan?«

»Ja, Qwin?«

»Wie funktionieren eigentlich diese Torpedos auf den Schiffen? Ich meine, was löst ihre Explosion aus?«

»Ein seitlich eingeschraubter Zündungsmechanismus mit einem Minicomputer an Bord. Über Fernsteuerung regelt man Entsicherung und Zündung.«

»Hm. Und wie unterscheidet man einen vom anderen? Ich meine, wie kann man eine einzige Fernsteuerung verwenden, um die ganze Ladung auszulösen?«

»Nun, das geht nicht. Jeder benutzt die gleichen Frequenzen, und die Torpedos sind alle gleich. Auf jedem ist ein Kode eingeprägt. Diesen Kode gibt man jeweils in den Transmitter ein und zündet sie also über die Kodenummern, sie reagieren auf nichts anderes. Sowie du einmal die Nummern in deinen Waffenlenkcomputer eingegeben hast, brauchst du nichts mehr zu wissen.«

Ich nickte. »Und wer gibt die Nummern ein? Stehen sie auf den Rechnungen oder den Frachtbriefen oder was?«

»Du machst wohl Scherze? Würdest *du* dein Leben einem Frachtbrief anvertrauen? Nein, jeder Kapitän lädt selbst die Torpedos in sein Schiff, liest dann mit eigenen Augen die Nummer ab und gibt sie persönlich in den Waffenlenkcomputer.«

»Hm. Und wo ist diese Nummer aufgedruckt?«

»Auf der Detonationsluke. Eine kleine Tür, die nach Einsetzung des Minicomputers verschweißt wird. Geh doch selbst nach unten, und sieh es dir im Lager an.«

Ich folgte dem Rat – und was ich vorfand, gefiel mir. Sie machten sich nicht die Mühe, jede Nummer auf das Türchen zu prägen, sondern ritzten sie nur ein. Bei Gesprächen mit anderen stellte ich tatsächlich fest, daß diese Nummern manchmal falsch waren, doch es gab einen Testkode zur Überprüfung, der ein Warnsignal an den Lenkcomputer gab zur Berichtigung der Nummer. Es war ein ziemlich einfacher Test: Man nahm eine Zahl, sagen wir FG 654-321 AA, und veränderte das letzte A zu einem T.

Ich fand diese Information höchst interessant und stellte Dylan ein paar weitere Fragen. »Die Minicomputer sind vorprogrammiert, und die Türen werden verschweißt. Demnach nehme ich an, daß sie sozusagen scharf eingeschifft werden?«

Sie nickte. »Es besteht keine Gefahr. Um sie zu entsichern, läßt man eine Prüfung durchlaufen, und kein Kode wird jemals doppelt oder wiederholt ausgegeben, die benutzte Frequenz wird nur zu diesem Zweck verwendet, und die Transmitter sind kontrollierte, auf den Kanonenbooten eingebaute Geräte. Doch woher dieses plötzliche Interesse an Torpedos? Was beabsichtigst du?«

»Was du nicht weißt, verstößt auch nicht gegen deine Psychobefehle«, sagte ich zu ihr. »*Natürlich* habe ich etwas vor.«

»Einfach die Kodes zu verändern nützt nichts«, meinte sie. »Sie würden den Test nicht bestehen.«

Ich lächelte. »Wie groß ist die Reichweite von diesen Dingern?«

»Als zusätzliche Sicherheitsmaßnahme nur drei Kilometer. Das ist für einen guten Kapitän mehr als genug.«

»Und mehr als genug für mich, mein Schatz«, erwiderte ich und küßte sie.

Am nächsten Tag schaute ich bei Tooker vorbei und überprüfte die Einschiffungsberichte und Frachtbriefe. Selbst wenn Emyasail jetzt nur für Laroo arbeitete, so war es doch noch *unsere* Gesellschaft und wurde über die Transitwege beliefert. Und natürlich brauchten sie Torpedos für den Fall, daß sie auf dem Weg zu Laroos Insel ein oder zwei Borks begegneten.

Keiner hielt sich große Vorräte von Torpedos auf Lager, wie sicher sie angeblich auch sein sollten. Sie verbreiteten in der Feuerzentrale Furcht und Schrecken, und nicht einmal die Regionalverwaltungen schätzten den Gedanken, so viele hochexplosive Geschosse auf ihrem Gelände zu lagern. Ein kleiner Lagerhausbrand, und man könnte ein ganzes Gebiet von der Karte streichen.

Doch ich mußte ungeduldig über zehn Tage lang warten, bis Emyasail einen neuen Auftrag erteilte, und den auch nur über zwanzig Stück. Doch das war genug, da sie ja nur die verschossenen in den Rohren ersetzten, und die Boote nicht völlig neu ausstatteten.

Eine kleine geschickte Veränderung auf den Formularen sorgte dafür, daß diese Torpedos erst über die Hroyasail und meine bescheidene Person liefen.

Dylan konnte in dieser Angelegenheit nichts mehr tun. Es war ihr verboten, an irgend etwas teilzuhaben, was bei Zuwiderhandlungen mit großer Gewißheit jemandem Schaden bringen würde. Sanda jedoch war nur allzu bereit, für sie einzuspringen.

Ich hatte mir Sorgen gemacht, wie Dylan darauf reagieren würde, Sanda immer um sich zu haben, doch das wahre Problem war anders gelagert. Sanda empfand tiefe Schuldgefühle und machte sich für alles Geschehene verantwortlich, und sie wollte mir und insbesondere Dylan nicht öfter als unumgänglich unter die Augen kommen. Ich mußte sie als Wartungsarbeiterin auf den Docks einstellen, wo sie die Kais in Ordnung hielt, Boote strich und andere Arbeiten mehr, und sie schien mit ihrem Los zufrieden. Nun jedoch hatte ich andere Malerarbeiten vor, die rasch und in aller Stille erledigt werden mußten.

Die Schwachstelle in ihrem Torpedosystem war, daß sie es angesichts der geringen Manipulationsmöglichkeiten standardisiert hatten. Daher waren Sanda und ich während einer Nachtschicht in der Lage, die Nummern an Emyasails neuen Torpedos zu entfernen und fachkundig durch neue zu ersetzen. Diese Nummern waren aufgebrannt und teuflisch schwer zu entfernen, doch meine zuverlässigen Computer bei Tooker hatten ein Lösungsmittel gefunden, und es machte mir keine Schwierigkeiten, die neuen einzuritzen und auszumalen, auch wenn sie dadurch nicht mehr so sicher waren wie zuvor. Auf den ersten Blick waren sie einwandfrei, aber eben nicht so dauerhaft. Ich hoffte, daß bei der Einschiffung nichts verwischt würde.

Sanda geriet ins Schwärmen und begann vor Aufregung zu glühen, als ihr klar wurde, daß eine neue Operation im Gange war. »Ich begreife nicht, welchen Sinn es hat, die Zahlen zu verändern«, bemerkte sie neugierig. »Ich meine, sie werden den Test nicht bestehen und nicht zum Einsatz kommen, wie die drei dort drüben.«

Ich lachte. »Aber sie *werden* den Test bestehen«, versicherte ich ihr. »Wir verändern nicht nur die Nummern. Die Nummern selbst haben noch Gültigkeit, nur für die falschen Torpedos. Wenn sie die einladen und prüfen, erhalten sie von ihrem Computer eine Antwort – von den Torpedos im Lagerhaus –, aber der Computer kann das nicht wissen, oder er wird es zumindest nicht melden. Sie werden dann mit einer Ladung Torpedos auslaufen, die sich in der Prüfung als völlig in Ordnung erwiesen haben, aber wenn sie sie einsetzen wollen, werden sie nicht funktionieren.«

»Klingt, als würdest du statt dessen die Docks in die Luft jagen«, bemerkte sie.

»Nein. Es ist höchst unwahrscheinlich, daß vereinzelte Borks sich näher als drei Kilometer dem Land nähern. Die Gefahrenzone liegt bei fünf Kilometern. Und das ist zu weit. Doch bei einer wirklich gründlichen Untersuchung könnte ich die Docks immer noch hochjagen – von einem unserer Schiffe aus.«

Sie schaute mich erschrocken an. »Oh«, hauchte sie nur.

Die Nummern auf den Torpedos zu verändern war nur ein Teil des Problems. Der andere bestand darin, dafür zu sorgen, daß sich eine Gelegenheit ergäbe, um sie auch einzusetzen. Zu diesem Zweck stellte ich eine gründliche Untersuchung nach allem an, was Borks anzulocken vermochte.

Es stellte sich heraus, daß die zuverlässigsten und wirksamsten Mittel zugleich sehr einfach waren – bestimmte lösliche Sulfide, die sie anziehen würden, wenn sie sich in der Nähe aufhielten und sie in eine Art Raserei trieben (als ob das nicht ohnehin ihr Normalzustand war!). Doch um sie über große Strecken anzulocken, benötigte ich etwas anderes. Wieder war die Lösung verblüffend einfach. Wie die Meerestiere auf vielen Planeten auch, waren die Borks höchst empfindlich gegenüber Geräuschen von Ultrahochfrequenz und benutzten sie augenscheinlich, um ihr Revier abzustecken und zur Paarung (bei einem solchen Wesen schwer vorstellbar, aber schließlich gab es reichlich Borks). Der Frequenzbereich war schmal, aber wohlbekannt, so daß die verschiedenen Schiffsmotoren so gebaut wurden, daß sie innerhalb ihres Operationsradius solche Geräusche vermieden.

Um diese so einfache Idee in die Tat umzusetzen, schlug ich keine Umwege ein, sondern verschaffte mir über Otah ein paar umgebaute Ultrakurzwellensender und arbeitete dann mit Hilfe dieses Schaltplans ein paar Modifikationen der winzigen programmierbaren Chips aus, um einen Transceiver zu schaffen, der innerhalb von fünfzig bis hundert Kilometer Entfernung auf jede beliebige Frequenz zu schalten war. Verschiedene Spezialläden für Unterwasserausrüstung lieferten leichte Gehäuse, die sich einfach für die Sender umrüsten ließen. Zwei Chemikalienhandlungen verkauften bestimmte Bestandteile, die ich in meiner Küche zu einem teuflischen Leim zusammenbraute, um die Wirkung der Magneten auf beiden Seiten der Gehäuse zu verstärken. Ich wollte verhindern, daß die Dinger sich unter Kampfeinwirkung ablösten, wie das bei den Magneten ohne zusätzliche Haftung möglich gewesen wäre – und ein unbeeinflußbarer starker Magnet wäre wiederum von den Schiffsinstrumenten ausfindig zu machen. Ein paar weitere elektronische Veränderungen, und ich besaß eine Ladung, die ich ebenfalls ferngesteuert zünden konnte, um die kleinen Sender in eine unkenntliche Masse zu schmelzen, jedoch zu schwach, um die Schiffswand zu beschädigen.

Obgleich alle neugierig waren, verschwieg ich Dylan und den Schiffskapitänen meine Pläne, denn Dylan hätte vielleicht versucht, mich aufzuhalten aufgrund ihrer einprogrammierten Abneigung gegen Gewalttätigkeit, während die Schiffsleute wiederum kaum begeistert davon gewesen wären, was ich mit einigen von ihnen im Sinn hatte. Diese Aussicht gefiel mir selbst nicht besonders, doch hier stand mehr auf dem Spiel als ein paar Menschenleben. Ich trat gegen Laroo selbst an, den unumschränkten Herrscher auf Zerberus. Mit meiner Methode hatten die Schiffsbesatzungen zumindest eine Chance, also hielt ich mich daran. Diese Boote nur zu sabotieren hätte vielleicht nicht den von mir gewünschten Erfolg erzielt, wohl aber Laroo und seine Sicherheitskräfte alarmiert, daß irgend jemand etwas gegen ihn im Schilde führte.

Doch ich brauchte jemanden, der mir half, die Dinger anzubringen, und dafür kam nur Sanda in Frage – und ihrer war ich mir nicht völlig sicher. Bis zu diesem Punkt hatte sie mitgemacht, das stimmte schon, doch ehe ich meine Absicht wirklich in die Tat umsetzte, mußte ich mich überzeugen, daß sie mir nicht zum falschen Zeitpunkt in die Quere käme – nicht absichtlich, das war mir schon klar, doch ich besaß keine genauen Vorstellungen von den Psychobefehlen, die man ihr eingegeben hatte. Also mußte ich jemanden suchen, der mir darüber etwas sagen konnte.

Die meisten Ärzte führten ein angenehmes Leben auf Zerberus, denn der Warden-Organismus hielt die Bewohner gesund. Trotzdem gab es ein paar Mediziner für Notfälle und in der Forschung, und eine Gruppe war in dieser Kultur besonders notwendig und ständig voll ausgelastet, nämlich die Fachleute, die mir am meisten Sorgen machten: die Psychiater.

Es handelte sich bei fast allen um Exilanten, die wegen der verschiedensten Gesetzesverstöße hierher verbannt worden waren. Die meisten waren einem kleinen Nebenverdienst für nicht ganz offizielle Arbeiten nicht abgeneigt. Viele Leute, darunter auch ansonsten ganz normale, empfahlen Dr. Svarc Dumonia als den befähigsten Fachmann, der für ein paar Zusatzeinheiten zu praktisch allem in der Lage war. Also suchte ich ihn zusammen mit Dylan auf – nicht weil ich glaubte, daß er ihr helfen könnte, sondern weil es meinen Besuch besser erklärte und das hohe Honorar rechtfertigen würde. Dylan würde dafür eine Reihe weitgehend zweckloser Tests durchlaufen, während Dumonia und ich bei einem Schwätzchen zur eigentlichen Sache kämen.

Er war ein magerer, drahtiger, nervöser kleiner Mann mit Hornbrille, was mir besonders auffiel, da die Sehkraft eines jeden auf Zerberus seiner sonstigen Verfassung entsprach – nämlich fast vollkommen war. Er bemerkte meinen Blick und zuckte mit den Schultern.

»Die Brille. Nennen Sie es ruhig Affektiertheit. Ich trage sie – obwohl es sich selbstverständlich um Fensterglas handelt –, um mich mehr als Individuum zu fühlen und aus der Menge herauszuragen. In Wirklichkeit habe ich mir damals zu Hause ein bißchen Kurzsichtigkeit zugezogen, und mir wohl niemals die Zeit genommen, mich richtig ärztlich versorgen zu lassen. Ich habe mir nur die Brille verschafft und sie ständig getragen. Und nachdem ich hierherkam, wollte ich sie aus Gewohnheit auch nicht mehr ablegen.«

Ich lächelte still vor mich hin und nahm in einem Sessel seines Sprechzimmers Platz. Ich fand wieder einmal meine Auffassung bestätigt, daß ich noch niemals einen Psychiater kennengelernt hatte, der nicht selbst eines Psychiaters bedurft hätte.

»Doktor«, begann ich vorsichtig, »ich habe Sie aufgesucht, um etwas mehr über den Prozeß psychologischer Konditionierung zu erfahren. Wie Sie sehen, muß ich ständig mit den Ergebnissen eines solchen Vorgangs leben.«

Er nickte und blätterte einen Ordner durch. »Hmmm... interessante Behandlung, muß ich schon sagen. Höchst kreativ. Das Planungsteam, das das Gehirnmuster Ihrer Frau zusammengestellt hat, muß eines der besten gewesen sein. Wissen Sie, das ist ein sehr anspruchsvoller Beruf, und es ist fast unmöglich, genau die erwünschten Ergebnisse zu erzielen. Jedesmal, wenn man irgend etwas Schwierigeres als, sagen wir mal, einen einfachen Befehl einpflanzte, wie zum Beispiel bei posthypnotischer Suggestion, und den dauerhaft machte, bedeutete das Gefahren für den gesamten Denkapparat und die ganze Persönlichkeit. Wissen Sie, Information wird in winzigen elektrochemischen Einheiten über das ganze Gehirn verstreut. Die Gehirnrinde setzt sie dann wieder zusammen in einem Prozeß, der fast bei Lichtgeschwindigkeit abläuft, um eine holographische Erinnerung, Persönlichkeit oder was immer zu erstellen. Um etwas derartig Kompliziertes zu schaffen, braucht es keine Ingenieure, sondern *Künstler.*«

»Und was für Künstler«, murmelte ich. »Sie haben meine Frau zerstört.«

»Oh, entschuldigen Sie. Ich wollte Sie nicht kränken, aber wenn man selbst in dem Geschäft steckt, sieht man es mehr in seinen abstrakten Dimensionen als in menschlichen Begriffen, so wie man zu Hause eine geschickte Herzoperation bewundert hat. Wenn man den Betroffenen nicht kennt, bewundert man die Arbeit als solche, selbst wenn man später erfährt, daß der Patient gestorben ist.«

Ich akzeptierte diese Darstellung, oder begriff sie zumindest. »Trotzdem wurde sie in eine, nun ja, andere Person verwandelt. Das Ergebnis erscheint irgendwie schrecklicher als Tod oder Gefangenschaft.«

»Oh, nein! So verhält es sich ganz und gar nicht. Zu Hause, wo wir beide herkommen, ist das Verfahren so gängig, daß Sie vermutlich Hunderten, ja Tausenden Menschen mit irgendwelchen Psychoveränderungen begegnet sind, ohne es bemerkt zu haben. In der Psychiatrie beispielsweise können wir auf diese Weise an Tiefenpsychosen arbeiten und Dinge vollbringen, von denen unsere Vorväter nicht einmal geträumt haben. In meinem Beruf gibt es keine hoffnungslosen Patienten mehr. Und im Falle Ihrer Frau sollten Sie einmal an die Alternativen denken. *Sie* sind vielleicht nicht der Auffassung, daß sie etwas Böses getan hat und die Richter ein gerechtes Urteil fällten, aber ist man sich jemals in einer Gesellschaft über so etwas einig? Sind wir nicht genau deshalb hier?«

Darauf mußte ich lächeln und nickte.

»Nun, was Ihre Frau betrifft, hat man vom Standpunkt der Gesellschaft aus eine Person, die gegen das Gesetz verstoßen hat, in ein produktives Mitglied dieser Gesellschaft umgebildet, das nicht mehr gegen Gesetze verstoßen wird. Zumindest nicht gegen die grundlegenden.«

»Grundlegend für wen?«

»Für den Staat natürlich. Um meine Arbeit zu verstehen, müssen Sie daran denken, daß unsere Aufgabe darin besteht, abnormale Leute in normale zu verwandeln. Normalität ist kein feststehender Standard, sondern ein eher subjektiver Begriff, den jede Gesellschaft ihren Mitgliedern per Gesetz und Kultur vorschreibt. Alte Kulturen haben den Göttern Menschenopfer gebracht. In jenen Gesellschaften war ein jeder, der sich gegen die Opfer wandte oder an der Existenz der Götter zweifelte, nicht normal. Das soziale Gefüge der zivilisierten Welten hätte für viele unserer Vorfahren als abnormal gegolten, doch es ist das unsere. Wir sind in unsere Gesellschaft hineingeboren und akzeptieren die meisten ihrer Werte, auch wenn wir den einen oder anderen in Zweifel ziehen oder über den Haufen werfen. Die zerberanische Kultur ist nichts als eine Abwandlung der Kultur der zivilisierten Welten, wie sie den hiesigen Bedingungen und Beschränkungen angepaßt wurden. Wenn Sie absolut ehrlich sind, können Sie das nachvollziehen.«

Dieser Verlauf des Gesprächs rief ein gewisses Unbehagen in mir hervor, und ich wußte eigentlich nicht so recht, weshalb.

»Im Falle Ihrer Frau«, fuhr er fort, »haben wir es nun mit einem Menschen zu tun, der aus der Sicht des Staates in zweierlei Hinsicht nicht normal ist. Erstens entfloh sie der Mutterschaft, was diese Kultur verbietet und was die Gefahr einer Unterwanderung der Grundfesten der zerberanischen Gesellschaft darstellt. Da jedoch jeder Emporkömmling hier seinen Posten nur erreicht hat, indem er erfolgreich gegen Gesetze verstieß – und sie hatte nur geringfügig dagegen verstoßen –, konnten sie ihr damals wenig anhaben, ohne ihre Grundwerte und sich selbst in Frage zu stellen. Darüber hinaus überkompensierte sie ihr vorheriges eingeengtes Leben, indem sie einen Beruf ergriff, den die meisten Zerberaner für selbstmörderisch halten.«

»Überkompensierte?«

Er nickte. »Gewiß. Die Frauen, die in der Mutterschaft unglücklich sind, lassen sich in zwei Gruppen einteilen: jene, die für die Rolle wirklich ungeeignet sind und die man gewöhnlich psychiatrischer Behandlung aussetzt, und die Romantikerinnen. Da Dylan außergewöhnlich intelligent und zugleich durch die ihr zugewiesene Rolle sehr eingeengt war, sah sie nur einen Ausweg, der in diesem Fall – bildlich gesprochen – hinter dem Haus verlief: Die Docks und diese abenteuerlichen Seeleute. Doch als sie sich aus ihrer Enge befreite und ihre Träume verwirklichte, stellte sich das alles als nicht so großartig heraus, wie sie geglaubt hatte. Die Phantasie war weitaus romantischer als die Realität. Entweder war es genauso langweilig wie die Mutterschaft, oder aber lebensgefährlich, und wenn man solche Risiken tagtäglich eingeht und die Verhältnisse kennt, wird sogar *das* unbefriedigend. Wie die meisten Menschen, die auf den Schiffen arbeiten, empfand sie keine Angst mehr. Die Mutterschaft war stumpfsinnig und repressiv, und ihr Wunschtraum wurde stumpfsinnig und in gewisser Weise ebenso repressiv. So lebte sie ihren Alltag ohne allzu große Hoffnung weiter in dem Bewußtsein, daß ihr Glück sie eines Tages im Stich lassen und sie umkommen würde. Bei der Arbeit umzukommen wurde zu ihrer neuen romantischen Phantasie.«

Diese Zusammenhänge schockierten mich ein wenig. »Sie wollen sagen, Dylan hegte selbstmörderische Absichten?«

Er blickte wieder in seine Unterlagen. »In gewissem Sinne ja. Nun, sie hätte niemals versucht, sich das Leben zu nehmen, aber sie hat Ihnen gewiß selbst berichtet, daß man vor allem durch Personalausfälle zum Kapitän wird. Jeder genießt den Nervenkitzel, doch angesichts der schlechten Chancen in ihrem Job muß man schon eine Todessehnsucht in sich tragen. Das zeigt sich auch deutlich in ihrem Psychoprofil.«

Ich schüttelte verwundert den Kopf. »Das kann ich mir bei Dylan überhaupt nicht vorstellen.«

»Oh, aber es stimmt. Nach ihrem Profil galt ihre eigentliche Sehnsucht dem, was sie war: dem Muttersein. Aber eine *richtige* Mutter, eine, die nicht nur Kinder bekommt, sondern sie auch aufzieht im Stil der Pionierwelten. Trotz all ihrer sachlichen Überlegungen wurde ein neuer Faktor in ihrem Leben zum Auslöser dessen, was sie schließlich getan hat, als ihr Glück zu Ende ging.«

»Ein neuer Faktor?«

Er nickte. »Sie. Sie verliebte sich in Sie. Und plötzlich fiel es ihr immer schwerer, zu ihren täglichen Jagden auszufahren. Zum ersten Mal bekam sie es mit der Angst, denn sie wollte sozusagen nicht mehr am Steuerrad sterben. Als Sie ihren Lebenswillen wieder erweckten, minimierten Sie ihre Überlebenschancen. Dem konnte sie nicht bewußt ins Auge sehen, doch ihr Unterbewußtsein war sich darüber im klaren, deshalb willigte sie ein, gegen das Gesetz zu verstoßen, und Sanda einen Tag mit hinauszunehmen. Sie befand sich in Höchstform, da Dylan Sie und Sanda beschützen mußte, aber Sie haben keine Ahnung, welches Risiko Sie an jenem Tag auf sich genommen haben. Ich bin überzeugt, daß sie halb dazu neigte, mit denen, die sie liebte, unterzugehen, ein sauberes und romantisches Ende. Sie tat es nicht, weil sie Sie zu sehr liebte.«

»Sie sagen, sie wußte, daß sie gefaßt würde?«

»Ich sage, sie *wollte* gefaßt werden. Wenn man sie diesmal nicht erwischt hätte, hätte sie etwas anderes versucht. Sie wollte aussteigen, um nicht länger mit dem unausweichlichen Tod und der Trennung von Ihnen konfrontiert zu sein.«

Mich befielen gleichzeitig Rührung, Unbehagen und Ungläubigkeit. »Aber sie hätte den Dienst quittieren können. Wir hätten in der Firma einen Platz für sie geschaffen.«

»Nein, nein. Dazu wäre sie bewußt nicht in der Lage gewesen. Ich glaube, diese Idee ist ihr niemals in den Sinn gekommen, denn sie hatte auch Angst, Sie zu verlieren. Sie bewunderten ihren Mut, obgleich Sie um ihr Leben fürchteten. Sie hatte Angst, daß ein solcher Schritt von Ihnen als Feigheit ausgelegt werden und sie Sie verlieren könnte – und nur das war noch für sie von Bedeutung. *Sie.*«

»Aber das ist lächerlich. Ich hätte niemals...«

»Wahrscheinlich nicht«, gab er mir recht, »aber das menschliche Denken ist mehr als ein Computer, deshalb werden ja überhaupt nur Psychiater benötigt. Wir sind Individualisten mit Gefühlen und irrationalem Denken, die gleichzeitig die Größe und die Schwäche des Menschen ausmachen.«

»Ich kann es immer noch nicht glauben«, bekannte ich.

»Ach, die Liebe!« seufzte er. »Sie ist unser verrücktester Fallstrick. In den zivilisierten Welten ist sie so gut wie abgeschafft worden, und auch hier auf Zerberus kommt sie höchst selten vor. Aber geben sie ihr eine Gelegenheit, einen winzigen Spalt, um hereinzuschlüpfen, und schon meldet sie sich zur Stelle. Sehen Sie, Zhang, ich weiß, daß Sie die zerberanische Kultur im Grunde verabscheuen, aber außer den Pionierwelten gestatten die Warden-Planeten allesamt eines, was sie zu einem besseren Lebensraum macht: Hier können wir noch träumen und romantischen Phantasien nachhängen.

Auf den zivilisierten Welten ist diese Möglichkeit ausgelöscht, und die Machthabenden wissen das. Deshalb behält man auch die Pionierfronten bei. Nur dort können Menschen noch träumen. Alle Fortschritte der Menschheit – denn der Vorläufer des Menschen kam auf der alten Erde von den Bäumen herunter – sind das Ergebnis von Träumen, Phantasien, Vorstellungskraft. Dylan brach durch die Kraft eines Traumes aus der Mutterschaft aus – sie fand einen Weg. Doch genau wie die zivilisierten Welten, die aus der großartigsten Idee entstanden, erwies sich die Realität als weniger berauschend. Hohl. Und wenn Sie in Ihrem Innern graben, wissen Sie es auch.«

Ich stieß ein trockenes Hüsteln aus. »Allmählich begreife ich, wie Sie hier oben gelandet sind.«

»Bei mir haben sie einen Fehler begangen. Schickten mich zur Pionierfront, weil sie für kurze Zeit die Stellenzahl für Medizinalangestellte gekürzt hatten. Als ich zu den zivilisierten Welten zurückkehrte, konnte ich gar nicht glauben, wie leer und hohl sie waren – die gleichen Gegenden, die ich noch vor einem Jahr geliebt und nach denen ich Heimweh gehabt hatte. Ich gelangte zu der Überzeugung, daß die Zivilisation, wie ich sie kannte, aus ihrem eigenen Antrieb fortbestehen würde wie andere, alte Reiche auch, doch mit ihrer Hohlheit war sie auch zerbrechlich. Ich wußte, daß wir empfindlich waren gegen jeden geschickten Angriff von außen, und ich rief eine Kampagne zur Wiederbelebung von Stärke und Gesundheit ins Leben.« Er breitete die Arme aus. »Und hier stehe ich. Und wissen Sie was? Eigentlich war ich gar nicht so schrecklich traurig darüber.«

»Ganz wie es Ihnen beliebt«, meinte ich. »Ich begreife Ihre Argumentation, auch wenn ich Ihre Schlußfolgerungen über die zivilisierten Welten oder über Dylan nicht teile.«

»Eine interessante Metapher, die mich sehr reizt. Ihre Frau und unsere alte Zivilisation. Die Geschichte wird mir eines Tages im Hinblick auf die zivilisierten Menschen recht geben, doch meine Ansicht über Dylan läßt sich leicht beweisen.«

»Wie das? Mit ihrem Psychoprofil von einem einzigen Abend?«

Er grinste wie ein Mann, der einem anderen die Schlinge um den Hals legte. »Nein, aber weil ich von Ihrer angeblichen Geschichte über sie weiß, was sie Ihnen darüber erzählt hat, was man mit ihr angestellt haben soll. Ich wußte sofort, daß das nicht stimmen konnte – eine so völlige Umkehrung dauert Wochen, vielleicht Monate, wenn man es überhaupt zustande bringt. Also verschaffte ich mir ihre Testergebnisse, und die bestätigten meine Vermutungen vollkommen.«

»Und was besagen die?«

»In der gegebenen Zeit wurde meisterhafte Arbeit geleistet, doch wie ich Ihnen schon sagte, bei weitem nicht *so* umfassend. Dylan glaubt, daß dies alles an ihr vollbracht wurde. Aber was die Psychiater erreicht haben, ist weit weniger und dennoch subtiler. Sie schubsten sie nur da und stießen sie dort ein bißchen an, eine sehr vorsichtige Bearbeitung ihrer unterbewußten Sehnsüchte, die sie sich selbst niemals eingestanden hätte. Sie tat das ihre, um sich und Ihnen einzureden, daß das, was sie tun wollte, ihr von außen aufgezwungen worden war. Schauen Sie, Zhang, wenn wir so vollständige Arbeit an einem Menschen wie Dylan über Nacht leisten könnten, würden uns die Syndikate alle zum Teufel jagen, und Sie wissen es.«

»Wollen Sie mir damit zu verstehen geben, es existiere kein Psychobefehl, wonach sie jeden meiner Wünsche erfüllen *muß*? Kein Psychoplantat gegen das Ausfahren auf Schiffen?«

»Genau das meine ich. Die erste Sache mit dem Gehorsam entspringt zum einen ihrer früheren Ausbildung und Psyche, zum anderen ihren inneren Bedürfnissen und zum Teil ihrer ganz realen wirtschaftlichen Abhängigkeit von Ihnen. Sie ist überzeugt, daß eine solche Auflage besteht, doch die stammt aus ihrem eigenen Unterbewußtsein – und ist so nicht weniger real. Darüber hinaus gibt es absolut nichts, was sie davon abhalten könnte, sich den Schiffen zu nähern als die Mutterschaftsvorschriften, aber es ist für sie eine hervorragende Möglichkeit, die Tatsache zu verdrängen, daß sie gar nicht mehr dorthin *möchte*. Verstehen Sie, sie hat jene Fakten, denen sie nicht ins Auge sehen will, einer dritten Person übertragen: den Psychiatern. So kann *sie* es akzeptieren, und so müssen *Sie* sie akzeptieren.«

Ich war halb aus meinem Sessel aufgestanden, doch nun setzte ich mich wieder. »Damit sagen Sie, daß sie jetzt völlig in einer Traumwelt lebt. Einer, die sie selbst geschaffen hat.«

»In gewisser Hinsicht«, stimmte er mir zu. »Nun können wir eine Reihe von Sitzungen planen, nach der sie in der Lage sein wird, die Wahrheit zu akzeptieren, aber das kann eine Weile dauern. Mit Ihrer Hilfe können wir sie wieder dazu bringen, sich selbst anzunehmen, daß sie wieder gesund wird. Trotzdem wird ihr Ich mehr der jetzigen Dylan ähneln als der alten – verstehen Sie das?«

Ich nickte und fühlte mich ein wenig schwindlig. »In Ordnung. Erstellen Sie einen Therapie-Plan. Aber ich bin… fassungslos. Welche Psychobefehle haben sie ihr denn tatsächlich eingegeben?«

»Nun, das Verbot, Menschenleben zu gefährden, besteht tatsächlich und ist Standardbestandteil von Urteilssprüchen«, erklärte er mir. »Das stellt einen Schutz für Sie und Dylan dar. Sie hat außerdem die Auflage erhalten, die Mutterschaft niemals zu verlassen, obgleich das nur eine Bestärkung ist – nach einer Verurteilung kann sie ohnehin keinen Körperwechsel vollziehen. Der Rest ist, wie ich schon sagte, sehr raffiniert. Hormone zur Auflösung von eigenen Denkprozessen und Ähnliches. Sozusagen eine Verstärkung ihrer eigenen Triebe, wie dieser Körper sie festlegt. Das hat die Nebenwirkung, ihre Gefühle für Sie zu verstärken. Das wiederum ist ganz schön clever, da es wiederum ihre Psychosen verschärft und ihnen die Kraft von Psychobefehlen verleiht.«

»Nach allem, was Sie sagen, sollten wir sie vielleicht gar nicht herausreißen«, bemerkte ich. »Sie behaupten doch, sie sei glücklich.«

»Nein. Sie wird niemals glücklich sein, solange sie nicht *begreift*, daß es das ist, was sie will, und sie nicht zu der Überzeugung gelangt, daß auch Ihnen das, was sie will, recht ist. Nicht an diesen Überzeugungen, vor allem an der zweiten, zu arbeiten, könnte sie langfristig tatsächlich in den Roboter verwandeln, für den sie sich hält. Das nützt dem Staat und den Staatspsychiatern, nicht aber Ihnen und ihr.«

»Na schön, Sie haben mich überzeugt. Aber was ist nun mit dem eigentlichen Anlaß meines Kommens?«

»Sanda Tyne. Ein interessanter Fall, ganz anders als Dylan, wissen Sie. Sie ist eine von denen, die für die Mutterschaft niemals geschaffen waren, doch sie verfügt weder über das intellektuelle Potential noch über die Phantasie, um wirklich einen Platz in der Außenwelt einzunehmen, auch wenn sie große Träume hat. Sie genießt Nervenkitzel und Abenteuer, aber nur so wie ein Kind, ohne wirklich die Gefahren für sich und andere zu begreifen. Ebenso wie bei Dylan nahmen sie nur bereits Vorhandenes und nutzten es, obgleich sie es in ihrem Fall mehr oder weniger einfroren. So schwer das zu glauben sein mag, Sanda ist stärker psychisch beeinflußt worden als Dylan.«

»Was?«

Er nickte. »Sie hat keine wirklichen Schuldgefühle wegen dem, was Dylan widerfahren ist. Im Grunde genommen nicht. Vielmehr ist sie irgendwie enttäuscht, daß sie Dylan nicht in Ihrem Leben ersetzen konnte; sie hofft immer noch, es könnte ihr eines Tages gelingen. Das stellt die Grenze ihres Ehrgeizes und ihrer Vorstellungskraft dar – und nun werden Sie auch verstehen, warum Sanda Sie und Dylan nicht häufiger besucht.«

»Eifersucht?«

»Eher Neid. Ihr ganzes Leben hat aus nichts anderem als Neid bestanden. Ihr kommt es immer so vor, als sei andrer Leute Gras grüner als das ihre. Geistig und körperlich mag sie zwanzig Jahre alt sein, aber emotional steht sie auf der Stufe einer Acht- oder Neunjährigen. Die Psychiater haben nur den restlichen Ehrgeiz gedämpft und einen Großteil dieser aktiven Phantasie. Sie verstärkten den Neid, legten ihr jedoch auch Schranken auf, ihn auszuleben. So wie man sie jetzt zurechtgebogen hat, wird sie sich völlig damit zufriedengeben, Lack abzuschleifen und Müll aufzusammeln, in der Überzeugung, daß sie eines Tages ihre Belohnung – *Sie* – bekommen wird.«

»Was ist mit dieser Sache, sich selbst oder anderen keinen Schaden zuzufügen? Sie sagten, das gehöre zur Routine?«

»Gewiß, aber man kann in wenigen Stunden eine Menge machen, und sie haben vieles erreicht. Viel wurde auch durch die andere Konditionierung bewirkt, wie ich schon erwähnt habe. Sie wird Dylan nichts antun, weil das Sie von ihr entfremden könnte. Abgesehen davon ist sie überzeugt, daß Sie Dylan früher oder später fallenlassen werden und Ihren Irrtum einsehen. Sie wird Ihnen nicht schaden, weil sie geduldig ist, solange sie sich in Ihrer Nähe befindet. Und fest überzeugt, letzten Endes zu gewinnen, so daß sie sich auch kaum selbst etwas antun würde. Deshalb war kein Verbot notwendig. Tatsächlich sehe ich nur eine Möglichkeit, daß sie irgend jemandem Schaden zufügen könnte, solange das Urteil Geltung hat, so daß Sie wirklich sicher sind.«

»Ach? Und die wäre?«

»Daß Sie sie darum bitten. Sie würde alles tun, um Ihnen zu zeigen, welchen angeblichen Irrtum Sie begangen haben.«

Ich lächelte unsicher und fühlte mich ein wenig beruhigt. »Dazu wird es natürlich nicht kommen.«

»Natürlich nicht«, stimmte Dumonia zu.

Die Torpedos waren über Emyasail zugeleitet worden, sollten alle angekommen sein, und meine Geräte waren bereit. Voller Zuversicht bezüglich Sandas Mitarbeit ging ich eines Abends mit ihr hinunter, um die Lage zu erkunden und stellte fest, daß die Anlage nach einem ähnlichen Plan wie Hroyasail aufgebaut war. Das war nicht weiter verwunderlich, sagte ich mir, da die Firma von der gleichen Muttergesellschaft zur gleichen Zeit und zum gleichen Zweck errichtet worden war.

Natürlich standen überall Wachposten, und überall arbeiteten elektronische Sicherungssysteme, doch sie waren auf das Lagerhaus konzentriert.

Sanda konnte wie alle Zerberaner schwimmen. Wenn man in einem Riesenbaum inmitten des Ozeans lebte, gehörte das zu den ersten Dingen, die man lernte.

Wir benutzten einfache Tauchanzüge und Schnorchel. Ich wollte nicht, daß wir verraten würden, falls unter Wasser Geräte die Geräusche von Sauerstoffflaschen oder Motoren ermittelten. Zur Überprüfung legten wir die Anzüge an, ließen uns zweihundert Meter hinter den Docks ins Wasser und schwammen bis unter die Schiffe, um die Lage des Landes genau zu bestimmen. Wir entdeckten ein paar kleine Sensoren an den Docks selbst, doch nichts hielt uns von den Schiffsbäuchen fern, ja das Flutlicht erhellte ihre Silhouetten sogar ausreichend.

Warum aber sollte Laroo dann Sabotage vermuten? Was wäre damit gewonnen? Es mußte entdeckt werden. Doch selbst wenn dies nicht der Fall wäre, würde es sein Vorankommen etwas verlangsamen – falls notwendig, konnte er sich andere Schiffe besorgen. Die einzig unersetzlichen Teile, die organischen Roboter, kamen direkt vom Raum zu seiner neuen Landebahn. Jeder andere würde größeres Interesse für seine schwer bewachten Lagerhäuser zeigen als für die Schiffe – denn, so würde jeder gute Sicherheitsbeamte denken, warum sollte jemand sie angreifen? Es war nicht nur mühsam, sondern derjenige würde auch die Ladung verlieren. Da gab es nichts zu gewinnen.

Doch sie täuschten sich.

Am folgenden Abend kehrten Sanda und ich zu den Schiffen zurück. Wir befestigten die Geräte leicht und geräuschlos nicht nur an den Kanonenbooten, sondern ebenso an einigen größeren Trawlern.

Die Arbeit ließ sich tatsächlich so mühelos bewältigen, daß Sanda nicht wenig enttäuscht war. Es war anstrengend, ja, aber kein bißchen aufregend. Es war nicht schwieriger als das Abfassen eines Briefes.

Die Geräte ließen sich an verschiedenen Stellen in Gang setzen, und ich sorgte dafür, daß wir sie von unseren Schiffen aus bedienen konnten, sobald wir bei den Routinefahrten in Reichweite gelangten. Niemand bei uns an Bord wußte über die wahren Vorgänge Bescheid. Das einzige, was ich nicht in der Hand hatte, war der Zeitpunkt, wann diese Torpedos geladen und eingesetzt würden. Ich konnte die Schiffe nur mit derart vielen Borks beschäftigen, daß Torpedos in beängstigender Zahl würden eingesetzt werden müssen. Ansonsten konnte ich nicht mehr tun, als meiner täglichen Arbeit nachgehen und warten. Ich hoffte nur, daß die Nachwirkungen ihrer Schwierigkeiten sozusagen von selbst über mich hinwegfluten würden. Das war die einfachste, wenn auch am wenigsten sichere Methode.

Die beste Möglichkeit, etwas Bestimmtes durchzusetzen, besteht immer darin, eine Situation zu schaffen, in welcher dein Feind dich auffordert, ja, dir befiehlt, genau das zu tun, was du ursprünglich vorhattest – und das war mein Plan. Wenn alles funktionierte, dann würde sich auch das Problem erledigen, wie ich in Laroos Festung eindringen konnte. Der einfachste Weg in eine uneinnehmbare Festung führt über eine Einladung durch den Besitzer.

Die Tarnung zerbröckelt

Während der Wartezeit nahm Dylan ihre Sitzungen bei Dumonia auf – und ich ebenfalls, denn der Kern der Sache lag darin, sie zu überzeugen, daß ich sie unabhängig von ihrer Rolle liebte. Und es stimmte. Ich liebte sie wirklich, und wenn ihr neues Lebensziel die Rolle einer Ehefrau von der Pionierfront war, so sollte mir das recht sein. Ich wollte nur, daß sie glücklich wurde, und wie Dr. Dumonia festgestellt hatte, war sie das unter den gegenwärtigen Umständen nicht. Die Absicht bestand darin, ihr ein Gefühl von *Sicherheit* zu vermitteln – was für sich genommen schon irgendwo Ironie des Schicksals war. Ich bereitete mich darauf vor, Wagant Laroo umzubringen und versuchte gleichzeitig, Dylan Sicherheit zu geben.

Wirklich interessant an dem Prozeß war, daß während einiger Sitzungen ein paar ihrer Bilder von mir und meinem früheren Raubzug ans Tageslicht kamen, was so gut wie unausweichlich war. Obgleich ich Dumonia mit einem entsprechenden Honorar entlohnte, damit er sich an seine ärztliche Schweigepflicht hielt, war ich doch ziemlich amüsiert angesichts der Feststellung, daß er diese wieder als Dylans romantische Phantasien auslegte, in die ich irgendwie verstrickt war. Der Computerbetrugsplan war derartig verrückt und unglaublich gewesen, daß nicht einmal ein Psychiater daran glauben wollte. Genau das war auch der Grund gewesen, warum ich es so und nicht anders eingefädelt hatte.

Ich mußte mich auch selbst in gewissem Maße der Behandlung unterziehen, doch das machte mir keine ernsthaften Sorgen. Angesichts solcher Untersuchungen wirkte automatisch meine frühere Ausbildung und Konditionierung, um den Psychologen genau die Information zu liefern, die ich ihnen zukommen lassen wollte. Außerdem reichten die Untersuchungen nicht sehr tief, sondern betrafen nur meine Gefühle für Dylan, so daß ich mich auf relativ sicherem Boden bewegte. Doch nach der zweiten Sitzung mit dem Psychiater und seinen Geräten erlebte ich einen Schock.

»Wissen Sie, daß man Ihnen zwei Befehlsimpulse eingepflanzt hat?«

»Nein«, antwortete ich etwas besorgt. »Ich weiß von einem, der vorhanden sein müßte. Grundlageninformationen über Zerberus. Sie versuchten dieses neue Vorgehen an mir, um den Leuten die Eingewöhnung auf dem Planeten zu erleichtern.«

Er nickte. »Das haben wir herausgefunden. Zumindest einiges davon. Sehr gründliche Arbeit. Aber da ist noch etwas anderes.«

Ich runzelte die Stirn und beugte mich nach vorn. »Noch ein Befehl?«

Er nickte. »Wie ich schon sagte, zwei. Zwei Befehle plus die Information.«

Ich begann mir Sorgen zu machen, denn ich wußte nicht, um was es sich dabei handelte – meine Agentenausbildung wäre für diese Geräte nicht erfaßbar – doch sie könnten verraten, wer ich wirklich war. »Wissen Sie, wie sie lauten?«

»Einer ist ziemlich verräterisch«, antwortete er und sprach in so beiläufigem Ton, als unterhielte er sich über Alltäglichkeiten. »Es handelt sich dabei scheinbar um den Befehl, Wagant Laroo zu töten, wenn Sie es können. Eigentlich mehr eine Verstärkung, damit Sie ihn ausreichend hassen, um ihn zu töten. Wirklich saubere Arbeit. Ich frage mich, ob sie jeden neuen Verbannten mit dieser Konditionierung hierherschicken. Doch das würde mir keine Kopfschmerzen bereiten. Die Ausgabe besagt, daß Sie im Grunde genommen nicht gewalttätig oder selbstzerstörerisch sind. Der Impuls ist zwar so stark, daß Sie diesen Staat und seinen ruhmreichen Führer niemals lieben werden, aber auch nicht stärker als ihre gewöhnlichen Impulse, die Wirklichkeit nicht so kraß zu sehen. Wir alle würden hin und wieder gerne jemanden umbringen, doch nur wenige von uns tun es tatsächlich. Der Impuls ist eben nicht stärker. Es sei denn, Sie hätten einen Anlaß aus vorzerberanischer Zeit, es mit ihm aufnehmen zu wollen? Rachegefühle?«

»Nein«, antwortete ich leichthin. »Nichts dergleichen. Ich bin dem Mann niemals begegnet, ja, hatte nicht einmal von ihm gehört, ehe man mir sagte, ich würde hierhergeschickt.«

»Na schön. Aber dadurch wird der zweite Psychobefehl um so unbegreiflicher.«

»Wie?«

»Im Grunde genommen läßt er sich auf die Anweisung reduzieren, sich regelmäßig bei Ihrer Dienststelle zu melden, sowie Sie die Gelegenheit dazu haben, dann aber alles wieder zu vergessen. Verstehen *Sie* das?«

Im Augenblick verstand ich es nicht, doch das Problem bestand darin, ihm eine fadenscheinige Erklärung dafür zu liefern, während ich mich dafür hätte ohrfeigen können, daß ich nicht früher an etwas Derartiges gedacht hatte. Diese Hurensöhne! Natürlich! Wie hätten Sie meine Spur und mein Tun auf Zerberus sonst verfolgen können? Der organische Transmitter würde in dem Augenblick sinnlos, da ich den Körper wechselte. Die Antwort war simpel und stach direkt in die Augen, aber ich war zu borniert gewesen, um früher daran zu denken.

Irgendwo gab es hier noch andere Agenten. Vermutlich Einheimische, die vielleicht irgend etwas von der Außenwelt wollten oder Exilanten mit nahen Freunden oder Familienangehörigen zu Hause. In gewissem Sinn also Erpressung. Wie viele Male hatte einer von ihnen mich besucht, vielleicht wenn ich allein spazierenging oder durch die Gegend fuhr und hatte mich aufgefordert, mich bei meinem Büro zu melden? Dann mußte er mich zu einer Art Transceiver gebracht haben, so daß ich meine Taten meinem anderen Ich übermittelt habe, das da oben fernab vom Warden-System sitzt.

Ich hatte es getan und sogleich wieder vergessen.

»Ich glaube, ich verstehe«, sagte ich zu ihm. »Meine... äh... früheren Aktivitäten betrafen einige komplizierte Vorgänge und Leute an hohen Stellen. Diese Leute brauchen bestimmte – sagen wir Kodes, um weiter das auskosten zu können, was ich nicht mehr genießen kann. Ich denke, das ist eine Art von Erpressung.«

Er lächelte mich mit dümmlicher Miene an. »Sie sind ein Spitzel, nicht wahr? Ein Konföderationsagent. Ach, schauen Sie nicht so erschreckt drein. Sie sind weder der erste noch der letzte. Machen Sie sich keine Sorgen, ich werde Sie nicht auffliegen lassen. Im Grunde genommen würde es aber nicht viel ausmachen. Ihr Psychoprofil weist sie als reichlich unabhängigen Geist aus und zeigt, daß Zerberus und Dylan im besonderen Sie verändert haben, wie man eben ständig Wandlungen unterworfen ist. Sie werden es trotzdem versuchen.«

Ich lehnte mich zurück und seufzte. »Wie haben Sie das herausgefunden?«

»Ich wußte es von Anfang an, Qwin Zhang. Ein Frauenname. Ein Frauenkörper bei Ihrer Landung. Aber Sie sind keine Frau. Sie sind niemals eine gewesen, außer bei Ihrer kurzen und durchaus brillanten Einstiegsvorstellung. Bei der Durchleuchtung der Gehirnmuster tauchen Unterschiede zwischen Frauen und Männern auf. Keine, die Sie bemerken würden, aber ich bin nicht nur Fachmann, sondern ich lebe auch auf einer Welt, wo ständiger Austausch erfolgt, und wo ich dauernd irgendwelche Wechsel beobachten kann. Denken Sie einmal an die physiologischen Unterschiede zwischen den Geschlechtern. Sie werden vom Gehirn bestimmt, und wenn auch neue Muster auftauchen, so bleiben doch Spuren der alten stets vorhanden. Allerdings nicht in Ihrem Fall. So schließe ich aus Ihrem Auftreten hier, daß es der Konföderation endlich gelungen ist, künstlich herbeizuführen, was hier natürlich vonstatten geht.«

»Nicht ganz«, berichtigte ich ihn. »Die Ausfallquoten sind hoch. Aber sie arbeiten daran.«

»Faszinierend. Sie werden das Wissen darüber geheimhalten müssen, ausgenommen die Führung und andere bedeutende Persönlichkeiten. Sie müssen... solche Wechsel könnten ihre Gesellschaft völlig umkrempeln, vielleicht sogar vernichten.« Er lächelte angesichts dieses Gedankens. »Nun, es ist keine große Sache, denn ein Problem bleibt für die Konföderation immer noch ungelöst. Jeder, der so fähig ist, uns als Agent hier echten Schaden zuzufügen, verwandelt sich in einen der besten und gefährlichsten Bürger des Warden-Diamanten. Sagen Sie mir, haben Sie wirklich die Absicht, Laroo umzubringen?«

»Sie *sollte* ich umbringen«, bemerkte ich frostig. »Sie sind für mich der gefährlichste Mann auf diesem Planeten. Gefährlicher als Laroo.«

»Aber das werden Sie nicht tun«, widersprach er zuversichtlich. »Zum einen würde das alles, was Sie nun vorhaben, sehr komplizieren. Zum anderen würde es Aufmerksamkeit auf Sie lenken, selbst wenn Sie damit durchkämen, da sie in meiner Patientenliste auftauchen. Ich bezweifle, daß ein Mann wie Sie eine nähere Durchleuchtung in diesem Augenblick vertragen würde. Und schließlich werden Sie auch zu der Überzeugung gelangen, daß es mir kaum gleichgültiger sein könnte, ob Sie Laroo umlegen, sich niederlassen und Ihr Leben genießen oder die Herrschaft über diesen verdammten Planeten übernehmen. Wenn Sie letzteres täten, würde das zumindest eine Veränderung bedeuten. Sie dürfen mir glauben, Zhang, daß Sie der siebente Agent sind, der mir über den Weg läuft, und ich habe keinen einzigen verpfiffen. Sie müssen doch inzwischen begriffen haben, daß meine psychologische Schwachstelle darin besteht, daß ich ein romantischer, revolutionärer Anarchist ohne Mumm in den Knochen bin, der einen Hang zum guten Leben hat. Wenn Sie nicht überzeugt wären, daß ich mich zuverlässig kaufen lasse, wären Sie nicht zuerst zu mir gekommen.«

Ich entspannte mich trotz meiner alten Instinkte. Er hatte natürlich recht – und es war unwahrscheinlich, daß ich etwas anderes tun konnte, als ihm zu vertrauen. Er war ein kluger Mann, der sich selbst zu schützen verstand.

»Können Sie diesen Befehl, meine Dienststelle anzurufen, aufheben? Zumindest in dem Maß, daß ich es hinterher nicht wieder vergesse?«

»Nein, tut mir leid. Nicht mit meinen Mitteln hier. Trotzdem sollten sich beide Befehle unwirksam machen lassen.«

»Hm? Was meinen Sie?«

»Nun, mit dem Stand und der Intensität der Muster hier könnte ich sie mit zwei Befehlen gleicher Stärke überlagern. Beispielsweise könnte ich Ihnen einen eingeben mit der Auflage, daß Sie Wagant Laroo *mögen* und positive Gefühle in Ihnen aufkommen, wann immer sein Name genannt wird. Das würde den anderen Befehl unwirksam machen. Wenn ich den Befehl genau formulieren würde, entstünde in Ihnen eine Art Haßliebe, die sich gegenseitig ausgleicht. Was die andere Sache angeht – nun, ich könnte einen gleichgearteten

Befehl erteilen, daß Sie *keinen* Transceiver für außerplanetarische Kontakte benutzen. Es hätte die gleiche Wirkung. Sie würden dann den Ruf zwar noch immer befolgen, ihnen jedoch kein Wort sagen.«

»Um die mache ich mir keine allzu großen Sorgen«, erklärte ich. »Zumindest zur Zeit nicht. Später werde ich vielleicht wollen, daß der Meldebefehl aufgehoben wird; im Augenblick ist er vielleicht sogar ganz nützlich, wenn ich auch nicht genau weiß in welcher Hinsicht. Aber ich möchte mich daran erinnern und wissen, was ich tat. Irgendwelche Tricks hierfür?«

»Hinterher vielleicht. Schließlich befindet sich alles in Ihrem Gedächtnis. Sie haben nur eine Sperre, sich bewußt daran zu erinnern. Ich vermute, mit einem sehr starken Neutralfeld unter einem Psychokonverter zusammen mit einer Reihe von Hypnosen beispielsweise könnten wir die Information vielleicht aus Ihnen herausholen und aufzeichnen. Wenn Sie aufwachen, werden Sie sich immer noch nicht daran erinnern, aber Sie könnten dann die Aufzeichnungen durchsehen und alle Daten abrufen.«

»Gut«, entschied ich. »Dann machen wir es so.«

Der Trick funktionierte schlecht und recht. Ich weiß immer noch nicht, was gesendet wird, ihr Dreckskerle, aber ich weiß nun wie und durch wen. Und wie verdammt naheliegend die ganze Sache war, sobald die Wahrheit erst einmal auf dem Tisch lag!

Wer konnte eine solche Raumverbindung besser unterhalten als der alte, dicke, freundliche Otah? Ein Elektronikladen mit Schwarzmarktverbindungen. Kein Wunder, daß Otah alles unterm Ladentisch beschaffen konnte, was er brauchte. So bezahlt ihr ihn also, nicht wahr? Sehr clever. Ich hätte gleich darauf kommen müssen, als mir klarwurde, daß ihr dafür gesorgt hattet, daß ich nach Medlam in die Nähe von Laroos Insel geschickt wurde. Medlam und angestellt bei Tooker, einer Firma, die meiner Begabung entsprach. Und ich mußte dort warten, so daß für euch feststand, daß ich früher oder später bei Otah auftauchen würde.

Na ja, es spielt nun keine Rolle mehr. In Wirklichkeit war es eher nützlich. Nun weiß ich wenigstens, wer es war – und wann.

Drei Wochen waren seit meinen Vorbereitungen bei der Emyasail verstrichen, und ich wurde allmählich nervös. Irgend etwas, so war ich überzeugt, hätte inzwischen geschehen sein müssen. Ich begann, mich mit direkteren, weniger umwegreichen, aber riskanteren Alternativen zu befassen.

Der einzige Lichtblick war Dylan, deren Behandlung Fortschritte zeigte. Soviel muß ich Dumonia zugute halten: Wenn er auch völlig irre und noch amoralischer und zynischer war als ich, so verstand er doch etwas von seinem Gebiet. Ich glaube allmählich, daß er in seinem Fach einer der brillantesten Köpfe war, die ich jemals kennengelernt habe. Das soll nicht heißen, daß Dylan annähernd wieder normal war, doch sie war mehr eins mit sich und mit mir, war wieder einem menschlichen Wesen ähnlicher und wirkte glücklicher. Dumonia erklärte, daß er in der Lage sei, einiges zu bewirken, doch der eigentliche Durchbruch gelang ihm nicht, der Punkt ihrer Unsicherheit in bezug auf mich. Diese Mauer konnte er nicht überwinden, ein Wall, aufgebaut auf der tiefverwurzelten Überzeugung, daß ich sie, wenn ich sie nicht bemitleidete, nicht annähernd so mochte, wie ich es tat, ihrer überdrüssig werden und sie verlassen würde. Sie lag mit dieser Ansicht natürlich völlig falsch, doch ihre Angst war tief eingebettet in ihrem Verständnis der Kultur, aus der ich stammte, und der zerberanischen Kultur, in der sie aufgewachsen war – Kulturen, die engen persönlichen Bindungen und gefühlsmäßigen Faktoren geringste Bedeutung beimaßen. In der zerberanischen Kultur hielt man seine Stellung inne über den Dank, den andere einem schuldeten, über Erpressung oder andere Druckmittel. So stellte die Vorstellung, daß Gefühle überflüssig waren, eine kulturelle Kluft dar, die unüberbrückbar schien. In der umgekehrten Situation hätte ich unter genau den gleichen Empfindungen gelitten.

»Wenn sie nicht unter der Einwirkung unseres Urteils stehen würde, gäbe es vielleicht wirksame Methoden«, meinte Dumonia. »Unorthodoxe, vielleicht gefährliche Unternehmungen, aber ganz effektive. Doch solange sie in diesem Körper eingesperrt ist, kommen wir nicht weiter.«

Dieser Gedanke bedrückte mich, denn mein größter Wunsch war es, wieder die alte Dylan um mich zu haben, eine Partnerin, die ich als gleichrangig, ja fast als Teil meiner selbst, an den ich mich gewöhnt hatte, behandeln konnte. Es war eigentümlich, daß ich, der überzeugte Einzelgänger, der dazu geboren und herangezogen worden war, über solchen Dingen zu stehen, dieses Bedürfnis, ja diese Sehnsucht nach einem anderen Wesen empfinden sollte... Ich wußte, daß das meine verletzlichste Stelle war. Trotzdem machte mir diese Schwäche nicht mehr so viel aus wie zuvor, und irgendwo in mir keimte der Gedanke, daß jedermann, auch ich in meiner alten Topform, seine Fehler und Schwächen hatte. Niemand war immun. Das Wichtige bestand darin, die seinen zu erkennen und sich damit vertraut zu machen, um sie sich vielleicht sogar zunutze machen zu können.

Ein paar Tage später, als ich schon nahe daran war aufzugeben, machte mein Plan sich bezahlt. Im Laufe des Vormittags besuchte mich in meinem Hroyasail-Büro ein kräftiger, stämmiger Mann, dessen dunkle Augen eine Intelligenz verrieten, die man seiner äußeren Erscheinung nicht abgelesen hätte.

»Ich bin Hurl Bogen«, stellte er sich vor und streckte mir die Hand entgegen.

»Was kann ich für Sie tun, Mr. Bogen?«

»Ich bin der Sicherheitskoordinator des Vorsitzenden Laroo«, stellte er sich vor, und mir blieb fast das Herz stehen. Das bedeutete entweder sehr gute oder sehr schlechte Nachrichten. »Sie wissen sicherlich, daß er südlich von hier eine Ferieninsel besitzt?«

Ich nickte. »Ich fürchte, ich habe sogar von einem unserer Schiffe aus einen schüchternen Blick darauf geworfen«, gestand ich ihm wahrheitsgemäß. Falls er dies nicht schon wußte, sollte er es ruhig erfahren. »Aus reiner Neugier.«

Er grinste. »Ja, das tun viele. Ich mache den Leuten keinen Vorwurf, und finde es auch nicht weiter tragisch. Doch eigentlich sind wir bei einem Projekt, an dem wir arbeiten, auf ein riesiges Problem gestoßen und brauchen Ihre Hilfe. Wir haben einen Vertrag mit Emyasail, die für den Nachschub der Insel verantwortlich ist, und das hat bis vor zwei Wochen auch gut geklappt. Doch dann wurden wir von Borks heimgesucht – nie zuvor habe ich in meinem Leben so viele gesehen. Wir haben die meisten erwischt, doch sie haben unter der Emyasail-Flotte ganze Arbeit geleistet. Nun verfügen wir nur noch über zwölf Trawler, alle von kleinerer Bauart, und ein Kanonenboot.«

Ich spielte den Fassungslosen. »Beim Himmel, wie viele Borks waren das denn? Die Mannschaften sind gut, und wir hatten noch nie derartige Probleme. Vielmehr war es in den letzten Wochen hier verdammt ruhig, nur ein oder zwei wurden gesichtet, und es kam nur zu einem einzigen Kampf.«

Er nickte wehmütig. »Kein Wunder. Sie waren alle in unserer Gegend. Die Biologen meinen, irgend etwas dort unten muß sie angelockt haben, vielleicht irgendeine Chemikalie in den Unterwasserströmungen. Verdammtes Pech.«

Ich hielt die Luft an. »Wie viele Menschen kamen dabei ums Leben?«

»In dieser Hinsicht hatten wir ziemliches Glück, ein Dutzend haben wir allerdings verloren. Echtes Berufsrisiko. Das müßten Sie wissen. Aber das Hauptproblem ist, daß wir nicht mehr über genügend Schiffe verfügen, um unseren Nachschub zu sichern. Eine Weile haben wir uns mit unserem Bestand über Wasser gehalten und fürs Nötigste Flugzeuge benutzt, aber wir brauchen tatsächlich ein paar Boote. Keine Trawler – wir haben inzwischen ein paar große Frachter bestellt –, aber Kanonenboote. Es genügen ganze vier, um die Insel zu sichern.«

»Das kann ich verstehen«, entgegnete ich, »aber ich verfüge hier selbst nur über vier Boote.«

»Wir brauchen eines davon«, erklärte er ganz selbstverständlich. »Wir ziehen noch bei zwei anderen Firmen hier an der Küste eines ab. Sie werden mit drei auskommen müssen.« Das war keine Bitte, sondern ein Befehl.

Ich seufzte. »Nun gut. Aber ich bin verantwortlich für diese Schiffe und die Mannschaften, und die Vorstellung einer hochgefährlichen Borkzone, in der vier nicht aufeinander eingespielte Crews miteinander arbeiten sollen, gefällt mir nicht.« Ich tat, als würde ich eine Weile nachdenken. »Sehen Sie, warum wollen wir im Sinne Ihrer und unserer Sicherheit nicht folgendermaßen verfahren?

Sie nehmen meine vier Schiffe und Mannschaften – das heißt, daß Hroyasail den ganzen Auftrag von Emyasail übernimmt. Wir nehmen dann Ihr verbliebenes und die anderen beiden beschlagnahmten hier als Ersatz. Der Emyasail-Kapitän kennt die Gegend hier, und drei verschiedene Crews von drei verschiedenen Flecken für Schutzzwecke abzuziehen ist entschieden einfacher als für Frachtaufgaben.«

Er erwog meinen Vorschlag. »Klingt vernünftig«, gab er zu. »Ich werde mich also an diesen Vorschlag halten, wenn Sie und Ihre Mannschaften bei der Überprüfung einwandfrei durchgehen.«

Meine Augenbrauen zuckten empor. »Überprüfung? Nun kommen Sie, Mr. Bogen. Sie sind vom Sicherheitsdienst. Sie haben uns bereits überprüft.«

Er lächelte und zuckte leicht mit den Schultern. »Nun ja. Ich gebe zu, daß Ihre Schiffe und Ihre Leute die Prüfung gut bestanden haben. Sie jedoch stellen ein Fragezeichen für mich dar, Mr. Zhang. Sie passen einfach nicht ins Bild. Sie stimmen für mich nicht ganz. Ihr Psychoprofil ist eigentümlich. Ich habe das seltsame Gefühl, ich sollte von Hroyasail alles nehmen, nur nicht Sie.«

»Was! Ich verstehe nicht!«

»Fragen Sie mich nicht warum. Es ist einfach nur ein Gefühl. Aber meine Gefühle treffen häufig zu. Außerdem *brauchen* wir Sie eigentlich nicht.«

Dieser Bursche war gut. Damit hatte ich einfach nicht gerechnet, und ich mußte in bezug auf ihn in Bruchteilen von Sekunden Entscheidungen fällen, die auf waghalsigen und unvollständigen Daten beruhten.

»Hören Sie«, begann ich. »Wofür halten Sie mich eigentlich? Für einen Konföderationsspion oder so etwas? Sie haben doch meine alten Akten!«

»Ja, die haben wir. Und zwar vollständiger, als Sie sich das vorstellen können. Wir stellten fest, daß Ihre Persönlichkeit und Ihr Psychoprofil zu stark von Qwin Zhang abweichen, als daß wir das übergehen könnten.« Dann dachte er einen Augenblick nach, als ringe er mit sich selbst, während ich meine aufsteigende Spannung niederkämpfte. Zum Teufel mit dem Sicherheitsdienst für diesen Geschlechtswechsel! Erst Dumonia und jetzt dieser unendlich gefährlichere Bogen hatten deshalb Wind von der Sache bekommen.

»Ich will Ihnen etwas sagen«, meinte er schließlich. »Ich kenne Ihre Absichten nicht, Zhang, noch weiß ich, ob Sie der oder das sind, was Sie vorgeben. Aber ich gebe zu, ich bin neugierig – und mehr als neugierig, ich bin interessiert. Also gehe ich ein kleines Risiko ein und lasse Sie mitkommen. Was mich umstimmt, ist Ihr Psychoprofil, das eine starke, fast überwältigende Bindung an Ihre Frau ausweist und umgekehrt. Das genügt vorläufig als Druckmittel.«

Ich entspannte mich und war zufrieden, daß ich zum jetzigen Zeitpunkt noch keine Trümpfe ausspielen und echte Risiken eingehen mußte. »Wann sollen wir losschippern?«

»Übermorgen«, erklärte er. »Informieren Sie Ihre Crews und schalten Sie das Computernetz um.« Er stand auf und schüttelte mir wieder die Hand. »Ich weiß nicht warum, aber ich habe das Gefühl, daß das eine sehr interessante Sache wird.«

Ich nickte. »Irgendwie glaube ich das auch, Mr. Bogen. Wenn Sie mich nun entschuldigen würden, ich habe viel zu tun. Ich muß meine Mannschaften anweisen und bei Tooker die entsprechenden Absprachen treffen.«

»Dann übermorgen bei der Emyasail.« Und schon war er verschwunden.

Ich seufzte, denn Bogens Ahnungen gefielen mir gar nicht. Ich glaubte zu ahnen, was ihn letztlich bewog, mich ebenfalls einzuladen, und das war wieder so eine üble Vorahnung. Wir hatten einander in die Augen geschaut – und den anderen dort erkannt. Ein guter Profi verdient einen ebensolchen als Gegenspieler. Das würde heißen, daß er mir auf der Spur war und mir vielleicht nur genügend Leine ließ.

Einer gegen einen, Bogen, dachte ich und fühlte mich besser, als der Anlaß es verdient hätte. Der Bessere sollte gewinnen.

Die Fahrt war eigentlich kein Problem, da wir nur die Kanonenboote und den Verwaltungsstab mitnahmen. Die Anlage ähnelte der unseren, nur daß die obere Etage nicht in sehr guter Verfassung war und seit einiger Zeit zur Lagerung genutzt wurde. Dylan machte sich daran, die Kabine in einigermaßen ordentlichen Zustand zu bringen, und trotzdem hatten wir während der ersten Woche das Gefühl, beim Zelten zu sein anstatt in vertrauter Umgebung. Ich bot an, ihr eine Hilfe zu beschaffen, doch sie war fest entschlossen, alles selbst zu regeln und schien wirklich Spaß daran zu finden.

Eine größere Gefahr war die große Zahl von Durchleuchtungsgeräten, die man passieren mußte, ganz gleich, welches Ziel man ansteuerte. Um dem Sicherheitssystem Genüge zu tun, mußten von uns allen neue Gehirnmusterdiagramme abgenommen werden. Ich hatte keinerlei Absicht, mit diesem Sicherheitssystem ein Risiko einzugehen. Ich befand mich hier ständig in Gesellschaft, und der Plan, der mich hierhergeführt hatte, war nichts mehr wert. Bogen würde mich genau beobachten, und ich wollte ihm keinen Ansatzpunkt liefern, solange das nicht in mein Vorhaben paßte. Um bis hierher zu kommen, waren bereits zwölf Menschenleben geopfert worden; ich empfand gegenüber diesen Unschuldigen eine Verpflichtung, meinen Auftrag zu erfüllen. Das war das mindeste, was ich ihnen schuldete.

Dylan vermutete, daß ich mich irgendwie so weit gemogelt hatte. Zum Teufel, es war mehr als eine Vermutung – sie hatte schon früher mit mir zusammengearbeitet und mir die notwendige Grundlageninformation verschafft. Nur ihre Meinung, daß ich nicht absichtlich den Tod von Unschuldigen verursacht hatte, wahrte den Frieden. Ich hatte nicht die Absicht, ihr jemals etwas anderes zu erzählen.

Doch zu den ersten Dingen, die ich zu erledigen hatte, gehörte die Überprüfung der Torpedos im Waffenlager anhand meiner Seriennummernliste. Von meinen alten Nummern war keine mehr da, aber da wir in unseren Schiffen eine volle Ladung mitgebracht hatten, fühlte ich mich sicher.

Die Waren, die wir zur Insel überführten, bestanden nicht aus den üblichen Nachschubgütern – Lebensmittel, Elektronik und Ersatzteile bis zu größeren Kommunikations- und Computerverbindungen und eine Menge Zubehör für ein Biolabor. Die Tatsache, daß so viel gebraucht wurde und auch gelegentlich ein neues Gesicht von einer der Firmen auftauchte, bewies mir, daß Laroo mit seinem Projekt Phönix nicht gut vorankam. Noch immer hatte man mir nicht erlaubt, mich vom Dock zu entfernen, obwohl ich die Schiffe auf ihrer Fahrt zur Insel begleitete, und wenn ich dort war, wurde ich genau überwacht. Aus der Nähe wirkte der fremdartige, futuristische Bau inmitten der Insel noch beeindruckender, doch näher kam ich einfach nicht mehr heran.

Immer wieder ging ich alles durch, was ich wußte, erfahren oder abgeleitet hatte, und mir wurde klar, daß ich mich in einer Sackgasse befand. Es genügte nicht, Zugang zum Kai der Insel zu haben, doch selbst wenn es mir gelänge, mich fortzustehlen, würde ich über kurz oder lang erwischt werden, ebenso wie jeder andere, den ich hätte beauftragen können.

»Ich bin wütend und enttäuscht«, gestand ich Dylan eines Tages. »Ich sitze in einer Sackgasse fest und sehe keinen Ausweg, um weiterzukommen. Nun bin ich seit einem Jahr hier und habe eine Menge geschafft – aber jetzt geht nichts mehr. Deprimierend daran ist, so nahe am Ziel zu sein und keinen weiteren Schritt tun zu können.«

»Du hast immer noch die Absicht, Laroo zu töten, nicht wahr?« antwortete sie. »Ich wünsche, ich könnte dir helfen, aber das könnte und wollte ich nicht. Du weißt, daß ich nicht mit von der Partie sein kann, wenn es darum geht, ein Menschenleben zu vernichten.«

Ich nickte und drückte ihre Hand. »Ich weiß. Trotzdem besteht mein Hauptziel nicht im Töten. Ich will herausfinden, was es mit diesen Robotern auf sich hat. Die Vorstellung, daß Laroo, Bogen und vielleicht auch die anderen Lords des Diamanten eine ganze Armee dieser Maschinen auf die Konföderation loslassen könnten, gefällt mir gar nicht. Die Dinger sind so vollkommen, daß sie mir teuflische Angst einjagen. Wenn sie in der Lage wären, die Gehorsamsprogrammierung zu verweigern, würde das eine neue Lebensform schaffen, die menschlich aussähe, aber es bei weitem nicht wäre. Stell dir einmal vor, solche Roboter können mit der Geschwindigkeit eines Supercomputers denken, sie sind buchstäblich in der Lage, jede ›Zelle‹ ihres Körpers zu kontrollieren, um sie mit allem zu versorgen, was ihnen in den Sinn kommt: der Fähigkeit zu fliegen, im luftleeren Raum zu überleben und was sonst noch alles. Und hier handelt es sich um Wesen, die auf einen riesigen Supercomputer in menschlicher Gestalt reduziert und nur von einem Impuls beseelt sind – Macht. Sie wären so gut wie unsterblich, und wenn sie jemals tatsächlich irgendwelche Probleme hätten oder eine neue Gestalt wollten, würden sie einfach zurückgehen und sich eine nehmen.«

»Gewiß könnte die Konföderation doch ihre Spur ausfindig machen und sie vernichten?«

»Vielleicht. Aber ich muß immer wieder daran denken, wie dieser eine in die gesichertste Abteilung der Konföderation Zutritt fand, allen Fallen und auch den Menschen und Robotern vom Sicherheitsdienst entging und daß wir ihn letztendlich nur erwischen und zerstören konnten, weil seine Programmierung verlangte, daß er seinen Bericht an den Warden-Diamanten weitergibt. Im Grunde war er nichts anderes als ein Bürodiener! Steck die besten, verschlagensten und hinterhältigsten Köpfe des Warden-Diamanten in solche Gestalten und ... also Dr. Dumonia vertrat die Ansicht, daß die Konföderation auf wackeligen Beinen steht und sich nur deshalb halten kann, weil sie bisher nie auf einen würdigen Gegner gestoßen ist. Diese wären allein schon ein würdiger Gegner. Doch zusammen mit einer raffinierten, fremdartigen Kultur würden sie das Ende all dessen bedeuten, was wir kennen. Ich muß ihm das Handwerk legen, Dylan.«

»Dann bist du überzeugt, daß er dazu in der Lage ist? Hast du jemals daran gedacht, daß diese Fremdrassigen vielleicht so weit fortgeschritten sind, daß wir hier einfach nicht das nötige Rüstzeug haben, um ihre Geschöpfe zu überwältigen?«

Ich dachte darüber nach. »Der Einfluß der Vier Lords reicht weit über den Warden-Diamanten hinaus. Obwohl sie persönlich hier festsitzen, haben sie überall in der Konföderation mächtige Leute in der Hand.«

»Aber würden sie es wagen? Ich meine, sie wissen doch, daß die Konföderation von ihren Robotern erfahren hat, nicht wahr? Und Laroo kann es sich nicht leisten, die Fremdrassigen für seine Zwecke zu verschaukeln. Zeigt denn nicht die Tatsache, daß er die Forschung lieber hier als draußen betreiben läßt, daß er das Risiko vermeiden will, jemanden von draußen einzubeziehen?«

»Du magst vielleicht recht haben«, gestand ich ein. »Nun gut, denken wir mal von den Grundlagen, die wir kennen, weiter. Erstens, die Arbeit wird hier ausgeführt. Zweitens, trotz unbeschränkter zerberanischer Mittel – und vielleicht denen des ganzen Diamanten – und der besten Wissenschaftler um sich herum war er noch nicht in der Lage, das Rätsel zu lösen. Die Vier Lords sind auch in einer gewissen Zwangslage: Sie riskieren die Einmischung der Konföderation und setzen ihre Beziehung zu den Fremdrassigen aufs Spiel.« Ich beugte mich vor und gab ihr einen Kuß. »Vielleicht hast du recht. Vielleicht können sie ihre Probleme nicht ohne fremde Hilfe lösen, und diese Hilfe bekommen sie nicht.«

Wir saßen eine Weile schweigend da und erwogen alle meine Möglichkeiten. Was wußte ich nun eigentlich und was nicht?

Ich wollte auf die Insel und das Projekt erkunden. Wenn es sich tatsächlich eher um ein Projekt der Vier Lords und nicht um Laroos Privatunternehmen handelte, würde die Ausschaltung Laroos auf lange Sicht nicht viel bewirken. Dann würde Bogen oder irgendein anderer in dieser durchorganisierten Gesellschaft seinen Platz einnehmen und weitermachen.

Was wollte ich also wirklich erreichen? Ich wollte, daß man das Projekt aufgab, zumindest für die nächste Zeit. Ich wollte eine Position einnehmen, in der ich diese verkommene Welt ein wenig verändern, vielleicht sie menschlicher machen könnte und gleichzeitig das schützen wollte, was mir wichtig war. Am dringlichsten wollte ich für die Zerberaner, die Vier Lords und die Konföderation gleichzeitig ein guter Mann sein.

Dann zog mir vage eine Idee durch den Kopf, ich packte sie, beleuchtete sie von allen Seiten und kam zu dem Schluß, daß sie so verrückt war, daß sie wahrscheinlich nicht funktionieren konnte – genau wie die erste. Ich würde mich bei einer Menge vielleicht unrealisierbarer Punkte absolut richtig verhalten müssen. Wenn ich mich nur einmal täuschte, war ich ein toter Mann.

»Dylan?«

»Ja, Qwin?«

»Nehmen wir mal an – nur mal angenommen –, es gäbe eine Möglichkeit, diese Sache zumindest vorläufig zu bremsen, sie zu stoppen und eine kleinere Revolution auszulösen, die Zerberus in eine offenere und menschlichere Gesellschaft verwandeln und uns an ihre

Spitze bringen würde?«

»Du spinnst schon wieder. Ich merke es deutlich.«

Ich nickte. »Aber angenommen, all das wäre möglich – und wenn alles klappen würde, bräuchten wir nicht *einen einzigen* umzubringen, nicht einmal Wagant Laroo.«

Sie lachte. »Stehen die Chancen so schlecht wie bei der Tooker-Operation?«

»Schlechter. Ich schätze, daß die Chancen bis zum Ende, bis zur letzten Sekunde fünf zu eins dafür stehen, entdeckt, überwältigt oder sogar umgebracht zu werden. Die Chancen, daß das Ganze klappt, stehen vielleicht hundert zu eins oder tausend zu eins oder noch schlechter. Je nachdem, wo und wann etwas schiefgeht, könnte es alles bedeuten vom Zusammenpacken und alles Vergessen bis hin zu einem Todesurteil oder der Verbannung zum Momrath, was auf das gleiche hinausläuft. Die Risiken beginnen mit dem Augenblick, da ich den Plan in die Tat umsetze, dann ist er vielleicht nicht mehr aufzuhalten.«

Sie betrachtete mich mit fassungsloser Faszination wie in der Vergangenheit und war wirklich wieder ein wenig die alte Dylan. »Ich weiß, daß du es ohnehin tun wirst. Was sollte dich abhalten können?«

Ich zog sie an mich. »Weiß du das wirklich nicht?«

Sie seufzte. »Ich denke, man muß sich die Alternativen deutlich vor Augen halten. Wenn du es nicht versuchst, hängst du dem Gedanken ewig nach, und wenn wirklich so etwas Schreckliches geschieht, wie du sagst, wirst du dir nie verzeihen, nicht gehandelt zu haben. Ich weiß auch nicht, ob ich mir verzeihen könnte. Ich weiß nicht viel über deine Konföderation, über das Leben draußen oder auch nur auf den anderen Warden-Welten, aber manchmal denke ich, wir sind die beiden letzten echten menschlichen Wesen hier.«

»Aber was ist mit dir?« fragte ich sanft. »Es könnte das Ende all dessen hier bedeuten.«

»Dann wird es eben das Ende sein. Wenn wir so wie im Augenblick weitermachen, wird unsere Beziehung ohnehin schal. Ich werde Kinder bekommen, und man wird sie mir wegnehmen, wie das schon immer war. Und es ist nicht damit zu rechnen, daß sie mein Urteil aufheben werden, so daß ich in etwa zwanzig Jahren ohnehin reif für Momrath bin, oder was sie sonst mit dem Ausschuß machen. Was ist das denn für ein Leben?« Sie sah mir ernst in die Augen. »Mach du weiter – und beziehe mich ein, soweit mein Psychoblock nicht dagegenspricht. Verstehst du? Wenn irgend etwas schiefgeht, und das wird es vermutlich, dann möchte ich dieses Leben nicht weiterführen müssen. Wir spielen beide mit hohem Einsatz. Entweder gewinnen wir alles, was wir wollen, oder wir scheitern gemeinsam.«

Ich zog sie an mich und küßte sie leidenschaftlich, und wir liebten uns, als wäre es das letzte Mal, daß wir die Gelegenheit dazu hätten.

Der letzte, endgültige Plan lief an.

Laroos Insel

Ich marschierte ins Sicherheitsbüro am Hafen mit der Vorahnung des drohenden Untergangs, aber auch mit einem Gefühl der Erregung, als sei mein ganzes Leben nur die Vorbereitung für diesen Augenblick gewesen. Ein Großteil der Ausführung meiner Idee blieb notwendigerweise der Improvisation überlassen, und das Bewußtsein, daß ich nun gegen die besten Kräfte dieses Planeten antreten würde, steigerte die Herausforderung nur noch.

Der Sicherheitsbeamte war überrascht, mich zu sehen, da wir heute keine Frachtaufträge hatten, aber er nickte zur Begrüßung und blickte mir neugierig entgegen.

»Ich möchte, daß Sie beim Sicherheitskoordinator Bogen anrufen«, erklärte ich. »Ich will ihn so bald wie möglich sehen.«

»Bogen befindet sich auf der Insel«, antwortete der Mann. »Außerdem sind alle Fragen Ihrer Sicherheit eher mein Problem als das seine.«

»Nehmen Sie es mir nicht übel, aber Sie sind eine zu kleine Nummer. Sie sind ein guter Bulle, Hanak, aber diese Sache geht über Ihren Horizont.«

Das reizte ihn. »Was, zum Teufel, soll das, Zhang?«

»Nehmen Sie Funkkontakt mit Bogen auf und sagen Sie ihm, daß ich ihn auf der Stelle sprechen will. Tun Sie es einfach, Hanak, ja? Das bringt Sie schließlich nicht um.«

»Er wird Sie nicht sehen wollen«, gab er meinen Spott zurück. »Der hat Wichtigeres zu tun.«

»Wenn Sie ihm die folgende Nachricht so übermitteln, wie ich sie Ihnen diktiere, garantiere ich Ihnen, daß ich Bogen nicht nur sehen werde, sondern daß er alle galaktischen Hebel in Bewegung setzen wird, um zu mir zu kommen.«

»Wie lautet also diese so unglaublich wichtige Nachricht?«

»Sagen Sie ihm...« Jetzt ging der Versuchsballon los. »Sagen Sie ihm, daß er das Umprogrammierungsproblem niemals lösen wird, gleichgültig wieviel Zeit, Geld und Mühen er in das Projekt Phönix investiert. Sagen Sie ihm, nur ich sei dazu in der Lage.«

Hanak starrte mich an. »Davon dürften Sie doch überhaupt keine Ahnung haben.«

»Geben Sie es einfach durch. Und lassen Sie mich wissen, wann er zu einem Treffen bereit ist. Ich habe drüben in meinem Büro noch eine Menge Arbeit liegen.« Mit diesen Worten drehte ich mich um, verließ den Raum und ging zurück zum Verwaltungsgebäude. Ich hatte nicht den geringsten Zweifel, daß Bogen auf den Köder anbeißen würde. Nicht den geringsten. Ich dachte mir, daß ich vom Büro aus hören würde, wenn die Sache hochging, und ich sollte mich nicht täuschen.

Es war nur wenige Minuten später, als ich mich gerade zurückgelehnt hatte, um mich mit meiner Arbeit zu befassen, da stürzte Hanak auch schon herein.

»So, Sie Großmaul«, bellte er, »ich habe es auf die Insel rübergefunkt, und die haben mir einiges an Unfreundlichkeiten an den Kopf geworfen. Bogen ist oben auf dem Satelliten, aber er kommt persönlich runter, genau wie Sie es haben wollten. Sie können in neunzig Minuten bei ihm vorsprechen.«

Ich nickte und grinste ihn an. »Wo?«

»In seinem Büro im Schloß.«

»Auf der Insel?«

»Gibt es vielleicht noch ein Schloß?« Er verstummte für einen Augenblick und schaute mich verwundert an. »Wissen Sie, Zhang, Sie sind entweder der schwachsinnigste Kerl, der mir je über den Weg gelaufen ist oder der mit den stärksten Nerven. Was von beidem?«

Ich schenkte ihm ein breites Lächeln. »Raten Sie mal!«

Es war schwieriger, an diesem Feierabend noch eine Crew zusammenzutrommeln, als ich mir das vorgestellt hatte, doch dank der Notdienste hatte ich in etwa einer halben Stunde eine Mannschaft für ein Kanonenboot aufgestellt und ließ für Dylan eine kurze Nachricht zurück: »Die Sache läuft«, um mich dann auf den Weg zur Insel zu machen.

Bogen würde, obgleich er von der Raumstation kam, vor mir oder zur gleichen Zeit eintreffen, vorausgesetzt, er brach direkt nach der Übermittlung seiner Nachricht auf. In Wirklichkeit konnte ich seine »neunzig Minuten« gar nicht einhalten, da ich keine Flugmöglichkeit hatte und der Sicherheitsdienst nicht darauf vorbereitet war! Selbst bei Höchstgeschwindigkeit würde das Boot schon allein für die Überfahrt neunzig Minuten brauchen, und wir starteten ja bereits mit einer halbstündigen Verzögerung. Mir kam das gerade recht. Ich ließ die Leute gerne ein bißchen warten und schmoren – das bringt sie ganz schön aus der Fassung und kitzelt ein wenig ihre Gefühle heraus in einer Lage, in der ich dank meiner Ausbildung völlig ruhig und rational bleiben kann.

Trotzdem kam mir dieses Stück Ozean wie die Ewigkeit vor. Ich litt ständig unter dem Alptraum, ein Bork könnte uns unterwegs angreifen und der Sache ein Ende bereiten, noch ehe sie richtig begonnen hatte.

Doch die Überfahrt verlief ohne Zwischenfälle, und bald kamen die Türme des Schlosses in Sicht, die unheimlich aus den Bäumen emporragten. Der Himmel verdunkelte sich allmählich, und ein leichtes Frösteln verriet mir, daß es bald regnen würde. Das störte mich wenig. Dem Henker machte es vielleicht etwas aus, wie das Wetter war, für das Opfer war das nicht von Bedeutung.

Wir legten am Dock an und vertäuten das Schiff. Ich ging von Bord und auf das Sicherheitsbüro im Hintergrund zu.

»Zhang«, stellte ich mich dem Sicherheitsoffizier vor. »Ich bin mit

Bogen verabredet.«

Sie warf einen Blick auf einen Bildschirm und nickte. »Sie haben freien Zugang zu seinem Quartier, sonst nirgends. Eine Eskorte erwartet Sie an der Pforte.«

»Eskorte? Na schön.« Ich drehte mich um und ging hinaus und zu dem Tor, durch das ich noch niemals geschritten war. Ich mußte die Kamera einschalten, ehe es sich öffnete. Schließlich bestätigte diese, daß ich mit mir identisch war, das Tor glitt beiseite, ich trat hindurch und stieß auf zwei khakigekleidete Mitglieder der Nationalpolizei, Männer mit ernsten Mienen, sehr groß und schwer bewaffnet.

»Gehen Sie zwischen uns und weichen Sie nicht vom Weg ab«, befahl mir der eine. Ich machte eine Handbewegung, daß er vorangehen solle. Während wir über die baumgesäumten Pfade schritten, fiel mir unwillkürlich das besondere Sicherheitssystem auf, das überall installiert war, und die Tatsache, daß jeder unserer Schritte von irgend jemandem genau beobachtet wurde. Wir hatten das Schloß beinahe erreicht, als wir noch einmal ein Doppeltor mit Überprüfungskameras passieren mußten, die uns in den Innenhof führten.

Ich war beeindruckt. Obschon mit der gleichen künstlichen Oberfläche aus sorgfältig bearbeitetem Holz ausgestattet wie die Hafenanlagen und die Landerampen, gab es um das Schloß etwas, was ich seit meinem Abschied von der Konföderation nicht mehr gesehen hatte. Sie hatten von irgendwoher Rasen importiert, wahrscheinlich von Lilith, denn das war scheinbar der Gartenplanet – so daß sich hier eine weite Wiese mit exotischen Pflanzen und Blumen erstreckte. Meine Bewunderung für Laroo wuchs; genau das hätte ich an seiner Stelle auch getan, aber nur wenige andere wären auf diesen Gedanken gekommen.

Nach einer weiteren Überprüfung standen wir schließlich hinter den doppelten Automatiktüren. Ich muß zugeben, daß ich trotz der Berichte der Geliebten Laroos nicht auf das vorbereitet war, was sich meinen Augen bot. Wir schritten durch riesige offene Räume mit unglaublich prachtvollem Mobiliar. Wundervolle Teppiche und Bodenbeläge verschmolzen mit pelzartigen Couchen, Sesseln und Liegestühlen. An den Wänden hingen großartige Kunstwerke, die zur jeweiligen Stimmung der Räume paßten. Das einzige störende Detail bildeten die Polizisten, die so gut wie überall Wache standen, und das Bewußtsein, daß Kameras uns auf Schritt und Tritt verfolgten und überwachten.

Nirgendwo sah ich Treppenaufgänge, obwohl es sie irgendwo geben mußte, und wenn es auch nur aus Sicherheitsgründen war. Wir fuhren mit einem großen Fahrstuhl nach oben, der im wesentlichen aus einer Glasröhre bestand, die sich um ihren Stützpfeiler schloß. Sehr raffiniert. Sie kontrollieren Zu- und Ausgänge der Fahrstühle, können den Benutzer die ganze Zeit über sehen und sorgen dafür, daß man wirklich nur dorthin gelangt, wo man zugelassen ist.

Wir stiegen meiner Meinung nach im vierten oder fünften Stockwerk aus, durchquerten den Hauptbau auf einer schmalen Rampe – welche ausgefahren worden war, als wir angehalten hatten, und wieder in die gegenüberliegende Wand zurücklief, sobald wir festen Boden unter den Füßen hatten, eine weitere gute Idee – und gingen einen Korridor entlang. In diesem Stockwerk befanden sich lauter Räume wie im Nationalen Museum, einschließlich der entsprechenden Ausstellungskästen und Beleuchtung. Hier wurden Münzen, Waffen und Edelsteine von den unterschiedlichsten Welten ausgestellt. Ich war mehr als beeindruckt. Und ich wußte auch, daß diese Gegenstände nicht Laroos Privatbesitz waren – man hatte es nur in seine Obhut gegeben. Alles hier gehörte zu den Dingen, die durch Sterilisierung den zerberanischen Organismus überleben konnten, und waren das Eigentum eines anderen, der es zur sicheren Aufbewahrung hierhergebracht hatte, bis er es brauchte, oder in der Lage war, seinen Besitz zu genießen. Allmählich konnte ich abschätzen, womit Bogen seine meiste Zeit zubrachte.

Schließlich gelangten wir ans Ende der Halle, und eine Tür glitt beiseite, um Zugang zu einem modernen Bürovorzimmer zu gewähren, in dem es alles bis hin zur Empfangsdame gab, allerdings, wie mir auffiel, keinen Lesestoff oder sonst etwas zum Anschauen.

Meine zwei Wächter hielten sich an meiner Seite, während ich mich vorstellte. Die Empfangsdame nickte, als ich meinen Namen nannte.

»Gehen Sie direkt hinein. Direktor Bogen erwartet Sie.«

»Darauf können Sie Gift nehmen«, murmelte ich vor mich hin und ging zur Tür, die ins Chefbüro führte, drehte mich dann noch einmal um und schaute zu meinen Wächtern zurück. »Kommen Sie nicht mit?«

Sie antworteten nicht, also öffnete ich die Tür und trat ein.

Es war ein kleines, mit Akten und Mobiliar vollgestopftes Arbeitszimmer, das so aussah, als würde hier wirklich gearbeitet und auch gelebt – Bücher, Magazine, Print-outs; was man sich nur vorstellen kann, lag im ganzen Zimmer verstreut und türmte sich auf einem L-förmigen Büroschreibtisch mit Computerterminals auf der einen Seite und einem Stapel von Papieren und anderen Geräten einschließlich einem Diktaphon auf der anderen. Bogen trug legere Arbeitskleidung und hätte eine Dusche und Rasur vertragen können. Er war offenbar nicht auf diese Begegnung vorbereitet, und in seinen Augen funkelte der Zorn.

»Schieben Sie den Krempel beiseite und setzen Sie sich«, fuhr er mich an und deutete auf einen Stuhl. Ich tat wie geheißen und schaute ihn nur an.

»Nun?« drängte er mich. »Mit welchen Schauermärchen wollen Sie mich da hochnehmen, Zhang, oder wie immer Sie wirklich heißen?«

»Ich wollte nur einen Punkt Ihrer Operation überprüfen«, erklärte ich und kontrollierte meine Herzfrequenz, Blutdruck und alles andere, um so ruhig und gelassen zu bleiben, wie das nur menschenmöglich war.

»Daß mein Sicherheitsdienst zum Himmel stinkt? War es das? Schauen Sie, es hat Ihnen nicht schwerfallen können, den Namen Projekt Phönix bei dem Zeug, was am Kai herumsteht, aufzuschnappen und vielleicht ein bißchen herumzuraten, daß wir hier gewisse biologische Experimente durchführen. Aber Sie haben Ihren Finger genau ins Zentrum der Forschung gelegt, und das ist kein Zufall. Außer dem Vorsitzenden, mir und sechs, sieben anderen Leuten auf Zerberus – und den drei anderen Lords – gibt es niemanden, und damit meine ich wirklich *niemanden,* der weiß, was wir hier machen. Nun möchte ich hören, wie Sie es erfahren und warum Sie es mir mitgeteilt haben, ehe ich Sie umbringen lasse.«

»Reizend«, antwortete ich trocken. »Ich wette, bei den Mädels funktioniert dieser Trick großartig.«

»Spielen Sie hier nicht länger den Clown, Zhang. Ich bin nicht in der Stimmung dafür.«

»Würden Sie mir glauben, daß ich selbst darauf gekommen bin?«

»Ha! Wie denn? Dazu müßten Sie mehr wissen als die meisten auf dem Planeten hier.«

»So ist es auch«, erwiderte ich ungerührt. »Ich stamme nicht von diesem Planeten. Und nach Ihrem Akzent zu schließen, sind Sie auch kein Einheimischer. Ich weiß Bescheid über die Fremdrassigen, Bogen. Über die Fremdrassigen und ihre raffinierten Roboter.«

»Wie *können* Sie das wissen? Oder wollen Sie zugeben, daß Sie ein Agent der Konföderation sind, wie ich das vermutete?«

»Ich bin ein Agent«, gab ich zu. »Mein alter Arbeitgeber war das Assasination-Bureau des Sicherheitsdienstes. Sie suchten mich aus, steckten mich mit einem Prozeß, der entwickelt wurde auf der Grundlage dessen, was auf Zerberus beim Körperwechsel vonstatten geht, in Qwin Zhangs Körper und schickten mich hierher.«

»Zu welchem besonderen Zweck?«

»Vor allem, weil sie schon eine Vermutung hatten – woher die Perfektion der Roboter stammte«, log ich überzeugend, wohl wissend, daß mich ein Lügendetektor beobachtete. Das ging in Ordnung. Ich war dazu ausgebildet, die besten ihrer Art zu täuschen.

»Das ist doch der helle Scheiß, und Sie wissen es!« brüllte er zurück. »Wenn sie das wüßten, wären sie wie der Teufel hinter uns her, ob mit oder ohne unsere Verbindungen zu Fremdrassigen.«

»Sie wissen Bescheid«, versicherte ich ihm. »Und ich bin mit großer Gewißheit nicht der einzige hier, obwohl mir persönlich keine anderen bekannt sind. Natürlich könnten sie Ihre großartige Raumstation herunterholen und diese Insel mit einem Beamer wegsengen – aber was würde ihnen das nützen? Sie wollen die Fremdrassigen, Bogen, und Zerberus ist bislang der einzige Punkt, über den eine Verbindung besteht. Eines Tages werden sie uns vielleicht diesen ganzen Planeten wegsengen, das ist sicher – aber nicht, solange sie ebensoviel oder mehr zu gewinnen als zu verlieren haben.«

Bogen kicherte. »Nun, da werden sie eine Weile warten müssen. Ich glaube nicht einmal, daß Laroo jemals einen persönlich getroffen hat. Wenn überhaupt einer der Vier Lords, dann wahrscheinlich Kreegan von Lilith. Die ganze Sache war ohnehin seine Idee.«

»Es ist zu unserem Nutzen, das für uns zu behalten – wirklich zu *unserem* Nutzen. Ich möchte nicht gerne eingeäschert werden, Bogen.«

»Für Sie ändert sich dadurch nicht viel«, bemerkte er. »Sie sind schon jetzt ein toter Mann.«

»Das bezweifle ich«, entgegnete ich und gab mich von seinen Drohungen unbeeindruckt. »Ich werde nun ein Argument vorbringen, und ich denke, Sie sind intelligent genug, um zu begreifen, daß das die Wahrheit ist. Ich *hätte* meine Entdeckungen über Projekt Phönix durchaus schon der Konföderation melden können, damit sie zu drastischeren Aktionen schreiten. Statt dessen erzählte ich Ihnen davon.«

»Fahren Sie fort.«

»Sie kennen ja das alte Problem mit den Agenten, die man zu den Warden-Welten schickt. Wir sitzen hier ebenso fest wie Sie.«

»Die müssen sich Ihrer ja sehr sicher gewesen sein, denn sie können Ihre Spur von Körper zu Körper ja nicht verfolgen«, bemerkte er.

»Das waren sie – und mit gutem Grund. Ich bin für Jobs wie diesen geboren und aufgezogen worden. Diese Arbeit ist der einzige Grund meiner Existenz, für ihn lebe, esse, schlafe und atme ich. Sowie das Ziel erreicht ist, besteht kein Lebenssinn mehr für mich. Sie haben sicher schon früher von der Zunft der Mörder, den Assasins, gehört.«

Er nickte. »Ich habe zwei kennengelernt und muß Ihnen recht geben. Fanatiker. Ich glaube, der alte Kreegan war sogar einer von ihnen. Folglich weiß ich, wer Sie sind, und was ich von Ihnen zu erwarten habe. Ich weiß aus Ihrem eigenen Mund, daß Sie für mich und den Boß der gefährlichste Mann auf Zerberus sind.«

»Ja, aber das Ganze war für die Konföderationstypen ein Schuß in den Ofen«, erklärte ich. »Glauben Sie mir, es hat mich mehr überrascht als es die Konföderationsleute überraschen wird, aber sie haben einen Fehler begangen. Dieser Planet – nun, er hat mich ebenfalls verändert, ich habe über meinen Auftrag hinaus etwas gefunden, für das es sich zu leben lohnt – oder sagen wir besser, jemanden.«

Bogen schien etwas entspannter zu werden. Ich bemerkte jedoch, wie er immer wieder mit einem Auge auf etwas außerhalb meines Blickfeldes hinabschaute. Wahrscheinlich auf den Bildschirm des Lügendetektors. »Jetzt wollen Sie also einsteigen und uns einen Handel vorschlagen, stimmt's? Aber Sie haben nichts in der Hand.«

»Ich glaube schon«, antwortete ich bedächtig. »Tatsache ist, daß sie mir einen Psychobefehl eingaben, regelmäßig Bericht zu erstatten und es dann wieder zu vergessen. Ich wußte nicht einmal davon, bis ich mit meiner Frau zusammen in Medlam zu Dumonia ging.«

Bogen wurde wieder aufmerksamer. »Dann haben Sie den entsprechenden Bericht vielleicht schon weitergeleitet?«

Ich schüttelte den Kopf. »Nein, zumindest nicht in vollem Umfang. Mein letzter Bericht liegt über zwei Monate zurück, seither bin ich nicht mehr in die Nähe des Agenten gekommen, der den Bericht anfordern kann. Aber ich weiß nun, um wen es sich handelt, so daß sie mich nicht länger in der Hand haben.«

»Wer ist es?«

»Spielt das eine Rolle? Wenn Sie ihn schnappen, setzen die bloß ein Dutzend neue ein, die wir nicht kennen. Nein, von dem Zeitpunkt an, da ich das alles erfuhr, habe ich mir meine eigenen Gedanken gemacht. Erstens, ich wollte unbedingt bei Ihnen mitmachen. Es gefällt mir ebensowenig wie Ihnen oder sonst jemandem, als Gefangener oder unter der Knute der Konföderation zu leben. Gleichgültig, ob ich Erfolg hätte oder nicht, wäre ich ein toter Mann – und ich möchte nicht sterben, Bogen; mir gefällt aber auch die Stasis meines jetzigen Lebens nicht, was die andere Alternative war. So kam ich auf den Gedanken, Sie und Laroo und Projekt Phönix betreffend. Mir kam in den Sinn, daß Sie mit einem Produkt fremdartiger Technologie umgehen und das mit Leuten, die nicht einmal im Vergleich zu der unseren auf dem neuesten Stand sind. Die Beschäftigung mit organischem Computerwesen steht auf der Verbotsliste, wie Sie wissen, so daß es nur wenige Fachleute gibt, und diese wenigen sind hauptsächlich auf die Industrie orientiert, wo die Konföderation sie noch einsetzt. Sie verfügen weder über die Leute noch über die Jahre an Forschung und Entwicklung, um das Problem zu lösen, und ich denke, Sie wissen das.«

»In Ordnung. Ich würde das nicht voll unterschreiben, aber ich will zugeben, die erzielten Fortschritte sind gleich Null. Wir wissen, *was* wir suchen, aber wir finden einfach keine Möglichkeit, die Programmierung in Einzelelemente zu selektieren, und wenn man alles herausnimmt, zerstört man es, denn die ganze Lebenserhaltung und alle anderen Funktionen sind Teil des Programmierungsmoleküls in jeder einzelnen Zelle. Im Grunde genommen braucht man dafür einen ausgebufften organischen Computer, und an diese Dinger ließ man uns seit Hunderten von Jahren nicht mehr heran, nachdem es zu dem Krieg gekommen war.«

Ich nickte. »Außer bei den Fremdrassigen gibt es nur noch einen Ort, wo man das Fachwissen besitzt, das Sie brauchen. Das wissen wir beide. Ich bin sicher, Sie haben einige Ihrer Roboter darauf angesetzt, aber die Daten sind zu weit gestreut, um dranzukommen. Es könnte Jahre dauern, alles zusammenzutragen, selbst wenn es Ihnen gelingt, die Kodes zu knacken. Und ich glaube nicht, daß Sie die Auffassung vertreten, es stünden Ihnen noch Jahre zur Verfügung.«

»Fahren Sie fort.«

»Diese Stelle ist der Sicherheitsdienst. Der Sicherheitsdienst der Konföderation. Dort könnte man die Daten leichterdings anzapfen, zusammenstellen und einem so komplexen Computernetz eingeben, das in der Lage wäre, das Problem zu lösen. Wissen Sie, dort *benutzt* man organische Computer. Nicht solche wie die hier – bei weitem nicht solche. Aber sie benutzen sie bei ihren Schiffen und Modulen. *Sie* könnten das Problem für sie lösen.«

Er lachte. »Und das ganz im Handumdrehen – Sie bitten sie darum, und schon tun die es, wie? Machen Sie sich nicht lächerlich!«

Ich entspannte mich ein wenig. »Keineswegs. Ich sagte Ihnen schon, daß ich erfahren habe, wer der Verbindungsmann ist. Wenn ich zu dem marschiere und ihn zwinge, mir eine Verbindung herzustellen, dann wirkt da keine Gewalt, kein innerer Zwang und kein Vergessen. Nun nehmen wir mal an, ich rufe oben an und erzähle denen, es könnte mir gelingen, einen der fremdartigen Roboter zu stehlen?«

»Was!?«

»Hm. Und ich werde ihnen erklären, wie ich es anstellen will. Ich werde jede frühere Programmierung bei ihm löschen und selbst die Kontrolle über ihn übernehmen. Das heißt, mein Denken in ihn transportieren und ihn – mit mir – von Zerberus fortschaffen.«

»Das nehmen die Ihnen nicht ab.«

»Ich glaube doch. Bedenken Sie, die haben keine Möglichkeit zu überprüfen, ob das, was ich erzähle, der Wahrheit entspricht, und die bloße Tatsache, daß ich mit dieser Bereitschaft zu ihnen komme, wird sie von meiner ungebrochenen Treue überzeugen. Ich bin ein recht gutes Objekt für Hypnose, wenn ich will. Sagen wir ihnen, ein Teil der Roboterprogrammierung würde auf dieser Insel geleistet – sie wissen ohnehin schon fast alles – und ich hätte mich über Tookers Tochtergesellschaften in das Projekt einschleichen können. Ein paar der Fachleute würden nicht gerne für unbekannte Außerirdische arbeiten, so daß ich einige Unterstützung aus dem Untergrund hätte – um einen Roboter herauszuschmuggeln. Und die einzige Möglichkeit hierzu bestünde darin, als Roboter selbst herauszumarschieren. Das kaufen die ab.«

Er dachte darüber nach. »Zu riskant.«

»Das Risiko ist gleich Null, wenn Sie darüber nachdenken. Sie wissen bereits, daß die Zerberaner in die Programmierung verwikkelt sind, und man muß kein Meisterdetektiv sein, um sich auszumalen, daß das nur auf der Raumstation oder der Insel geschehen kann. Ich werde ein überzeugendes Szenario schaffen, das zu meinen früheren Berichten paßt und zu dem, was sie bereits wissen. Dann liegt die Wahl bei ihnen. Entweder sie segnen den Plan ab und liefern mir die Lösung – falls *sie* sie finden – oder sie weisen mich mit der Begründung ab, das Risiko sei zu groß für diese Art von Information. Ich glaube, ich kenne sie gut genug. Solange sie wissen, daß sie über die Macht verfügen, diesen ganzen Planeten zu zerstören, werden sie sich einverstanden erklären. Die Versuchung, der Köder ist einfach zu groß.«

»Angenommen sie machen es. Was wird aus Zerberus, wenn Sie

nicht liefern?«

»Wir haben dann den Schlüssel, und das löst das Problem. Abgesehen davon – nun, ich würde Schutz für meine Frau und für mich verlangen, vielleicht in Form von zwei eigenen Robotern. Und wenn die Konföderation Schritte zur Vernichtung von Zerberus unternähme, bekämen wir eine Menge Vorwarnungen. Man kann so eine Entscheidung nicht leichtfertig treffen, also werden wir noch Gelegenheit haben, die Fremdrassigen zu Hilfe zu rufen.«

»Und wenn sie nicht kommen?«

»Dann sind wir zumindest weg.«

Er dachte noch eine Weile darüber nach. »Nun, was Sie sagen, stimmt – bis zu einem Punkt. Meine einzige Sorge ist, daß es sich dabei ohne Ihr Wissen um einen raffinierten Konföderationsplan handeln könnte.«

»Wie? Was sollte ich *Ihnen* antun können?«

»Oh, nicht Sie. Aber nehmen wir einmal an, die nutzen das nur, um die Erlaubnis zur Planetenvernichtung zu erlangen? Nehmen wir mal an, das wäre ihr eigentliches Ziel – und wir haben keine Garantie, daß die Fremdrassigen uns beschützen werden oder überhaupt in der Lage dazu sind. Ich habe den Eindruck, wenn sie die Konföderation militärisch besiegen könnten, hätten sie uns gar nicht erst einbezogen.«

Es war ein unbequemer Gedanke, einer, den ich nicht richtig in Erwägung gezogen hatte. So hinterlistig meine Chefs waren, stellte das vielleicht ihr eigentliches Ziel dar? Gewiß wäre es das Endziel, sie auszuräuchern. Der Gedanke, daß sie das alles von mir erwartet hatten, gefiel mir gar nicht.

»Es wäre eine Möglichkeit. Ein Risiko. Ein großes Risiko, wie ich zugeben muß. Aber welches Risiko ist das größere? Es nicht zu versuchen, den Programmierungskode nicht zu knacken und hier noch herumzusitzen, während sie vielleicht tatsächlich dazu übergehen, uns auszulöschen? Das wird geschehen. Sie wissen es, und ich weiß es auch. Wenn Sie darauf eingehen, haben wir wenigstens eine Chance – wir alle.«

Bogen seufzte und schüttelte den Kopf, doch seine Feindseligkeit war gewichen. »Eine so wichtige Entscheidung kann ich nicht treffen. Das werde ich Laroo unterschieben müssen. Und Sie vermutlich auch.«

»Mir soll es recht sein.«

Ich ließ Dylan auf dem Schiff benachrichtigen, daß ich mindestens über Nacht blieb, und übermittelte ihr mit dem schlichtesten Kode ein paar aufmunternde Neuigkeiten. Es war mir gleichgültig, ob Bogens Leute es herausfanden oder nicht; wenn er keine Vorkenntnisse über mich und meinen Charakter besaß, saß er auf dem falschen Posten und im falschen Job.

Dann wartete ich, während Bogen seinen Chef anrief, und schließlich kam er zurück. »In Ordnung«, sagte er. »Er schaut morgen nachmittag vorbei. Früher kann er sich nicht freimachen. Sie sollen als sein Gast hierbleiben, bis er sie angehört und eine endgültige Entscheidung getroffen hat.«

»Und was wird aus meiner Frau?« fragte ich ihn etwas besorgt. »Sie müssen bedenken, daß sie kein eigenes Konto hat.«

»Das wird bis morgen alles geregelt. Meine Leute werden an Ort und Stelle sein, falls sie etwas braucht. Danach werden wir weitersehen. Vergessen Sie nicht, Ihrer beider Zukunft hängt nun nur noch an einem Faden.«

Als ob ich das nicht gewußt hätte! Trotzdem hatte ich keine Wahl mehr. »Nun, da ich entweder ein gemachter oder ein toter Mann bin, hätten Sie etwas dagegen, mir eines dieser Weltwunder vorzuführen?«

Er dachte darüber nach. »Gewiß nicht. Kommen Sie.«

Wir fuhren in einem der transparenten Fahrstühle hinab, weit unter das Erdgeschoß und hinein in den dicken Stamm des Zentralbaumes.

Die Laboranlagen hier unten waren modern und sehr beeindrukkend. Unterwegs liefen mir ein paar ehemalige Tooker-Angestellte über den Weg, die mich erkannten und grüßten, aber Bogen war nicht in der Stimmung, mich alte Bekanntschaften auffrischen zu lassen.

Das Zentrum dieser Aktivität war ein gespenstisches Labor mit Monitor- und Steuerungskonsole unbekannter Bauart an der einen

Seite und einer Reihe kleiner Zellen über die Breite einer ganzen Wand. Eine junge, sehr attraktive Frau, deren langes schwarzes Haar über den traditionellen Laborkittel fiel, überprüfte eine Vielzahl Ausgaben an einem der Geräte, als wir eintraten. Sie warf einen Blick nach oben, erblickte Bogen und stand auf, um uns zu begrüßen.

»Hier darf ich Ihnen den klügsten Kopf von Zerberus vorstellen und einen der klügsten der gesamten Galaxis«, strahlte Bogen.

Sie lächelte und streckte mir die Hand entgegen. »Zyra Merton«, stellte sie sich vor.

Ich erschrak, noch während ich die schmale, zarte Hand schüttelte. »Qwin Zhang. Sagten Sie Merton?«

Sie lachte erfreut. »Ja. Kennen Sie den Namen?«

»Gewiß doch. Aber irgendwie verband ich damit das Bild eines kleinen alten Mannes mit wilder Mähne und einem Bart.«

»Nun ja, ich bin auch ziemlich alt«, erwiderte sie gutmütig. »Tatsächlich bin ich fast hundertachtzig. Der Grund, daß ich vor fast neunzig Jahren hierherkam, war nicht nur, daß ich den Warden-Prozeß auf Zerberus studieren wollte, sondern auch, daß das damals die einzige Möglichkeit darstellte, mein Leben zu retten. Trotzdem kann ich Ihnen versichern, daß ich immer eine Frau war und nicht *einmal* einen Bart hatte.«

Ich mußte ihr Lachen erwidern. Sie war charmant und eine überraschende Antwort auf die Frage, wer Merton tatsächlich war.

»Aber sagen Sie mir, wo Sie meinen Namen gehört haben?« bat sie mich.

»Ich bin ein Ergebnis dessen, was man in der Konföderation den Merton-Prozeß nennt«, erklärte ich.

Sie schien sehr interessiert. »Sie wollen sagen, man hat dort das Problem gelöst? Ich dachte, es würde zu viele Menschenleben kosten und zu viele um den Verstand bringen, um jemals gut praktizierbar zu sein. Ich habe diesen Forschungszweig völlig aufgegeben, als ich mich ganz der Erkundung des zerberanischen Prozesses widmete. Das war – lassen Sie mich nachdenken – vor etwa fünfzig Jahren.«

»Na ja, man hat es teilweise gelöst«, berichtete ich ihr. »Allerdings nicht die Verlustrate gesenkt.«

Sie wirkte enttäuscht und ein wenig verärgert. »Zum Teufel mit ihnen! Zum Teufel mit mir! Am meisten habe ich immer bedauert, daß ich den Anfang entwickelt und die Daten unvollständig weitergegeben habe. Doch damals waren nur wenige Leute hier, es gab kaum Technologie oder staatliche Strukturen, so daß ich ganz von dem Nachschub von draußen abhing, um weiterzukommen. Trotzdem würde ich gerne irgendwann eine vollkommene Gehirndurchleuchtung von Ihnen anfertigen, nur um herauszufinden, wie weit sie wirklich damit gekommen sind. Ich fürchte, daß man niemals weiter als zu dem von Ihnen Geschilderten gelangen wird.«

Ich beschloß, ihr nicht zu sagen, als welchen Erfolg die Konföderation es einschätzte. Aus Achtung gegenüber meinen Gegenspielern auf Lilith, Medusa und Charon wollte ich nicht gleich alles ausposaunen.

»Ich bin gerne irgendwann dazu bereit«, erklärte ich ihr wahrheitsgemäß. Wenn ich auf diesem verrückten Planeten jemandem trauen konnte, dann vermutlich ihr, und war es nur um ihrer wissenschaftlichen Hingabe willen.

»Zhang interessiert sich für unsere Freunde«, meinte Bogen. »Können Sie uns eine kleine Vorführung arrangieren?«

Sie nickte. »Aber gerne. Ich habe gerade einen, der so gut wie ausgereift ist.«

»Ausgereift?«

»Fertig. Vollkommen. Einsatzbereit.« Sie kehrte zu ihren Instrumenten zurück und drückte eine Reihe von Eingaben ein. Über einer der Zellen ertönte ein leiser Summton, dann flammte eine rote Lampe auf. Nach einer Weile erlosch sie wieder, wurde von einer bernsteinfarbenen Bereitschaftslampe abgelöst, dann glühte Grün auf.

Sie verließ ihre Konsole, durchquerte den Raum und öffnete die Tür zu einer der Kammern. Der Blick, der sich mir bot, jagte mir einen Schrecken ein. Es handelte sich um den Körper eines großen, muskulösen Mannes nach der Norm der zivilisierten Welten. Er sah aus, als wäre er eben erst verstorben.

»Zwo-eins-zwo-sechs-sieben – wachen Sie auf und treten Sie

vor«, befahl sie.

Die Gestalt rührte sich, schlug die Augen auf, sah sich um, und auf gespenstische Weise strömte Leben in diesen Körper. Er trat aus der Zelle und wirkte plötzlich sehr natürlich.

Ich trat hinzu und schaute ihn mir an. Ich fühlte mich dabei etwas unbehaglich, denn plötzlich handelte es sich um eine Person und kein Ding, das ich da beäugte wie ein Standbild.

»Die erstaunlichste Verbindung von organischer Chemie, Computer und Molekularbiologie, die ich jemals gesehen oder erlebt habe«, erklärte mir die Merton.

»*Das* ist ein *Roboter?*«

Sie nickte. »Ich sollte Ihnen vielleicht sagen, daß wir sie nicht ganz in diesem Zustand bekommen. Sie landen hier in einer grob menschlichen Gestalt und mit der gleichen Grundsubstanz, aber das ist auch alles. Mit Hilfe von Zellproben gelingt es uns dann, sie mit einer richtigen Haut zu überziehen, die ein exaktes Ebenbild des Zellspenders schafft. Das dazu verwendete Material ist ähnlich wie der Stoff, aus dem das ganze Gerät besteht, doch es kann sich dem genetischen Kode des Originals anpassen. Und wenn wir das Originalsubjekt zur Hand haben, lassen sich alle Narben, Schönheitsfehler oder Eigentümlichkeiten ergänzen, um das Duplikat zu vervollständigen.«

»Wie, zum Teufel, bringen Sie so etwas fertig?« keuchte ich.

»Wir nicht. Aber die Konföderation könnte es, wenn sie wollte. Doch selbst dann käme ein anderes Modell heraus. In Wirklichkeit braucht man bei genauerer Betrachtung nur sehr kurze Zeit für die Feststellung, daß diese Geräte das Produkt einer sehr fremdartigen Gesellschaft und Kultur sind. Nicht daß dabei wissenschaftliche Gesetze gebrochen würden – keinesfalls. Doch die ganze wissenschaftliche Entwicklung bis heute hat hier und dort sehr unterschiedliche Stadien durchlaufen.«

»Woher kommen sie denn dann?«

Sie zuckte mit den Schultern. »Wir haben nur ein paar hier, teils zum Ausreifen, teils zu Versuchszwecken. Sie überlassen uns nicht zu viele, und nur dann, wenn wir ein bestimmtes Individuum im Kopf haben. Sie sind ganz schön vorsichtig.«

»Hier wird das alles vorgenommen? Die ganze Bewußtseinstauscherei?«

»Oh, nein. Im Warden-System ist es überall machbar bis zu einer Strecke von cirka 160 Millionen Kilometern von Momrath entfernt. Hauptsache, es geschieht in einem Raum, wo der zerberanische Warden vorherrscht. Die genauen Details kenne ich nicht.«

»Und stört Sie das nicht? Daß wir sie benutzen, um die Konföderation auszuspionieren?«

»Eigentlich nicht. Warum sollte es? Alles, was diese Regierung unternimmt, wird Schall und Rauch, einschließlich der Menschen. Hier haben wir es mit einer völlig neuen Technik von einer absolut nichtmenschlichen Entwicklung zu tun, und das ist weit interessanter. Ich kann ihnen kaum einen Vorwurf machen, daß sie sich der Konföderation nicht offenbart haben. Jede fremde Rasse, die uns je über den Weg gelaufen ist, haben wir umgebracht – im wörtlichen Sinne oder kulturell.«

»So wie Sie reden, hätte man sie hierher verbannt, wenn Sie nicht freiwillig gekommen wären«, bemerkte ich.

»Wahrscheinlich«, lachte sie. »Wir werden es niemals erfahren. Aber es hat sich in jedem Falle bezahlt gemacht.«

Ich schaute sie an und dachte intensiv nach. »Und *Sie* waren nicht in der Lage, das Programmierungsrätsel zu lösen? Wenn *Sie* es nicht können, wer dann?«

Sie blickte fragend zu Bogen, der nickte und sich dann wieder zu mir umdrehte. »Ganz so einfach ist es nicht. Gehen wir mal hier herüber zum Schirm.«

Wir traten näher zu den Instrumenten. »Ich kenne nichts von alledem«, gestand ich ihr. »Wem gehört das? Haben Sie es selbst entworfen?«

»Nein, auch das wurde uns von den Herstellern geliefert. Es ist ein Teil des Problems. Hier. Sehen Sie auf den Bildschirm.«

Ich schaute und sah die Vergrößerung einer Zelle. Nein, keiner Zelle. Einer Art einzelligem Lebewesen, so schien es, ähnlich einer Amöbe.

»Das ist eine Zelleinheit von einem der Roboter«, erklärte sie mir. »Es ist in Wirklichkeit keine Zelle, obgleich es sich wie eine verhält.

Es ist ein kompletter, selbstgespeister Mikrocomputer, der organische Moleküle und organische Strukturen benutzt. Nicht daß wir etwas Besonderes sähen. Es sind keine besonderen Elemente, wie wir sie nie zuvor gesehen haben, nichts dergleichen. Aber sie sind auf eine Weise zusammengesetzt, die ich mir nicht einmal vorstellen kann. Tatsächlich weiß ich keine Methode, etwas Derartiges zu bauen oder wachsen zu lassen aus all jenen Einzelelementen und Komponenten, daß es anschließend funktionieren würde. Ich kann beispielsweise Karbonketten, Schwefel und Zink nehmen, Pottasche und hundert weitere Bestandteile, und sie zusammenschütten – doch niemals käme dabei *so etwas* heraus.« Sie stellte die Zellwand scharf ein und holte sie unglaublich nahe heran. »Sehen Sie diese winzigen, haarähnlichen Dinger? Das sind die elektrischen Verbindungen zu den benachbarten Zellen. Wie Nerven, und doch auch wieder nicht. In der Koppelung bilden sie ein bewußtes Kommunikationssystem zwischen den einzelnen Zellen. Das Gehirn kann jeder Zelle oder jedem Zellklumpen genau vorschreiben, was die kleinen Kerle tun und wie sie aussehen sollen – sie sagen es, und der Körper ist dazu in der Lage. Kann fast alles nachahmen. Sogar funktionale Dinge. Unmöglich. Unvorstellbar. Selbst in unseren schlimmsten Zeiten des Roboterkrieges verfügten wir über nichts Vergleichbares. Es wäre uns sicher irgendwann gelungen, wenn die weitere Forschung und Entwicklung nicht verboten worden wäre.«

»Ich verstehe, worauf Sie hinauswollen. Sie wollen mir sagen, daß nicht einmal die Konföderation diese Dinger um- oder deprogrammieren kann.«

»Weit gefehlt! Mit einem dieser Exemplare würden sie es vermutlich fertigbringen. Aber... wir stecken in einer Sackgasse. Wir sind in der Lage, die Funktionsweise zu ergründen, aber wir können sie von uns aus nicht wiederholen oder aufheben. Und was noch wichtiger ist, wir können die notwendige Programmierung nicht von der unwichtigen unterscheiden. Verstehen Sie?«

Ich verstand. »Aber Sie glauben, die Konföderation wäre dazu in der Lage?«

»Nur weil sie selbst über größere, schnellere und quasi-organische Geräte verfügen. Ich bezweifle, daß sie den hier nachbauen könnten, aber vermutlich wären sie fähig, uns zu sagen, wie es gemacht wird. Deshalb besitzt jede Zelle einen Selbstzerstörungsschalter. Wenn sie ausfällt oder in Gefahr ist, gefangen zu werden, schmilzt sie einfach dahin. Eine nach der anderen.«

»Genug gesehen?« fragte Bogen ungeduldig.

Ich nickte. »Jedenfalls fürs erste. Ich bin sehr beeindruckt, das muß ich schon sagen.« Ich war mehr als beeindruckt. Die verdammten Dinger jagten mir tödliche Angst ein.

Wagant Laroo

Ich verbrachte eine ausgesprochen angenehme Nacht in einem der Gästezimmer, umgeben von alten Meistern und schlief in dieser Art computergesteuertem Luxus, dessen Existenz ich fast vergessen hatte. Ich schlief lange, da ich wußte, daß ich alle meine fünf Sinne gut beisammen haben mußte, und nahm dann ein üppiges Frühstück zu mir; anschließend machte ich mit Genehmigung der Nationalpolizei und unter ihren äußerst wachsamen Blicken eine Runde durch die Ausstellungen in den oberen Stockwerken. Alles in allem war es ein höchst interessanter Tag, der gleichzeitig so viele ungeklärte spektakuläre Diebstähle erhellte, daß ein Polizist dafür einen Platz im Wachsfigurenkabinett bekommen hätte, falls es hier dergleichen gab.

Am späten Nachmittag näherte sich ein Flugboot und landete im Vorgarten, den ich immer noch so reizvoll fand. Ihm entstiegen fünf Männer, die jeder eine Aktentasche trugen. Sie hatten nichts Außergewöhnliches an sich, so daß ich sie nur vom Fenster aus anstarren und mich fragen konnte, welcher von ihnen Laroo sein mochte.

Darin bestand offenbar der eigentliche Trick.

»Sie werden niemals erfahren, welcher in dieser Gesellschaft Laroo ist«, warnte mich Bogen. »Er hat ungefähr zwei Dutzend Leute, die so gut schauspielern, daß sie ihn bei den verschiedensten Gelegenheiten vertreten, und gewöhnlich reist er in Begleitung einer Gruppe. Er kann jeder von ihnen sein – und man weiß nie genau, ob man tatsächlich mit ihm selbst spricht.«

Das machte mich ein wenig nervös. »Dann ist Laroo vielleicht gar nicht unter ihnen.«

»Oh, ich garantiere, daß er einer von ihnen ist. Bei einer solchen Entscheidung. Die beste Lösung ist, einen jeden so zu behandeln, als sei er Laroo. Der richtige Laroo wird alles mitbekommen.«

Ich nickte voller Unbehagen, und wir schritten hinab zum Büro des Lords des Diamanten. Der Gedanke, daß Laroo mit solchen Tricks arbeitete, gefiel mir nicht so recht. Wieder etwas, was schiefgehen konnte, dachte ich nervös.

Man drängte mich in den Raum und stellte mich einem großen gutaussehenden Mann mit vorzeitig ergrautem Haar vor, das ihm das Aussehen eines distinguierten Politikers verlieh. Ich ließ meinen Blick auf den anderen ruhen. Einer war klein und dick und sah wie eine Miniaturausgabe von Otah aus, nur nicht so, wie man sich den Lord von Zerberus vorstellen würde. Ich wollte mich für den entscheiden, dachte ich im stillen. Wohl kaum würde sich jemand für einen entscheiden, der tatsächlich wie ein Diktator aussah. Ich betrachtete die anderen, die wiederum mich musterten. Ich fragte mich, ob sie wenigstens wußten, wer eigentlich wer war.

Ich trat zu dem hin, den ich mir als Laroo vorstellte, blieb stehen und machte eine leichte Verbeugung.

Er reichte mir die Hand und setzte ein Politikerlächeln auf. »Höflichkeitsfloskeln können Sie sich sparen«, meinte er freundlich. »Wir sind Geschäftsleute. Bitte, setzen Sie sich und machen Sie es sich bequem.«

Ich tat wie geheißen. Dann saß er einen Augenblick nur da und musterte mich. »Sie sind also ein Erster-Klasse-Mörder«, sagte er schließlich.

»Ich war es«, antwortete ich und entspannte mich ein wenig. »Diese Art von Arbeit interessiert mich nicht mehr.«

»Ich habe die Aufzeichnung von Ihrer Unterredung mit Bogen gestern gesehen und die Instrumentenangaben überprüft. Es sieht so aus, als hätten wir in Ihnen tatsächlich einen wertvollen und interessanten Mann gefunden, Zhang. Trotzdem bin ich neugierig. Wenn Sie sich für so eine Aufgabe freiwillig gemeldet hatten, was bewirkte dann Ihren Gesinnungswandel?«

»Ich hatte mich nicht freiwillig gemeldet«, stellte ich wahrheitsgemäß richtig. »Ich wurde nominiert, ausgesucht, instruiert und wachte auf einem Gefangenenschiff auf...«

Er mußte lachen. »Das sieht denen von der Konföderation ähnlich, in Ordnung. Und jetzt machen Sie Geschäfte auf eigene Rechnung. Nun, ich habe noch ein paar Fragen praktischerer Natur.«

»Schießen Sie los.«

»Erstens. Angenommen wir lassen Ihnen freie Hand, welche Garantie haben wir, daß Sie uns nicht aufs Kreuz legen wollen?«

Nun mußte ich lachen. »*Sie* aufs Kreuz legen? Ich allein? Betrachten Sie es doch mal von meiner Warte aus. Wenn ich erst einmal soweit bin, welche Sicherheiten besitze ich, daß nicht Sie beschließen, mich auszuschalten?«

»Nicht schlecht. Dann schlage ich also die Grundlage gegenseitigen Vertrauens vor. Eine gute Basis. Sie wissen, was *wir* uns davon versprechen. Wie steht es mit Ihnen? Was erwarten *Sie* bei diesem Unternehmen zu gewinnen?«

»Nun, bevor wir in Einzelheiten gehen, möchte ich, daß das über meine Frau verhängte Urteil aufgehoben wird. Sie leidet seitdem unter psychischen Störungen, und das Urteil steht einer Besserung im Wege. Das ist meine Grundbedingung – sozusagen als Zeichen Ihres guten Willens. Außerdem werde ich sie brauchen, denn sie ist meine einzige Garantie, daß die Konföderationsagenten mich nicht so schnell aus dem Weg räumen.«

Wagant Laroo schien nicht wenig erheitert, die anderen ebenfalls. Ich bemerkte mit gewissem Unbehagen, daß ihre Reaktionen auf meine Erklärungen tatsächlich simultan erfolgten und identisch waren.

»Wissen Sie, ich mag Sie, Zhang, oder wie immer Sie heißen. Da sitzen Sie als Gefangener auf meiner Insel, und ich könnte Sie mit dem Finger wegschnippen, als hätte es Sie nie gegeben. Und Sie verlangen wohlüberlegt Vorleistungen und formulieren Bedingungen! Das gefällt mir wirklich.«

»Wenn Sie meinen Vorschlag akzeptieren, ist das völlig schlüssig«, erklärte ich. »Wenn nicht, bin ich ohnehin hinüber.«

Er nickte voller Wohlgefallen über die Antwort. »Das ist wahr. Sie wissen schon, daß ich interessiert bin, sonst hätte ich meinen Terminplan nicht umgeworfen, um hierherzukommen. Darüber hinaus habe ich es sogar ziemlich eilig, zu Ergebnissen zu gelangen, schon um meines eigenen Schutzes willen. Marek Kreegan, der Lord von Lilith, ist gestern ermordet worden.«

»Was!« In mir stieg eine Erregung hoch, die ich kaum zu zügeln vermochte.

Er nickte ernst. »Man berichtete mir, es sei eine Art Unfall gewesen, doch als direkte Folge eines entsprechenden Eingriffs der Konföderation. Ich und die übrigen Planetenherrscher müssen annehmen, daß Konföderationsagenten eingesetzt wurden, um uns alle zu töten und zwar auf geschickte und hinterhältige Weise. Sagen Sie, lautete nicht so Ihr ursprünglicher Einsatzbefehl?«

Ehrlichkeit schien mir die beste Waffe. Außerdem hatten sie mit Sicherheit inzwischen auch Dumonias Praxis und Akten durchwühlt. »Ja, das war er. Und tief im Innern meines Gehirns besteht immer noch ein solcher Psychobefehl, aber wenn Sie sich bei Dr. Dumonia erkundigen, wird er Ihnen sagen, daß es sich keinesfalls um einen unabänderlichen Befehl handelt – und ich habe meinen Spielplan bereits völlig verändert. Das hätte ich in jedem Falle, nachdem ich von der Existenz des Befehls erfahren hatte. Ich habe es nicht gern, wenn Leute, auch die Konföderation, mein Denken beeinflussen.«

»Ich glaube, ich kann Ihnen vertrauen«, meinte er. »Aber das ändert nichts an der Tatsache, daß Sie vermutlich nicht der einzige sind.«

»Das ist so gut wie sicher«, bestätigte ich, um seinem Verfolgungswahn mit der Wahrheit Nahrung zu geben. »Sie sagten mir schon damals, daß es noch andere geben könnte.«

»Genau. Das bedeutet, das Projekt Phönix um so dringlicher voranzutreiben. Wissen Sie, ich habe viel über Ihren Vorschlag nachgedacht und kam immer wieder auf die Idee, warum ich eigentlich nicht einen Roboter aus Ihnen machen sollte. Das würde mir Ihre Loyalität, Ihre Ehrlichkeit und Mitarbeit sichern.«

Panik stieg in mir auf. Das war eine Gedankenkette, die ich als eines der höchsten Risiken eingestuft hatte – und gegen die ich kein

Gegenargument besaß.

»Es würde nichts nützen«, antwortete ich so ungerührt und überzeugend, wie ich nur konnte. »Das geistige Training, dem ich mein ganzes Leben lang unterzogen wurde, geriete in direkten Konflikt mit der Roboterprogrammierung. Die Folge wäre ein innerer Krieg und im harmlosesten Falle der Wahnsinn.«

Er dachte darüber nach. »Vielleicht. Möglicherweise auch nicht. Ich weiß es nicht. Wir haben niemals zuvor jemanden mit Ihrer einzigartigen Ausbildung und Erziehung unter uns gehabt. Doch ich verstehe die Logik Ihres Arguments und werde das mit einem Psychologen prüfen. Gehen Sie nun zum Abendessen – Bogen wird Ihnen zeigen wo –, während wir hier alles noch einmal durchdiskutieren und ich Nachforschungen zu diesem Punkt anstellen werde.«

Das Gespräch war beendet, ich hatte kein gutes Gefühl, und es war mir auch nicht nach Essen zumute. Bogen, der sich gleich an mich hängte, wirkte ganz selbstzufrieden, so daß ich gleich wußte, von wem die Idee stammte. Nach dem Essen wurden wir endlich wieder zu den fünf Herren gerufen, diesmal mit weniger Förmlichkeit.

»In Ordnung«, begann Laroo, »diese Runde haben Sie gewonnen. Wir haben fünf führende Psychologen auf dem Gebiet angesprochen, einschließlich Ihres eigenen, zwei der fünf stimmten mit Ihnen überein, während die anderen drei nicht sicher waren. Alles in allem will ich mit Ihnen kein Risiko eingehen. Ich habe auch mit dem Gedanken gespielt, Ihre Frau zu ersetzen – wirklich eine sehr einfache Prozedur.«

Alles krampfte sich in mir zusammen, aber ich schwieg.

»Allerdings«, so fuhr er fort, »sagte Dumonia, daß ein derartiges Vorgehen Sie in einen suiziden Mörder ersten Ranges verwandeln könnte, was bedeuten würde, wir müßten Sie auf der Stelle töten. Die Idee ist immer noch reizvoll – und Sie müssen bedenken, daß Sie nicht wissen werden, ob und wann ich es veranlasse. Tatsache ist, daß ein Mann wie Sie hier selten auftaucht, und ich finde Ihren Typ faszinierend und nützlich.«

»Abgesehen davon, würde ich beim ersten Körperwechsel bemerken, daß Sie Dylan ausgetauscht haben, vorausgesetzt, ich würde diesen Wechsel überleben.«

Er seufzte. »Ja, genau das ist der Grund, der dagegen spricht. Verstehen Sie nun? Sie denken schlüssig. Und weil Sie folgerichtig denken, will ich Ihnen eine Chance geben. Ich bin geneigt, es Sie versuchen zu lassen.«

Ich entspannte mich. Zweite riesige Hürde genommen. »Wann?«

»So bald wie möglich«, antwortete er. »Gewöhnlich würde ich das beim halbjährlichen Treffen der Lords des Diamanten vortragen, das übermorgen stattfinden soll, aber nun, da Kreegan nicht mehr unter uns weilt, kann ich mir nicht mehr den Luxus gemeinschaftlicher Entscheidungen leisten. *Er* war es ohnehin, der immer die Entscheidungen traf. Ich werde die Sache jedoch zu gegebener Zeit vorbringen.« Er stand auf, als wolle er mich entlassen.

»Meine Frau«, erinnerte ich. »Der Vorschuß.«

Er zögerte und seufzte dann. »Nun gut. Rufen Sie Dumonia an, wenn Sie wieder an der Küste sind. Ich werde alles über ihn arrangieren. Er wird es schnell beheben. Aber die Psychobefehle bleiben. Verstehen Sie? Und auch die finanzielle Abhängigkeit. Und wenn sie noch einmal versucht, aus der Mutterschaft zu entkommen, dann werde ich es so einzurichten wissen, daß sie um Gnade winselt – und Sie auch. Ihrer beider Leben liegt nun in Ihren Händen. Eine Abweichung, ein Ausrutscher von einem von Ihnen beiden, ein kleines Mißgeschick – selbst wenn es sich um etwas handelt, was nicht in Ihrer Gewalt liegt –, und Sie beide sind nicht sofort tot, wünschen aber, Sie wären es. Haben Sie mich verstanden?«

Ich nickte ernst angesichts des boshaften Untertons in seiner Stimme. Es war ein Hauch, ein *kaum* wahrnehmbarer, frostiger Unterton, den ich vorher nicht bemerkt hatte. Ich begriff plötzlich, daß ich in diesem Augenblick dem echten Wagant Laroo gegenüberstand, nicht aber bei der Begegnung vor dem Abendessen, und spürte, wie die Chancen etwas zu meinen Gunsten stiegen. Wenn ich gut aufpaßte, vermochte ich ihn zu erkennen. Ich konnte ihn in einem Zimmer voller Doubles ausmachen. Die anderen, der erste, waren verdammt gute Schauspieler, doch diese Art von emotionalem Unterton war nur einem Wagant Laroo eigen.

Bogen verblaßte plötzlich als würdiger Gegenspieler in meinen

Augen. Ich sah ihn zur Bedeutungslosigkeit schrumpfen, zu einem Sicherheitschef im zweiten Glied. Wagant Laroo war das furchterregendste, gefährlichste menschliche Wesen, dem ich jemals begegnet war. Ich hatte keine Sekunde lang Zweifel, daß er seine Drohung ernst meinte und in der Lage war, sie in die Tat umzusetzen.

Kreative Psychologie und Zeit für einen Vorschlag

»Ich kann noch immer nicht glauben, daß du es geschafft hast«, sagte Dylan zu mir, als wir auf dem Weg zu Dumonia waren. »Mein Gott, Qwin! Innerhalb eines Jahres seit deiner Ankunft hast du ein hohes Tier hereingelegt, dich zum Unternehmensdirektor hochgearbeitet, dir deinen Weg in ein superheißes Geheimprojekt erschlichen, und nun ist es dir sogar gelungen, ein Urteil aufheben zu lassen – ein Urteil, das erst seit kurzem Gültigkeit hat.«

Ich nickte und lächelte, doch die lauernde Gefahr, wenn Dinge in Gang gekommen und außer Kontrolle geraten waren, konnte ich nicht verdrängen. »Trotzdem haben wir erst die Hälfte erreicht. Die schwierigsten Momente kommen noch, und dieser Bursche Laroo macht mir wirklich Sorgen. Dylan, ich habe ihn angesehen und wirkliche Furcht, echte Gefahr empfunden. Diese Vier Lords sind die besten ihres Schlages, der hervorragendste Typ einer Evolution. Das ganze Konzept vom Warden-Diamanten war die dümmste Idee, die die Konföderation jemals hervorgebracht hat. Das ist mir inzwischen klargeworden. Sie bringen die absolut besten, brillantesten kriminellen Psychopathen auf einem Fleck zusammen. Der Überlebende solcher Kämpfe muß die Vollendung seiner Art darstellen – brillant, völlig amoralisch, absolut skrupellos. Er hat alle Möglichkeiten in Betracht gezogen, mich hereinzulegen, während ich vor ihm saß, und ich glaube, er weiß oder vermutet zumindest, worauf ich hinauswill.«

»Aber du hast dich doch selbst aus dieser Falle herausgeschwatzt«, widersprach mir Dylan, »und er ist darauf eingegangen. Wenn er *so* gut ist, warum hat er sich dann darauf eingelassen?«

»Ich glaube, ich weiß warum. Bedenke seine Lage. Seine größte Schwäche liegt in seiner Angst, seine gewaltige und ständig anwachsende Macht könnte jeden Augenblick verpuffen. Er fürchtete das schon immer, aber nun, da einer der Vier Lords tot ist, wird es zur fixen Idee. Die fähigsten Geister auf Zerberus arbeiten für ihn an der endgültigen Lösung – die Merton eingeschlossen, die eine der besten auf dem Gebiet überhaupt ist. Und sie können das Problem nicht lösen. Er *braucht* Projekt Phönix. Deshalb ist er, obgleich er einen Schwindel vermutet, bereit, mich weitermachen zu lassen. Er hat keine andere Wahl. Er kann nichts anderes tun, als mich die Sache weiterverfolgen zu lassen, wobei er die Merton und andere benutzen wird, um meine Tricks herauszufinden, in der Hoffnung, daß ich trotzdem das Problem für ihn lösen werde. Dylan, das ist die größte Herausforderung. Er setzt sein Ego gegen das meine, daß er mich überlisten kann, ehe ich ihn überliste.«

»Bist du sicher, daß er weiß, daß du etwas im Schilde führst?«

Ich nickte. »Er weiß es. Wie Bogen sagte, ein Profi erkennt den anderen schon rein gefühlsmäßig. So wie die Gefühle, auf die du dich bei der Borkjagd weitgehend verlassen mußtest. Er weiß es einfach aufgrund der Schlußfolgerungen. Wenn ich erst einmal liefere, hat er allen Grund, sich vor mir zu fürchten und nichts mehr zu gewinnen, indem er mich frei herumlaufen läßt. Das begreifen wir beide. Er weiß, daß ich etwas im Schilde führen muß, und er setzt darauf, daß er es herausfindet. Deshalb läßt er mich an der langen Leine und fügt sich meinen Bedingungen. Es ist gleichgültig – solange ich das Gewünschte beschaffe.«

Sie schaute mich an. »Kannst du es denn beschaffen?«

Ich zuckte mit den Schultern. »Ich habe nicht die geringste Ahnung. Das hängt von Otah, meinem Bruder, von Kreegan bzw. seinem Nachfolger und dessen Oberen ab. Letzten Endes muß ich darauf bauen, daß sie in der Lage sind, das Problem zu lösen.«

Sie nickte nur und schaute aus dem Fenster des Helitaxis.

Kurz darauf landeten wir vor Dumonias Praxis und wurden rasch hineingeführt. Laroo hatte keine Zeit verloren, das alles zu veranlassen, denn er sah nun in jeder Ecke Mörder lauern. Und damit hatte er vermutlich sogar recht.

Auch Dumonia wirkte beeindruckt. Während Dylan mit den dreizehn auf Laroos Befehl zu diesem Zweck versammelten Richtern zusammensaß, hielten wir in aller Ruhe einen Plausch. Ich mochte Dumonia, obwohl ich ihm nicht traute.

»So, Sie haben also einen Zipfel Ihrer Tarnung gelüftet«, bemerkte er beiläufig.

Ich nickte. »Warum nicht? Sie war ohnehin angekratzt. Und ehrlich gesagt, da *Sie* es wußten, wäre es ohnehin irgendwann herausgekommen.«

Er zuckte zusammen. »Habe ich einen *so* schlechten Ruf?«

»Meines Wissens sind Sie genau das, was Sie vorgeben. Oder Sie könnten Laroo selbst sein. Wer vermag das auf dieser Welt schon zu sagen?«

Er fand den Gedanken amüsant. »Das ist unser gängigstes Problem auf Zerberus, wissen Sie. Paranoia. Die Angst, wer eigentlich wer ist. Das hält die Leute bei der Stange. Dank der Konföderation haben wir ein wirklich niederträchtiges Element unter unserer Bevölkerung, aber so etwas hält uns friedlich und garantiert unsere relative Verbrechensfreiheit. Das und die Gefahr einer Verurteilung oder des Todes für den Fall, daß man erwischt wird. Ich glaube, deshalb gefällt es mir hier so gut. Denken Sie mal ans *Geschäft!*«

In den vergangenen Wochen hatte ich eingehend über Svarc Dumonia nachgedacht und hatte mit Bedacht gerade ihn ausgesucht. Der Mann personifizierte den totalen Widerspruch – er war ein völlig amoralischer, zynischer Mensch mit kriminellen Neigungen im abstrakten Sinne, und im großen und ganzen gab er sich auch wieder vorbehaltlos der Heilung seiner Patienten hin.

»Gerade Ihr Gedanke, ich könnte Laroo sein, stellt ein gutes Beispiel dar«, meinte er. »Es herrscht völlige Paranoia. Aber ich bin nicht Laroo. Ich könnte nicht einmal Laroo *sein,* aus dem einfachen Grund, da ich Regierungen verabscheue. Ich hasse *alle* Institutionen, von der Konföderation über die zerberanische Regierung bis zur örtlichen Ärztevereinigung. Alles nur organisierte Ameisenhaufen. Geschaffen, um den individuellen menschlichen Geist zu fesseln und zu knebeln, und das machen sie auch noch hervorragend. Religionen sind genauso schlimm, wenn nicht schlimmer. Dogma. Das mußt du glauben. So mußt du dich verhalten. Laufen umher und vergeuden ihre Zeit mit albernen Ritualen, anstatt etwas Produktives zu leisten. Wissen Sie, daß wir allein in Medlam einhundertsiebzig verschiedene Glaubensrichtungen haben? Hier ist alles vertreten, von der Katholischen Kirche und den orthodoxen Juden – und das angesichts der Geschlechtswechsel und allem anderen in unserer veränderlichen Welt – bis hin zu lokal begrenzten Schwachsinnskulten, die glauben, die Götter schliefen im Innern von Zerberus und würden eines Tages erwachen, um uns ins Tausendjährige Reich zu führen.«

»Demnach sind Sie also Anarchist.«

»Wahrscheinlich. Ein bequemer Anarchist der oberen Klasse mit maßgeschneiderten Anzügen und einem Ferienhaus an der Küste, zu dem ich mich mit meinem Privatflugzeug begebe. Wissen Sie, in diesem Punkte irrten die alten Philosophen. Anarchie ist keine Lösung für die Massen. Zum Teufel, die *wollen* geführt werden, sonst würden sie doch nicht alle diese bürokratischen Institutionen dulden und schaffen, die ihnen vorschreiben, was sie zu denken haben. Anarchismus ist eine Individualphilosophie. Man schließt einen Kompromiß und wird soweit Anarchist, wie das möglich ist, ohne sich Gedanken über den Menschen im Kollektiv zu machen. Das einzige, was man für die Gemeinschaft tun kann, ist, die Menschen hin und wieder aufzurütteln und ihnen einen revolutionären Tritt in den Hintern zu versetzen. Das hält nie vor – es schafft vielmehr eigene Bürokratien und Dogmen. Aber das Erwachen ist heilsam. Es war genau der Zeitpunkt, da die Konföderation so institutionalisiert wurde, daß selbst eine kleine Revolte hier und da nicht mehr möglich war, als der endgültige Zerfall einsetzte.«

Ich begriff allmählich, worauf er hinauswollte. »Und Sie glauben, ich wäre ein lokaler Revolutionär?«

»Ach, wahrscheinlich verlieren Sie Ihren närrischen Kopf, aber vielleicht versetzen Sie ihnen einen Tritt. Und selbst wenn Sie Erfolg hätten, würden Sie eines Tages das, was Sie nun niederschlagen, repräsentieren, aber dann kommt ein neuer cleverer Bursche und macht mit Ihnen das gleiche. Das hält alles einigermaßen im Fluß.«

Ich akzeptierte seine Darstellung. Ich hatte Dumonia wirklich gern, wenn vielleicht auch nicht alles, was er sagte oder vertrat. Gewiß konnte ich mich nicht als neuen Laroo sehen und sagte ihm das auch.

»Aber das sind Sie«, widersprach er mir. »Sie sagten mir, Sie empfanden echte Anerkennung und Furcht, als Sie ihm begegneten. Wissen Sie warum? Weil Sie Laroo ansahen und tief in Ihrem Innern wußten, daß Sie sich selbst betrachteten. Sie wußten, daß Sie direkt jemandem in die Augen sahen, dessen Denken wie das Ihre funktioniert.«

»Ich bin kein Anbeter der Macht.«

»Weil Sie niemals über ein solches Maß an Macht verfügten, können Sie sich nicht vorstellen, wie es sie verändern würde. Aber Sie lieben die Macht. Jedesmal, wenn Sie den Kampf gegen einen Gegner, ein System oder irgend etwas aufnahmen und gewannen, übten Sie Macht aus und demonstrierten Ihre Überlegenheit über jene Leute und jenes System.«

»Hoffentlich nicht. Ich hoffe aufrichtig, daß Sie sich täuschen. Aber ich will Ihnen etwas sagen. Für den unwahrscheinlichen Fall, daß ich jemals Lord von Zerberus werde, will ich Sie genauso häufig besuchen wie jetzt, nur um mir meinen Tritt in den Hintern abzuholen. Was halten Sie davon?«

Er konnte darüber nicht lachen. »Das werden Sie nicht tun. Was ich Ihnen sage, wird Ihnen nicht gefallen, oder Sie werden es nicht glauben, bis es Sie schließlich krank macht. Ich *weiß* das. Wissen Sie, vor zwanzig Jahren führte ich fast die gleiche Unterhaltung mit Wagant Laroo.«

»Was!«

Er nickte. »Ich habe sie alle kommen und gehen sehen. Ich half bei seiner Machtübernahme, und ich werde Ihnen bei der Ihren behilflich sein, soweit ich das kann, aber es wird sich nichts ändern.«

»Wie schafften Sie es, noch am Leben zu sein, Doktor?«

Er grinste. »Das ist mein kleines Geheimnis. Aber vergessen Sie nicht, jeder, der heute diesen Planeten mitregiert, war irgendwann einmal mein Patient.«

»Einschließlich mir«, murmelte ich vor mich hin. Ich begriff plötzlich, daß in diesen Räumen tatsächlich der cleverste, gefährlichste Mann auf Zerberus regierte – und eigentümlicherweise keiner, den ich hätte fürchten müssen, zumindest vorläufig nicht. Dumonia hätte zu jeder beliebigen Zeit Lord werden können, doch er hatte es nicht gewollt. Herrschaft auszuüben widersprach seinen Auffassungen.

»Nun, befassen wir uns mit naheliegenderen Angelegenheiten«, schlug ich vor und empfand immer größeres Unbehagen. »Sie sagten, wenn Dylan nicht mehr unter der Wirkung eines Urteils stände, könnten Sie sie vollständig heilen. Nun ist es bald soweit. Was muß geschehen?«

Er schlug einen offizielleren Tonfall an. »Offen gesagt, ist es das Einfachste, hier aufzuhören und die Sache laufen zu lassen. Und es ist am sichersten so. Es geht ihr nun besser. Sie weiß, wer sie ist und was sie ist und versteht sich selbst ziemlich gut. Sie hat ihre alte Persönlichkeit weitgehend zurückgewonnen und auch einen Teil ihres Selbstvertrauens. Der verbleibende Block betrifft ihre tiefe Angst, *Sie* zu verlieren. Wenn nicht jetzt, dann in späteren Jahren. Nicht gewaltsam, was naheliegend wäre – und das könnte sie akzeptieren. Fünf Jahre lang lebte sie mit Freunden und Mitarbeitern, die wie die Fliegen um sie her starben. Nein, sie fürchtet, sozusagen Ihr *Herz* zu verlieren. Es gibt wirklich nur eine Möglichkeit, ihr die Grundlosigkeit dieser Angst zu demonstrieren, aber diese bedeutet für Sie beide ein gewaltiges Risiko.«

»Jetzt spiele ich ums Ganze, Doktor«, erklärte ich ihm. »Was bedeutet in diesem Stadium ein kleines zusätzliches Risiko?«

Er lehnte sich nachdenklich zurück. »In Ordnung. Haben Sie schon einmal von der Zerberanischen Schizophrenie gehört? Eine falsche Bezeichnung übrigens, denn es hat nicht nur nichts mit Schizophrenie zu tun, es weist nicht einmal irgendwelche verwandten Symptome auf.«

»Ich weiß nicht so recht«, antwortete ich ihm wahrheitsgemäß.

»Also, in einigen sehr seltenen, eigentümlichen Augenblicken während des Prozesses eines Persönlichkeitstransfers gelangen wir zu einem von zwei äußerst seltsamen Zuständen. Wenn wir die

Übertragung zwischen zwei Denkapparaten kontrollieren und einen bestimmten Punkt unterbrechen können, sind die Daten zweier Menschen gewissermaßen in beiden Gehirnen präsent. Wissen Sie, dort besteht mehr als genügend Raum. Die zwei vorrangigen Ergebnisse sind entweder die mögliche Verschmelzung der beiden zu einer neuen Persönlichkeit nach einer Zeit akuter Identitätskrise oder die Ausbildung zweier völlig unterschiedlicher Persönlichkeiten in jedem Körper, die einander abwechseln. Die zeitliche geistige und körperliche Abstimmung ist dabei entscheidend und keineswegs garantiert.«

»Ich glaube, ich habe schon einmal davon gehört. Früher, bei den Instruktionen nach meiner Ankunft.«

Er nickte. »Das kommt sehr selten vor – aber wir sind in der Lage, es im Labor herbeizuführen. Das Problem besteht in der körperlichen Unterschiedlichkeit jedes Individuums, und die möglichen Zeitspannen sind unglaublich heikel, so daß es äußerst schwierig ist, zu einem Resultat zu kommen, insbesondere zu einem gewünschten. Und der Spielraum für Irrtümer ist sehr gering. Gelegentlich ist es uns gelungen, die Spaltung sichtbar zu machen, aber das ist auch schon alles. Der Prozeß ist nicht umkehrbar und dauerhaft in seiner Wirkung.«

»Und was hat das alles mit Dylan zu tun?«

»Nun, ausgenommen von der Entdeckung geistiger Telepathie in praktischer Form, besteht die einzige Möglichkeit zu ihrer völligen Beruhigung – falls Sie wirklich aufrichtig und ihre Befürchtungen damit grundlos sind – in dem Versuch, etwas über einen solchen Prozeß zu erreichen. Ihn bewußt zu lenken und direkt vor der eingeleiteten Spaltung zu stoppen. So prägt das Denken des einen nachhaltig das Gehirn des anderen. Es wäre, als könnten Sie des anderen geheimste und intimste Gedanken lesen – weshalb auch niemand den Mut hat, es zu versuchen. Keine Geheimnisse mehr, Punktum. Nicht eines. Doch bei richtiger zeitlicher Abstimmung würde das Wissen nach ein paar Wochen verblassen und nur die Originalpersönlichkeit und die vertraute Erinnerung, den anderen gut zu kennen, hinterlassen. Wenn uns das mit Ihnen beiden gelänge, würde sie *wissen,* ob Sie nicht tief im Innern Anlaß zu Zweifeln bieten, denn sie wäre sozusagen – bildlich gesprochen – in Ihrem Kopf gewesen. Für kurze Zeit, zumindest für ein paar Tage, hätte sie völligen Zugang zu Ihrem Denken, Ihren Erinnerungen und den Personen in Ihrem Kopf – und Sie zu den ihren.«

Ich stieß einen Pfiff aus. »Das ist ja ganz schön gefährlich! Weiß ich denn überhaupt selbst, was ich wirklich will und empfinde?«

»Ja. Sie sehen das Risiko. Und es besteht noch eines. Um wirklich erfolgreich zu arbeiten, ist das Timing entscheidend, und wie ich schon sagte, kommen schwer berechenbare individuelle Faktoren ins Spiel, die das Ganze zu einem ungewissen Rätselraten machen. Persönlichkeitsspaltung oder -verschmelzung stellt eine ernste Gefahr dar.«

»Ich verstehe. Und wie stehen die Chancen für ein solches Unterfangen?«

»Offen gesagt, fünfzig zu fünfzig…«

Ich seufzte. »Ich verstehe. Und für den Fall, ich wollte es, und Dylan wäre auch bereit, wieviel Vorbereitungszeit würden Sie brauchen? Wieviel Beobachtung?«

»Mindestens einen Tag. Mehrere Wochen wären besser, denn ich würde viele meiner Termine absagen müssen, aber das wäre es mir wert. Ich habe dergleichen schon sehr, sehr lange nicht mehr gemacht.«

»Wie oft haben Sie es denn *wirklich* in den zwanzig oder dreißig Jahren Ihrer Berufspraxis durchgeführt.«

Er dachte einen Augenblick lang nach. »Viermal, glaube ich.«

»Und wie viele Male ist es gelungen?«

»Nun, das ist relativ. Zweimal klappte es, zweimal rief es den geschilderten Zustand hervor. Von den beiden Fällen, wo es klappte, entwickelte sich ein Paar zum engsten Duo, das ich kenne, und schien die reine Glückseligkeit zu erreichen.«

»Und das andere?«

»Haßte sich letztendlich bis aufs Blut. Das war zum Teil meine Schuld. Ich habe bei einem der beiden nicht gründlich genug gebohrt.«

»Wir werden es uns überlegen müssen«, erwiderte ich. »Es ist ein gewagter Schritt. Und ich kann es mir im Augenblick nicht leisten, etwas anderes als einen klaren Kopf zu haben. Es ist wirklich ein gewaltiger Schritt.«

Er nickte. »Das ist verständlich. Aber ich kann vielleicht etwas anführen, das Ihnen hilfreich sein könnte, vielleicht auch nicht. Die Gehirndurchleuchtungsgeräte besitzen eine Mustervorlage, anhand derer sie überprüfen und in Fällen von Körperwechseln die Varianten zulassen bei den elektrischen und chemischen Anforderungen des neuen Körpers. Das bedeutet eine Suche nach Ähnlichkeiten wie bei Teilen von Fingerabdrücken. Wenn sich dabei zwanzig Übereinstimmungen zu der Aufzeichnung ergeben, bedeutet das, daß es sich um Sie handelt. Unter *allen* Umständen würden die Geräte diese Punkte in jedem Denken zumindest ein paar Tage lang ausmachen können. Ich spiele mit diesem Gedanken schon seit Jahren, hatte jedoch nie die Gelegenheit, ihn anzuwenden. Vielleicht bietet die sich nun bei Ihnen.«

Ich schaute ihn befremdet an und mußte dann lachen. »Sie alter anarchistischer Gauner!«

»Plötzlich erscheint mir alles wieder so hell und schön«, schwärmte Dylan, als wir die Praxis verließen. »Du glaubst gar nicht, wie sehr man die Warden-Organismen zwischen Menschen und Dingen sieht und hört, bevor man zum ersten Mal in seinem Leben darum beraubt wird. Es ist, als wäre man blind und könnte endlich wieder sehen.«

Ich konnte das nur zum Teil verstehen. Nun gut, ich war mir der Dinge bewußt, und man *konnte* sie hören und fühlen, wenn man sich konzentrierte, aber das war einfach zu einer Selbstverständlichkeit geworden, zu etwas, das man hinnahm, um keinen weiteren Gedanken daran zu verschwenden. Und das meinte sie wahrscheinlich gerade. Man nahm das Meeresrauschen nicht bewußt wahr, doch wenn es verstummte, würde es einem auffallen.

»Du mußt nun auf dich aufpassen«, warnte sie mich. »Du kannst nun jeden Morgen in der Mutterschaft aufwachen.«

Ich lachte und gab ihr einen Kuß. »Mach dir darüber keine Gedanken. Ich kann meinen Körper immer zurückbekommen, wenn ich das möchte.«

Wir sprachen dann über viele Dinge, unter anderem auch über

Dumonias radikale Ideen.

»Wärst du dazu bereit?« fragte sie. »Das würdest du für mich tun?«

»Wenn es das wäre, was du willst und brauchst«, versicherte ich ihr. »Das heißt, falls wir die kommenden Tage überleben.«

Sie drückte mich an sich. »Dann ist es auch gar nicht notwendig. Zu wissen, daß du dazu bereit wärst, ist mehr als genug für mich. Partner.«

»Liebster«, verbesserte ich und erwiderte ihre Umarmung.

Otahs Laden hatte sich kein bißchen verändert und Otah selbst auch nicht. Er hatte mich einige Zeit nicht gesehen und schien überrascht und erfreut, als ich kam, wenngleich ihn Dylans Anblick weniger begeisterte. Trotzdem richtete er sich soweit auf, wie er konnte und trat auf uns zu.

»Qwin! Wie schön! Ich dachte schon, ich müßte dich für tot erklären!«

»Das kann ich mir denken«, erwiderte ich trocken und machte dann eine Kopfbewegung in Dylans Richtung. »Das ist meine Frau, Dylan Kohl.«

»Deine Fr... Ja, zum Teufel! Und wenn man bedenkt, daß ihr euch hier kennengelernt habt!«

»Das stimmt nicht ganz«, klärte Dylan ihn auf. »Das war jemand anders, nur der gleiche Körper.«

Diese Neuigkeiten brachten ihn in Hochstimmung, was ich als gutes Zeichen wertete. Es bedeutete, daß Otah keine Ahnung hatte, was ich früher gesendet hatte, sonst müßte er über Dylan, Sanda und alles übrige Bescheid wissen. Er hörte also nicht zu – oder er konnte es nicht.

»Also, was kann ich an diesem prächtigen Tag für euch beide tun?« fragte er freundlich, und ich sah, wie sein Denken hinter seinem feisten Gesicht arbeitete, um eine Möglichkeit zu finden, uns zu trennen und mich zu einem Report zu bewegen.

»Du kannst die Schau stecken, Otah«, antwortete ich mit bissigem Unterton. »Ich weiß von den Funksendungen. Ich weiß, daß du deine Schwarzmarktelektronika von der Konföderation dafür bekommst, daß du Leute wie mich anzapfst.«

Er lachte nervös. »He, Qwin! Das ist doch verrückt!«

»Nein, das ist wahr – und du weißt es, ich weiß es, sogar Dylan weiß es. Otah, diese Sache ist dir über den Kopf gewachsen, und sie ist auch wichtiger als deine Geschäfte unterm Ladentisch. Ich muß anrufen. Ich muß jetzt, bei vollem Bewußtsein, voller Kenntnis und funktionierendem Gedächtnis anrufen. Verstehst du?«

»Ich habe nicht die geringste Ahnung, wovon du sprichst.«

»Schluß mit den Spielchen!« schnauzte ich ihn an. »Wenn du weiter den Dummen spielen willst, okay. Es gibt andere Quellen. Aber du wirst bald auf dem Weg zum Momrath sein, weil du mich behindert hast, das verspreche ich dir. Otah, ich gehöre zum engsten Kreis von Wagant Laroo und kenne ihn persönlich. Ein Wort von deinen außerplanetarischen Aktivitäten, und du weißt, was geschieht.«

Er stotterte und schluckte. »Das würdest du doch nicht tun.«

»Auf der Stelle. Jetzt hören wir auf mit dem Gequatsche wie zwei alte Schulkameraden, wie? Wir haben uns angefreundet, weil sich das für dich bezahlt gemacht hat. Du hast mich benutzt, und das heißt, daß ich jetzt dich benutzen kann – oder dich ausschalten. Was wäre dir nun lieber?«

Er schluckte noch ein paarmal, schüttelte den Kopf und seufzte. »Nun komm schon, das war doch nicht persönlich gemeint, Qwin. Das mußt du mir glauben. Ich habe dich immer gut leiden können. Es war nur... na ja, eben *Geschäft.*«

»Der Transceiver, Otah. Bringen wir die Sache hinter uns. Ich kann dir nur versprechen, wenn du mitmachst und keine krummen Touren versuchst, wird niemand davon erfahren. Aber es eilt. Man verfolgt uns, und ich mußte einen Arzt einschalten, der zwei kleine Spurensuchgeräte entfernte, die man uns ohne unser Wissen eingepflanzt hatte. Heute machen wir einen richtigen Einkaufsbummel, feiern, besuchen alle unsere alten Lieblingsplätze, und dazu gehört auch dein Laden. Aber wenn wir uns hier zu lange aufhalten, fällt das auf.«

Er schaute sich nervös um. »Kommt mit nach hinten.« Er drehte sich um, und wir folgten ihm.

In der Werkstatt herrschte das übliche Durcheinander, aus dem er nun ein helmähnliches Gerät zog und es in eine Art Testkonsole stöpselte, dann schaltete er den Strom ein.

»Sieht aus wie die Gehirnmusterdurchleuchter – der große«, meinte Dylan, und ich nickte.

»Vermutlich ist es auch so etwas ähnliches. Otah, ohne nun das Zauberwort zu verraten, wie funktioniert es?«

Er zuckte mit den Schultern. »Keine Ahnung. Die Übertragung geht über die Antenne auf dem Dach raus, die ich für die üblichen Verbindungen benutze. Ich schätze, sie ist verwürfelt und wird von jemand anderem auf Zerberus aufgefangen, dann zum Satelliten gestrahlt und dann, was weiß ich wohin. Ich weiß nur, daß du vorbeischaust, daß ich warte, bis wir alleine sind, dir dann das Schlüsselwort sage, nach hinten gehe, das Ding hier einschalte und einstöpsle. Dann setzt du es auf und versetzt dich für ein paar Minuten in Trance. Anschließend nimmst du es ab, kommst wieder heraus, ich entdecke dich, sage etwas Belangloses, und du führst das Gespräch dann weiter, als wärst du nie hinausgegangen.«

Ich nickte. »Okay, schön. Geh wieder hinaus in den Laden, bis ich dich brauche. Dylan kann aufpassen.«

»Mir soll es recht sein«, antwortete er nervös und ging hinaus.

Ich betrachtete den Helm. »Das ist eine vereinfachte Version der Readouts, wie sie in der Sicherheitsklinik benutzt werden«, erklärte ich ihr. »Es handelt sich um so etwas wie die Durchleuchtungsgeräte, nur daß es Informationen überträgt.«

»Ich dachte immer, das wäre unmöglich«, erwiderte sie. »Nur du wärst in der Lage, sie zu empfangen.«

»Das stimmt ja auch weitgehend. Sei unbesorgt, wenn ich in Trance falle. Laß mich einfach machen. Geh kurz nach vorne, wenn du magst – ich will keine Unterbrechungen. Wenn ich fertig bin, werden wir sehen, was Sache ist.«

»Qwin, wer sitzt am andern Ende von diesem Ding?«

Ich seufzte. »Wahrscheinlich ein Computer. Vom quasi-organischen Typus. Und vielleicht ich.«

Das ist der Stand der Dinge. Ich hoffe, du kannst mit dieser Information etwas anfangen und gibst sie an den Operator weiter, anstatt auf den abschließenden Bericht zu warten, den ich liefern *werde* – falls ich dazu in der Lage bin.

Dann tritt eine kleine Pause ein, wie eine statische Störung. Plötzlich erklingt in meinem Kopf eine Stimme – nein, keine wirklich richtige Stimme, nur der Eindruck einer solchen…

»Ich werde ihm Bescheid geben, daß der Bericht gelesen werden soll«, erklärt der Computer, »sage ihm aber nichts, daß er unvollständig ist. Er wird seine eigene Entscheidung treffen.«

»Auch gut«, antworte ich dem Gerät. »Wie lange wird es dauern?«

»Unklar. Er ist verwirrt über den Lilith-Bericht und hat es abgelehnt, sich sogleich mit diesem zu befassen. Vielleicht einen Tag.«

»Wie trete ich dann wieder mit dir in Kontakt? Ich will hier keine Aufmerksamkeit erregen.«

»Wir werden mit Ihnen Kontakt aufnehmen. Machen Sie sich keine Sorgen.«

Du hast gut reden. Du bist nur eine Maschine und stehst nicht hier unten mit dem Hals in der Schlinge.

ENDE DER ÜBERTRAGUNG.
DATENAUSGABE, BEREITHALTEN FÜR WEITERE INSTRUKTIONEN.

Der Beobachter nahm den Helm ab, sank in den Sessel zurück, wirkte erschöpft und fühlte sich auch so. So blieb er einige Minuten sitzen, starrte ins Nichts, als sei er unfähig, seine Gedanken auf einen Punkt zu konzentrieren oder sich wieder zu fassen.

»Sie haben sich wieder aufgeregt«, sagte der Computer.

Er deutete in den leeren Raum. »Das dort unten soll *ich* sein? Das bin wirklich ich? Ich soll dieser verrückte, ehrgeizige Typ mit dieser romantischen Liaison sein?«

»Sie sind es. Die Überprüfungen und Gehirnmuster bestätigen das eindeutig.«

Er kicherte trocken. »Tja. Mengenanalyse. Reduzieren alles auf hübsche, saubere Zahlen und Symbole. Es muß schön sein als Computer, wenn man keinen Deut darum geben muß, daß alles, was man je dachte, an das man glaubte, in bezug auf sich selbst und seine Gesellschaft, Bit für Bit, Stück für Stück zerfetzt wird.«

»Wir stellen beide die Summe unserer jeweiligen Programmierung dar«, bemerkte der Computer. »Nicht mehr... und nicht weniger.«

»Programmierung! Ach, wozu denn? Du kannst das doch überhaupt nicht begreifen. Ich bezweifle, ob überhaupt jemand dazu in der Lage ist. Noch niemals hat einer etwas Derartiges durchgestanden – und es dürfte auch in Zukunft nicht wieder geschehen.«

»Trotzdem haben wir eine Menge erfahren. Wenn die zerberanische Einheit nun abgeschlossen wäre, wären wir weit voraus. Wir wissen jetzt, wie die Roboter programmiert werden. Wir wissen nun, daß der Ort der Begegnung zwischen Fremdrassigen und dem Diamanten sich im Orbit der Monde von Momrath befindet. Und wir können zum Schlag gegen diese Roboter ausholen, auch wenn wir das Rätsel noch nicht gelöst haben.«

»Ich werde doch nicht die Auslöschung von Zerberus empfehlen!« schimpfte er. »Jedenfalls jetzt noch nicht.«

»Die Raumstation und Laroos Insel würden auch völlig ausreichen, meinen Sie nicht, um die Operation zu behindern und vielleicht einen, wenn nicht alle vier Lords zu töten?«

»Ja, vielleicht hast du recht. Aber wenn ich das vortrage, wollen sie doch den ganzen Planeten vernichten. Und wie Laroo wohl bemerkte, könnte das einen Zusammenstoß provozieren – aber es würde die Gefahr durch die Roboter beseitigen. Ohne Zerberus könnten sie die Dinger nicht mit menschlichem Bewußtsein ausstatten.«

»Warum zögern Sie dann? Gewöhnlich hätten Sie keine Skrupel angesichts eines solchen Schritts.«

»Warum...« Er verstummte und lehnte sich zurück. »Ja, warum eigentlich?« fragte er sich laut. »Was kann es mir ausmachen?« Diese Worte entstammten seinem Training und seiner Erfahrung, doch sie bildeten nur seine intellektuelle Seite. Er hatte noch eine andere, die er niemals vermutet hätte, und die sich nun zweimal, nicht nur einmal erwiesen hatte. Bei Lilith war er schließlich zu dem Schluß gekommen, daß es sich um eine Verirrung gehandelt hatte. Er war ein Agent mit großem technischen Know-how, der in einer nicht-technisierten Gesellschaft Kompromisse schließen und sich verändern mußte. Aber auf Zerberus? In dieser Situation taugte die Entschuldigung nichts mehr. Und doch – vielleicht hatten sich nur seine Zwillinge dort unten verändert?

Aber ihm blieb nur eines zu tun, und das wußte er.

»Falls es Ihnen die Entscheidung erleichtert«, warf der Computer ein, »die Vernichtung von Zerberus würde die Roboteroperation nicht verhindern, nur verzögern. Solange nur eine der zerberanischen Varianten des Warden-Organismus in den Händen der Fremdrassigen bliebe, wäre sie überall innerhalb des Systems nutzbar zu machen. Wir haben Hinweise, daß sie bereits so genutzt wurden. Und es ist auch noch nicht die rechte Zeit, um eine Konfrontation zu provozieren. Unsere Daten sind zu unvollständig, um beim Rat einen Beschluß zur Vernichtung dieses Sektors zu erwirken. Im Augenblick würden wir nicht mehr erreichen als die mangelnde Verteidigungsbereitschaft des Gegners, die Eliminierung des Warden-Systems oder seine Neutralisierung, und damit ginge uns jede Verbindung zum Feind verloren.«

Er dachte darüber nach, und es ergab einen Sinn. »In Ordnung. Übermittle Vorschlag und Problematik an die Sicherheitszentrale und rufe dort Einschätzung und Empfehlungen ab.«

»Schon geschehen«, antwortete der Computer.

R & D – und eine zwiespältige Entscheidung

Ich teilte Bogen mit, daß ich den Kontakt hergestellt hatte und nun nur auf die Ergebnisse warten konnte. Ich wußte, daß es eine aufreibende Zeit werden würde... Der einzige Lichtblick war, daß Dylan so viel frischer, lebendiger und streckenweise die alte war. Ohne die drohende Gefahr hätten die drei folgenden Tage zu den glücklichsten meiner ganzen Zeit auf Zerberus gezählt.

Doch am Abend des dritten Tages erhielt ich einen Anruf von einem Unbekannten von einem Ort, den ich nicht erraten konnte. Ich wußte, daß Bogen das Telefon überwachte und die ganze Wohnung mit Wanzen versehen hatte, doch irgendwie zweifelte ich an seiner Fähigkeit, darüber hinaus viel zu tun.

Auf dem Videophon erschien kein Bild, nur eine Stimme erklang. »Qwin Zhang?«

»Ja?«

»Ihr Vorschlag ist interessant, doch wir benötigen ein Probestück.«

Ich hielt den Atem an. »Wie groß muß das sein?«

»Etwa fünfzig Kubikzentimeter Gehirngewebe und fünfzig von irgendwelchem anderen müßten genügen. Ist das machbar?«

»Mal sehen«, antwortete ich. »Wie kann ich mich bei Ihnen melden?«

»Wir bleiben in Verbindung.« Damit war die Leitung tot.

Dylan kam herein. »Wer war das?«

»Du weißt doch wer«, antwortete ich. »Höchste Zeit, Bogen anzurufen.«

Bogen bestand darauf, mit mir direkt zu sprechen, also bekam ich ihn an den Apparat.

»Sie haben sich bei mir gemeldet. Sie brauchen zwei Gewebsproben.«

Er nickte. »Das klappt ja wunderbar. So haben wir uns das gedacht. Aber aus reiner Neugier: Wie haben sie Sie angesprochen? Sie waren den ganzen Tag nicht weg und haben keinerlei Telefonate oder Nachrichten bekommen.«

»Sie haben aber angerufen. Auf meinem Telefon. Das müssen Sie doch bestimmt überwacht haben.«

Er wirkte äußerst nervös. »Gewiß haben wir das. Und Ihre Wohnung auch. Ich werde es überprüfen, aber von den Monitoren hat mich keiner angerufen, wie sie Auftrag hatten. Das gefällt mir ganz und gar nicht. Diese Leute dürften nicht über solche Macht verfügen – nicht hier oben.«

Er schaltete ab, aber ich verstand seine Besorgnis und wartete in der Bude des Sicherheitsdienstes auf den Rückruf; ich mußte nicht lange warten.

»Haben Sie den Anruf überprüft?« fragte ich ihn.

Er nickte besorgt. »Gewiß. Keinerlei Anrufe. Und wir lassen auch die Aufzeichnungen von den Wanzen in Ihrer Wohnung durchlaufen. Sie würden uns doch wohl nicht auf den Arm nehmen, Zhang? Auf den Bändern ist nichts als die normalen Geräusche. Keine Telefongespräche, wohl aber hören wir, wie Ihre Frau hereinkommt und fragt ›Wer war das?‹ und Ihre Antwort.«

Ich pfiff vor mich hin. Ich war wirklich beeindruckt und Bogen ebenfalls, wenn auch nicht aus dem gleichen Anlaß. »Wie lautet die Antwort?«

»Sie werden Ihre Proben bekommen.«

»Muß ich sie abholen, oder lassen Sie sie bringen?«

»Sehr komisch. Nein, Sie sollten sie abholen, und sei es nur deshalb, weil ich gerne sehen möchte, wie Sie sie entnehmen.«

»Dann nehme ich mir jetzt ein Boot«, sagte ich zu ihm.

»Nein. Als Vorsichtsmaßnahme hat der Vorsitzende Laroo befohlen, daß Sie nie wieder einen Fuß auf die Insel setzen, und wenn Sie es trotzdem versuchen, legt der Sicherheitsdienst Sie auf der Stelle um.«

»So war das aber nicht vereinbart!« protestierte ich und spürte, wie sich mein Magen zusammenkrampfte. Ich *mußte* dorthin.

»Wir haben unsere Meinung geändert. Sie sind zugegebenermaßen ein Mörder, Zhang, und wir wollen Ihre Fähigkeiten nicht unterschätzen. Wir können uns kein Risiko leisten.«

»Aber ich werde kommen müssen, wenn man mir etwas geben will.«

»Von wegen. Wenn irgend etwas übergeben werden muß, das wir nicht aushändigen können, werden Sie Ihre Frau schicken. Wenn wir die Wahl haben zwischen einem vorprogrammierten Mörder und einer Einheimischen, fühlen wir uns in ihrer Gesellschaft sicherer.«

»Ich möchte nicht, daß sie da hineingezogen wird! Damit ist das Geschäft geplatzt!«

Er lachte boshaft. »Na schön, aber wenn Sie jetzt Schluß machen, bedeutet das auch Ihrer beider Ende. Das wußten Sie von Anfang an. Entweder Sie fügen sich unseren Bedingungen, oder Sie können es vergessen. Also, schicken Sie sie in genau zwei Stunden hier herüber.«

»In Ordnung«, seufzte ich. »Spielen wir nach Ihren Regeln – vorläufig. Aber warten Sie mal. Sie gehört doch zur Mutterschaft. Da sind Seereisen verboten.«

»Von wem denn? Kraft der Anordnung vom Vorsitzenden Laroo ist sie von diesem Gebot entbunden. Wenn Ihnen irgend jemand deshalb Schwierigkeiten macht, soll er mich anrufen.«

»Aber ich dachte, sie hätte eine Psychosperre dagegen.«

»Wir haben sie durch Dumonia aufheben lassen. War nicht weiter schwierig. Nun machen Sie schon. Wir vergeuden unsere Zeit.«

Ich schaltete ab und fühlte mich nun weniger optimistisch. Diese Veränderung der grundlegenden Regeln war wirklich eine haarige Angelegenheit.

Dylan jedoch störte sich nicht im geringsten daran. »Vergiß nicht, daß wir beide in dieser Sache stecken.«

Ich nickte und konnte nicht mehr tun als ihr nachzuschauen, wie sie zu den Docks hinabging und ablegte. Sie freute sich, wieder an Bord eines Schiffes zu gehen, denn sie liebte das Meer wirklich. Sie war etwa fünf Stunden fort, während ich mir immer größere Sorgen machte und immer nervöser wurde. Als sie schließlich zurückkehrte, quälten mich immer noch Befürchtungen.

»Sie haben dir doch nichts getan, oder?« fragte ich sie.

Sie lachte. »Nein. Die meiste Zeit stand ich am Steuerrad und habe mich ein bißchen amüsiert. Aber das ist ja eine prächtige Anlage. Sie führten mich nur zum Hauptstockwerk, übergaben mir die verschlossene Kühlbox hier und brachten mich zurück.«

Ich schaute sie nervös an. Würde ich es merken, wenn die sie gegen einen Roboter ausgetauscht hätten? Würde ich es merken, wenn sie sie rasch unter die Psychomaschinen gesetzt hätten?

Nun, ich würde einen Roboter erkennen, wenn wir nachts die Körper tauschten, und ich war einigermaßen sicher, daß sie es zu diesem Zeitpunkt nicht riskieren würden. Für die andere Frage würde ich Dumonia brauchen – falls ich ihm trauen konnte.

Plötzlich fuhr ich hoch. »Dieser Hurensohn!« murmelte ich. »Dieser clevere alte Anarchist!«

Dylan schaute mich verwirrt an. »Was? Wer?«

»Dumonia. Er ist mir und Laroo voraus. Er wußte das die ganze Zeit und hat mich entsprechend gelenkt.«

Tatsächlich Übereinstimmungen. Er wußte sehr wohl, was er sagte, als er mir davon berichtete.

Wir brachten die Kühlbox in die Wohnung und warteten auf weitere Anweisungen, die jedoch nicht erfolgten. Schließlich wurden wir des Wartens müde, erledigten einige routinemäßige Büroarbeiten und gingen zu Bett.

Am Morgen war der Kasten fort. Ich berichtete Bogen von dem Diebstahl, der nicht allzu erschreckt darüber wirkte. Er hatte Kameras, Agenten und ein volles Überwachungssystem auf unsere Wohnung angesetzt, doch niemand hatte auch nur das geringste gesehen. Schlimmer noch, in der Box hatten sich mindestens fünf unabhängige Spurensuchgeräte befunden, die scheinbar alle einwandfrei funktioniert hatten. Zumindest taten sie es noch – denn sie gaben an, die Box befände sich noch in der Wohnung. Die Schwierigkeit war, daß sie trotz aller Detektoren nicht zu finden war, diese aber schließlich ein winziges Aufzeichnungsmodul ans Tageslicht beförderten, ähnlich einer winzigen Batterie, die man zwischen die Bodendielen geklemmt hatte.

Natürlich strahlte es genau alle fünf Spurensuchsignale aus.

Bogen brachte das alles gleichermaßen in Zorn wie außer Fassung. Ich wußte genau, daß Laroo einen ganz anderen Bericht zu hören bekäme, in dem Bogen nicht ganz so schlecht dastände.

Ich mußte unwillkürlich den anderen Konföderationsagenten in diesem Bezirk bewundern, der selbst mich offensichtlich übertraf, zumindest an Kühnheit. Tatsächlich war ich so beeindruckt, daß ich es kaum erwarten konnte, als er anrief und ein Treffen mit uns vereinbarte.

Die Proben waren nun seit neun Tagen verschwunden, und in dieser Zeit geschah in keinerlei Hinsicht etwas Interessantes, außer daß Bogen immer ungeduldiger und gefährlicher für uns wurde. Sowohl Dylan als auch ich wurden unruhig. Doch schließlich kam der Anruf, auf den wir gewartet hatten, und wir brachen auf, ohne das Mißtrauen von Bogen oder seinen Leuten zu erregen.

»Ich wunderte mich schon immer, warum sie glaubten, hier so frei sprechen zu können«, erklärte ich dem Agenten.

Dr. Dumonia lächelte und nickte uns zu. »Oh, das liegt an zwei Wundern der modernen Zeit. Tatsache ist, daß der Raum wirklich voller Wanzen sitzt und Bogen uns jetzt hören kann. Nur hört er etwas ganz anderes. Es ist sehr angenehm, in einer technisierten Umgebung zu leben, die dem aktuellen Stand der Dinge ein paar Jahrzehnte hinterherhinkt.«

»Sie und Ihr Anti-Konföderationsanarchismus. Ich *wußte,* daß mit Ihnen etwas nicht stimmte, schon vom ersten Mal an, aber mir entging, auf welcher Seite Sie standen.«

»Ich stehe natürlich auf meiner eigenen Seite. Sie beide ebenfalls – auf der Ihren, meine ich. Ich bin kein Schwindler, und alles, was ich Ihnen erzählt habe, entspricht der Wahrheit. Ich *verabscheue* die Konföderation. Wenn ich sicher sein könnte, daß diese Fremdrassigen nicht die ganze Menschheit auslöschen, würde ich ihnen bei ihrem Angriff noch zujubeln. Man könnte unserer Rasse keinen größeren Gefallen tun, als einen Krieg anzuzetteln, solange dabei genügend überleben würden, um die Zukunft der Menschheit zu gewährleisten. Ich bin Psychiater, liebe die Bequemlichkeiten meines Daseins und auch meinen Beruf.«

»Warum arbeiten Sie dann für sie?« erkundigte Dylan sich verwundert.

»Oh, um genau zu sein, arbeite ich nicht für sie. Vielmehr vertrete ich auf Zerberus einfach die Konföderation, was ich für einen köstlichen Streich gegen alle Seiten halte. Das hängt mit meiner Sicht von Geschichte und Gesellschaft zusammen – Qwin hier kann Ihnen mehr darüber erzählen. Mir ist im Augenblick nicht nach philosophischen Plaudereien zumute, wir haben zuviel zu tun. Sagen wir einfach, ich benutze sie, und sie benutzen mich, und das Verfahren ist zu unser beider Vorteil. Ich benutze auch Laroo, seine Leute und sein System. Und das alles zu dem Zweck, das Leben zu führen, das mir gefällt, und das zu tun, was ich mag.«

»Ich verstehe nicht, wozu sie mich dann überhaupt hierherschickten«, erklärte ich ihm aufrichtig und mit der Achtung, die ein Profi dem anderen entgegenbringt. »Sie hätten das alles problemloser und mit weniger persönlichem Risiko abwickeln können.«

»Nun, das stimmt nicht ganz. Wenn ich mich irgendwie Laroo, oder insbesondere seiner Insel und seinen Projekten nähern würde, brächte ich mich in ernste Gefahr, und dazu bin ich nicht bereit. Wie ich schon sagte, gelten meine Aktivitäten meinem Ziel, mir mein eigenes Nirwana so lange wie möglich zu erhalten. Hoffentlich ewig. Ich bin also nicht vom aktiven Typ. Laroo würde mich nicht in seine Nähe oder die seiner geistigen Kinder lassen, einfach weil ich zu viel von ihm weiß und ihn zu gut kenne.« Er grinste. »Er glaubt, ich hätte diesbezüglich eine teilweise Gedächtnislöschung hinter mir, nur deshalb werde ich hier noch geduldet. Aber andererseits stecke ich zu sehr in dem Problem drin, ich bin zu lange hier, kenne zu viele Leute. Meine Objektivität ist fraglich. Man brauchte zur Filterung der Informationen einen frischen, logischen Denker. Außerdem steht so Ihr Kopf auf dem Spiel und nicht meiner.«

»Aber Sie sagten doch, es wäre Ihnen gleichgültig, wenn die Fremdrassigen angriffen?« bemerkte Dylan, die immer noch versuchte, sich ein Bild von ihm zu machen. »Warum leisten Sie dann überhaupt gegen etwas Derartiges Hilfe?«

Er wurde plötzlich sehr ernst. »Diese Wesen da draußen stellen die größte Gefahr dar. Perfekte Organismen, die uns in jeder Hinsicht überlegen sind. *Homo excelsus.* Und völlig programmierbar. Völlig. Natürlich ist jedermann programmiert, durch das, was wir Erbanlagen und Umgebung nennen. Doch wir sind in der Lage, vieles davon zu überwinden und eine Entwicklung zu beschreiten, die diese Programmierung niemals vorsah. Deshalb war kein totalitäres System, wie umfassend es auch wirkte, in der Lage, den individuellen, menschlichen Geist auszulöschen. Diese... Roboter... stellen da die erste, wirkliche Gefahr dar. *Sie können ihre Programmierung nicht überwinden.* Um es gelinde zu formulieren, ich muß zugeben, daß ich mir beim Gedanken an sie vor Angst in die Hosen...«

Wir nickten beide. »Wie fahren wir nun fort?« fragte ich ihn.

»Wir haben die Proben analysiert, zerlegt und damit herumgespielt. Ich will Ihnen die Wahrheit sagen: Dr. Merton hat recht. Wir haben nicht die geringste Ahnung, wie man dieses Gewebe vervielfältigt oder selbst herstellen könnte. Es übersteigt unsere Fähigkeiten. Und ich denke, das ist nur gut so. Mir würde es nicht gefallen, wenn wir auch noch darin unsere Finger hätten, obwohl sie es mit allen Mitteln versuchen werden. Und das ist sozusagen die schlechte Nachricht. Die gute Nachricht lautet, daß wir den Stoff zwar nicht herstellen und nicht ganz begreifen können, wie er funktioniert, aber wir wissen, wie man ihn einsetzt, falls das einen Sinn ergibt.«

»Nicht im geringsten«, antwortete ich.

»Also, ich weiß nicht, wie man einen Bleistift herstellt, aber ich weiß, wie man ihn benutzt. Selbst wenn ich niemals zuvor einen gesehen hätte, könnte ich das herausfinden. Die Funktion, das ist es. Hier haben wir es mit der unendlich komplizierteren Variation des gleichen Sachverhalts zu tun. Wenn sich also die grundlegende Gehorsamsprogrammierung direkt im chemischen Aufbau des Dings befände, wären wir geliefert. Dann gäbe es keine Möglichkeit, es zu deprogrammieren, ohne es zu vernichten. Glücklicherweise trifft das aber nicht zu. Es *gibt* ein Programmierungsgerät im Innern jeder Quasizelle, das sehr kompliziert ist und das wir überhaupt nicht verstehen. Da wir das aber wissen, können wir Programminformationen ergänzen und sicher sein, daß die Information übermittelt und mit den Wardens auf die gleiche Weise gespeichert wird, wie wir hier tauschen. Die Tatsache, daß das Ding mit dem Gedanken an die Wardens entworfen wurde und ohne sie nicht funktionieren kann, besagt, daß es von unseren Fremdrassigen speziell für uns hier und jetzt auf Zerberus entwickelt wurde und keine Variante eines geläufigen Gegenstandes ihrer Kultur darstellt.«

»So? Und was hat das alles zu bedeuten?« fragte Dylan ungeduldig.

»Nun, die eine Hälfte der Proben wurde weggebracht, die andere blieb hier, wo mein Labor die praktischen Untersuchungen anstellte. Die Wardens, die wir hier im Überfluß haben, waren von großer Bedeutung. Das Ganze wurde wirklich zu einer faszinierenden Erfahrung. Einen Organismus zu benutzen, den wir nicht im geringsten verstehen, um einen anderen zu beeinflussen, den wir weder nachbauen noch vervielfältigen können. Aber mit Hilfe der Computer der Außenwelt und meinem Labor hier gelang es uns schließlich, zu einer Ausgabe zu kommen. Die chemische Kodesprache ist ziemlich kompliziert und keineswegs menschenähnlich, deshalb brauchten wir so viel Zeit, doch schließlich bekamen wir sie heraus. Glücklicherweise wiederholt sich der grundlegende Stoff für die Gehorsamkeitsprogrammierung in jeder Zelle. Tatsächlich ähneln sich alle Zellen, ob vom Gehirn oder vom Gewebe weitgehend und können die jeweils notwendige Funktion erfüllen. Die Programmierung ist ziemlich simpel, wie das auch sein muß, da sie ja nur als eine Basis für all die verschiedenen Roboteragenten dient, welche in den verschiedensten Welten, Aufgabenbereichen und Bedingungen eingesetzt werden.«

»Können sie sie loswerden?« drängte ich ihn.

»Null. Aber wir vermögen das gleiche, was ich im Falle von Psychobefehlen vorgeschlagen habe. Die Fremdrassigen haben es unmöglich gemacht, grundlegende Eingaben herauszunehmen, ohne die Zelle zu beschädigen und den Schmelzprozeß in Gang zu setzen. Aber vergessen Sie nicht, daß die Zellen programmierbar sind. Sie müssen es sein. Also können wir Programmierungen ergänzen, welche die eigentlichen Eingaben überlagern. Sie völlig wirkungslos machen und einen unbelasteten Geist in einem Superkörper zurücklassen.«

»Daran hätte die Merton doch bestimmt auch gedacht«, warf ich ein.

»Das hat sie zweifellos«, stimmte er mir zu, »doch sie verfügt nicht über die Computerkapazität und die Mittel, um eine komplette Ausgabe der Kodes zu erhalten, geschweige denn, die benutzte Sprache zu knacken. Deshalb blieb sie hängen. Sie würden gar nicht glauben, wieviel Zeit *diesem* Problem geopfert werden mußte. Laroo hatte recht: Nicht jeder Strang, an dem er ziehen konnte, hätte ihm genügend Computerzeit verschaffen können, ohne nicht gleichzeitig die Aufmerksamkeit des Sicherheitsdienstes auf sich zu ziehen wie ein Magnet.«

»Dann können wir ihm also liefern, was er will«, seufzte Dylan. »Was bringt *uns* das?«

»Also, für den Anfang müssen wir Ihnen einen absoluten Schutz verschaffen. Dies ist einfach durch ein kompliziertes Psychoimplantat mit Hilfe des Sicherheitssystems möglich. Laroo kann es nicht aufbrechen. Und auch sonst wäre niemand dazu in der Lage – wenn aber doch, haben wir ohnehin den Krieg bereits verloren. Mit anderen Worten, Sie können ihnen die Information nur liefern, wenn Sie das wollen und werden sie auch nur dann kennen – und Sie werden genau wissen, was zu tun ist, ohne zu wissen, was sie gerade tun. Und Sie müssen eins nach dem anderen machen, ein Roboter pro Versuch.«

»Aber er läßt nur *mich* auf die Insel«, bemerkte Dylan. »Heißt das nicht, daß er einfach einen Roboter aus mir machen und das Wissen jederzeit zur Verfügung haben wird, ob mit oder ohne Psychoblock?«

»Nein, und das läßt sich auch leicht verhindern. Sehr leicht. Wir fügen einen weiteren Block hinzu, ähnlich den Dutzenden, wie Qwin sie im Lauf der Jahre zur Sicherheit von seiner Dienststelle erhalten hat. Kein Mensch, dem man nicht in der Folter, mit chemischen oder mechanischen Mitteln all sein Wissen entringen könnte. Nicht einer. Also benutzen wir die gleichen Methoden, um abzusichern, daß ein solches Vorgehen ergebnislos bliebe. Das war der Grund, daß Laroo Qwin nicht von Anfang an zum Roboter gemacht hat. Ich bin überzeugt, er steht selbst unter der Wirkung einiger solcher Psychoeinpflanzungen. Wir werden eine wirklich einfache benutzen, die sie verstehen und von vornherein akzeptieren, weil sie alle den Typus kennen. Im Grunde genommen handelt es sich um einen Psychobefehl, Informationen aller Art zu löschen, wenn irgendwelche Gewalt angewendet wird, was im Notfall sogar absichtlich aktiviert werden kann. Er würde es nicht *wagen,* mit Ihnen so etwas zu versuchen. Er braucht Sie unversehrt – und er kann mit seinem eigenen Stab an Psychiatern die Existenz dieses Löschungsbefehls nachprüfen. Das schützt Sie... und uns.«

Dylan schaute bei diesen Worten verwirrt drein, doch ich verstand ihn genau. »Er sagt uns, daß die Löschung nicht nur absichtlich oder unbeabsichtigt in Gang gesetzt werden kann, sondern ebenso von außen, wie zum Beispiel durch einen Agenten der Konföderation. Ähnlich dem, was der gute Doktor hier mit Laroo angestellt haben muß, um sein persönliches Wohlergehen abzusichern.«

Dumonia lächelte und nickte.

»Trotzdem liefert ihr ihm die Antwort, die er haben will!« protestierte Dylan.

Dumonia lächelte immer noch.

»Denk mal nach, Dylan«, drängte ich sie. »Du kennst nun schon lange genug unsere Denkweise. Vergiß nicht, die Zellen sind *programmierbar!*«

Sie erwog, was er gesagt hatte, und ich gelangte schließlich zu der Auffassung, daß wir es würden aussprechen müssen. Dann sah ich, wie ihr Mund sich plötzlich zu einem Oval verzog. »Oh! Liebe Zeit!«

»Mir tut es nur leid, daß Dylan das ganz alleine durchstehen muß«, brummte ich. »Ich finde es scheußlich, beim Höhepunkt des Schwindels nicht dabeizusein. Schließlich war es *meine* Idee.«

»Wissen Sie, es gäbe eine Möglichkeit«, erinnerte Dumonia uns leise, doch ich sah, wie es vor Eifer in seinen Augen funkelte. »Ich habe alles vorbereitet für den Fall, daß Sie es wünschen.«

Dylan schaute erst ihn, dann mich an. »Ich… ich bin mir nicht ganz sicher, ob ich will«, sagte sie. »Ich habe ein bißchen Angst davor.«

»Ich sagte Ihnen, daß es ein großes Risiko darstellt«, gab der Psychiater zu. »Und ich verstehe Ihre Bedenken. Erstens, könnten Sie eine Bewußtseinsspaltung erleiden. Das ist nicht weiter schlimm, solange Sie ohnehin für immer zusammenbleiben wollen, aber das ist ein lange Zeit. Sie könnten zu einer neuen Persönlichkeit verschmelzen. Oder Sie könnten herausfinden, daß Sie sich ganz im Innern gegenseitig gar nicht mögen. Das trifft besonders auf Qwins Geist zu, da er ein sehr unerfreulicher Zeitgenosse war, ehe er hierher kam und seine Menschlichkeit entdeckte.«

Sie nickte. »Ich weiß. Davor habe ich am meisten Angst. Ich denke, ich liebe ihn so, wie er jetzt ist, aber ich glaube kaum, daß mir der alte Qwin auch nur ein bißchen gefallen würde. Er erinnert zu sehr an Wagant Laroo.«

Ich sah sie befremdet an. Sie also auch?

»Es gibt noch eine Möglichkeit«, schlug er vor und wirkte ein wenig enttäuscht über ihren Widerwillen. Ich glaube, er wollte diese Verschmelzung unbedingt durchziehen, einfach aus beruflicher

Neugier oder nur zum Spaß. »Ich könnte die Psychoblocks so manipulieren, daß Sie beide erforderlich sind, um die Programmierungsoperation zu vollenden.«

Ich schaute ihn vorwurfsvoll an. »Das haben die wohl die ganze Zeit über schon empfohlen, was? Um sicherzugehen, daß keiner als Geisel genommen werden kann, um den anderen zur Mitarbeit zu zwingen.«

Er hüstelte verlegen, zuckte dann mit den Schultern und versuchte ein müdes Lächeln. »Wäre ich ein guter Arzt, wenn ich nicht alle interessanten Alternativen vorschlagen würde?«

»Dann fahren wir zusammen, ob denen das recht ist oder nicht«, sagte Dylan entschlossen. »Das ist gut.« Sie zögerte. »Aber deutet diese Operation nicht offen auf Sie? Werden sie nicht *begreifen,* wer uns die Information geliefert hat?«

»Wenn es funktioniert, bleibt das eine theoretische Frage«, erklärte er. »Wenn nicht, oder wenn irgend etwas schiefgeht, habe ich Ersatzpläne. Machen Sie sich um mich keine Sorgen. Ich weiß mich wohl zu schützen.«

»Das will ich wohl meinen«, sagte ich trocken. »Also, machen wir uns an die Arbeit.«

Wie ich vorausgesagt hatte, mißfiel der veränderte Plan Bogen aufs höchste.

»Was hätte ich tun können?« fragte ich ihn unschuldig. »Da fuhren wir von Dumonias Praxis mit dem Fahrstuhl hinab, und plötzlich, bäng, sind wir beide weg. Eine halbe Stunde später wachen wir am anderen Ende der Stadt auf, nachdem man uns beiden die gleichen Informationen und Blocks einprogrammiert hat. Sie wissen, daß Ihre Männer uns verloren haben.«

Das gefiel ihm auch wieder nicht, doch er konnte nur finster dreinblicken.

»Aber Sie haben die Information erhalten?«

»Wir haben sie.« Die Bedingungen und Konditionen hatte ich ihm schon vorher erklärt und keinerlei Zweifel über die Schutzmaßnahmen gelassen.

»Das wird dem Chef nicht behagen«, knurrte er. »Da kann zu vieles schiefgehen. Aber ich will Ihnen etwas sagen. Sie beide kommen heute nachmittag auf die Insel rüber. Bringen Sie Ihre Sachen mit – es könnte ein längerer Aufenthalt werden.«

Ich nickte und schaltete ab.

»Meinst du wirklich, Laroo kauft uns das ab?« fragte Dylan besorgt. »Letzten Endes begibt er sich damit in die Hände der Konföderation.«

»Er wird es uns abkaufen«, versicherte ich ihr, »wenn auch mit gewissen Bedenken. Er hat keine Wahl, wie man uns ja versichert hat.«

»Stell dir mal vor: Der mächtigste Mann auf Zerberus, einer der vier mächtigsten im Diamanten und vielleicht einer der mächtigsten unserer Tage überhaupt – und der hat nun tödliche Angst.«

»Oder Angst *vor* dem Tod«, erwiderte ich. »Komm, laß uns pakken!«

Der letzte Schwindel

Dumonia und seine Psychocomputer hatten im Laufe der Jahre ein gewaltig beeindruckendes psychologisches Profil von Wagant Laroo erstellt, das bis in die Jahre seiner Landung auf Zerberus zurückreichte. Wie bei allen Mächtigen der Geschichte galt seine größte Furcht einer Ermordung oder einem Unfalltod. Auf Zerberus waren seine Ängste geringer geworden, wo man die Möglichkeit zum ewigen Leben hatte – und das war auch zugleich der Haken. Inzwischen fühlte Laroo sich fast allmächtig, doch sich wie ein Gott zu fühlen und zu wissen, daß man potentiell sterblich ist, war unvorstellbar. Die annähernd totale Sicherheit, die er erhoffen konnte, lag in den Robotern. Ja, mehr noch, ein Roboter würde ihm gestatten, den Warden-Diamanten nach Lust und Laune zu verlassen und wiederzukommen, was ihn gewiß zum mächtigsten Mann gemacht hätte, den unsere raumfahrende Kultur jemals erlebt hatte. Im Kreise einer kleinen Armee gehorsamer organischer Roboter wäre er buchstäblich unverwundbar. Frei von allen fleischlichen Wünschen und Begierden und ausgerüstet mit einem Denken von der Schnelligkeit und Fehlerlosigkeit eines Spitzencomputers, würde er zu einem Ungeheuer, wie die Menschheit noch keines gesehen hatte.

Er wußte das, und aus diesem Wissen heraus, so sagten seine Psychounterlagen, mußte er das Risiko eingehen. Fügte man dazu noch das Wissen, daß ein Lord, den er offensichtlich geachtet und gefürchtet hatte, bereits hereingelegt worden war – dann hatte man den entscheidenden Faktor.

Unwillkürlich dachte ich, daß Dumonia großen Einfluß auf meine Entscheidungen genommen hatte. Ich hatte ihn wegen Sanda und Dylan aufgesucht – und er hatte dafür gesorgt, daß ich mich an ihn wenden würde –, noch ehe ich das Projekt Phönix in Gang setzte, und dann hatte ich genau den richtigen psychologischen Zeitpunkt abgewartet – für Laroo. Dann und erst dann war ich bereit gewesen, das höchste Risiko einzugehen und hatte das mit Dylans voller Unterstützung praktisch ohne zu zögern getan. Unwillkürlich fragte ich mich, wieviel kleine Anstöße und Vorschläge ich von ihm erhalten hatte, noch ehe mir jemals sein Name zu Ohren gekommen war...

Aber jetzt spielte das keine Rolle mehr. Nun würde sich eins ins andere fügen – oder alles auseinanderbrechen. Und er blieb für beide Fälle voll in Deckung, daran bestand für mich kein Zweifel. Und ich vermutete, falls wir scheiterten, war jetzt schon ein Kreuzer in Bereitschaft, sich uns so weit zu nähern, um Laroos Insel und uns mit ihr einzuäschern.

Dylan und ich brachten fast eine ganze Woche im Schloß zu, vorwiegend mit irgendwelchen Freizeitvergnügungen, wenn auch stets unter den wachsamen Augen der Wachleute und Kameras. Der weite grüne Rasen faszinierte Dylan, etwas Derartiges hatte sie sich zuvor einfach nicht vorstellen können; außerdem hatte sie ihren Spaß an dem Museum mit den gestohlenen Gütern, an Hand derer ich ihr einiges über Geschichte und Kultur des Herkunftslandes erzählen konnte.

Nach unserer Ankunft wurden wir zuerst zu Dr. Merton geführt, die einige Tests zur Überprüfung unserer Psychobefehle und Blocks anstellte. Im Gegensatz zu meinem ersten Aufenthalt auf dem Schloß bluffte ich nun nicht, und die Geräte bestätigten das.

Wir enthüllten auch, ohne wirklich zu wissen oder zu begreifen, was wir beschrieben, den notwendigen Ausrüstungstyp für den Deprogrammierungsprozeß. Merton überprüfte die Information eifrig, konnte sie offenbar verstehen und versicherte uns, sie könnte sie rasch zusammenfügen.

Doch schließlich landete ohne jede Vorwarnung ein riesiger Transporter auf dem Vorplatz. Wiederum entstiegen ihm fünf Personen, nur daß diese sehr unterschiedlich waren. Dylan beobachtete sie neugierig vom Fenster aus. Ein Junge und ein Mädchen im Teenager-Alter. Eine entschlossen wirkende Frau von annähernd Vierzig mit kurzem, graubraunem Haar. Ein kleiner, drahtiger Mann von sehr dunkler Hautfarbe. Und schließlich ein junger Managertyp mit schwarzem Spitzbart.

»Er hat eine ganze Sammlung«, sagte ich voller Anerkennung. »Von denen kenne ich nicht einen wieder.«

»Sie gehen alle gleich«, bemerkte Dylan. »Sogar die Frauen haben einen Gang wie Männer.«

»Ich sehe, was du meinst. Sie sind gute Schauspieler. Verdammt gute.«

»Woher sollen wir wissen, welches der richtige Wagant Laroo ist? Oder ob er sich überhaupt unter ihnen befindet?«

»Das ist einfach«, erwiderte ich. »Der Richtige ist der, der zum Schluß noch übrigbleibt und diskutiert.«

Wir wurden durch die Nationalpolizei in den Laborkomplex im Untergeschoß gerufen und sogleich allein gelassen. Alle fünf Neuankömmlinge sowie die Merton und Bogen erwarteten uns im Labor, wo man Stühle bereitgestellt hatte – fünf Stühle.

»Sie schlagen sogar die Beine auf die gleiche Weise übereinander«, flüsterte Dylan, daß ich ein Lachen unterdrücken mußte.

Wir blieben stehen. Diesmal erwies sich der bärtige Geschäftsmann als der Sprecher.

»Na schön, Qwin Zhang. Ich hatte eigentlich nicht vor, Sie wiederzusehen, aber es ließ sich nun einmal nicht vermeiden.«

»Es wird sich für Sie lohnen«, versprach ich ihm.

»Ich hoffe es für Sie«, knurrte er. »Ich mag Leute nicht, die sich unersetzlich machen. Das sollten Sie verstehen.«

Ich nickte. »Sie haben die Wahl. Wir können die Chose abblasen und nach Hause gehen.«

Er ignorierte meinen Einwurf und schaute zu Dylan hinüber. »Es ist mir ein Vergnügen. Ich nehme an, daß nun alles zu Ihrer Zufriedenheit ist?«

»Vollständig«, antwortete sie mit ihrem alten Selbstvertrauen. Ich konnte fast ihre Gedanken lesen und liebte sie dafür. Wagant Laroo würde sich auf einer Borkjagd wie ein Waschlappen aufführen.

»Sie verstehen sicher, daß wir erst einige, äh, Tests durchführen müssen?«

Wir nickten beide. »Wenn Sie soweit sind, uns soll es recht sein«, antwortete Dylan ihm. »Tatsächlich verstehen wir von der ganzen Sache ebensowenig wie Sie.« Sie ließ ihren Blick über alle Anwesenden schweifen. »Wer fängt an?«

»Keiner von uns. Vorerst.« Er nickte Bogen zu, und der Sicherheitsdienstler verließ den Raum. Zwei Techniker rollten ein Gerät herein, das weitgehend dem ähnelte, das wir vor wenigen Tagen der Merton beschrieben hatten. Es war eine Kreuzung und offensichtlich wild zusammengebastelt, doch wenn die Merton glaubte, das Ding funktionierte, war ich bereit, der Expertin zu vertrauen.

Die Maschine sah im wesentlichen wie drei Trockenhauben auf langen, dicken, gänsehalsähnlichen Stangen aus, die in die Elektronikkonsole führten. Sie brachten es herein und koppelten es mit Mertons Hilfe an die Apparatur, die zur ständigen Ausrüstung des Labors gehörte. Ein ganzer Wirrwarr von Kabeln wurde von der hinteren Konsolenwand zu dem Instrument geleitet und Schalter angeworfen. Merton überprüfte das Ganze und nickte dann. »Es ist soweit.«

Ich betrachtete das Gerät und konnte den Gedanken nicht verdrängen, daß ich auf den elektrischen Stuhl kam. Nach Aussagen der Merton handelte es sich um eine Variante der grundlegenden Psychomaschine selbst, wenn auch eine Menge Elektronikteile und Analyseschaltkreise fehlten. Was wir nun vorhatten, wäre mit einem Computer zu bewältigen gewesen, doch dann hätten sie uns nicht gebraucht. Stühle wurden hereingebracht und unter die Geräte gestellt, und man brachte die Helme oder was auch immer über jedem von uns in Stellung.

»Was nun?« fragte Laroo.

»Wir brauchen einen Roboter«, erklärte ich ihm. »Erst geben wir das Signal dem Roboter ein, dann übertragen Sie ihm auf die gute alte zerberanische Art ein Bewußtsein.«

»Dr. Merton?« fragte er erwartungsvoll.

Die Wissenschaftlerin trat hinüber zu einer der Kammern und öffnete sie; offensichtlich war sie entsprechend vorbereitet. Der Roboter darin wirkte diesmal nicht wie ein Leichnam, sondern sprühte vor Leben. Trotzdem hatte er einen leeren Gesichtsausdruck, wie ein menschliches Wesen ihn unmöglich nachahmen konnte.

Dylan und ich sogen gleichzeitig die Luft ein. »Sanda!« hauchte Dylan.

Nein, es war nicht Sanda, sondern eine perfekte Nachbildung von Sandas gegenwärtigem und Dylans altem Körper.

»Ich sehe, ich habe den alten Knaben nicht unterschätzt«, murmelte ich. »Was für ein fauler Trick.«

Laroo – oder genauer alle Laroos – betrachteten uns selbstgefällig. »Ich dachte, falls Sie irgend etwas Krummes vorhätten, würden Sie es vielleicht bei jemandem, den Sie beide kennen und mögen, unterlassen«, erklärte er uns.

»Sie werden sie umbringen, wenn die Sache erledigt ist!« beschuldigte ihn Dylan. »Sie wissen, daß ich bei so etwas nicht mitmachen kann. Und ich würde es auch nicht wollen.«

Einer der Laroos hielt inne, dachte einen Augenblick nach, und ich glaubte zu erkennen, wie sein Blick zur Seite wanderte. Einen Augenblick lang rührte sich keiner der anderen. Dann sah ich interessanterweise, wie sich das junge Mädchen nachdenklich an der Nase kratzte. Der Ziegenbart schwieg eine Weile, tat, als dächte er nach und starrte müßig zur Decke. Schließlich sagte er: »Na schön. Aber Sie machen den Test aus Gründen, die Sie verstehen, äußerst schwierig, aber ich bestehe darauf.«

Ich zuckte mit den Schultern. »Schauen Sie mich nicht an. Ich bin nicht derjenige, der darauf bestand, daß die Psychoinhibitoren in Betrieb bleiben.«

»Das wäre auch egal. So etwas würde ich sowieso nicht tun«, erklärte Dylan barsch.

Laroo seufzte und dachte wieder nach. Schließlich sagte er: »Lassen Sie beide uns einen Augenblick allein. Warten Sie draußen.«

»Jetzt sitzen Sie wohl fest, wie?« stellte Dylan selbstzufrieden fest. Ich stieß sie in die Seite, damit sie ihn nicht weiter reizte. Mit oder ohne Paranoia und Psychoprofil, Laroo war verrückt genug, die Sache abzublasen, wenn wir es zu weit trieben. Wir gingen hinaus und warteten vor der Tür.

»Reize ihn nicht«, warnte ich sie. »Es gibt für ihn noch wichtigere Dinge als das hier.«

Sie nickte nur und drückte meine Hand. Wir mußten nicht lange warten und wurden bald wieder hineingerufen.

»In Ordnung«, verkündete Laroo, »gehen wir eins nach dem anderen vor. Zuerst werden wir es mal mit einem neutralen Körper versuchen, sozusagen. Dann soll Dr. Merton es überprüfen, sehen, was zu tun ist und was wir erfahren können. Sind Sie dazu bereit?«

Wir schauten uns um und stellten fest, daß der Sanda-Roboter wieder in seiner Kammer stand. Ich sah zu Dylan und zuckte mit den Schultern. Sie seufzte. »Welche Wahl haben wir schon? In Ordnung.«

Der bereitgestellte Roboterkörper war überwältigend. Ein gewaltiger gebräunter Riese von einem Mann mit kräftig sich wölbenden Muskelpaketen. Wenn einer dieser Roboter wie ein Übermensch aussah, dann er.

Auch er wirkte so leer, wie man sich nur denken kann, und Dr. Merton und zwei Assistenten mußten ihn zu einem Stuhl geleiten.

»Sie haben wohl keine Grundprogrammierung bei ihrer Ankunft«, bemerkte ich.

»Einschalten, ausschalten, vorwärts- und zurückgehen, stehen und sitzen – das ist ungefähr alles«, erklärte uns Dr. Merton. »Viel mehr brauchen sie nicht, obwohl ich im Notfall ein paar Grundkommandos ergänzen kann. Wenn man ein kompliziertes menschliches Bewußtsein hineingibt, brauchen sie nicht mehr.«

Ich verstand, worauf sie hinauswollte. Ich setzte mich neben den Kerl, und Dylan setzte sich neben mich, als Merton erklärte, welcher

Helm für wen gedacht war.

Das war für mich der nervenaufreibendste Zeitpunkt, da ich wußte, daß Laroo dem absoluten Bösen näherstand als irgend jemand, den ich jemals getroffen hatte und ich ihm nicht einen Augenblick trauen konnte.

Die Helme senkten sich herab, und ich fühlte, wie Klammern und Sonden sich um die entsprechenden Stellen schmiegten.

»In Ordnung«, sagte Dr. Merton. »Nun ist alles so, wie Sie es gewünscht haben. Tun Sie jetzt, was zu tun ist.«

Ich entspannte mich, holte zweimal tief Luft, hörte wie Dylan das gleiche tat und konzentrierte mich dann auf den Transfer – nein, ich führte ihn willentlich herbei.

Ich empfand ein kurzes Schwindelgefühl oder eine Benommenheit, dann war es vorüber. So schnell, daß ich es kaum glauben konnte.

»Das war's«, erklärte ich ihnen. »Dylan?«

»Ich denke schon. Falls das komische Gefühl alles war.«

Die Assistenten drehten an Schaltern zur Lösung der Helme und hoben sie uns vorsichtig vom Kopf – uns dreien. Ich stand auf, Dylan ebenso, und wir starrten wieder unseren Riesen an. Er wirkte so ausdruckslos wie je.

Laroo schaute zu Dr. Merton hinüber. »Ist etwas erkennbar?«

»Nun, wir haben *etwas* aufgezeichnet«, erklärte sie ihm. »Aber wer weiß was?«

Dann verstand ich plötzlich. *Gegenzug*, dachte ich. Nun war Laroo am Zug. Merton hatte den Merton-Prozeß entdeckt, durch den ich hier war – und gleichzeitig an vier anderen Stellen. Ein Prozeß, der nicht transferierte, sondern Information aufzeichnete und im Gehirn vervielfältigte. Wenn sie den Schlüssel zu unserer beider Denken besaß, dann brauchte Laroo uns überhaupt nicht mehr. Das war ein großer Fehler von mir gewesen. Ich hoffte inbrünstig, daß das Dumonia oder dem Sicherheitsdienst nicht entgangen war.

Zwei Assistenten tauchten mit einem hohen Rollwagen auf, befahlen dem Riesen aufzustehen, sich vorzubeugen und schoben ihm die Ladefläche unter, so daß sie den Kerl schieben konnten, der völlig steif blieb. Sie karrten ihn unter unseren Blicken aus einer Nebentür, Merton folgte ihnen.

»Wohin bringen sie ihn?« fragte ich neugierig.

»Zuerst hängen wir ihn an ein Analysegerät, um festzustellen, ob er eine Wandlung durchgemacht hat – und wenn ja, ob wir es überhaupt sehen können«, erklärte uns Laroo. »Danach... kommt ein Schritt nach dem anderen.«

Es verstrichen mehrere beunruhigende Minuten, bis Merton wieder auftauchte. »Es hat sich nicht das geringste verändert, das ich messen könnte«, erklärte sie uns. »Soweit ich sehe, ist alles beim alten geblieben.«

Laroo seufzte. »Na schön. Dann müssen wir es am lebenden Objekt versuchen. Ist Samash bereit?«

Sie nickte, trat an ein Interkom an der Wand und rief irgendeine Stelle an. Ich konnte Bogens Stimme erkennen und seine Überraschung, als sie Samash sagte. Doch es dauerte keine Minute, bis man eine leblose Gestalt ins Labor rollte, an der nichts riesenhaft wirkte. Vielmehr handelte es sich um den ältesten Mann, den ich jemals auf Zerberus gesehen habe, obgleich er höchstens Mitte Fünfzig war.

»Samash ist Techniker hier auf der Insel«, erklärte Laroo. »Er ist sehr ergeben und nicht besonders helle, aber es läßt sich gut mit ihm arbeiten. Und wie Sie sehen, ist ein neuer Körper für ihn längst überfällig.«

»Irgendein neuer Körper«, bemerkte Dylan.

»Nun, er wird ihn sich nun verdienen.«

»Steht er... unter Drogen?«

»Kabashblätter, eine Substanz, von der Sie ja auch etwas verstehen, wenn ich mich recht erinnere.«

»Ach.«

Ich begriff nun. Das war das Zeug, das einen Transfer erzwang, falls irgend jemand im Umkreis unter seiner Einwirkung stand oder empfänglich dafür war. Samash wurde in den anderen Raum geschoben, und bald tauchte Dr. Merton mit allen Technikern wieder auf. »Lassen Sie ihm, sagen wir, eine Stunde«, meinte sie zuversichtlich. »Ich werde Sie rufen.«

Mit diesen Worten wurden wir hinausgeschickt. Wie schon einmal brachte man uns zum Essen, und das war wieder hervorragend.

»Das Ganze macht mir immer noch Sorgen«, bemerkte Dylan.

»Und ich kann dir noch ein paar mehr liefern.« Ich berichtete ihr von meinen Befürchtungen in bezug auf die Merton.

Sie seufzte. »Nun, wir haben unser Bestes getan, oder?«

»Warten wir's ab. Die Sache ist noch nicht vorbei.«

Etwa eine Stunde später wurden wir tatsächlich zurückgerufen und fanden das Labor unverändert vor, außer daß der Riese nun auf dem Tisch in der Mitte zu schlafen schien. Der alte Körper war nirgendwo zu sehen, und ich nahm an, daß er an Mangel an Interesse gestorben war.

Auch wenn der Riesenroboter schlief, bestand kein Zweifel, daß sich nun eine *Person* in seinem Innern befand. Er wirkte natürlich und normal; irgendwie war auch sein schlafendes Gesicht mit einem undefinierbaren Etwas erfüllt, das zuvor nicht vorhanden gewesen war.

»Wecken Sie ihn auf!« befahl Laroo.

Dr. Merton und die zwei Assistenten traten zurück, und ringsumher erscholl plötzlich ein ohrenbetäubendes Beckengetöse. Es verhallte schnell, und die Merton rief: »Samash! Wachen Sie auf!«

Der Körper regte sich, wir traten zurück an die Wand und hielten den Atem an. Selbst die Laroos sahen sehr gespannt aus.

Samash schlug die Augen auf, schaute sich um und wirkte verwirrt. Er stöhnte mit tiefem Brummton, schüttelte den Kopf, setzte sich auf dem Wagen auf und ließ seinen Blick durch den Raum schweifen. »Was... was ist geschehen?« stieß er hervor.

»Schauen Sie sich mal an, Samash«, gebot ihm Laroo. »Sehen Sie mal, was aus Ihnen geworden ist! Sehen Sie, was ich Ihnen geschenkt habe.«

Samash keuchte, schien jedoch sogleich zu begreifen, was geschehen war. Er sprang von dem Wagen, streckte sich, lächelte und sah sich dabei um. Die Art seines Lächelns gefiel mir überhaupt nicht.

»Samash, ich bin Wagant Laroo. Aktivierungskode AJ 360.«

Der Riese zögerte einen Augenblick, als sei er verwirrt, dann begann er zu lachen.

»Samash, Aktivierungskode AJ 360!« wiederholte Laroo beunruhigt.

Samash hörte zu lachen auf, und ein böser, zorniger Ausdruck trat in seinen Blick. Er drehte sich um und deutete auf den Ziegenbart. »Von Ihnen nehme ich keine Befehle entgegen«, höhnte er. »Das ist vorbei! Sie wissen nicht, was Sie getan haben, Laroo. Sicher, ich weiß, was Aktivierungskode 360 bedeutet. Aber das ist mir scheißegal. Diesmal hat man Sie hereingelegt, Laroo.« Er drehte sich um, ohne uns alle zu beachten und sprach vor sich hin: »Sie wissen nicht, was für ein Gefühl das ist! Diese Macht! Wie ein *Gott!*« Er drehte sich wieder zu dem Ziegenbart um. »Größer, als Sie es jemals erleben werden, Laroo, wer immer Sie wirklich sind. Mit Ihnen ist es nun vorbei!« Er stürzte sich in Richtung der fünf Laroos.

»Beschützen Sie mich!« kreischte das Mädchen, das wir zu Recht in Verdacht gehabt hatten, mit echter Panik in der Stimme – und zu unserem Entsetzen sprangen die anderen vier, die Merton und die zwei Assistenten mit fast nicht wahrnehmbarer Geschwindigkeit auf den Riesen zu. Innerhalb von Sekunden hatten sie ihn auf den Boden gedrückt.

»Oh, mein Gott!« hauchte Dylan. »Es sind *alles* Roboter!«

Das Mädchen – der echte Laroo – trat ängstlich an die gegenüberliegende Wand und drückte auf das Interkom. »Hier spricht Laroo. Sicherheitsdienst im Laufschritt anrücken.«

Plötzlich stürmten Nationalpolizisten und Bogen mit gezückten Waffen herein.

»Zurücktreten!« brüllte Bogen. »Lassen Sie ihn aufstehen!«

So schnell sie sich auf ihn gestürzt hatten, so schnell traten sie zurück. Dann dauerte es für Samash nur den Bruchteil einer Sekunde, um in einer Bewegung aufzuspringen und sich auf Bogen und die Polizisten zu stürzen.

Er hatte nicht die geringste Chance. So blitzschnell er auch war, sie waren noch schneller. Strahlen zuckten auf den Körper des Riesen nieder. Es war ein unglaubliches Schauspiel, denn jeder dieser Strahlen konnte Stahl spalten, schmelzen, verbrennen oder alle bekannte Materie auflösen – und doch vermochten sie nun nicht mehr, Samash aufzuhalten. Eigentlich nicht einmal das – sie bewirkten nur, daß er jetzt langsam dahinkroch. Er war nun fast bei ihnen, doch sie feuerten noch weiter und hielten ihre Stellung – und plötzlich sah man, wie die Strahlen letztendlich doch ihre Wirkung taten.

Augenblicklich erfüllte ein säuerlicher Geruch den Raum, Samash hielt inne, schaute überrascht und völlig fassungslos drein, ging dann in einem strahlenden Blitz, der uns fast geblendet hätte, in Flammen auf und schmolz in sich zusammen. Im Augenblick der Entzündung verstummten alle Waffen gleichzeitig, so daß kein Strahl abschweifte – ein unglaubliches Schauspiel.

»*Alle*«, sagte Dylan, »sogar die Merton, Bogen und die Bullen. Sie alle.«

»Außer ihr«, bemerkte ich und deutete auf das immer noch erschreckte Gesicht des Mädchens. »Das ist der heutige Wagant Laroo.«

Laroo gewann allmählich seine – ihre – Fassung wieder.

»Ja, das ist richtig. Alle wichtigen Leute auf der Insel sind Roboter«, gab sie zu. »Gewöhnlich sind es nur zwei meiner Gruppe, aber ich wollte diesmal kein Risiko eingehen. Sie verstehen nun sicher warum.«

Ich nickte. »Aber Sie haben trotzdem eines auf sich genommen. Er hätte Sie fast erwischt, noch als er schon genug Stoff bekommen hatte, um das Schloß einzuäschern.«

Sie nickte nervös. »Nächstes Mal werden wir uns besser vorsehen. Damit hatte ich in diesem Umfang wirklich nicht gerechnet.«

»Nein? Womit hatten Sie denn gerechnet?« fragte Dylan sarkastisch. »Sie sind nicht gerade die beliebteste Person auf Zerberus, wissen Sie, und Sie haben dem alten Jungen plötzlich eine große Macht und einen gerechten Zorn auf Sie gegeben.«

»Genug davon!« bellte Laroo. »Raus hier, Sie beide! Gehen Sie nach oben, bis ich Sie wieder rufen lasse!«

Falls Sie uns noch einmal brauchen, wollen Sie sagen, dachte ich bärbeißig.

»Nun, zumindest haben wir, glaube ich, bewiesen, daß das System funktioniert«, bemerkte ich, und wir beide gingen in vorsichtigem Bogen um die Polizisten, Bogen und das noch rauchende Aschehäufchen hinaus.

»Wie haben sie ihn denn nun eigentlich zum Halten gebracht?«

fragte Dylan mich später an diesem Abend.

»Ich nehme an, sie haben die verschiedensten Waffen auf unterschiedliche Zentralpunkte von ihm gerichtet«, gab ich zurück. »Seine Zellen konnten einer bestimmten Ladung standhalten, doch schließlich hatte er es mit zu vielen unterschiedlichen Bedingungen gleichzeitig zu tun. Eine schlug durch, traf einen lebenswichtigen Punkt und löste den Selbstzerstörungsmechanismus in den Zelleinheiten aus.«

Sie schauderte. »Es war schrecklich.«

»Ich glaube nicht, daß Samash uns besonders sympathisch gewesen wäre«, betonte ich.

»Nein, das nicht. Aber die Tatsache, daß sie alle Roboter sind. Sogar die nette Dr. Merton.«

»Ich weiß. Nicht einmal *ich* hatte daran gedacht, was zeigt, wie paranoid er tatsächlich ist. Und verdammt noch mal, sie sind so unheimlich *echt!* Bogen, Merton, das waren doch richtige Menschen. Natürlich. Verständlich. Sie wirkten, sprachen und handelten wie normale Leute.« Ein leichter Schauer lief mir über den Rücken. »Mein Gott! Kein Wunder, daß sie kein Gegenmittel gegen diese Dinger gefunden haben!«

»Was machen wir denn nun?« fragte sie.

Ich seufzte. »Wir legen uns hin, schlafen ein bißchen und stellen fest, ob wir morgen früh noch aufwachen.«

Wir wachten tatsächlich auf und bekamen obendrein noch ein hervorragendes Frühstück. Das war ein gutes Zeichen. Nachdem wir gegessen, uns angezogen und ein bißchen zurechtgemacht hatten, wurden wir wieder ins Labor bestellt. Laroo hatte keinen Körperwechsel getätigt und war nun allein bis auf Merton, Bogen und eine Person, die wir kannten.

»Sanda?« rief Dylan.

Sie blickte auf und lächelte. »Dylan! Qwin! Sie sagten mir, daß ihr hier wärt! Was soll das Ganze? Ich kann mich nur noch erinnern, wie ich gestern abend in Medlam eingeschlafen bin.«

Dylan und ich erstarrten plötzlich, da uns der gleiche Gedanke in den Sinn kam, und Sanda, die spürte, daß etwas nicht stimmte, hielt ebenfalls inne. Ihre Miene verdüsterte sich, und sie wirkte ein wenig verwirrt. »Was ist los?«

Ich drehte mich zu Laroo um.

»Sie haben es also trotzdem getan?«

Sie zuckte mit den Schultern. »Sie war da, vorbereitet und verfügbar. Wir beschlossen zu überprüfen, ob mit dem, was wir Ihnen entnommen hatten, der Merton-Prozeß auch durchzuführen wäre.«

»Vermutlich nicht, sonst wären wir nicht mehr da«, bemerkte ich.

Sanda wirkte aufrichtig entsetzt. »Qwin? Dylan? Was soll das alles heißen?«

»Es genügt nun, Sanda«, erklärte Laroo ihr erschöpft. »Gehen Sie und melden Sie sich bei der Putzkolonne auf der dritten Etage.«

Plötzlich veränderte sich Sandas Verhalten. Sie vergaß uns und ihr Entsetzen, wandte sich Laroo zu und verbeugte sich. »Wie Sie wünschen, Mylord«, sagte sie und ging hinaus. Unsere fassungslosen Blicke folgten ihr.

»Wie funktioniert es, Laroo?« fragte ich. »Ich meine, was besagt das Programm, das wir löschen?«

»Das wissen Sie nicht? Im Grunde legt es fest, daß Sie denjenigen lieben, bewundern, verehren oder was auch immer, der Ihnen den Aktivierungskode nennt, und daß Sie nur die Wünsche dieser Person oder der von ihr bezeichneten Stellvertreter erfüllen wollen. Es ist eine Art emotionaler Bindung, die nicht lösbar ist. Sie lieben mich aufrichtig.«

»Gewiß aktivieren Sie doch nicht alle persönlich?«

»Oh, nein. Aber wenn einer meiner Roboter der Aktivator ist, funktioniert es genauso. Das ist allerdings kompliziert. Es bedarf der Hilfe eines Computers, um zu wissen, wer wen liebt.«

»Nun, ich nehme an, Ihr Prozeß läßt sich nicht aufzeichnen«, sagte ich erleichtert und drehte mich dann zu Dylan um. »Mach dir keine Sorgen um Sanda. Sie ist noch unversehrt. Nur daß sie jetzt jemand anderen liebt.«

Laroo seufzte. »Nun, wir haben getan, was wir konnten. Dr. Merton versichert mir, daß die Sprache noch ein bißchen verwaschen ist. Es liegt kein Grund vor, warum es nicht auch bei Aufzeichnung funktionieren sollte – aber das tut es nicht. Wir haben es nicht nur mit Sanda versucht, sondern bei drei anderen, unterschiedlichen Subjekten. Es hat bei keinem funktioniert. Ich bedaure, sagen zu müssen, daß ich Sie noch brauche.«

Nun bin ich wieder am Zug, dachte ich und *vielen Dank, Dr. Dumonia oder wie immer Sie heißen.*

»Sind Sie nun bereit, sich selbst hineinzustürzen?« fragte Dylan Laroo.

Sie nickte. »Aber ich brauche etwa eine halbe Stunde Vorbereitungszeit. Ich will Sie jedoch warnen – alle beide. *Irgendwelche* krummen Touren, irgend etwas, das mit meiner Programmierung nicht stimmt, und sei es nur per Zufall, *irgendwas,* und Sie haben keinen Augenblick länger zu leben. Meine Roboter werden Sie in aller Ruhe in Stücke reißen.«

»Wir werden keinen Schwindel versuchen«, beruhigte ich sie. »Für uns steht hier selbst einiges auf dem Spiel, vergessen Sie das nicht. Wir sind die einzigen zwei Leute, die *nicht* zu Robotern werden können – und als solche brauchen wir Ihre Unterstützung, um zur rechten Zeit neue Körper zu bekommen. Das ist ein faires Geschäft.«

»Das will ich Ihnen auch geraten haben.« Es war die Stimme eines jungen Mädchens, doch der bedrohliche Unterton war der gleiche.

Wir warteten besorgt, bis er seine Vorbereitungen abgeschlossen hatte.

Zu unserer Überraschung war der Körper, den Laroo gewählt hatte, ziemlich nichtssagend. Durchschnittlich in fast jeder Hinsicht – männlicher Standard der zivilisierten Welten, nichts Außergewöhnliches, das aus der Menge herausragen würde.

»Trotzdem ergibt es einen Sinn«, sagte ich zu Dylan. »Er möchte ja auf keinen Fall Aufmerksamkeit auf sich ziehen.«

»Nicht zu übel«, meinte Dylan abschätzend. »Sieht dir ein bißchen ähnlich.«

»Oh, vielen herzlichen Dank.«

Kurz darauf wurde der Körper des Mädchens von Bogen und zwei Helfern herein- und weiter in das Hinterzimmer geschoben. Wir vergeudeten keine Zeit, verpaßten dem ausgewählten Körper in dem Helmgerät den richtigen Ruck und sahen dann zu, wie auch er mit dem Handkarren hinausgeschoben wurde.

Ich schaute mich im Labor um, stellte Dr. Merton ein paar dumme und nutzlose Fragen und nahm alles auf, was ich konnte. Etwas machte mir Sorgen. Laroo hatte selbst in Anbetracht seiner Anspannung zu schnell eingewilligt. Insbesondere nach dem vergangenen Abend. Doch es dauerte eine ganze Weile, bis ich herausfand, was dahintersteckte und Dylan zuflüsterte: »Das ist wieder ein Trick. Fall nicht darauf herein.«

Sie runzelte die Stirn und flüsterte so leise zurück, daß ich es kaum hören konnte: »Woher weißt du?«

»Ich bin sicher, daß sich gestern abend dort oben Kameras befanden. Nun sind es Laserkanonen.«

»Bist du sicher, daß sie gestern noch nicht da waren?«

»Sicher. Sonst hätten sie sie auf den Goldjungen angesetzt. Mit diesen Kameras können sie alles im Labor verfolgen.«

»Also hat er heute nacht einen Körperwechsel vollzogen.«

»Hm. Ein kluger Bastard, aber paß auf. Den kaufen wir uns.« Nun war er dran. Ohne Gegenzug.

Etwas über eine Stunde später karrten sie den Körper wieder herein und spielten das Weckritual durch. Diesmal konnten wir uns wenigstens die Ohren zuhalten, als die Becken losschepperten. Der Mann auf dem Tisch durchlebte ungefähr die gleichen Phasen wie Samash am Tag zuvor, und als er auf den Boden sprang, sah er sich verwundert um. »Ja, zum Teufel!«

Merton trat auf ihn zu. »Aktivierungskode AJ360«, sagte sie zu ihm.

Der Mann hielt inne, lächelte und schüttelte den Kopf. »Null. Es kribbelt ein wenig, wenn Sie das sagen, als wollte von drinnen etwas heraus, aber es wird unterdrückt.« Er seufzte. »Ich verstehe nun, was Samash empfunden haben muß. Wie ein Gott!« Er wandte sich wieder an die Merton. »Sie haben keine *Ahnung*, wie es ist – aber doch, natürlich. Ich vergaß ganz. Es ist... unglaublich!« Er drehte sich wieder zu uns um.

»Nun«, meinte er zufrieden, »es funktioniert. Es funktioniert tatsächlich. Sie haben keine Vorstellung, welche *Macht* ich empfinde. Es bedeutet fast eine Anstrengung, mich Ihrer geringen Geschwindigkeit anzupassen, um mit Ihnen zu reden. Jede Zelle meines Körpers *lebt!* Lebt und fühlt! Fühlt... und gehorcht! Die Macht in jeder einzelnen ist phänomenal! Selbst ich hatte keine Vorstellung, wie mächtig und vielseitig diese Körper sind. Und *keine Schmerzen!* Jeder einzelne Körper leidet von seiner Geburt an unter irgendwelchen Schmerzen. Und wir leben darin. Diese Flut von Freiheit – völlig immun dagegen zu sein – ist fast ehrfurchterregend!«

»Trotzdem frage ich mich... wenn diese Fremdrassigen so gerissen sind, wieso ließen sie dann dieses Schlupfloch offen?« wollte ich wissen. Es war eine Frage, die mich ernsthaft beschäftigte.

Er zuckte mit den Schultern. »Ich weiß es nicht. Ich habe mir auch Gedanken darüber gemacht – aber heute nicht mehr. Nichts«, fügte er finster hinzu, »wird mir jemals wieder Gedanken machen. Nichts und niemand.« Er warf uns wieder einen Blick zu. »Und nun sprechen Sie. Nennen Sie mir nur einen Grund, warum ich Sie beide einen Augenblick länger am Leben lassen sollte.«

Dylan blickte fragend zu mir auf, als wollte sie sagen: *Bist du sicher, daß das nicht der echte Laroo ist?*

»Vertrau mir«, flüsterte ich kaum hörbar und drehte mich dann wieder zu Laroo um – dem falschen Laroo, wie ich überzeugt war. »Aus Gründen der Sicherheit«, sagte ich laut und hoffte, sein besseres Gehör würde ihren Blick und meine Beruhigung mißdeuten und nichts Finsteres vermuten. »Denken Sie an Samash! Und den Roboter, den man im Militärischen Oberkommando erwischt hat. Schwer zu töten, gewiß. Überlegen? Ja. Aber unsterblich? Nein, und nicht nur das, sondern ich denke, ich kenne oder errate zumindest die Sicherheitspolitik der Fremdrassigen.«

Sowohl Merton wie »Laroo« schauten erschreckt drein. »Fahren Sie fort«, drängte er mich.

»Sie... diese Roboterkörper. Sie verschleißen. Das müssen sie, wie gut sie auch immer sein mögen. Was sollte diese hervorragende Programmierung, an die wir nicht zu rühren wagten, das autonome System sozusagen, daran hindern, nicht zu einem vorbestimmten Zeitpunkt den Geist aufzugeben?«

Er schaute Merton nervös an. »Ist das möglich?«

Sie nickte. »Aber nicht unüberwindlich. Bedenken Sie, daß ich die

Gehirnmuster von Ihnen und anderen Schlüsselpersonen aufgezeichnet habe. Solange Sie sie regelmäßig auf den neuesten Stand bringen, wie das beim Geheimdienst der Konföderation auch geschieht, können Sie immer und immer wieder sterben und doch weiterleben.«

Diese Erklärung stellte ihn zufrieden und mich auch. »Darf ich darauf hinweisen: Wenn keiner hier ist, um das nächste Roboterprogramm zu löschen, werden Sie in einen menschlichen Körper zurück müssen.«

»Niemals!« brauste er auf. »Wenn man einmal in so einem war, kann man nie mehr wieder zurück. Keinen Augenblick lang. Niemals!« Er begriff, was seine Äußerung alles implizierte. »Ja, in Ordnung. Sie haben recht. Aber Sie werden als mein ständiger Gast auf dieser Insel bleiben. Für alle Zeiten, von einem Körper zum nächsten. Sie sagen, Sie wollen Ihre Kinder behalten und selbst aufziehen. Na schön, dann tun Sie das hier inmitten von all diesem Luxus.«

»In diesem Luxusgefängnis, meinen Sie«, entgegnete Dylan.

Er zuckte mit den Schultern. »Wie Sie meinen. Aber mit Samtbändern und Goldtellern. Es wird Ihnen hier an nichts fehlen. Mehr kann ich nicht tun. Sie und ich wissen, daß die Konföderation schnell herausfinden wird, daß Sie ein falsches Spiel mit ihr getrieben haben. Sie werden Ihrer um jeden Preis habhaft werden wollen, um diese Information zu löschen, was vermutlich mit einem einfachen Verbalauslöser möglich sein wird – deshalb kann ich Ihnen keine Kontakte gewähren außer dem zu mir.«

»Und wenn sie die Insel vernichten?« fragte Dylan spitz.

»Das werden sie nicht«, antwortete er zuversichtlich. »Nicht, solange sie keine Gewißheit haben. Und wir werden Ihnen Leichen und eine wirklich überzeugende Geschichte liefern, gar nicht zu reden von der scheinbaren Enthüllung des Projekt Phönix. Alles wird wieder seinen gewohnten Gang gehen. Sie werden glauben, daß etwas schiefging, na schön – aber das wird sehr überzeugend klingen, glauben Sie mir.«

Ich seufzte und zuckte mit den Schultern. »Welche Wahl haben wir schon?«

»Keine«, antwortete er selbstgefällig. In diesem Augenblick fiel mir auf, daß er allein mitten im Raum stand. Die Laserkanone zuckte hervor, und nach einem unglaublichen Schauspiel war auch er dahingeschmolzen. Ich schaute hinüber zu dem bräunlichen Fleck, der von Samash trotz angestrengter Putzbemühungen zurückgeblieben war. Mein Zug – ein Erfolg. Und Schach.

Dylan keuchte und flüsterte: »Du hast recht gehabt!« Dann zögerte sie. »Wie werden wir den echten erkennen?«

»Brauchen wir gar nicht«, beruhigte ich sie. »Vertrau mir.«

Wir spielten noch drei Akte durch, ein jeder überzeugender als der erste. Jedesmal schmolz der Roboter plötzlich in sich zusammen. Ich fragte mich immer wieder, ob sie alle so vertrauensselig wären, wenn Laroo ihnen gesagt hätte, was aus ihren Vorgängern geworden war.

Doch der vierte, ebenso Standard der zivilisierten Welten und gleichermaßen unauffällig – war schließlich anders. Als wir das endlose Fragespielchen zu Ende gebracht hatten, lächelte er und seufzte: »Nun gut, Schluß mit den Spielereien. Ich bin überzeugt.« Er drehte sich um, winkte uns, und wir folgten ihm ängstlich und mit mißtrauischem Blick auf die Laserkanonen. Doch diesmal verließen wir das Labor.

Dort erwartete uns Bogen und verneigte sich. »Lief alles gut ab, Mylord?«

»Perfekt. So schwer mir das zu glauben fällt, sieht es so aus, als hätten unsere Freunde hier wirklich alles Wissen geliefert. Passen Sie gut auf sie auf, Bogen. Besorgen Sie ihnen alles, was sie wollen – außer einer Verbindung zur Außenwelt. Verstanden?«

»Wie Sie wünschen, Mylord«, antwortete er ehrerbietig.

Wir gingen den Korridor hinab, und ich begann leichthin und leise ein Liedchen zu singen, das ich weder verstand noch jemals zuvor gehört hatte, aber dessen Funktion ich sehr wohl kannte.

»'Twas brilling and the slithy toves
Did gyre and gimble in the wabe;
All mimsy were the borogoves,
and mome raths outgrabe…«

Laroo blieb stehen und drehte sich neugierig um. »Was ist das?«

»Nur ein kleines Liedchen aus meiner Kindheit«, erklärte ich ihm. »Ich habe eine anstrengende Zeit hinter mir, doch die Anspannung der letzten Wochen hat sich nun gelöst.«

Er schüttelte verwundert den Kopf. »Hm. Verrückte Angelegenheit.«

»Wir werden Sie doch wiedersehen?« fragte Dylan ihn unschuldig.

»O ja, gewiß doch. Ich habe noch nicht die Absicht abzureisen.«

»Vielleicht in einem Monat«, schlug ich ihm hilfsbereit vor. »Dann können wir wenigstens über unser zukünftiges Leben hier sprechen.«

»Nun ja, gewiß. In einem Monat.« Und damit machten wir uns auf den Weg zu den Wohnräumen hinauf, während er und Bogen irgendwo anders hingingen.

Befreit von der beständigen Überwachung, traten wir hinaus auf den Rasen, genossen Sonnenlicht und Wärme, zogen uns aus und legten uns nebeneinander. Eine Zeitlang sprachen wir nicht. Schließlich ergriff Dylan das Wort. »Haben wir nun tatsächlich den Lord von Zerberus in unserer Gewalt?« fragte sie verwundert.

»Ich bin nicht sicher. In einem Monat werden wir Gewißheit haben«, erwiderte ich. »Wenn er so lange lebt, um diese Insel zu verlassen, ist er der Richtige. Wenn nicht, werden wir es immer von neuem versuchen, bis wir den richtigen Laroo gefunden haben. Aber ich glaube, er war Wagant Laroo.«

Sie kicherte. »In einem Monat. Wir haben einen ganzen Monat. Nur wir beide hier, wo uns jeder Wunsch erfüllt wird. Es wird eine Erlösung sein. Und dann...«

»Das gehört nun alles uns, Schatz. Ganz Zerberus. Der gute alte Dr. Dumonia.«

Sie schaute mich erschreckt an. »Wer?«

»Dr. Du... nun wie kam ich eigentlich auf *ihn*?«

Sie zuckte mit den Schultern. »Ich weiß nicht. Sicherlich werden wir keinen Psychiater mehr brauchen. Außer vielleicht, um dir diesen Meldebefehl entfernen zu lassen.«

»Ja, aber ich schätze, Dr. Merton ist dazu ebenso in der Lage. Ich hoffe es jedenfalls.«

Sie drehte sich zu mir um. »Weißt du, warum ich dich liebe? Du hast es ganz alleine geschafft! Ohne *irgendwelche* Hilfe von draußen! Du bist einfach unglaublich.«

»Nun, die Konföderation mußte bei dem Plan aber mitmachen.«

»Pah! Du hast es die ganze Zeit über gewußt. Jeder einzelne deiner verrückten, irren, unsinnigen Pläne funktionierte. In kaum mehr als einem Jahr hast du dich vom Verbannten zum wahren Lord des Diamanten emporgearbeitet.«

»Und vergiß nicht, du bist die Lady des Diamanten.«

Sie blieb einen Augenblick träge liegen und sagte dann: »Ich frage mich, ob wir jemanden schockieren würden, wenn wir uns hier lieben?«

»Wahrscheinlich höchstens Roboter«, antwortete ich, »und was wir von denen zu halten haben, wissen wir ja.«

Sie lachte. »Schockierend. Aber weißt du noch... erinnerst du dich, als sie uns vorschlugen, wir sollten in das Denken des anderen kriechen? Wer war das gleich noch mal?«

Ich schüttelte den Kopf. »Zu lange her. Ich kann mich nicht mehr erinnern. Es ist auch unwichtig. Aber wie kommst du nun darauf?«

Sie lachte. »Das war gar nicht nötig. Ich bin nun ohnehin ein Teil von dir. Und du von mir, glaube ich. Zumindest gehst du mir nicht aus dem Kopf.«

ENDE DES BERICHTS. SIEHE AUCH EINSCHÄTZUNG. ENDE DER ÜBERTRAGUNG ENDE ENDE.

EPILOG

Der Beobachter lehnte sich zurück, nahm den Helm ab und seufzte. Er wirkte erschöpft, ausgezehrt, ja sogar älter, als das für seine Jahre angemessen war, und er wußte es.

»Sie sind immer noch verwirrt«, bemerkte der Computer. »Ich vermag nicht zu erkennen, was Sie aufregt. Es war ein glänzender Sieg, vielleicht ein Durchbruch für uns. Fortan werden wir unseren eigenen Spion in den Reihen der Vier Lords haben.«

Er antwortete nicht sogleich. Der Computer reizte ihn, und auch das vermochte er nicht zu erklären. Computer und Agenten waren gut aufeinander abgestimmt, und früher hatte er sich fast mit der Maschine identifiziert. Zwei von der gleichen Art. Kalt, gefühllos, logisch, ein perfektes analytisches Arbeitsteam. Er fragte sich, ob er tatsächlich zornig auf den Computer war, oder lag es daran, daß die Maschine eine Widerspiegelung seines eigenen früheren Ich und ein Selbstbildnis darstellte, dessen Spiegelung er nun nicht mehr ertragen konnte? Er war nicht sicher, doch sein Denken verweilte für einen Augenblick bei dem Begriff *früher.* Ein eigentümliches Wort. Warum hatte er es benutzt? Hatte er sich so sehr verändert?

Ich habe mich nicht verändert! sagte er sich und schlug mit der geballten Faust auf die Armlehne. *Sie haben sich verändert. Nicht ich!*

Aber sie sind *du,* klagte ihn sein Denken an.

Was war an ihren Aufträgen eigentlich so Besonderes? Die Planeten, soviel war sicher, waren weit exotischer als die Mehrzahl der Plastik- und Stahlwelten, an die er gewöhnt war, doch auch wieder nicht so fremdartig wie einige an der Pionierfront. Niemals zuvor hatte das Veränderungen in ihm bewirkt. Was war es dann gewesen – dort unten?

Vielleicht lag es an der Tatsache, daß sie – seine anderen Ichs – wußten, daß sie nun lebenslänglich dort blieben. Keine Rückmeldung, keine Auftragsentlastung, keine Pause bis zum nächsten Einsatz. Keine Rückkehr zum guten Leben und dem Besten, was die Konföderation zu bieten hatte. Eine letzte Mission. Keine Verantwortung mehr gegenüber der Konföderation, keine Arbeit mehr für irgend jemanden außer sich selbst.

Sein Leben lang war er darauf hinerzogen worden, in Begriffen des Kollektivs zu denken. Der größte Nutzen für die größte Anzahl. Der Schutz der zivilisierten Welten vor inneren Feinden, die sie bedrohten. Solange die Lage der Menschheit insgesamt sich besserte, so hatte man ihn gelehrt, spielte es kaum eine Rolle, daß ein paar sterben mußten, ob unschuldig oder nicht, oder gar ein ganzer Planet. Verbessert. Beschützt. Gerettet.

Glaubte er wirklich selbst noch daran? fragte er sich.

Plastikwelten. Brachten sie denn nicht Plastikmenschen hervor? Hatte Dumonia recht? Stellte die äußere Bedrohung eine größere Gefahr dar wegen der Entwicklung, die wir selbst herbeigeführt hatten?

Und doch waren die zivilisierten Welten glückliche Gegenden. Es gab dort keine Armut, wenige Krankheiten, keinen Hunger oder andere Formen menschlichen Elends, wie sie unsere Rasse durch die Zeitalter hindurch gequält hatten. Nicht einmal die Pionierfront war dank der massiven technischen Unterstützung noch so jämmerlich und gefährlich wie früher. Er war in dieser Kultur aufgewachsen und glaubte an sie angesichts der geschichtlichen Aufzeichnungen. Sie war besser als alles, was der Mensch je zuvor hervorgebracht hatte. Darin lag die Schwierigkeit. Das Grundrätsel, das ihn quälte. Sie war weder schlecht noch böse. Sie war eine *gute* Gesellschaft voller glücklicher, gesunder, gut angepaßter Menschen im ganzen.

Dieser Gedanke heiterte ihn etwas auf. Und Dumonia täuschte sich auch, wenn er glaubte, die Funken menschlicher Größe müßten in einer solchen Gesellschaft verlöschen. Sie waren nicht verlöscht – sie schlummerten nur, bis sie gebraucht wurden. Das bewies der Warden-Diamant.

Die Kraft und Hoffnung der Menschheit lag in diesem Schlummer. In der Tatsache, daß im Ernstfall die notwendige Reserve vorhanden war, um sich anzupassen, zu verändern und der neuen Anforderung entgegenzutreten. Schlummernd, aber nicht ausgelöscht.

Dieser Gedanke hellte seine Stimmung etwas auf, wenn auch nicht völlig. Das war alles schön und recht für die Gemeinschaft, aber für den einzelnen galt es nicht. Nicht für ein besonderes Individuum in fünf Körpern.

Zweimal hatte er sich nun selbst auf gefährlichem Terrain beobachtet. Zweimal hatte er zugesehen, wie er selbst sich verändert hatte, und das in mancherlei Hinsicht radikal, hatte das Bildnis seiner selbst verdrängt, seine Hingabe an die Pflicht und seine Ideale – ja, sogar die Ideale selbst. In allen Fällen hatte er ein für allemal gegen seine persönlichen Prinzipien verstoßen, sein Bild von sich als unerschütterliches Fundament, als einsamer Wolf, der andere benutzt aber nicht braucht, ins Wanken gebracht. Auch das schlummerte in ihm und kam zum Vorschein, wenn – nun, wenn er von der Leine war. Die Leine, die ihn an die Konföderation, ihre Obrigkeit, Prinzipien und Ideale band. Er hatte sich freiwillig an die Leine legen lassen, und die Loskoppelung war nicht durch ihn erfolgt, doch sie war vollzogen.

Was ihn am meisten störte, war, daß er immer noch festgekoppelt war. Dieser Gedanke war schrecklich, eine Vergewaltigung all dessen, für das er jemals eingetreten und an das er geglaubt hatte, aber es war eine Tatsache, der es ins Auge zu sehen galt. Jene Männer dort unten – sie glaubten, in der Falle zu sitzen und hielten ihn für den freien Mann. Sie täuschten sich. Und so wie sie ihn beneideten, so beneidete er sie.

Doch da war noch ein Auftrag, ein Problem. Eine Mission, der sie unverändert gedient hatten. Das konnte er zumindest behaupten.

»Einschätzung?«

»Faszinierende Übereinstimmung mit Lilith«, berichtete ihm der Computer. »Es gibt gewisse, völlig irrationale Gemeinsamkeiten.«

Er nickte. »Ich habe sie bemerkt.«

»Wir werden jemanden zum Momrath hinausschicken müssen. Aber das ist vielleicht schon nach dem Datenzustrom erfolgt. Wir werden auch die Patrouillen im Warden-System intensivieren müssen, denn irgendwo dort kommt es zu Kontakten zwischen Fremdrassigen und der Menschheit.«

»Wir sollten auch die Ferienzentren auf den zivilisierten Welten genauer beobachten«, bemerkte er. »Offensichtlich ist das das Zentrum, wo sie ihre Opfer entführen. Denn die müssen ja für mindestens eine Woche bis zehn Tage verschwinden.«

»Das ist nur bis zu einem gewissen Punkt möglich«, stellte der Computer klar. »Es wäre nützlich herauszufinden, wer die Opfer auswählt. Bislang entgeht mir der große Plan, das Strickmuster dahinter, hauptsächlich, weil wir nicht genügend indentifizierte Roboter haben, um ihre Positionen in einen Zusammenhang zu bringen. Doch es ist unübersehbar, daß die Fremdrassigen sehr behutsam vorgehen.«

»Das wußten wir von Anfang an. Wer, zum Teufel, würde jemals auf den Gedanken kommen, daß ein fremdrassiger Gegner die führendsten kriminellen Elemente anheuert, um alle Feinarbeit erledigen zu lassen?«

»Ich fürchte, es handelt sich um mehr als die Feinarbeit. Postulieren wir mal ein oder zwei Grundlagen, ausgehend von den Fakten und mit dem Gedanken im Hinterkopf, daß wir es mit fremdrassigem Denken zu tun haben, das nach einer unbekannten Entwicklung arbeitet, welches möglicherweise unsrer Logik fremd ist.«

»Mach weiter.«

»Wir nehmen an, daß sie entweder zahlenmäßig unterlegen oder nicht bereit sind, die möglichen Verluste eines Direktangriffs hinzunehmen.«

»Das könnte sich als falsche Annahme erweisen«, warf er ein.

»Denn wenn sie schließlich solche Superroboter herstellen können, könnten sie einen Kampf doch ganz von solchen Surrogaten ausführen lassen.«

»Vielleicht. Aber ich tendiere zu der Auffassung, daß die Vervollkommnung dieser Geräte zu langwierig, mühsam und kostspielig für eine derartige Massenproduktion ist. Statt dessen gehe ich davon aus, daß sie vielleicht nur mit Listen arbeiten. Wir haben uns zu entschieden auf einen möglichen militärischen Angriff versteift.«

»Was? Wie meinst du das?«

»Angenommen, ihr Plan zielt auf eine Aufweichung von innen? Die Schaltzentralen zu schwächen und aufzulösen, die Infrastruktur, das Fundament unseres Wirtschafts- und Gesellschaftssystems? Ein sorgfältig ausgesuchter Roboter könnte auf lange Zeit mehr Schaden anrichten als jeder direkte Angriff mit Planetenkillern. Wir waren häufig der Selbstzerstörung viel näher als der Eroberung von außen. Es bestehen Parallelen zu den frühen, unabhängigen Planeten und sogar noch weiter zurückreichend zu den Nationen einzelner Planeten. Wir sind häufig der Selbstzerstörung viel näher gewesen als der totalen Kapitulation. Ein direkter Angreifer hätte dann nichts zu gewinnen.«

»Du glaubst also, die Entscheidung der Vier Lords war mehr als ein Ergebnis kluger Zweckmäßigkeitsüberlegungen? Hmm... Laroo wies darauf hin, daß Kreegan das eigentliche Superhirn war; und Kreegan, soviel ist gewiß, hatte eine Neigung zu heimtückischen Plots und Verhaltensweisen.« Er lehnte sich zurück. »Nun, laß mich das noch einmal ordnen. Du gehst also davon aus, daß die Fremdrassigen überhaupt nicht vorhaben, uns direkt anzugreifen. Daß der Krieg ihrer Wahl der ist, den sie nun bereits führen. Daß sie auf innere Auflösung und Zusammenbruch aus sind, indem sie unsere Schwächen nutzen, anstatt auf einen Eroberungsfeldzug zu setzen.«

»Das scheint mir den größten Sinn zu ergeben.«

Er nickte. »Und von allen Alternativen ist es am billigsten. Keiner *ihrer* Leute wird bloßgestellt oder gefährdet. Der Diamant und mit seiner Hilfe die Roboter verrichten die Schmutzarbeit. Das ist sogar noch kosteneffektiv. Angenommen, du hast recht – wie lautet die Analyse?«

»Wenn die Vier Lords die Angelegenheit in dieser Richtung betreiben und die richtigen und angemessenen Entscheidungen treffen, wird es funktionieren. Nicht kurzfristig. Vielleicht *erkennen* oder *begreifen* wir nicht einmal das Ausmaß ihres Erfolgs, bis es schon zu spät ist. Und mit dem Versprechen von solchen Roboterkörpern und der Chance zur Flucht könnte man das Ende herbeiführen, nicht indem man Leute aus Schlüsselpositionen entführt und ersetzt, sondern die besten kriminellen Köpfe der letzten siebzig Jahre in solche Körper steckt und sie auf die bereits geschwächte und unterwanderte Konföderation losläßt.«

Diese Aussicht erschreckte ihn. »Aber warte einen Augenblick. Dazu könnte man nur Verbrecher vom Zerberus benutzen. Die auf den anderen drei Welten haben andere Warden-Varianten, die nicht zulassen werden, daß ein zerberanischer Bewußtseinswechsel vollzogen wird.«

»Haben Sie den Merton-Prozeß vergessen?«

Er pfiff vor sich hin und schüttelte den Kopf. »Dann besteht unsere einzige Hoffnung darin, die Fremdrassigen zu finden, sie bloßzustellen. Und wir haben keinerlei Garantie, daß sich einer von ihnen in der Nähe des Warden-Systems befindet. Vielleicht wird alles von Robotern und von durch die Vier Lords angeheuerte dritte Parteien erledigt.«

»Vielleicht kann uns einer der beiden Verbliebenen Gewißheit verschaffen«, schlug der Computer hoffnungsvoll vor. »Oder wenn nicht, haben vielleicht unsere Innersystempatrouillen Glück.«

»Ergänze und übermittle, was wir herausgefunden haben«, befahl er. »Wir müssen einfach abwarten.«

»Schon geschehen.«

Der Mann ging zurück zu dem Wohnbereich der Einheit auf dem großen Schiff, goß sich einen Drink ein und setzte sich auf sein Bett. Alle Vermutungen des Computers störten ihn, doch er vermochte sein Denken noch nicht für längere Zeit auf das größere Problem und den Plan zu konzentrieren.

Cal Tremon… Qwin Zhang… Ti… Dylan Kohl…

Wie ein Lied, das einem im Kopf spukt und das man immer wieder hört, ob man es will oder nicht.

Du gehst mir nicht aus dem Kopf.